게르버

Der Schüler Gerber

어느 평범한 학생의 기막힌 이야기

게르버

프리드리히 토어베르크 한미희 옮김

문예출판사

세상은 세 가지 것에 근거한다.
바로 진리와 정의, 사랑이 그것이다.

_랍비 시몬 벤 감리엘

차례

이 책은 (1년 전에 구상한 초안에 따라) 1929년 겨울에 쓰기 시작했다. 그 겨울 1월 27일부터 2월 3일까지 단 일주일 동안 글쓴이는 무려 열 건의 학생 자살 소식을 신문 기사를 통해 알게 되었다.

1
쿠퍼, 유한 권능의 신

늦여름 아침 날씨는 온화했고, 교실 문은 열려 있었다. 시끌벅적 소란스러운 가운데 학생 게르버가 들어오는 것을 알아차린 사람은 아무도 없었다. 게르버는 마지막 줄 자기 자리에 앉아 느긋이 교실 풍경을 바라보았다. 수업이 있는 여느 날과 전혀 다르지 않았다. 쿠르트 게르버는 풍부한 독서를 통해 주변에서 일어나는 모든 일을, 말하자면 회상하듯 이미 지난 과거로 음미하는 습관이 있었다. 그런 식으로 그는 거의 재현하듯이 다음 사실을 깨달았다.

실과고등학교[*]16의 졸업반 학생들은 교실에 모여 있었다. 그들은 여기저기 무리를 지어 앉아서 혹은 서서 이야기하고 있

---

[*] 수학과 자연과학에 중점을 두는 오스트리아의 8년제 고등학교.

었다. 대화는 시끄럽고 활기찼으며 잠시도 끊어지지 않았다. 심지어 조금 서두르는 기색까지 엿보였다. 지난여름 두 달간 '마지막 방학'을 보낸 후 그들은 할 이야기가 그토록 많았다. 방학의 끝이 곧 새 학년의 시작을 의미하는 친숙하고 우울한 과정도 이제 마지막이었다. 이제 그 새 학년이 마지막 학년이 된다는 이 확실한 사실 앞에서 그들은 처음으로 뭔가 새로운 것을 은근히 기대하며 마지막 방학을 보냈다.

졸업반! 예로부터 이 단어에서는 불가사의한 마법의 빛이 흘러나온다. 이제 그들은 실제 현실에 발을 들여놓게 된다. 그 사실에서 어렴풋하나 의식적인 빛이 서른두 명의 8학년생 하나하나의 얼굴과 태도에 어려 있었다. 6월 28일부터 9월 1일까지 그들은 눈에 띄게 성숙한 어른이 되려고 노력했다. 그리고 이제 마음이 들떠 마지막 해가 벌써 다 지나간 듯 행동했다. 마치 앞으로 열 달이 더 남아 있지 않은 듯, 앞서 7년간 그랬듯 앞으로 열 달 동안 더는 학생 신분이어야 하지 않아도 되는 듯. 하지만 마지막의 무게가 모든 것을, 수업 준비와 시험, 결석, 수업을 빼먹는 행동과 학급일지 기재, '매우 우수'와 '미흡'*을 짓누를 것이다. 수다를 떨고 있는 8학년생들이여, 1학년부터 늘 그랬듯이 모든 것이 여전할 거야. 너희 자신도 크게 달라지지 않을걸. 콧수염을 길렀지만 너 쾨르너도, 지금 교실에 들어오는 라인하르트 자매(자매는 조금도 더 예뻐지지 않았다)의 손에 입을 맞추는 너 지티히도 마찬가지야. 지금까지 그랬듯이 너희는 "못됐고," 하지만 "착

1. 쿠퍼, 유한 권능의 신

실"할 때가 훨씬 더 많고, 시험을 두려워하고, 교수*들의 농담에 소리 내어 웃겠지. 새된 소리로 킥킥거리는 너 림멜, 아마 슐라이히가 외설적인 주인집 여자 시리즈 5행시를 낭독해서 웃는 듯한데, 수업 시간에도 그러면, 만약 교수가 아니라 내가 한 농담 때문에 웃는 거라면 무슨 일이 벌어질지 알려줄게. 첫째, 너는 따귀를 맞을 거야. 그것도 당장. 눈에 띄게 크게 웃어 나를 끌어들이려는 네 속셈이 내 눈에 빤히 보이거든. 둘째, 너는 따귀를 맞아도 학급일지에도 기재될 거야. 졸업시험*을 앞둔 8학년에서 그런 일을 당한다면 지금까지보다 훨씬 더 나쁠걸. 이 아첨꾼아. 네가 그렇게 되길 나는 진심으로 바란다고. 그렇다. 그리고 이제 새 학년이 시작되는 것이다……

쿠르트 게르버는 주위를 둘러보았다. 수다를 떠는 어떤 무리에도 특별히 마음이 끌리지 않았다.

리자 베어발트는 어디 있지?

집에 돌아왔더니 이탈리아에서 보낸 엽서가 와 있었다. 리

---

* 오스트리아 학교에서 학업 성취도는 '매우 우수', '우수', '충분', '미흡'으로 평가된다. '미흡'은 낙제를 의미한다.

* 오스트리아 고등학교에서 교사를 부르는 호칭.

* 오스트리아에서 고등학교 졸업시험은 대학 입학 자격을 결정하는 시험이기도 하다. 시험에 합격하면 전국 모든 대학에서 공부할 수 있는 능력을 지녔다고 여겨진다.

자가 진심이 담긴 안부 인사를 보냈다. "안타깝게도 나는 네가 여름을 어디서 보내고 있는지 몰라. 안 그럼 나도 거기 있을 텐데. 그럼 집에 돌아가서 또 보자." 지금 쿠르트는 리자에게 정말 묻고 싶었다. 진짜 그를 만나러 올 생각이었는지, 아니면 그 말 역시 여태까지 그에게 한 모든 말과 행동처럼 의례적인 빈말에 불과했는지. 하지만 리자 베어발트는 아직 오지 않았다.

자, 어디 낄까? 바로 왼쪽 창가에 있는 무리가 가장 만만하겠네. 카울리히, 게랄트, 슐라이히, 블랑크가 거기 서 있었다.

요란하게 인사를 나눈 후 대화는 빠르게 흘러갔다. 방금 도착한 듯 보이는 호벨만이 바로 끼어들었다.

"안녕, 셰리! 네가 관심 있을 새 소식이 있어!" (셰리는 쿠르트의 별명이었다. 처음에 그는 게리로 불렸다. 게르버의 '줄임말'이었다. 그리고 뜬금없이 거기서 셰리가 나온 것이다.) "너, 알아, 우리 담임이 누군지?"

"모르겠는데."

호벨만은 무리를 둘러보았다. "너희도 몰라? 그럼 알아맞혀봐."

"젤리히?" 쿠르트가 물었다.

"아니야."

"마투슈?"

"역시 아니야."

"이제 '사실 나도 몰라'라고 할 거면 말해. 대체 누구야?"

"쿠퍼 신(神)!"

쿠르트는 소스라치게 놀랐다. 머리가 확 앞으로 꺾어졌다. 피가 얼굴로 치솟는 느낌이었다. 다음 순간 그는 당황한 호벨만의 멱살을 움켜쥐고 마구 흔들었다. "무슨 말이야? 누구라고?"

쿠르트는 쿠퍼 교수의 수업을 들은 적이 없었다. 그러나 쿠퍼가 그를 좋게 보지 않는다는 것은 잘 알려진 사실이었다. 하지만 그런 느닷없는 격한 반응이 꽤나 이상하게 보였던지 모두 와하하 웃음을 터뜨렸다. 쿠르트는 정신을 차렸다. 그는 캑캑거리는 호벨만의 멱살을 놓고 일부러 과장해서 주먹으로 책상을 내려치며 격하게 소리쳤다.

"드디어 내 소원이 이루어졌구나!"

이제 쿠르트의 보고가 봇물 터지듯 쏟아져 나왔다. 그는 여름 방학 때 쿠퍼를 만났다고 했다. 쿠퍼는 세 번이나 그를 거들떠보지도 않고 거들먹거리며 지나쳤다. 한번은 아무도 없는 숲에서 만났는데 인사해도 받지도 않고 비꼬는 어조로 "학생은 진급 시험의 부담을 잘 극복한 것 같군요" 하더니 쿠르트가 무슨 말을 하기도 전에 휙 가버렸다는 것이다―"마음 같아서는 그자를 때려죽이고 싶었다니까, 거만한 얼간이 같으니"― 또 나중에 쿠퍼는 우연히 쿠르트의 아버지를 소개받았는데 대뜸 이렇게 말했다는 것이다. "아…… 게르버 씨? 8학년생 아버님? 흠, 아드님은 제 수업에서 웃을 일이 없을 겁니다. 그런 버릇없는 녀석은 제가 기를 꺾어놓을 테니까요!" 그 후 한바탕 소동이 벌어졌다고 했다. 아버지가 그를 다른 학교에 전학시키려고 한 것이다. 하지만 쿠르트는 쿠퍼가 담임이 될지 아직 확실하지 않다고 설득했다. 그런데 그가 온 것이다, 그가, 쿠퍼 신이……

　잠시 침묵이 감돌았다. 그러다 와글와글 저마다 목소리를 냈다.

　"나는 새 사람이 온다고 들었어—호벨만은 어디서 그런 얘길 들은 거야—아직 아무것도 정해지지 않았어—왜 마투슈가 계속 담임을 맡지 않지?—쿠퍼 신은 그렇게 나쁘지 않아. 다만 그를 대할 때는 똑바로 행동해야 해—그런 거야—나는 빠질래 —쿠퍼 신은 아주 괜찮은 사람이야—나한텐 입 다물어. 난 그의 수업에서 벌써 한 번 낙제했다고—단결해서 수업을 거부하자—쿠퍼를 몰아내자—웃기지 마—장담하는데 로트바르트가 유임이고, 니세트가 정교수가 될 거야……"

　그때 종소리가 날카롭게 울렸다. 시끌벅적한 소란 속에서 어렴풋이 들렸던 그 소리에 바로 소란이 잦아들었다. 8시였다. 수업 시작이었다. 누군가가 바깥에서 문을 닫았다. 이제 쥐 죽은 듯 조용했다.

　그리고 다시 소란이 밀물처럼 부풀어 올랐다. 입학 첫날부터 그랬던 무의미한 그 현상은 전혀 달라지지 않았다. 즉 종이 울리자마자 학생들은 자기 자리로 돌아갔다—그들은 절대 "확 흩어지지" 않았다—그리고 거기서 잠시 중단된 대화를 다시 이어갔다. 교수가 교실 문을 열면 비로소 진짜 조용해졌다. 교수는 종이 울리고 몇 분 후에 들어올 때가 많았다. 더욱이 오늘은 아직 수업이 없고 담임이 새 학년의 시작을 공식적으로 선포하는 날이었다. 따라서 소심하게 조용히 할 이유가 없었다. 아무것도 안 함으로써 부드럽게 수업으로 넘어가려는 듯 새 학년 선포는 언제나 조금 늦게 시작됐다. 첫날을 벌써 수업에 넣어야 할지, 아니면 아직 방학에 넣어야 할지 알 수 없었다. 그래서 여기저기서 바로 다시 이야기꽃이 피어났다.

　　오직 쿠르트 게르버만 조용히 앉아 있었다. 생각이 어지럽게 뒤엉켰다. 처음 출발점에 집중하려고 애썼지만 헛수고였다. 쿠퍼 신, 그 이름과 인상, 총체적 본질 외에 명확하게 파악할 수 있는 것이 하나도 없었다. 어떻게 될까? 쿠퍼 신을 어떻게 대하지? 비굴하게? 첫 펀치를 기다리지 않고 처음부터 패배를 인정해? 주먹이 허공을 치도록 납작 엎드려? 그것은 쿠퍼가 정말 "버릇없는 녀석의 기를 꺾어놓을" 작정인지 시험도 해보지 않겠다는 뜻이었다! 혹은 반대로 저항해? 기회가 오면 바로 강하게 버텨? 나는 납작 엎드리지 않는다고!? 하지만 맙소사, 졸업반이야, 중요한 학년이라고. 졸업시험은 반드시 합격해야 해, 해야 한다고! 어떻게 해야 할까? 기다리자, 그게 가장 좋겠다. 어쩌면 쿠퍼는 정말 그렇게 나쁘지 않을지도 몰라. 품위를 지키면서 그와 그럭저럭 잘 지낼 수도 있어. 그에 대해 좋게 말하는 소리도 있잖아. 그래, 대체 그가 담임으로 온다고 어디 쓰여 있어? 왜 마투슈가 정교수로 남지 않았을까? 왜 로트바르트가 화법(畵法)

기하학*을 안 가르치고, 후사크가 수학과 물리를 안 가르치냐고? 왜 갑자기 쿠퍼가 수학과 화법기하학을 가르치고, 게다가 담임까지 된 거야? 도대체 왜? 호벨만이 새 소식을 들고 와 뻐기고 싶어 해서? 말도 안 돼. 쿠퍼 신은 오지 않을 거야……

"쿠퍼 신이 온다!"

교실 문 앞에서 망을 보던 메르텐스가 후다닥 뛰어 들어와 자리에 얌전히 앉았다. 소란이 갑자기 뚝 그쳤다.

사실이구나. 혹시 쿠퍼가 다른 반으로 가지 않을까? 벌써 들어왔어야 하잖아. 메르텐스가 우리를 놀리려는 걸까?

자, 이제…… 아무 일도 없었다.

딸깍, 마치 총소리처럼 갑자기 문고리를 내리는 소리가 깊은 정적 속에 울려 퍼졌다. 쿠르트는 소스라치게 놀랐다. 일어서는데 무릎이 후들거렸다.

다른 아이들도 모두 자리에서 일어나 부동자세로 서 있었다. 아르투어 쿠퍼, 자신의 무오류성을 자주 강조해 학생들 사이에서 '쿠퍼 신'으로 불리는 그가 오른쪽 줄을 따라 교단으로 걸어갔다.

쿠퍼는 마흔 살 정도로, 중키에 약간 통통한 체격이었다. 짧고 연한 금발 머리카락은 가지런히 뒤로 넘기려는 머리빗의 헛수고를 여기저기서 증명하고 있었다. 상당히 넓은 이마와 좀 부은 듯한 얼굴은 신경을 많이 쓰는 것 같았지만 평범한 붉은 기를 띠고 있었다. 앞으로 튀어나온 좁은 매부리코 위에 붉은 실핏줄이 비쳐 붉은색이 더 도드라져 보였다. 둥그런 무테안경 뒤에서 짙은 파란 눈이 존재하지 않는 어떤 것을 응시하고 있었다. 오늘 그는 연회색 운동복에 어울리는 넥타이를 하고 있었다. 커다란 초록색 출석부를 낀 팔에는 우비를 걸쳐 들었고, 아무것도 들지 않은 손은 주로 그러듯 공들여 짧게 깎은 금빛 콧수염을 잡아당겼다.

쿠퍼 교수가 교단에 이르렀다. 계단을 올라가 여전히 등을 보인 채 우비를 안락의자 팔걸이에 편안히 내려놓았다. 그러고 휙 몸을 돌려 부동자세로 서 있는 무리를 잠시 무표정한 얼굴로 바라보더니 가볍게 고개를 끄덕이며 아주 나직이 말했다. "착석!" 수백 주일 동안 매일 다섯 번씩 들었던 이 말은 학생들에게 처음으로 특별한 영향을 발휘했다. 한 남자, 그의 등장이 8학년 생들에게 그토록 평범하지 않은, 거의 강직성 경련 같은 정숙을 강요하는 한 남자의 입에서 나온 그 말은 거의 구원의 말처럼 들렸다. 그러니까 그는, 쿠퍼 신은 말을 한다, 인간처럼 말을 한다. 반박할 수 없는 자신의 의지를 간단한 손짓으로 알리지 않는다. 그냥 다른 사람들처럼 "착석"이라고 하고, 거기 서서 보통 사람이 침묵하듯이 침묵한다.

> ▨ 기하학의 한 분야. 공간 도형을 평면상에 정확히 그리는 방법을 연구하는 학문. 기계나 건축물의 설계 및 항공 사진, 측량의 연구에 널리 쓴다.

"완전히 조용해질 때까지 기다리겠습니다." 쿠퍼 교수가 미동도 하지 않고 누군가를 쳐다보지도 않는 채 날카로운 목소리로 말한다. 앞서 서 있을 때처럼 학생들이 꼼짝 않고 앉아 있자 그제야 그는 몸을 움직인다. 그럼으로써 자신의 명령에 조용히 해야 하는 학생들과, 여기 그 누구의 명령도 받지 않고 이제 완전히 자유롭게 움직이는 자신의 엄청난 차이를 알리려는 듯 보인다.

쿠르트 게르버는 아직도 그에게서 눈을 떼지 않았다. 마치 마법에 걸린 듯 눈도 깜빡하지 않고 그를 바라보았다. 꼭 그의 약점, 열 달 동안 맞붙어 싸울 적의 약점을 찾아내려는 것 같았다.

쿠퍼 교수가 깊고 먼 생각에서 깨어난 듯 몸을 움직이며 두 손을 웃옷 주머니에 넣은 채 교탁에 몸을 기대고 느닷없이 씨익 웃었다. 단번에 그는 모습을 바꾸고, 그래서 교실 분위기를 확 바꾸어놓았다. 지금까지의 모든 것은 강제로 꾸민 서막, 그가 무심히 연출한 서막에 불과했다. 이제 쿠퍼 신은 거기 실재하며 행동에 들어갔다. 이제 비로소 본 게임이 시작되었다.

그의 목소리가 완전히 달라졌다. 문고리가 내려졌을 때처럼 쿠르트는 또다시 소스라치게 놀랐다. 두 번 다 무슨 일이 생길지 알았는데도 그랬다.

"자, 이제 우리는 모두 한자리에 모였습니다." 뭔가 골똘히 생각하듯 쿠퍼가 입을 다물었다. ('유쾌하게' 보이려고 일종의 사교계 언어를 종종 사용하면서) 그는 자신의 말이 즉흥적이라는 인상을 주고 싶어 하고, 그래서 어느 정도 자발적으로 자신의 인간적인 작은 약점을 넌지시 드러냈다.

"우선 누가 왔는지 봅시다." 그의 시선이 교실을 빙 둘러보았다. 쿠르트는 애타게 기대하며 앉아 있었다. 쿠퍼가 그를 보고 뭐라고 할까?

"레비," 쿠퍼는 입을 거의 벌리지 않고 말했다, "우리는 벌써 한 번 만났지요─렝스펠트, 오래전부터 아는 사이죠─게르버도 있군요─여름 방학 때가 더 좋았지요─그렇지요?" 당황해서 얼굴을 붉히고 서 있던 쿠르트가 말없이 꾸벅 허리 숙여 인사하자 쿠퍼가 물었다.

"예." 쿠르트는 모기만 한 소리로 대답하고 얼른 다시 자리에 앉았다.

"좋아요. 그럼 먼저 출석을 부르죠."

쿠퍼는 출석부를 펼쳐 큰 소리로 이름을 부르기 시작했다. 그리고 "예"라는 대답이 나올 때마다 눈을 들지 않고 표시했다.

"알트슐!" ─ "예!"

"벤다!" ─ "예!"

쿠르트는 정신을 바짝 차리고 자기 이름이 호명되는지 귀를 기울이면서 '베어발트'라는 이름을 기대하며 리자의 자리를 쳐다보았다. 그 자리는 비어 있었다. 쿠퍼가 "베어발트는 학교를 그만두었지" 하고 중얼거렸지만 놀랍게도 쿠르트는 그 소리를 못 들었다. 쿠퍼가 계속해서 벌써 블랑크, 브로데츠키, 두페크의 이름을 불렀는데 못 들었고, 게랄트와 자기 이름을 부르는데도 못 들었다. 그의 생각은 돌연 다른 궤도로 이탈해 아까 쿠퍼 주위를 맴돌았듯이 무의미하게 '리자' 주위를 빠르게 맴돌았다. …… 리자, 리자, 리자는 어디 있을까?…… 호벨만이 뒤를 돌아보며 힘주어 "셰리" 하고 속삭이자 쿠르트는 깜짝 놀라 침착하게 준비한 듯 "예" 하고 대답한다. 하지만 이상하게 크게 소리를 질러 버려 모두 와하하 웃음을 터뜨린다. 세 번이나 점점 조바심을 내며 "게르버!"를 소리 높여 불렀던 쿠퍼는 고개를 저을 뿐, 산만하다고 나무라지 않고 출석을 계속 부른다. 할페른, 헤르게트, 호벨만. 다시 아무 소리도 들리지 않는다. 쿠르트는 앞쪽 초록색 칠판을 응시하며 생각한다. 리자…… 그는 수업이 없는 마지막 날 오전, 리자가 스무 명의 다른 아이들에게 둘러싸여 있지 않다면 그녀를 빵집에 초대할 생각이었다. 그때 그녀와 함께 다음 학기 수업계획을 짤 생각이었다. 마지막으로 자유롭게, 그렇다, 아주 자유롭게. 리자, 이탈리아에서 돌아왔니? 그곳에서는 아무도 네가 '고등학생'인 줄 모르지. 내가 이미 오래전에 고등학교 수준을 벗어났다는 것을 너도 알고, 나도 알고, 모두 다 알아. 우리 둘은 훨씬 더 나이가 많고. 행동도 그에 어울리게 하려고 하지. 아무도 눈치채면 안 돼. 우리는 쉬는 시간에 절대 따로 말도 섞지 않을 거야. 어린애 같은 멍청이들은 아무것도 보아서도 수군거려서도 안 되니까. 리자…… 하지만 리자는 여기 없었다……

쿠퍼 교수는 출석을 다 부르고 첫 훈화를 하려고 앞으로 나왔다. 입가에 진짜 친절하고 겸손한 인상까지 주는 예의 그 미소를 띠고 있었다. 그는 가능한 한 지상의 존재처럼 보이려고 노력했다. 하지만 의도적으로 그러는 것이 너무 드러나서 속셈이 훤히 보였다. 그러니까 모두 알아야 한다. 저 높은 곳에서 통치하는 게 몸에 밴 그가 학생들에게 어느 정도 비슷한 존재, 호모사피엔스로 보이기 위해 얼마나 깊이 몸을 낮추어야 하는지를. 훈화의 어조와 내용이 전하고자 한 것은 이런 것이었다. '보라, 나는 알아들을 수 있게 나를 설명하려고 무진 애쓰고 있다. 다행히 나는 그게 잘되지 않는 걸 안타까워할 수 있다. 나는 너희에게 도저히 허용되지 않은 지식과 너희가 도저히 이해할 수 없는 인식이 넘치는 존재다. 나의 말에 그 인식과 지식이 일부분 스며 나와야 한다. 그래서 나는 너희를 위해 힘닿는 한 수준을 낮춰 쉽게 말하려고 했다. 하지만 어떤 인간도 계속 자기 수준보다 아래 있을 순 없다. 그래서 어쩌면 주제를 해치는 듯 보여도 말을 할수록 내 말에 더 많은 내용과 풍부함을 담으려고 한다. 너희는 나를 따라올 능력이 없겠지만 나도 어쩔 수 없다. 너희가 멍청해서 그런 것이니 부디 나를 나쁘게 생각하지 말기 바란다. 하지만 자신의 열등함을 조용히 복종하는 수치심 아래 감추지 않고 감히 어떤 형태로든 늘 표현하고, 그래서 내가 바보 멍청이들 가운데 있음을 상기시키는 사람은 저주를 받을 것이다! 너희의 멍청함의 아무리 사소한 표현도 절대 내 눈을 벗어나지 못한다는 걸 명심하라!'

"쿠퍼 대위—나는 전쟁에서 대위였습니다—는 모든 걸 보고, 모든 걸 눈치채고, 모든 걸 압니다." 쿠퍼는 아주 진지하게 그렇게 말했다. 쿠르트의 놀라움은(다른 감정은 당분간 아직 느낄 수 없었다) 한없이 커졌다. 쿠르트는 궁금해하며 쿠퍼의 말에 귀를 기울였다. 쿠퍼의 마음에 들 행동이지만, 쿠퍼가 어떤 사람인지 파악하려는 자신에게도 아직은 즐거운 일이었다. 쿠퍼의 연설은 의례적인 서두에서 출발해 "나는"을 점점 더 많이 사용하면서, 연설 처음에는 자화자찬을 여기저기 곁들이듯 뿌리더니 점점 더 촘촘히 끼워 넣으며, 빈 깡통처럼 요란한 잘난 체하기의 언덕을 점점 더 높이 기어올라 이제 풍선처럼 부풀어 연사의 공허한 허영심의 정상에 이르렀다. 쿠르트는 그 과정을 같이했다. 그리고 이제 그런 노고 후에 어떤 엄청난 일이 올지 기다렸다.

"그래요, 꼭 알아둬야 하는데 나를 속이는 건 불가능합니다. 아예 시도도 하지 않는 것이 여러분 자신을 위해 좋을 거예요. 혹시 성공할 수 있다고 믿지 말고, 부추기며 속삭이는 소리도 따르지 말아요. 충고를 듣는 건 현명하지 않아요. 나는 한 번도 그런 적이 없어요. 군중이 하는 행동을 한 적도 없지요. 군중은 항상 어리석은 짓을 하고 나중에 후회하지요. 어리석은 사람은 나중에 울고, 영리한 사람은 나중에 웃습니다. 나는 웃는 것이 습관이 되었지요."

쿠퍼가 효과를 높이려고 잠시 말을 멈추자 "하하" 하는 소리가 울렸다.

쿠르트는 웃었다기보다 천천히 크게 그렇게 말했다. 저 위에서 이미 거침없이 신성(神性)의 구름 낀 광야로 사라지려는, 공허한 자아도취에 빠진 사람을 조금 끌어내려 그의 자리는 교단이라고 알려주고 싶은 욕망을 억누를 수 없었다.

쿠퍼는 태연하게 쿠르트 쪽을 쳐다보고는 눈썹을 높이 추켜올렸다. 모두 뒤를 돌아보았다. 쿠르트는 허리를 숙이고 앉아 영리한 사람은 웃는 것이 습관이 되었다는 생각을 전하려는 듯 비웃으며 교수를 빤히 쳐다보았다. 자신과 쿠퍼 사이에 이렇게 금방 결판이 나서 기분이 좋았다. 쿠퍼가 천천히 말했다.

"게르버! 학생은 나중에 우는 사람에 속할지도 모르겠군요."

그것으로 이 일은 쿠르트와 반 아이들 모두에게 지극히 유감스럽게도 쿠퍼의 승리로 끝났다. 쿠퍼는 곧 다음과 같은 말로 훈화를 마쳤다. "나는 수학 천재가 필요하지 않고 따라서 여러분에게 불가능한 것을 요구하지 않을 겁니다. 내가 요구하는 것은 노력과 선한 의지만 있으면 누구나 쉽게 해낼 수 있어요. 그렇게 할 수 없거나 할 생각이 없는 사람은 미성숙한 거예요. 내 수업에서는 진짜 성숙한 사람만이 졸업시험에 합격할 겁니다*. 오늘 나는 이 중요한 해에 내 수업에서는 어떤 자비의 은사도 없음을 분

---

* 독일어 '졸업시험(Reifeprüfung)'은 '성숙한'을 의미하는 'reif'와 '시험'을 의미하는 'Prüfung'이 합쳐진 단어다. 쿠퍼는 '졸업시험'의 문자 그대로의 의미로 언어유희를 하고 있다.

명히 말해둡니다. 명심하세요. 너그러운 자비로 8학년까지 올라온 사람은 따라서 내 수업에서 아주 힘들 거예요. 약한 학생은 차라리 당장 학교를 그만두는 편이 좋아요. 나는 형식적인 절차로 졸업시험의 품격을 떨어뜨리지 않을 겁니다, 나는 안 그래요. 충고하는데, 특히 게으름을 뻔뻔함으로 보충하려는 사람은 조심하세요. 절대 나하고 잘 지낼 수 없을 테니까. 이제 내 수업에서 어떻게 행동해야 하는지 대강 알겠지요. 정규 수업은 아침 8시에 시작합니다."

쿠퍼는 몸을 돌려 외투를 집어 들었다. 갑자기 생각이 난 듯 그가 물었다.

"좌석표 말인데…… 작년에 그렇게 앉았나요?"

몇몇이 용기를 내 큰 소리로 "예" 하고 대답했다.

"좋아요. 올해도 그대로 합시다. 다만 비어 있는 베어발트 자리에 누가 앉아야 하는데…… 그러니까…… 렝스펠트…… 좋지요? 또…… 거기 게르버 옆에 누가 안 온 거예요? 그래요, 바인베르크. 그냥 거기 앉아도 좋아요. 내일 좌석표를 받고 싶은데. 누가 글씨를 잘 쓰지요?"

"라인하르트…… 카울리히…… 저는 아니에요…… 제베린이요."

"여러분이 서로 의논해 결정하세요!" 쿠퍼가 갑자기 버럭 화를 내며 나가려고 했다. 모두 화들짝 놀라 벌떡 일어나 소리 없이 조용히 서 있었다. 하지만 쿠퍼가 교실 문을 닫자마자 와글와글 소란이 터져 나왔다.

8학년생들은 흥분해서 마구 돌아다녔다. 그들은 쿠퍼에 대해 분명한 의견을 낼 수 없었다. "그는 그렇게 나쁘지 않아"라고 하는 무리도, "그는 개자식이야"라고 하는 더 강력한 무리도 애초에 말한 것 외에 다른 증거를 내놓을 수 없었기 때문이다. 부족한 논리는 공연히 목청을 높임으로써 보충했다.

쿠르트 게르버는 토론에 끼지 않았다. 그냥 자리에 앉아 다시 리자 생각만 했다. 쿠퍼가 그녀의 이름을 부를 권한이 있다는 데 화가 났다. 하지만 이제 더는 그러지 못한다고 생각하니 씁쓸하면서도 위안이 되었다. 리자 베어발트는 학교를 떠났다. 왜 그랬을까? 왜 그에게 그 이야기를 하지 않았을까?

누가 어깨를 세게 쳤다. '곰'이라 불리는 카울리히였다. 그의 넓적한 얼굴에 흡족한 미소가 번져 있다.

"브라보, 셰리, 한 방 잘 먹였어."

그사이 다른 아이들이 다가왔다. 노바크가 말했다. "아주 멍청한 짓을 했어. 너는 이제 그자랑 사이가 틀어질 거야! 그래서 네가 얻는 게 뭐야?" 그 말에 동의하는 아이들이 있는가 하면, 반박하는 아이들도 있었다. "쿠퍼 신이 너무 멋대로 할 수 없다는 걸 깨달으면 좋은 거야."

쿠르트는 곰곰이 생각하더니 가능한 한 무심하게 물었다. "리자 베어발트에게 무슨 일이 있는지 아는 사람 있어?"

자퇴했어—곧 결혼한다고 들었어—전혀 아닌 것 같던데.

25

그냥 학교가 너무 따분해진 거라고—그애가 제대로 아는 거지.

"리자 베어발트가 이제 학교에 나오지 않아 나는 가슴이 아프다네!" 폴라크가 운을 맞춰 시를 짓고는 와하하 웃는 아이들 앞에서 꾸벅 절을 했다. 이제 아이들 대부분이 기분이 좋아져 시립 공원의 아침 음악회에 가기로 했다. 쿠르트는 그러고 싶은 마음이 없어서 슬쩍 빠져나와 집으로 갔다.

불쾌한 기분에 흠뻑 젖어 그는 마지못해 걸음을 옮기며 그날에서 벗어났다.

그는 소파에 몸을 던졌다. 엉망진창이 되어버린 날은 잠으로 보내야 한다. 지금 학교에 가지 않아도 된다면 말이다. 오늘은 더는 안 가도 됐다.

반면 아르투어 쿠퍼는 학기 중 대부분 그렇듯 그날 대단히 만족했다. 공허한 여름 두 달을 보낸 후 다시 세워진 제국에 온 마음을 다해 뛰어들었다. 공허했던 이유는, 학생들 사이에서 신으로 거닐지 못하고 사람들 사이에서 사람으로 거닐어야 했기 때문이다. 그 어떤 사람도 그의 전능한 권력 앞에서 부들부들 떨게 만들 수 없어서 공허했으며, 좌지우지하는 지배욕의 규범을 눈에 보이는 많은 것에 강요할 수 없어서 공허했다. 그런 유배 생활을 마치고 뱉은 첫 "착석"은 뜨거운 기쁨이었다. 마치 복숭아 씨를 뱉기 전에 씨에 붙은 마지막 과육을 빨아먹는 사람처럼 그는 그 말을 미리 입천장과 혀와 입술로 굴려 부드럽게 만들었다.

하지만 그는 복숭아 먹는 사람과 달리 아무것도 뱉지 않았다. 복숭아씨가 아니라 어마어마하게 값나가는 작은 다이아몬드라도 되는 듯, 보석 밀수꾼이 국경을 무사히 넘어 이제 벅찬 기쁨에 바르르 떨면서 입에서 조심스레 꺼내는 다이아몬드라도 되는 듯, 그 말은 조심조심 정성스럽게(그래서 그토록 나직하게) 그의 입술 위에 이르렀다. 쿠퍼도 그 비슷한 환희의 전율을 느꼈다. 해가 갈수록 그는 여름 망명 생활 동안 똑같은 암울한 두려움에 시달렸다. 그러니까 그가 없는 동안 모든 것이 달라졌을 수 있다는 두려움이었다. 왕좌로 돌아왔는데 갑자기 아무 이유 없이 착석이 더는 착석이 아닐까봐, 이를테면 착석을 명령받은 신하들이 계속 서 있거나 돌아다니려고 할까봐 두려웠다. 원인을 찾을 수 없고 자신도 터무니없다고 느끼면서도 수많은 불면의 밤에 끔찍한 환상으로 자라나는 이 두려움은 정말 괴로웠다. 그런 밤을 보내고 산에 갔는데 그 높이가 그의 고압적인 기대에 부응하지 않으면 그는 벌써 "미흡, 착석!" 하려다가 다음 순간 바로 자신이 진짜 바보 같다고 생각하는 것이었다. 차갑게 부동자세로 서서 꼼짝도 하지 않을 거라고 알리고, 명령해도 순종할 생각이 없다고 선포하는 거대하고 말 없는 산은 꼭 반항적인 학생 같았다. 그는, 쿠퍼는 마지막 순간 명령을 포기해야 했고, 그래서 그 산을 증오하고, 풍광 전체를 증오하고, 거기서 마주치는 모든 사람을 증오했다. 특히 여전히 마주쳤지만 여전히 아직 "착석!"이라고 말할 수 없는 쿠르트 게르버를 가장 증오했다. 하지만 곧, 곧 그렇게 되리라. 오! 착석을 말하게 되리라, 착석, 착석, 착석……

이제 때가 되었다. 그가 "착석" 하자 교실에 가득 찬 많은 인간이 앉았다. 그가 그 인간들의 이름을 부르자 모두 일어나 "예" 하고 대답했다. 그렇게 전체와 한 사람 한 사람이 다시 파악되고 그의 뜻대로 되었다. 그가 없는 동안 아무 일도 일어나지 않았으며, 모든 일이 척척 이루어졌다. 그가 명령을 내리자 모두 순종했다. 그가 이름을 부르자 모두 대답했다. 그가 "조용히 해요!" 하자 조용해졌다. 그가 말하자―번쩍이는 권능과 빛나는 완전성을 지닌 빛이 그를 감쌌다. 쿠퍼 신.

그는 학생들이 자신을 그렇게 부르는 걸 알고 있었다. 그 별명을 나쁘게 생각할 이유가 없다는 것도 알고 있었다. 그래서 그는 그 별명의 명성을 더 높이자고 결심했다. 그 일이 성공해서 그 별명을 듣는 게 싫지 않았다. 그렇다, 그는 쿠퍼 신이었다. 그것도 질투심 많은 신으로, 죄를 지은 학생은 강제로 계속 같은 반에서 공부하게 해 세 번째, 네 번째 학기까지 원수를 갚았다…… 또한 그는 허영심의 노예로, 허영심을 건드리는 아주 사소한 행위도 절대 용납하지 않았다. 그는 자기의 권력의 완전성을 해칠 수 있는 그 어떤 행위도 금지령을 통해 미리 예방하는 데 지나칠 만큼 꼼꼼하게 신경 썼다. 그가 마음에 드는 사람은, 나쁜 일이 생기면 공손하고 비굴하게 올려다보며 싹싹 빌고 낑낑 신음하며 자비를 애원하고, 좋은 일이 생기면 굽실굽실 허리 숙여 감사를 표시하는 사람뿐이었다. 그의 영광은 단 한 가닥의 실, 단 하나의 미세한 결정에 달려 있었다. 바로 사람들이 그 영광을 믿으려고 하는지 아닌지다.

학생들이 믿으니까 그는 그들에게 신이었다. 수학과 특히 화법기하학에서 그는 대단한 능력자로 여겨졌다. 4부로 구성된 그의 화법기하학 교재와 문제집은 거의 모든 고등학교에서 교재로 사용돼 학생들이 전문가로서의 그의 이름을 의심할 수 없게 만들었다(그에게 4부는 《파우스트》*보다 두 배 많다는 의미였다). 다른 이름은 수업할 때마다 단단히 다졌다. 어떤 식으로든 그와 맞서 뜻을 이루는 것은 불가능했다. 쿠퍼는 절대 피할 수 없는 신이 내린 운명이었다. 그는 절대 이길 수 없다는 명성 조성에 성공해, 명성은 그보다 먼저 새 학급에 달려가 문을 열어주고 교단에 웅크리고 앉아 주위에 공포를 퍼뜨렸다. 교실에 들어가면 쿠퍼는 명성과 교대해 본인을 내세우기만 하면 되었다. 어느 의미에서 그는 자신의 그림자가 만든 실체, 사람들의 기대를 정당화하는 존재였다. 따라서 자신의 존재를 증명하기가 별로 어렵지 않았다. 그는 그 일을 확실하게 수행했다. 감히 대드는 자의 머리에는 가차 없이 벼락이 떨어졌는데 피뢰침도 없었다. 쿠퍼는 말로 위협하는 적이 거의 없었다. 주로 시선과 몸짓, 어조, 테

---

* 독일의 문호 요한 볼프강 폰 괴테가 24세에 구상하기 시작해 세상을 떠나기 한 해 전에 완성한 2부로 구성된 필생의 역작.

스트의 진행이 다가올 일을 예감하게 했다. 그것은 꼭 불치병 환자에게 내린 의사의 시한부 판정과 같았다. 환자는 어차피 죽게 돼 있었다. 펄럭이는 생의 불꽃—친절한 말, 테스트 합격—은 금세 사그라드는 짚불이요 기만이었다. 독사의 이빨은 느슨해질 뿐, 절대 먹이를 놓지 않았다. 치명적인 독이 서서히 퍼지면서 희생자는 서 있는 다리에 점점 힘이 빠져 정해진 딱 그 시간에 자신이 푹 쓰러지리라는 사실을 느꼈다.

몇몇 학생은 마지막 순간 구조되기 위해 필사적으로 몸부림치고, 정신이 나가서 비굴하게 굴고, 유죄판결을 내뱉는 확실한 승리자의 입술에서 흘러내리는 침을 개처럼 핥는가 하면, 애원하듯 두 손을 들어 절대 막을 수 없는 것에 저항하고, 가슴을 누르는 무릎 밑에서 신음하며 몸을 웅크리고, 책 속에 코를 처박고 열에 들떠 성급하게 어마어마한 지식을 뜨거운 머릿속에 억지로 쑤셔 넣으려고 했다. 하지만 뺨은 창백하고 눈은 빨개져서 유감스럽게도 너무 늦었음을 깨닫는 것이었다. 그들의 창백한 뺨은 공포 때문이 아니었고, 새빨간 눈은 울어서 그런 것이 아니었다. 그런 아이들이 있었다. 반면 경주를 중간에 포기하고 계속 뒤처지는 학생도 있었다. 그들은 포기하고 지친 미소를 지으며 결승선으로 몰아가는 손길에 몸을 맡기고 "이미 오래전에 이렇게 될 줄 알고 있었어요" 하면서 고개를 끄덕이며 판결을 받아들였다. 그러나 비음 섞인 쿠퍼의 "자, 여기 누가 지는 쪽인지 한번 시험해볼까요!"에 "시험해보세요, 여기 제가 있습니다!"라고 대답할 학생은 없었다. 처음에 동등했던 한 사람으로서 끝까지 동등한 한 사람으로 맞서 싸우려는 그런 학생은 없었다.

지금까지 쿠퍼는 항상 바라던 대로 승리를 거두었다. 승리는 당연한 것이 되어 그는 당연한 게 당연히 이루어지는 걸 담담하게 받아들였다. 희생자를 확고한 의도의 맷돌 사이에 신중하게 갈면서도 승리의 기쁨을 느끼지 못했다. 요란하게 울리는 승리의 기쁨도, 은밀하고 음흉한 승리의 기쁨도 몰랐다. 그는 환호성을 지르지 않았다. 조용히, 조금 유감스러워하며 그럴 수밖에 없었다고 확인했다. 그렇게 그는 희생자와 희생의 과정을 지켜본 사람들 앞에서 말하자면 사죄했다. 매우 드물지만 자기 자신 앞에서 사죄할 때도 있었다.

이런 승리 방식은 공격 방식도 규정했다. 쿠퍼는 등 뒤에서 공격하지 않았다. 희생자로 선정한 학생을 안심시키고 느닷없이 공격할 필요가 없었다. 어차피 승리는 처음부터 확실했다. 또 어차피 더 강력한 권력자인 자신에게 암묵적으로 허용된 이상의 불공정을 저지른 걸 증명할 수 있는 짓을 하거나 너무 거친 술수를 사용하지 않도록 조심했다. 필요한 것은 우연처럼 손에 들어왔다. 그는 그것을 학칙이 허용하는 한 최대한 이용했다. 그의 증오를 일깨우고 확인시켜주기에 너무 사소한 것은 아무것도 없었다. 대수롭지 않은 아주 사소한 기회를 잡고 유리하게 이용하면서 그는 종종 더 중요한 기회를 이용하지 않을 수 있었으며, 그런 식으로 갑자기 너그러운 공정성을 가진 듯 포장할 수 있었다.

쿠퍼에게 바로 여기서 뜻을 이루는 것은 중요하지 않았다. 다른 길도 얼마든지 있었다.

그는 시작 지점에 각별한 주의를 기울였다. 마치 미식가가 사냥한 짐승의 가장 맛있는 부위를 고르듯이 그는 희생자를 고르고 가장 민감한 부분을 찾아 벌써 흐뭇한 포만감을 느끼며 토막을 쳤다. 완전히 무능력한 학생과 완전히 멍청한 학생은 반찬을 먹듯 꿀꺽 삼키고 마침 손에 들어온 것이니까 같이 먹었다. 그들은 어떤 자극도 주지 않았고, 특별히 집중할 필요도 없었다. 그런 학생의 필기시험은 어렵지 않게 '미흡'으로 분류하고 아주 안전하게 가기 위해 모두 두려워하는 독화살을 쏘았다. 그러니까 칠판 앞에 나오지 않고 자기 자리에서 대답하는 제자리 테스트를 하고 학생이 대답하지 못한(오직 그럴 때만!) 문제만 시험으로 간주하는 것이었다. 그 외에는 구역질 나는 이 찌꺼기 학생 집단과 상종할 생각이 없었고 그들을 무시했다. 그만큼 그는 더 엄격하게 파괴 공작의 주요 대상을 골랐다. 한 대 때렸는데 바로 쓰러져 영원히 일어나지 못하는 약골이나, 갑자기 발작을 일으켜 예측할 수 없는 짓을 저지를 수 있는 히스테리 환자, 천성적으로 무심한 두꺼운 코끼리 가죽은 확실한 본능으로 피했다. 가장 탐나는 먹잇감은 내면이 살찐 학생이었다. 그 학생이 부유한 집안 출신이거나 특별한 지성으로 명성이 자자하기까지 하면 특별한 매력이 생겼다. 물질적 혹은 정신적으로 가난한 학생들은 남의 불행을 고소해하는 천성으로 쿠퍼의 승리의 진군을 엄호했다. 다른 교수와 실제로 구분되는 유리한 차이점은 하나 더 있었다. 그러니까 거기서도 그가 너무 지나치지만 않다면 유리한 차이점이 될 수 있다는 말이다. 그 차이점은 그가 희생자의 성별에 완전히 무심하다는 것이었다. 얼마만큼 무심한가 하면, 그가 여학생을 야단치고 여학생의 눈물에 더 화가 나서 한 시간 내내 오만하게 비꼬는 말을 던져 괴롭힐 때면 8학년에서 가장 지독한 소녀 혐오자도 불쾌해할 정도였다. 하지만 그것 역시 결과적으로 매수가 불가능한 청렴결백의 갑옷, 가장 약삭빠른 적수도 두 손을 들 수밖에 없는 갑옷을 걸치는 데 도움이 되었다. 그렇다, 아무튼 쿠퍼 신에게는 핑계가 통하지 않았고, 쿠퍼 신 앞에서는 모두가 동등했다……

쿠퍼는 마음 같아서는 학생들에게 똑같은 옷을 입히고 싶었다. 자기 혼자 우아한 멋쟁이가 되고 싶었다. 그의 수업에서 새 넥타이를 매기만 해도 그건 미흡을 의미했다. 그런 행위는 그에게 특권을 달라는 부당한 요구였기 때문이다. 쿠퍼는 어떤 특권도 용납하지 않았으며 누가 감히 그러려고 시도하면 격노했다. 그런데 어떤 멍청한 명문가 아들이나 일부러 실실 웃으며 높은 분의 보호를 즐기는 건방진 녀석이 이따금 걸려들었다. 그럼 쿠퍼는 흔들리지 않고 집요하게 보호의 손길을 떼어내 그 학생을 쓰러뜨렸다. 그런 행동은 공정하다는 인상을 주었기 때문에 쿠퍼는 입학한 순간부터 시종일관 노력해 어느 정도 안전한 위치에 이른 학생들의 존경까지는 아니더라도 인정을 받았다. 하지만 쿠퍼 쪽에서도 좋아하는 학생이 있었다. 그것이 사랑처럼 보였기에 당사자는 이유를 알 수 없었다. 그러나 쿠퍼가 그들을 호의로 대하고 그들에게 자유를 허락하는 목적은 오직 노예가 된 학생들의 갈수록 무뎌지고 약해지는 증오를 새로 부추기려는 것뿐이었다. 그렇게 그는 장난하듯 학생들 사이에 시기와 질투의 씨앗을 뿌려 그들이 하나로 뭉쳐 반기를 들지 못하게 막고, 그들을 서로 반목시켜 어부지리를 얻었으며, 냉정한 기쁨을 느끼며 언제 이익을 낼 수 있나 계산했다. 학생들은 수업 시간이 훨씬 지나서까지 그의 의도에 봉사했다. 그의 수업에서 열등해서 경멸스러운 피조물인 '학생들'은 전적으로 그의 절대 권력을 확인시켜주는 도구에 불과해야 했다. 그러니까 학생들을 가지고 학생들에게 확인시키는 모양새였다. 학생들이 어떤 작품을 위한 도구인지 자신도 명확하지 않았기 때문이다. 여기서 방정식이 영으로 축소되는 일이 벌어졌다. 무한한 어떤 것—평행선이 영원히 서로 교차하지 않는 것 같은 그 무한이 아니다—이 쿠퍼의 계산에 들어와 인수 하나를 끄집어냈기 때문이다. 그 인수의 이름은 '의미'였다.

쿠퍼는 그 해답으로 만족했다. 그 문제를 더 깊이 생각하지도 않았으며, 무한한 그것을(그것은 종종 아주 가까이 있었고, 떨어지면 그대로 나쁜 종말이 보장된 협곡과 같았다) 시험하려고도 하지 않았다. 그럴 필요도 없었다. 그런데도, 아니 오히려 그래서 쿠퍼는 막강했다. 이 학급 저 학급에서 젊고 피가 펄떡이는 젊은 사람들, 그의 명령에 온갖 의심에 맞서 싸우는 부동의 밀집 방어군단이 하인처럼 고개를 주억거리며 그의 권력을 확인해 주려고 계속, 계속 또 나왔다. 그는 그런 확인과 그들이 제시하는 아주 사소한 증거가 필요했다. 그는 그것을 탐욕스럽게 끌어안으며 마치 애원하는 벌거벗은 여자를 손에 넣은 듯 흥분했다.

오랜 결핍의 시간을 보낸 후 오늘 그 확인이 별안간 팔팔하고 생생한 힘을 지니고 앞날을 기대하게 하는 에피소드 양념까지 쳐서 다시 바쳐졌고, 그래서 아르투어 쿠퍼는 그날 대단히 만족했다. 게르버라는 예비 사건을 멋지게 해결했다. 그에게 "학생은 나중에 우는 사람에 속할지도 모르겠군요"라고 했다. 그건 하나의 암시이자 노련한 방어였다. 더욱이 앞에서 한 말을 토대로 삼지 않았는가. 대단히 멋졌어. 사실 좀 더 재치 있는 말장난으로 그를 해치울 수 있었지만('게르버, 우리는 학생에게 가죽 무두질*을 시킬 생각이에요' 혹은 그 비슷한 말로 말이지, 히히) 나중을 위해 남겨놓았다. 그는 게르버를 놓치지 않았듯이 그 농담을 놓치지 않았다. 이 녀석 게르버! 새 장난감을 애타게 기다리는 어린아이처럼 쿠퍼는 그를 기다렸다. 그를 망가뜨릴 작정이었다. 8학년 담임을 맡으려고 열성을 부린 것은 무엇보다 그것 때문이었다. 몇 년 동안 교수들이 게르버의 새로운 비행을 한탄

---

    *   쿠퍼는 '무두장이, 제혁공'을 의미하는 '게르버(Gerber)'로 말장난을 하고 있다.

하고 다른 학생과 완전히 다른 그의 반항적인 행동 앞에서 두 손 두 발 다 들었다고 선언하면 쿠퍼는 늘 상대방이 기분 나쁠 정도로 놀라며 이렇게 말했다. "선생님, 이 멍청하고 뻔뻔한 풋내기 하나 제대로 못 다루시다니 놀랍네요!" 상대방이 '게르버는 멍청하지 않다, 학교 전체는 아니더라도 그의 반에서 가장 지성적인 학생이다. 그는 뻔뻔하지 않다, 다만 학생에게 어울리지 않는 의견을 말할 뿐이다. 무엇보다 그는 풋내기가 아니다, 오히려 아주 성숙해서 그를 낙제시킬 수 있는지 당장 결정할 수 없다⋯⋯'고 넌지시 암시하면 쿠퍼는 언짢아하며 말했다. "그럴 리 없습니다!" (이는 학생이 지성적이라는 말과 연관해 한 말이었다. 그 상황을 도저히 믿을 수 없었기에 다른 상황은 전부 다 망상으로 여겨졌다.) "게르버가 제 반에 들어온다면 그 녀석 기를 꺾어놓을 겁니다. 부디 그에게 그런 일이 없기를 바랍니다." 이제 드디어 소원이 이루어졌다. 마투슈는 이 "반항적인 집단"의 담임을 더 맡지 않겠다고 단호하게 선포했고, 다음 후보로 고려되었던 로트바르트는 업무가 과중했으며, 후사크는 너무 젊었고, 프로햐스카는 나이가 너무 많았다. 그래서 쿠퍼가 8학년 담임이 되었다. 이제 그가 어떤 일을 할 수 있는지 보게 되리라! 쿠퍼 외에도 지금까지 게르버에게 너무 관대했다고 못마땅해하는 몇몇 교수가 그렇게 생각했다. 그들은 선포된 이 결투에 호기심이 아주 많았고, 그래서 그들의 생각은 집행관 아르투어 쿠퍼를 따라 8학년으로 갔다⋯⋯

거기서 바로 첫날 게르버 학생이 처음에는 산만하고, 다음에는 훈화 중에 뻔뻔하게 소리를 질러 약점을 드러냈다. 따라서 그렇게 유명한 그의 지성은 딱 그 정도 수준인 것이다. "이 바보! 학생은 앞에 무슨 일이 기다리는지 모르는 것 같군요." 쿠퍼는 그렇게 말하고 싶었지만 하지 않았다. 받아친 말은 더 우아했다. 게르버의 경우가 어쩌면 그렇게 복잡하지 않을 수 있다고 잔뜩 걱정하며 쿠퍼는 교실을 나왔다.

　　계단실에서 젤리히 교수를 만났다.

　　"말씀해보세요, 선생님, 게르버를 어떻게 생각하세요?"

　　"게르버요? 아주 재능이 많은 젊은이지요. 사실 오래전에 학교 수준을 벗어났다고 할 수 있지요."

　　"확신하세요?"

　　"맙소사…… 제가 알기로 그는 선생님 과목을 썩 잘하진 못해요. 아마 그런 지식이 필요한 직업을 선택하지도 않을 테고요. 하지만 그 외에는……"

　　"저는 그 외에 뻔뻔한 녀석인 거 같은데요. 그에 대해 벌써 많은 이야기를 들었습니다, 선생님도……"

　　"글쎄 뭐…… 사실 사건이랄 것도 없어요. 그래요, 그는 조금 반항적이긴 하지요. 하지만—제 경험에 따라 말씀드리지요, 쿠퍼 선생님—단지 젊은이의 자연스러운 기질에서 오는 걸 거예요. 간단히 말해서 학교가 주는 기회가 충분하지 않은 거지요. 제가 판단하는 한, 근본적으로 그는 다루기 아주 쉬울 수 있습니다. 다만 이렇게 해야……"

"두고 보면 알겠지요!" 쿠퍼는 퉁명스럽게 내뱉고 그와 서둘러 헤어졌다.

가볍게 흔들리는 걸음에서 여전히 탄력적인 몸을 시험하면서 흡족해하며 쿠퍼는 종종걸음으로 거리를 따라 걸었다. 인사할 수 있는 모든 사람을 제때 모른 체하기 위해서 눈은 똑바로 앞을 바라보았다. 그는 인사를 받은 적이 없었다. 알아두면 좋은 사람에게는 먼저 인사하고, 다른 사람은—주로 학생들이었다—알아보지 못했다. 하지만 일부러 보지 않은 건지 아니면 정말 못 본 건지 알 수 없게 그렇게 했다(그런 의심처럼 막연한 불안을 자아내는 것도 없다). 그래서 걱정이 된 학생이 두 번 세 번 인사해도 그는 반응하지 않았다. 하지만 아예 인사하지 않으려고 하는 학생은 쿠퍼 대위가 당장 그 자리에 세워 규율 위반 처분을 내렸다.

쿠퍼는 집에 도착했다. 그의 아파트가 있는 건물은 도심의 좁은 골목에 있었다. 건물 2층에 있는 그의 아파트는 미망인이 된 남작 부인 소유였다. 고위 장교였던 남편이 전사한 후 그녀는 검은 옷을 입고 세월이 갈수록 점점 더 바깥세상과 담을 쌓고 살았다. 뛰어난 미적 취향으로 전쟁 전부터 유명했던 그녀가 금전적인 문제 때문에 방 여섯 개 중 세 개를 세놓으려고 한다는 사실이 알려지자 사람들이 몰려와 좋은 조건을 제시했다. 쿠퍼는 모든 경쟁자를 깨끗이 물리쳤다. 지원하며 당연히 내세운 전직 대위 신분이 도움이 된 것 같았다. 어쩌면 남작 부인이 퇴역 장교에게서 추억을 달래줄 친분을 찾고 싶었을 수 있었다. 쿠퍼는 상당한 금전적 희생을 치르고 아파트에 입주했다. 유산을 받아 부유한 데다가 독신자라서 비용을 감당할 수 있었는데, 얼마 후 남작 부인이 가구를 팔려고 하자 집세를 올려주기까지 할 수 있었다. 노부인은 그런 노력을 오해해 조심스레 더 가까워지려고 했으나 내용 없이 허풍스러운 그의 성격에 바로 혐오감을 느껴 돌아서 지금은 완전히 은둔 생활을 하고 있었다. 유일한 요구는 그가 집에 없을 때 방을 지나다닐 수 있게 해달라는 것이었다. 쿠퍼는 흔쾌히 승낙했다.

이제 세 개의 공간이 온전히 그의 것이었다. 그 가운데 가장 작은 방을 아무 장식 없이 벽지만 발라 연구실로 꾸몄는데 자신의 취향으로 아무것도 망치지 않기 위해 단순성을 강조했다. 만약 사방 창문으로 둘러싸인 돌출된 공간을 로코코 양식의 작은 책상으로 장식하지 않았더라면 그 의도는 거의 성공했으리라. 그 작은 책상 위에는 4부로 구분해 붉고 묵직한 플러시 서류꽂이에 조심스레 끼워놓은 그의 화법기하학 교재와 문제집 초고, 비단실로 묶은 그 저서들의 초판본이 놓여 있었다. 다른 서류꽂이에는 온갖 종류의 표창장과 그 외 다른 명예 수여 서류가 들어 있었다. 압권은 사색에 잠긴 포즈를 취한 쿠퍼의 스틸 사진이었다. 방 중앙에는 방수포로 싼 둥그런 탁자가 있고, 탁자 주위에는 갈색 나무 의자들이 빙 둘러 놓여 있었다. 벽 한쪽에 소파가 하나, 다른 쪽 벽에는 쿠퍼의 학문적인 보조 도구들이 간직된 장롱이 하나 있었다. 소장 도서도 이 방에 있었다. 쿠퍼는 벽에 붙박이 책장을 설치하고 앞에 커튼을 달았는데 커튼이 항상 반쯤 젖혀 있어서 안이 들여다보였다. 책장에는 모든 고전주의 작가와 동시대 작가들, 많은 프랑스 작가, 허영을 다룬 부분에 빨간 밑줄을 친 쇼펜하우어 호화 장정본, 사회복지학 서적 서너 권이 꽂혀 있었다. 군데군데 최근 현대 작가의 애장판도 보였지만, 독자의 견해를 요구하지 않는 기차역 서점에서 팔리는 시인 외에 생존 작가 작품은 거의 없었다(그들의 중요도는 명확한 확인이 불가능했기 때문이다). 책마다 붙어 있는 페이지는 칼로 베어놓았는데 고서점에서 산 책이 많았다. 그러니까 이미 읽은 책이었다. 그런데 책들은 무질서하게 뒤죽박죽 꽂혀 있거나 그냥 아무렇게나 쌓여 있었다. 많이 사용하는 듯 보이고 무엇보다 예술가적인 무질서처럼 보이는 효과를 노린 것이었다. 왜냐하면 아르투어 쿠퍼는 어느 날 보헤미안이 되자고 마음먹었기 때문이다. 그는 날마다 자신에게 이렇게 말하기로 했다. "딱딱하고 지루한 학교 규칙에 얽매였다가 편안한 자유의 불규칙한 수면 아래 헤엄치니 얼마나 좋은가. 정말 나의 본성에 훨씬 더 잘 맞는다니까!" 쿠퍼는 무질서한 연구실 상태에 극도로 신경을 썼다. 책상 위에는 책과 신문, 편지와 노트, 종이 더미가 다채롭게 빽빽이 흐트러져 있었다. 가사 도우미가 먼지를 닦다가 어수선한 자료 더미를 정리하거나, 그림 잡지 옆에서 얼굴을 쏙 내밀게 놓아둔 자를 여닫이 서류철 옆에 놓으면 불벼락을 내렸다. 쿠퍼는 늘 그림 잡지 옆에서 자를 꺼내는 습관이 있었다. 매일 엉뚱한 데 놓이는 것이 숙명인 그 자리에 재떨이와 달력, 잉크 흡수 패드와 다른 모든 물건을 놓은 그대로 두지 않아도 야단을 쳤다(놓는 자리와 물건은 일정한 시간 간격을 두고 바꾸었다). 책상 서랍 속 역시 엄격한 무질서가 지배했다. 방문객이 연구실을 구경하고 싶어 하면 쿠퍼는 이렇게 말했다. "아, 안으로 모시기가 정말 부끄럽습니다. 끔찍하게 정리가 안 되어 있거든요. 가사 도우미를 내보내야겠어요."

다른 두 방의 외관은 전혀 손을 대지 않았다. 다만 응접실 양쪽에 앙증맞은 터키 슬리퍼 두 짝의 엄호를 받으며 벽에 걸려 있는 사라센 반월도 아래 이제 쿠퍼의 사진 세 장이 걸린 것이 눈에 띄었다. 사진은 군복을 입은 쿠퍼, 승마복을 입고 말을 타는 쿠퍼, 테니스복을 입은 쿠퍼를 보여주었다. 그 밖에 두 공간의 고결하고 음울한 기품과 고상한 침착함은 손상을 입지 않아서 쿠퍼의 사진들은 집에 있는 듯 편안해 보이지 않았다. 저녁에 무거운 커튼을 닫고 벽감 램프의 흐릿한 조명 속에서 두 방을 가로질러 갈 때면 쿠퍼는 묘한 전율을 느끼며 방이 지닌 귀족적 기품의 서늘한 숨결을 느낀 듯한 기분이 들었다. 그럼 그는 안경을 벗고 눈에 외알 안경을 끼운 다음 담배를 무심한 듯 비스듬히 입가에 물고 육중한 벽 거울 앞에 서서 자신이 여기에 기막히게 잘 어울린다고 확인하며, 자신은 메리슈 트뤼바우의 우직한 촌사람의 아들이 아니라 원래 아르투어 마리아 쿠퍼 남작으로 포메른 어느 지방에서 태어났다고 생각하는 것이었다. 건너편 방에서 자는 늙은 남작 부인은 어머니여야 했다. 그럼 침실의 넓고 부드러운 침대에서 창녀들이 요금에 포함된 성적 흥분으로 신음하는 소리를 남작 부인이 못 듣는 것이 색다른 매력이 될 것 같았다. 그는 거리의 소녀를 데려온 적은 거의 없고 주로 바의 여급이나 무희, 고급 창녀를 데려왔다. 여자들은 (처음에는 손만 줄 뿐) 바로 몸을 주지 않고 일종의 구애 놀이를 허락할 뿐이었다. 하지만 여자가 아파트에 발을 들여놓는 순간 놀이는 끝났다. 소녀가 푹신한 안락의자에 편안히 앉아 명랑하게 혹은 끈적하고 관능적으로 약속하듯 다리를 꼬고 교태를 부리며 한참 전에 정해진 행위를 할 때까지 놀이를 계속하려고 하면 쿠퍼는 무뚝뚝하게 옷을 벗으라고 요구했다. 목적은 딱 하나, 그의 반쯤 병적인 욕망이 제시하는 가능한 오만 가지 길에서 항상 똑같은 결론, 그러니까 죄를 지은 여자가 무릎을 꿇고 속죄의 대가로 자기 몸을 가지라고 애원하는 지점에 이르는 것이었다. 그걸 거부하거나 추가된 배우 연기에 돈을 더 달라고 요구하는 소녀는 애써 꾸민 태연한 태도로 내쫓아버렸다. 소녀들은 대부분 어깨를 으쓱하고 쿠퍼의 소원을 들어주었다……

그런 밤은(다음 날 아침 벌써 낯선 저 먼 곳에서 어렴풋이 공포가 몰려왔다) 자신의 신적인 전능을 확인하는 마지막 기회였다. 그리고 전능은 비참하게 무너졌다. 진짜 애인이 있었던 적은 한 번도 없었다. 애인을 만들려고 잠시 시도해보더니 가망이 없다는 걸 깨닫고 물러났다. 대부분 들어맞는 정확한 판단력으로 그는 자신의 한계가 어디인지 깨달았다. 학교라는 세력권을 벗어나는 순간 자신이 그 어떤 사람과 사물에도 존경심을 불어넣을 수 없음을 알고 있었다. 일반인이 별 관심 없는 그의 능력에 보이는 존경은 미미했다. 추적점을 찾고 아핀 변환을 이용해 각 기둥의 정칙 단면을 세 가지 방식으로 작도할 수 있는 능력으로 어떤 사람에게 두려움 섞인 존경심을 불어넣기는 쉽지 않다는 걸 그는 잘 알고 있었다. 다른 걸 내놓을 수 없었기 때문에 그는 모두가 두려워하는 교수로 자신의 인격을 양성해야 했다. 교수로서의 인격이 사적 인간으로서의 인격에 그늘을 드리워 규정할 만큼 강력하게. 절대 그 역이 아니었다. 그는 수학 교수의 직업에 들어선 아르투어 쿠퍼라는 개인이 아니라, 수학 교수, 그러니까 아르투어 쿠퍼라는 개인에 들어선 수학 교수였다. 그는 종사하는 직업의 영향을 받았다. 그가 카페 탁자에서 미리 외운 스캔들 유머로 친근하게 성실한 보통 시민—그가 총애한 학생의 부모인 경우가 많았다—의 호의와 인정을 얻으려고 애쓸 때면 직업의 광휘가 그를 둘러쌌다. 거만하지 않고 가볍고 평범한 총명함으로 토론할 줄 알았던 한 협회에서 그는 그 광휘를 더 다듬었다. 그렇다, 심지어 혼자 해변에 누워 있을 때도 광휘의 작은 불꽃이 따라와 그의 주위에서 너울너울 춤을 추었다. 파도가 그걸 보고 혼자 속살거렸다. 저기 아르투어 쿠퍼 교수님이 누워 계신다, 사적인 인간으로서……

사람들에게 그는 신이 아니었다. 하지만 어쨌든 그들은 그가 어딘가에서 신으로 대접받는다는 사실을 알고 있었다. 이제 그 사실이 그들에게 적어도 감명을 주는지가 중요했다. 만약 그렇다면 쿠퍼는 거기서 인기까지는 아니더라도 가끔 보면 반갑고 어느 의미에서 흥미로운 사교가였다. 그렇지 못한 곳에서 사람들은 그를 동정하고 경멸하며 등을 돌렸으며, 도대체 한마디 할 가치가 있다고 생각하면 "멍청이!"라고 했다. "악당!"이라고 하는 사람도 몇 있었다. 그들이 처벌받지 않고 그렇게 말할 수 있다는 사실에서, 쿠퍼는 고등학교는 졸업시험과 함께 완전히 끝난다는 결론을 내렸다. 그래서 그때까지 자신에게 주어진 시간을 온 마음으로 이용하고, 그 시간에 꼭 달라붙어 나중에는 느낄 수 없는 만족을 피가 날 때까지 쥐어 짜냈다.

학생들에게 쿠퍼 신으로 불리는 아르투어 쿠퍼 교수는 명확한 사고 과정을 통해 '착석'이 더 이상 똑같은 '착석'이 아니면 그의 통치의 신적인 절대 권력도 끝난다는 사실을 깨달았다. 그는 권능이 유한한 신이었다. 그러나 권능이 있는 곳에서 그는 신이었다. 거기에 그는 거머리처럼 달라붙었다.

❷
검투사의 등장. 종이 울리다

다음 날 확정된 시간표가 아직 나오지 않아서 이런저런 추측이 가능했다. 그러나 여느 날과 같은 수업일인 것은 확실했다. 담임이 쿠퍼라는 중요한 사실이 정해졌기 때문이다.

거의 모두 쿠퍼를 받아들였다. 대단한 노력파의 책상에는 벌써 까만 표지에 모눈이 그려진 두꺼운 노트와 제도 기구, 삼각자가 놓여 있었다. 준비하는 건 항상 좋으니까. 어차피 피할 수 없다면 투덜거리며 마지못해서 하는 것보다 웃으면서 하는 게 낫다. 불평해봤자 소용없으니까. 노트는 사야 한다, 그러므로 내일보다 오늘 사는 게 더 좋다.

쿠르트는 노트와 다른 학습 도구를 가져오지 않았다. 가져오라는 분명한 지시도 없는데 미리 교수에게 맞추는 것은 불필요한, 아니 비난받아 마땅한 지나친 열성이라고 생각했기 때문이다. 그는 심지어 칠판 앞에서 누가 테스트받으며 도중에 막혀

진땀을 흘리는데 자리에 앉아 답을 안다고 손을 드는 것도 증오했다. 더욱이 쿠퍼에게 그런 열성을 보이다니! 도대체 쿠퍼가 정말 오는지 확실하지도 않은데 노트를 가져오다니! "모든 경우를 위해서!" 대비하는 애처로운 모습이라니! 그는 노력파들이 헛수고했기를 바랐다. 하지만 그들이 상관하지 않고 내일 또 노트를 가져오리라는 걸 알고 있었다.

하지만 노력파들은 보상을 받았다. 종이 울리자마자 쿠퍼가 정말 교실에 들어왔기 때문이다. 그가 학급일지를 쓰는 동안 제베린이 교탁에 좌석표를 슬쩍 올려놓았다.

제베린은 검은색과 빨간색 매직으로 교탁과 교실 문, 난로와 창문까지 그려 꼼꼼하게 좌석표를 만들었다. 인정을 받고 싶은 눈치가 역력했는데 정말로 인정을 받자 흠칫 놀랐다.

"누가 만들었지요? 그래요. 학생은 음…… 제베린이죠. 아주 좋아요. 그런데 창문의 비례가 정확하게 맞지는 않네. 교단으로 올라가는 계단 간격도 더 넓고."

쿠퍼가 빙긋 웃자("나는 괴팍한 사람인 척하는 거예요!") 소위 공식적인 웃음꾼 몇 명이 킥킥 웃어 농담을 이해하고 인정한다는 표시를 했다. 쿠퍼는 호의적으로 "조용!" 하고 소리쳤다.

"제베린, 여기 나와 설명해봐요!" 쿠퍼가 말하고 여전히 미소를 띤 채 수첩을 꺼냈다. 하지만 그 미소는 앞의 미소와는 다른 미소로, 학생들의 경악에 찬 놀라움을 포식한 후 짓는 흐뭇한 미소였다. 이럴 수 있어? 첫 시간에 벌써 테스트를 한다고? 더욱이

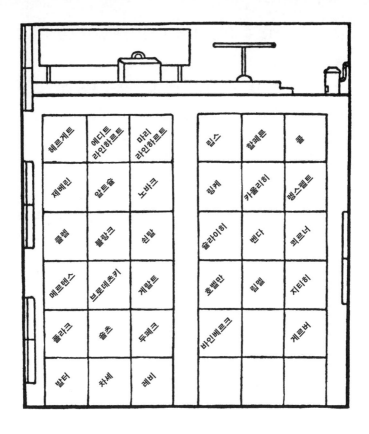

칭찬받아 마땅한 학생을?! 그럼 전통적으로 효과가 검증된 아첨의 기반이 흔들릴 텐데!

　당혹감이 웅성거리는 소리로 터져 나오면서 몇 사람이 의자에서 엉덩이를 들썩이고 당황해서 서로 얼굴을 쳐다보았다. 다만 레비와 렝스펠트는 뭔가 아는 듯 거만하게 빙긋 웃었다. 그런 일을 이미 예상했기 때문이다. 어떻게 생각하느냐고 림멜이 쿠르트 게르버를 돌아보았다. 하지만 모든 일을 각오했던 쿠르트는 어깨만 으쓱했다.

쿠퍼는 학생들의 동요를 눈치채고 태도를 바꾸었다. 그가 날카롭게 물었다. "대체 무슨 일이죠? 혹시 여러분은 내가 한 시간 동안 노닥거릴 줄 알았어요? 단지 오늘이 우연히 등교 두 번째 날이라서? 거기 조용히! 게르버!"

"교수님, 저는······"

"됐어요. 듣고 싶지 않아요. 원한다면 학생이 제베린 대신 나와도 좋아요."

쿠르트는 애써 자제했다. 빌어먹을. 이럴 줄은 몰랐다. 그는 성실한 학생이 아니었으며, 교수는 언제든 '미흡을 주기 위해' 그를 테스트할 수 있었다. 쿠퍼가 빈정거리자 비로소 쿠르트는 아주 위험하다는 걸 깨달았다. 쿠퍼가 아무 일도 없었던 듯 태연히 제베린에게 몸을 돌렸다.

"자, 해봐요! 계단의 각도는 지금 할 수 없어요. 그건 다음 시간에 할 거니까. 지금 화법기하학을 하고, 9시에서 10시까지 수학을 할 겁니다. 좋아요." 섬뜩한 효과를 확신하며 그가 지나가듯 말했다. 마치 바로 연속 두 시간을 맡은 것이 아주 당연한 것처럼. "자, 제베린, 난로를 창가에 놓아봐요. 난로를 어떤 기하학적 도형으로 봐야 할까요? 상상력이 있을 테니까 좀 발휘해봐요! 그러니까?"

크나큰 신뢰에 제베린은 몸을 움츠렸다. 그는 주목받는 게

2. 검투사의 등장. 종이 울리다

싫어서 심지어 노력하는 것도 대체로 삼가는 눈에 안 띄는 학생에 속했다. 눈에 안 띄는 학생은 노련한 부정행위로 필기시험에 합격하고, 구두시험은 언제나 운이 좋아 통과해 어느 날 졸업 시험 합격 판정을 받는다. 보통 연초에 유리한 상황을 이용하는데, 일단 좋은 인상을 주는 데 성공하면 그다음엔 걱정할 필요가 없다.

좌석표로 그걸 노렸던 제베린은 난로를 응시하고 집중해 생각하며 마치 세상에서 가장 어려운 문제의 가장 정확한 답을 찾는 것처럼 오만상을 찌푸리고 거기 서 있다.

눈치가 빠른 쿠퍼가 물었다.

"학생은 작년에 성적이 어땠지요?"

"두 학기 우수였습니다."

쿠퍼는 놀라서 귀를 의심했다. 뭐가 문제인지 알 수 없었다. 제베린이 뭔가 할 수 있는데 당황했나? 만약 능력이 많은데 이 상황에서 이런 유치한 문제에 좌절하게 하는 건 치욕을 주는 게 아닐까? 글쎄, 곧 밝혀지겠지. 쿠퍼는 일단 그냥 넘어가기로 했다.

"난로는 실린더와 가장 닮았지요." (평소 모든 외래어를 과도하게 정확히 발음하던 쿠퍼는 과장해서 '실뢴더'라고 했다.) "맞지요?"

제베린은 마음이 놓여서 고개를 끄덕였다.

"좋아요, 계속합시다. 난로가 여기 구석 창가에 있다고 상상해봐요. 햇빛이 60도 경사로 들이비친다고 가정하고. 실린더,

그러니까 난로의 뚜껑 면이 평면 그러니까, 교단 표면에 드리운 그림자를 조사하는 거예요."

그런 부류의 학생에게 놀랄 일도 아닌데 제베린은 다행히 첫 시작을 할 수 있었다. 그가 도중에 막히자 쿠퍼가 개입해 새로운 난관에 열정이 불타올라 자신이 문제를 끝까지 풀었다. 제베린은 집중해서 듣고 이따금 이해한다는 듯 고개를 끄덕이며 핵심 용어를 나직이 따라 말했다. 그것은 학생이 보조 역할을 하는 정상적인 '학습활동' 과정이었다. 그러니까 성적에 들어가는 테스트가 아니었다. 처음에 두려워했던 폭풍이 무사히 지나간 듯 보였다. 그때 쿠퍼가 손에 들고 있던 분필을 내려놓고 애정 가득한 시선으로 칠판을 훑어보고는 말했다.

"자, 문제가 그렇게 어려웠어요, 제베린? 봐요, 되잖아요. 고마워요, 착석."

제베린은 날아갈 듯 기뻐하며 들어가려고 했다.

"잠깐!" 쿠퍼가 학급일지를 집어 들었다. 그리고 빙글빙글 웃으며 적었다. "작년에 우수를 받았다고? 음, 오늘은 기껏해야 미흡이었어요."

기습공격이 또 이루어지고 또 성공했다. 제베린은 얼굴이 시뻘게져서 공손하게 인사하고 자리로 돌아갔다. 반 전체가 얼어붙었다.

쿠퍼가 상관 않고 냉정하게 말을 이었다.

"여러분은 일상생활에서 쓰는 물건이 아주 좋은 예가 되는 걸 보았습니다. 항상 눈을 크게 뜨고 현혹되지 말아야 해요. 내 말이 맞지요? 이를테면 나는 1916년 6월 이손초 강가[*]에 누워 있었는데……"

"오늘 또 웃을 거야, 셰리?" 림멜이 몸을 반쯤 돌리고 물었다.

"그런 짓은 너희한테 딱 맞지! 웃고 싶으면 직접 웃어!" 쿠르트는 이를 앙다물고 내뱉었다.

림멜은 소리 없이 비죽 웃었다.

"안녕, 차셰!" 쉬는 시간에 쿠르트는 학급의 심부름꾼 노릇을 하는 약간 모자란 녀석을 불러 세워 혹시 노트를 사러 문방구에 가는지 물었다.

차셰는 고개를 끄덕이며 지폐가 가득 든 손을 폈다. 쿠르트는 그 위에 돈을 올려놓았다.

"노트 두 권 좀 사다줘. 다른 아이들과 똑같은 거로."

그릇이 작은 사람은 중요해 보이는 과제를 받으면 오직 자신의 본성 밖에서 그 과제를 해결할 수 있다고 믿고 건강에 해로울 만큼 허파를 긴장시켜 몸을 잔뜩 부풀린다. 과제를 자신의 크

---

[*]   제1차 세계대전 때 오스트리아–헝가리 제국과 이탈리아군이 12차례 전투를 벌인 곳. 현재 슬로베니아의 소차 강을 말한다.

기에 맞게 축소하는 대신, 잘못 추측한 과제의 차원으로 자신을 끌어올리다가 마치 팽팽하게 당긴 고무줄이 갑자기 도로 튕기듯 언젠가 느닷없이 다시 확 쪼그라든다. 슬픈 광경이지만 처음에는 아무도 그런 생각을 하지 않는다. 결말을 걱정하지 않은 채 부드러운 사람이 갑자기 거칠어지고, 약한 사람이 강한 척하고, 선한 사람이 분노와 공격성으로 무장한다.

별명이 '그니까'인 뚱뚱한 독일어 교수 프란츠 마투슈는 지금까지 어떤 학생을 학급일지에 적거나 교수회의에 소환하고, 더 나아가 불합격시킨 적이 한 번도 없었다. 물론 그가 무자비하고 악의가 끓어넘치는 음울한 날도 있었다. 그때 잘못 걸린 사람은 완전히 끝장난 것처럼 보였다. 그러나 그런 일은 그의 영역 안에 머물렀다. 담임 교수도 독일어 시간에 무슨 일이 있었는지 몰랐다. 마투슈는 사건을 마음에 담아두는 것조차 싫어할 만큼 게을렀기 때문이다. 그래서 그는 성실하고 좋은 교수로 여겨졌는데 정말 그럴 수도 있었다. 근본이 그런지 겉으로만 그런지는 확실하지 않았지만 결국 그가 위험하지 않다는 사실은 달라지지 않았다.

방금 자행된 범죄를 추적하듯 마투슈가 10시에 쿵쾅거리며 교실에 들어와 서류 가방을 탁 소리 나게 교탁에 내려놓더니 어리둥절한 학생들을 음울하게 눈썹을 찌푸리고 둘러보면서 따발총처럼 말을 쏟아냈다. 평소에도 말이 빠른데 숨을 헉헉 몰아쉬며 꼭 천식 환자처럼 말을 쏟아내는 바람에 도무지 무슨 말을 하

2. 검투사의 등장. 종이 울리다

는지 거의 알아들을 수가 없었다.

"누가 바깥 교실 문 앞에서 '좋아, 마투슈가 온다'고 말하는 소리를 들었어요. 당연히 나는 누가 그랬는지 알고 있습니다." (그가 잠시 말을 멈추자 모두 자신이 범인인 것 같은 생각이 들었다. 사실 그 말은 마투슈가 일장 연설을 늘어놓을 구실로 삼은 것일 뿐이었다.) "그니까, 내 수업에서 편히 지낼 수 있다고 생각하면 안 됩니다, 그치요." ('그렇지요'와 '그러니까'는 마투슈가 기회가 있을 때마다 끼워 넣는 단어였다. 짧게 쉭쉭거리며 말해서 '그치요'와 '그니까'로 들렸다.) "그니까 내가 모든 게으름뱅이를 그냥 통과 시켜줄 거라고 착각하면 안 됩니다. 절대 착각하면 안 돼요, 그 치요. 무엇보다 나하고 싸우면 됩니다, 그치요. 나는 항상 옳아 요, 항상, 항상 옳아요. 그니까. 올해 여러분은 졸업반이고, 따라 서 신사 숙녀분들은 조금 노력해야 합니다, 그치요. 눈을 크게 뜨고 지켜보겠어요. 그니까, '마투슈가 온다'는 좋지 않아요, 그 치요. 명심해야 해요. 착석!"

마투슈 교수는 수업 시간 내내 쉴 새 없이 책상 사이를 오가 면서 교칙 위반을 보면 득달같이 달려와 일장 훈계를 늘어놓았 는데 말미에는 절대 잊지 않고 이렇게 덧붙였다. "그니까, 여러 분이 무슨 일을 하는지 항상 잘 생각하세요. 여러분은 졸업시험 을 앞두고 있어요, 그치요."

지난 3년간 역사와 지리를 가르쳤던 프로햐스카도 오늘은 수업 시간 내내 평소와 다르게 행동해 영원히 그럴까 걱정을 자아냈다. 그가 이상하게 잠긴 목소리로 나직하게 시작했다. 오랜만이라서 그런지 그의 강한 보헤미아 억양이 더욱 두드러지게 들렸다.

"젊은 신사 숙녀 여러분, 부탁인데 마지막 해를 조금 편안히 보내게 해주세요. 보세요, 나는 늙은 사람이고 올해 은퇴해요. 여러분은 내가 졸업시험 때까지 가르치는 마지막 학급이에요. 여러분이 성숙한 어른임을 보여주세요! 그러니 제발 조용히 해야 합니다."

교실에 침묵이 감돌았다. 프로햐스카 시간에 정숙이라니. 뭐지? 대성당의 조용한 신성(神性)처럼 공기 중에 감도는 묘한 무게감이 서른두 명의 8학년생 마음을 짓눌렀다. 성격이 달라 저마다 다르게 성장한 서른두 명의 8학년생은 갑자기 똑같이 자신들이 나쁜 사람이며, 자신들이 프로햐스카의 마지막 학급인 게 오롯이 자신들 탓인 듯 죄책감을 느꼈다. 그래서 그것에 저항했다. 최근 귀가 따갑게 들어 빈말로 흘려들었던 말이 갑자기 의미를 얻어 가슴을 짓눌렀다. 그들이 "걸어 나가야" 할 인생이 거기 있었다. 끝까지 걸은 인생이, 주름이 자글자글하고 조바심치며 걱정하는 잿빛 인생이 그들 앞에 서 있었다. 모터가 이미 멈춘 기계가 그들 눈앞에서 마지막으로 바르르 진동하면서 서서히 멎기 시작했다.

"나는 늙은 사람이고 올해 은퇴해요……" 그는 왜 그런 말을 우리에게 할까? 그게 우리 탓일까? 우리는 알고 싶지도 않고,

어떤 사람의 장례를 치르고 싶지도 않아! 올해 연말에 우리 뒤에서 문 하나가 닫힌다. 좋다, 규정에 따른 일이다. 하지만 그의 등 뒤에서는? 우리와 달리 그의 등 뒤에서는 다른 문이 열리지 않는데? 그는 여기 머물러야 한다. 그는 여기 속한 사람이다. 우리는 그도 남겨두고 갈 것이다. 하지만 연말에 그럴 것이다! 처음에 벌써 이중으로 마지막 해라는 걸 알고 싶지 않다. 우리 모두에게 긴 시간 이별을 기다리는 것밖에 약속하지 않는 인생의 무게에 아직은 짓눌리고 싶지 않다…… 선해서 우리 모두 사랑하는 노 교수 프로햐스카는 왜 오늘 벌써 이별할까? 그는 자신의 악한 면을 다 소진한 사람이 그러듯이 선하다. 안톤 프로햐스카 교수는 악한 면을 바로 다 소진했다. 악한 면의 비축량이 많지 않았기 때문이다. 그는 대다수 사람보다 훨씬 더 일찍부터 선했다. 기억하는 한, 그를 나쁘게 말하는 학생은 한 명도 없었다. 이제 우리 뒤에 아무도 오지 않는다고? 우리가 그를 사랑한 마지막 학생이라고?

하지만 우리는 그를 사랑할 것이다. 그 말을 그에게 할 것이다. 왜 우리는 아직도 침묵하는가?

"교수님!"

쿠르트 게르버는 자리에서 일어났다. 모두 그걸 기다리고 있다는 느낌이 들었다.

"교수님, 우리 반 전체의 이름으로 약속드릴게요. 이 학교에서 교수님이 보내시는 마지막 해는 가장 아름다운 해가 될 겁니다!"

반 전체가 일어나 감동에 젖어 묵묵히 서 있었다. 프로햐스카는 안경을 쓴 채로 안경 안쪽을 닦았다.

"세상을 떠난 소중한 이를 추억하며 1분간 묵념하겠습니다!" 농담할 때면 늘 짓는 미소를 지으며 그가 말했다. 하지만 이번에는 아무도 웃지 않았다. 진실에 가까웠기 때문이다.

"부탁이니 그만 앉아요!" 프로햐스카의 목소리가 다시 평소의 어조로 돌아왔다. "우리 친구 게르버한테 그 말을 들으니 더 기쁘네요. 비록 타로 게임을 하며 가끔 지나치게 소란을 피우지만 나는 항상 게르버가 뛰어난 학생이란 걸 알고 있었어요. 타로가 아니라 매리지 카드게임이었나? 아, 됐어. 젊은이들, 우리는 분명 잘 지낼 거예요. 나는 전혀 걱정하지 않아요. 졸업시험을 앞두고 여러분은 당연히 조금 더 열심히 공부해야겠지요. 레비와 바인베르크, 우리 친구들도 너무 자주 머리가 아프면 안 되겠지요, 그렇지요?"

레비가 예 하고 대답하고, 바인베르크 대신 호벨만이 예 하고 대답했다. 심한 근시인 프로햐스카는 바인베르크가 결석한 것을 눈치채지 못했다(바인베르크는 언제나 방학이 완전히 끝나는 사흘째 되는 날 학교에 나왔다. 그의 독특한 버릇이었는데 그는 그걸 적지 않게 자랑스러워했다).

"좋아요. 젊은 신사 숙녀 여러분, 다시 말하지만 걸맞게 행동하세요. 종이 울린 다음에 늦게 교실에 들어오거나 문을 쾅 소리 나게 닫지 마세요. 사방에서 8학년을 주시하는 걸 알 거예요.

서투르게 행동하지 마세요. 나는 여러분을 무사히 다 합격시키고 싶습니다. 나를 너무 힘들게 하면 안 돼요. 젊은이들, 나를 도와줘야 해요. 그럼 지금부터 좀 노력할 필요가 있지만, 누구나 평생 한 번은 졸업시험을 치잖아요. 나는 최소한 여러분 가운데 누가 시험을 두 번 치는 걸 바라지 않아요. 좋아요."

학생들은 서로 얼굴을 쳐다보았다. 프로하스카가 무슨 말을 하는지 알았다. 그는 지리와 역사의 몇 '문제', 그러니까 각자 졸업시험에서 논해야 할 주제를 제때 알려줄 것이다. 그가 그런다는 소문이 늘 돌았으나 졸업시험 수험생들은 절대 정확한 정보를 주지 않았다. 그래서 정말 그런지 항상 걱정이 많았다. 지금 프로하스카는 그 걱정을 거의 덜어주었다. 그는 좋은 사람이었다! 올해는 더욱! 사실 그의 수업을 듣는 마지막 8학년이라는 것은 큰 행운이었다……

마지막 시간에는 교수와 학생들 모두 규범을 벗어난 사람으로 생각하는 부유한 필립 교수가 왔다. 모두 그가 취미로 교수 활동을 하는 걸 알고 있었는데 아마 원래 전공인 개인 심리학과도 연관이 있는 것 같았다. 교육학과 논리학, 화학을 가르치는 그는 그 분야의 뛰어난 능력자로 여겨지지 않았지만 풍부한 일반 상식을 보유하고 그걸 아낌없이 나누어주었다. 담당 과목만 빼고 예술과 정치, 의학, 다른 온갖 분야를 거론하는 그의 수업은 모든 과목 중 가장 흥미로운 시간이었다. 또한 필립은 고등학교다운 것을 배제하는 걸 좋아해서 앉는 순서나 다른 형식적인 규정도 개의치 않았으며, 학생에게 반말을 건네고, 여학생의 이름을 부르고, 장학사가 오면 몹시 당황했다. 그런 날에는 아주 드문 기회에 능력을 보여준 한 학생을 교단으로 불러 학생이 원하는 걸 하게 했다. 그런 학생의 성적은 매우 우수를 주고, 대다수 학생은 우수, 어떤 성적을 받아도 상관없는 것이 확실한 몇 명은 충분을 주었다. 그런 느슨한 교육관은 학생들의 존경을 받지는 못했지만—그러려면 주요 과목을 가르쳐야 했을 것이다—학생들이 그를 속을 터놓는 친구이자 (조금 얕보면서) 동료로 여기게 했다. 어느 정도였냐 하면, 그가 도무지 어떻게 해볼 수 없는 개구쟁이 짓을 그에게 한 저학년생들을 말 그대로 분노한 8학년생들이 자발적으로 나서서 두들겨 패줄 정도였다. 8학년생들은 필립을 좋아했다. 하지만 안타깝게도 그는 중요한 교수가 아니었다.

그런 필립조차 첫 시간에 졸업시험에서 끌어낸 의미심장함을 노렸다. 처음에는 그런 기미가 전혀 없었다. 그는 늦게 들어와 평소와 마찬가지로 "착석"이 아니라 고개를 가볍게 까딱하며 "안녕" 했다. 하지만 한참 뭔가 토해내려고 하더니 아이들을 찬찬히 뜯어보고 마침내 결심하고 일장 연설을 하는 것이었다.

"너희가 다른 자리에 앉고 싶다면 마음대로 하도록. 반대하지 않겠다. 우리는 앞으로 일주일에 한 시간은 화학 실험실에서, 나머지 시간은 교실에서 수업할 거야. 최소한 두 교실에서 같은 자리에 앉기를 부탁한다. 8학년은 약간의 규율이 필요하지. 그건 나도 어쩔 수 없어. 내 과목은 졸업시험 과목은 아니나 시험 자격 심사와 종합 평가에서는 좋은 점수가 중요하다. 따라서 걸 맞게 행동하도록. 나는 누구를 힘들게 할 생각이 없어. 하지만 작년에 여기서 벌어진 것과 같은 일은 올해는 절대 그냥 넘길 수 없다. 아주 단호하게 개입할 생각이야."

"들어라, 들어라. 오른쪽에서 외쳐라!" 렝스펠트에서 게르버까지 오른쪽 줄이 합창하듯 필립 시간에 즐겨 외치는 구호를 외쳤다.

"어린애 같은 짓은 그만하세요!" (존댓말은 기분이 좋지 않다는 표현으로 여겨졌다.) "이미 졸업시험에 합격한 것처럼 너희를 대할지 말지는 전적으로 너희에게 달려 있다…… 그러니까! 제발 좀 조용히 할래?"

"우리는―조용히―하겠습니다!" 구호 합창단이 대답했다. 그리고 분위기 변화를 위해 정말로 조용해졌다.

필립은 교탁에서 안락의자를 꺼냈다. "여긴 상당히 덥군. 재킷을 벗어야겠어. 숙녀분들이 반대하지는 않겠지?" 그가 재킷을 벗어 안락의자 팔걸이에 걸며 앞 두 줄을 보면서 싱긋 웃었다. 그의 미소는 화답을 받았다. "그런데 리자 베어발트는 어디 있지?"

"학교를 그만두었어요. 교수님이 당연히 아셔야 할 텐데요." 지티히가 말했다.

"지티히 군, 나는 학생처럼 그렇게 관심이 많지 않아서요. 어쨌든 서운하네. 정말 매력적인 여학생이었는데."

"닥쳐!" 마지막 줄에서 나온 소리를 필립은 아슬아슬하게 흘려들을 수 있었다. 쿠르트는 어제 오전부터 리자 생각을 할 시간이 없었다. 계속 미루다가 이제 그 태만함을 외부에 들키자 화가 났다. 그것 역시 도무지 생각에서 몰아낼 수 없었던 빌어먹을 쿠퍼 탓이었다. 이제 리자가 갑자기 다시 여기 있었다. 쿠르트는 아직 그녀를 주위 환경과 나누어 생각할 수 없었다.

다른 아이들은 어렵지 않게 그렇게 했다. "리자는 학교를 그만두었어요", 지티히는 그렇게 말했다. 하지만 지티히는 리자를 가장 열심히 따라다닌 아이 중 하나였다. 이제 그는 다른 여학생을 따라다닐 것이고 그럼 끝이다. 필립이 "어쨌든 서운하네" 하고 재킷을 안락의자 팔걸이에 걸면서 로테 헤르게트의 다리와 아니 콜의 좁은 엉덩이를 평가하는 것과 같다.

리자는 자신의 자퇴를 모두 얼마나 쉽게 받아들이는지 모르리라. 쿠르트가 유일하게 그녀의 부재를 아쉬워하는 걸 결코 깨닫지 못하리라. 누가 말해줘도 아마 이해하지 못하리라.

지금 하려는 일이 무의미하다는 걸 알면서도 쿠르트는 책상에서 수학 노트를 꺼내 한 장을 찢었다.

아니다. 그동안의 일을 종이에 옮기는 것은 불가능했다. 아마 그 이야기를 말로 하는 것도 어려웠을 것이다. 그런 이야기를 하려면 리자가 그를 믿어야, 정말 믿어야 하고, 눈에 미소를 띠고 둘이 팔짱을 끼고 그늘진 숲속 오솔길을 걷거나 어둑어둑한 테라스 벽감에 앉아 있어야 한다…… 그런 곳이라면 그녀에게 이해시킬 수 있으리라, 그동안의 일뿐 아니라 모든 것, 모든 것을. 리자는 왜 한 번도 그와 그렇게 이야기하지 않았을까? 몇 달 전 그녀의 집 앞 공원에서 보낸 뜻밖의 유일한 그 시간, 설명할 수 없이 길고 뜨거웠던 첫 키스와 놀란 듯 한없이 이어졌던 키스…… 그 후 따로 만난 적이 없었다, 한 번도. 물론 쉬는 시간에 짧은 눈길과 나직한 말 같은 사소하지만 짜릿한 일은 있었다. 쿠르트는 모든 것이 우연, 에피소드, 따스한 밤에 바쳐진 공물에 지나지 않을까 두려웠다. 그가 원할 때마다 리자는 생긋 웃었고, 그럼 두려움은 눈 녹듯 사라졌다. 하지만 그녀의 그 미소는 가까이 다가오는 모든 사람에게 짓는 미소였다. 쿠르트만 그걸 다르게 받아들였다. 다가올 엄청난 일을 허락하고, 아직 그러지 않은 걸 사과하고, 곧 그러겠다고 약속하는 것으로 이해했다. '곧'에서 계속 '다음에'가 나온다면 그건 '그의' 잘못이 아니었다! 대체 리자가 그를 유혹할 이유가 뭐가 있겠는가? 또 그가 그녀를 밀어붙일 이유가 뭐가 있겠는가?

"고등학생의 풋사랑일 뿐이야!" 그렇게 여겨지는, 차마 입 밖에 낼 수 없었던 부끄러움은 리자가 학교를 떠나 이제 성립하지 않는다. 이제 많은 게 달라지리라. 혹시 리자는 최소한 그가 반쯤 열려 있었을 수 있는 문을 박차고 여는 그런 행동을 하길 기다렸을까? 리자는 먼저 시작하는 법이 없었다. 늘 그녀가 한 약속을 상기시켜야 했다. 다시, 또다시. 언젠가 결과가 나올 때까지 계속.

사랑하는 리자, 보다시피 지금 나는 수학 노트 한 장을 찢어 편지를 쓰며 이틀 전부터 네가 나보다 나은 처지임을 인정하지만 아무렇지도 않아. 지금 12시 30분이야. 필립은 유쾌한 취임사를 하더니 이제 여행 칼럼으로 날 지루하게 하고 있어. 그래서 안전하지 않은 집보다 차라리 지금 편지를 쓴다.

학교에서 무슨 일이 있는지 궁금하니? 말하자면 우리 꼬마들이 어떻게 지낼까, 하는 엄마의 관심 같은 거? 꼬마들은 다 기뻐하고 있어. 보라, 신께서 아르투어 쿠퍼의 모습으로 친히 내려오셔서 수학과 화법기하학을 가르치실 테니까. 그러니까 이제 쿠퍼는 나를 손에 넣은 거지. 어제 첫 시간에 바로 한판 붙었어. 많은 일을 예감하게 하는 전초전 같은 거지. 착한 프로햐스카가 다시 왔는데, 올해 진짜 은퇴한다며 보헤미아식으로 흐느끼더라고. '그니까'도 여전한데, 졸업시험 가지고 어찌나 거들먹거리는지 꼭 콧수염을 꼬아 올릴 기세였다니까. '그니까'가 콧수염이 없어서 정말 다행이야. 다른 과목 교수들은 아직 모르겠지만 1등급 교수들이겠지. 니세트, 보르헤르트, 다른 훌륭한 교수들이겠지. 네가 이 자리에 없는 걸 기뻐하렴!

볼로냐에서 보낸 엽서 고마워. 하지만 네가 돌아왔다는 소식을 전하는 우리 나라 엽서가 훨씬 더 좋았을 거야. 물론 숙녀가 먼저 편지를 쓰면 안 되지. 리자, 영원히 기다리게 하면서 날 괴롭히는 짓은 대체 언제 그만둘래? 나는 너한테 바라는 게 별로 없는데. 그래도 너무 많은 거니? 넌 그렇다고 할 수 있겠지만 어쨌든 대답은 꼭 해줘. 그래주겠니, 리자? 당장? 부탁해!

지금 사환이 회람을 가지고 와. 임시 시간표야. 필립이 바로 교수 이름을 말해주네. 프랑스어: 보르헤르트. 체! 물리: 후사크. 브라보! 라틴어: 니세트. 체! 논리학: 젤리히. 브라보! 자연사: 리들. '체'라고 할 가치도 없어. 하긴 더 나쁜 시간표가 나왔을 수도 있지. 그런데 네가 지루해할까 걱정이 된다.

이제 렝스펠트가 네 자리에 앉아. 얼마나 슬픈지, 얼마나 끔찍이 슬픈지 글로 표현할 수 있으면 좋겠다! 넌 그런 생각은 해봤니? 아, 지금 생각이 나는데 왜 학교를 그만두었는지 묻지도 않았네. 너한테 직접 대답을 들을 수 있으면 좋겠다.

그 이야기뿐 아니라, 다른 이야기들도 듣고 싶어, 리자. 말해줄 거지?

너의

서명은 하지 않았다. 그런 식이었다. 그들은 당분간 서로 편지로만 대화했다. 그러니까 쿠르트가 서너 통을 쓰면, 리자가 종이쪽지에 빈약한 대답과 변명, (다시 취소되는) 다음 만남을 기약하는 말을 끄적거리고, 친절하고 상냥한 말 몇 마디를 후딱 던지는 식이었다. 그들은 편지에서 인사말도 서명도 하지 않고 꼭 필요한 말만 했다.

언제나 쿠르트의 편지가 몇 배 더 길었다. 모든 말이 꼭 필요한 것 같았고, 언제나 할 말이 너무 많았으나 기회가 없었기에 그

이야기를 글로 썼다. 리자가 읽기도 전에 그의 말이 빛바래지리 라는 걱정은 하지도 않고 거침없이. 사랑을 속삭이는 말은 말하 는 순간에 나이를 먹는다. 끝까지 말하기도 전에, 상대방이 자신 의 원래 의도대로 활기차고 생생하게 이해하기도 전에 벌써 광 채를 잃는다. 하물며 종이에 쓴 사랑의 말은 어떻겠는가. 상대방 의 눈앞에서 사랑의 말은 이미 때가 맞지 않고, 누렇게 변하고, 무의미해진다. 가는 시간이 너무 오래 걸려서 처음의 비밀은 다 사라지고, 뻔한 목표만 먼지를 뒤집어쓰고 벌거벗은 채 뻘쭘하 게 서 있으면서도, 여전히 수줍어하며 놀라서 어디로 가야 할지 모른다. 그 말이 마침 비어 있는 어떤 자리에 멈춰 서고, 그 자리 가 마침 마땅히 가야 할 자리인 경우도 종종 있다. 하지만 그런 일은 순전히 우연일 뿐이다…… 우리는 글로 쓴 말을 잘 다루지 못한다. 말로 한 말도 아주 민감하고 나긋나긋한 영혼만이 잘 다 룰 수 있다. 말 사이의 휴지(休止) 부분에 주의하고, 마치 넓고 넓 은 저 바다의 따뜻한 파도에 몸을 담근 채 부드럽게 어루만지는 공기를 행복에 겨워 마시면서 하늘만 쳐다보듯이 말 속에 부드 럽게 몸을 담그는 영혼만이.

　　나중에 쿠르트는 자신이 쓴 모든 편지에 화가 났다. 지금 이 편지는 특히 마음에 안 들고 공허해 보였지만 정말 힘든 가운데 쓴 편지였다. 내가 힘들다는 것을 리자가 눈치채지 못해야 할 텐 데, 그는 절망하며 생각했다. 내가 늘 그녀의 기분을 미리 걱정하 기 때문이야. 지금 리자는 기분이 좋을 수 있고, '무거운' 편지를 별로 좋아하지 않으니까 내용이 더 많은 편지를 싫어할 수 있어. 잘했어. 나는 미래완료 시제로 사랑하지. 니세트가 이걸 알아야 하는데. 번역해봐요, 게르버! Ex abrupto*! 그런데 니세트 같은 사람도 연애편지를 쓴 적이 있을까? 분명 없을 거야. 연애편지는 오직 나만 쓸 수 있으니까. 나는 그것에 대해선 자부심이 좀 있지. 이런 바보 같으니.

수업이 끝나자 필립은 학생들에게 에워싸여 졸업시험을 둘러싼 토론에 휘말렸다. 다른 무리도 그날 있었던 일을 이야기했다. 블랑크가 고개를 끄덕이며 우울하게 말했다.

"얘들아, 일이 심각해지고 있어! 착한 필립조차 그렇게 말한다면……"

"그냥 빼기고 싶은 거야", 메르텐스가 말했다.

"그렇게 말하지 마! 당연히 모두 빼기고 있지. 하지만 뭔가 있어. 지금 진짜 중요한 시기인 거 같아."

"나는 이 모든 거지 같은 일이 얼른 다 지나갔으면 좋겠어", 슐라이히가 압박감에 짓눌려 중얼거렸다.

모두 아무 말도 하지 않았다. 카울리히가 마법의 속박을 깨뜨리려고 했다.

"분명 프로햐스카가 문제를 가르쳐줄 거야. 적어도 기댈 데가 있다고."

※　'갑자기', '돌연히'라는 뜻의 라틴어.

"쿠퍼는? 니세트는? 보르헤르트는? 그 교수들은 별 볼 일 없는 사람들이야? 중풍 걸린 그 늙은이는 어차피 누굴 떨어뜨릴 용기도 없을걸!"

"우리는 지금 유일하게 점잖으신 분을 욕하고 있어! 야비한 짓이야."

"민감한 영혼의 고백이군!"

그 말이 겨냥하는 대상인 쾨르너는 기분이 상해서 가버렸다. 다른 아이들도 출입문을 향해 느릿느릿 걸어갔다. 마침 필립이 지나갈 때 게랄트가 우울해하며 말했다. "학교 따윈 엿이나 먹어라!" 필립은 또다시 못 들었다. 어쩌면 그도 같은 생각일 수 있었다. 졸업시험에서 자기 과목이 중요하다는 말도 어쩔 수 없이 했을 수 있었다. 하지만 마투슈는 진심으로 호통쳤으며, 프로햐스카는 진심으로 슬퍼했다. 또 필립은 결국 무슨 말이든 해야 한다고 진심으로 믿었다……

학교 규정상 8학년생도 '학교 건물 주변에서' 담배를 피울 수 없었으나 지금까지는 8학년생의 학교 건물 앞 담배 흡연이 암묵적으로 용인되었다. 클렘이 물었다.

"니세트는 어떻게 생각해야 할까? 보르헤르트보다 더 나쁠까, 그렇지 않을까?"

"나쁘기로는 둘이 엇비슷하지. 쿠퍼 신이 금메달, 두 사람은 공동 은메달." 렝스펠트가 어찌나 짜증스러운 얼굴로 말하는지 몇몇 아이가 웃음을 터뜨렸다.

"하나도 안 웃겨. 생각해보라고, 삐약이가 수학도 가르쳤으면 얼마나 좋았을까!" 메르텐스가 끼어들었다. '삐약이'는 후사크를 가리켰다. 그런 별명을 얻은 것은 그가 학생들을 그렇게 불렀기 때문이다. "쿠퍼 신 대신 삐약이가 왔다면 얼마나 좋았을까!"

"제발, 이제 진짜 그만 좀 떨어라!" 쿠르트는 자신 때문에도 화가 나서 소리쳤다. 자신이 쿠퍼에게 느끼는 두려움을 다른 아이들에게서 계속 확인하고 걱정이 된 것이다. "이미 쿠퍼가 왔고, 어쩔 도리가 없어. 쿠퍼가 꿈틀하기도 전에 벌써 겁에 질려 바지에 오줌을 싸면 나중에 진짜 쿠퍼의 밥이 될 거야. 대체 왜 그를 그렇게 무서워해?"

"모두 너처럼 훌륭한 수학자가 아니거든, 친애하는 게르버!"

"천만다행으로 모두 너처럼 바보가 아니지, 친애하는 쇤탈! 낙제라는 말에 눈 하나 깜짝하지 않을 능력이 많은 사람은 없어. 너도 마찬가지야!"

"그렇구나. 나는 그렇게 주장하고 싶진 않은데."

"나는 하고 싶어. 그런데 우리 능력이 이러니저러니 하면서 싸우는 건 의미가 없어. 오히려 쿠퍼 신의 힘을 꺾을 가장 좋은 방법이 뭔지 고민해야 해!"

"나는 그래서 뭐가 좋은지 모르겠어!" 수학을 가장 잘하는 아이 중 하나로 꼽히는 브로데츠키가 말했다. 두려울 게 없는 그는 자신에게 이득이 없는 집단행동에 휘말리는 것이 거북했으리라. "쿠퍼 신은 다른 교수와 똑같은 교수야. 능력 있는 사람이 통과되고, 능력 없는 사람이 떨어지는 건 당연한 거야. 쿠퍼 신이 오든 쿠퍼 신이 가든……"

"모든 면에서 볼 때, 어려운 일이 아니야!" 역시 수학에 자신이 있어서 불온한 생각을 품지 않는 폴라크가 브로데츠키의 말을 마무리했다.

무리가 서서히 흩어지고 결국 쿠르트와 레비 둘만 남았다.

쿠르트는 이상하게 나이 든 얼굴에 삐쩍 마른 레비를 한참 쳐다보았다. 평소 레비에게 호감을 느꼈는데 특히 지금 더 그랬다. 레비는 쿠퍼의 비열함을 보여주는 가장 슬픈 증거로, 다른 아이보다 2년이나 학교를 더 다니고 있었다. 쿠르트는 레비에게 잘해주고 싶었지만 그는 모든 동정을 경멸하듯 냉담하게 거절했다. 레비는 고등학생으로서의 자신의 개인적 운명에 전혀 관심이 없는 듯 보였다. 교수들에게도 그다지 관심이 없었으나 오직 쿠퍼만은 당장 스물한 살 인생을 바칠 수 있을 만큼 광적으로 증오했다.

"자? 네 생각은 어때?"

쿠르트가 묻자 레비는 어깨를 으쓱하더니, 대부분 오만하다고 비난하는 줄 알면서도 입술을 비꼬듯 일그러뜨리며 단조롭고 무심하게 말했다. "쿠퍼 신은 이 무뢰배 말고 다른 사람들을 벌써 손에 넣었어. 하지만 모두 결국 시험에 다 통과될 거야."

"그래, 유감스럽게도. 슬픈 일이야."

레비는 딱 소리 나게 손가락을 튕겼다. "나는 이제 리자가 없는 게 더 슬퍼. 몸이 진짜 탄탄했는데!" 그의 얼굴이 음탕하게 일그러졌다.

뭐지? 일부러 그런 거야, 아니면 우연히? 속마음을 들킬까 두려워던 쿠르트는 어떻게 대답해야 할지 알 수 없었다.

레비는 그의 괴로움을 눈치채지 못한 것 같았다.

"정말 짜증 나는 일이야. 뭔가 얻는 게 있는 유일한 여자애였는데."

쿠르트는 입술을 깨물었다. 그는 어떤 상황에서도 그런 대화를 참지 못했다. 하지만 아무것도 할 수 없었는데, 만약 그랬다가는 레비가 내일 무슨 말을 흘리고, 그럼 반 전체가 그 일을 물고 늘어질 것이다.

레비의 생각은 다른 결론을 내렸다. 그가 말했다.

"그건 그렇고, 오늘 카카두 클럽에 새 무희가 나와. 이전 클럽 때부터 그 여자를 아는 친구가 있거든. 오늘 같이 갈 건데 너도 갈래?"

"고맙지만 사양할게. 저녁에 부모님이 여름 휴가에서 돌아오시거든."

"그럼 다음 기회에."

"기회가 되면. 그런데 제발 내일 학교에서 천박한 말은 흘리지 마!"

"천박한 말? 무슨 말?"

"아, 아무것도 아니야. 잘 가."

레비와 헤어진 후 쿠르트는 학교 근처 '루돌프 라차르. 고등학생 문구점'에 들어갔다. 뾰족한 턱수염을 기른 주인이 공손하게 인사했다. 항상 친절한 그 남자는 이중적인 의미의 상투적인 농담을 구매자의 학년에 따라 수위를 높여가며 끊임없이 던지는 사람이었다.

"영광입니다, 게르버 씨. 무엇을 도와드릴까요?"

쿠르트는 각종 노트와 컴퍼스용 연필심, 고무지우개 하나를 달라고 했다.

"고무*요, 알겠습니다. 절대 찢어지지 않지요, 보증합니다." 문구점 주인이 하인처럼 굽신거리더니 가게 뒤쪽으로 사라졌다.

쿠르트는 리자에게 보내는 편지를 주머니에서 꺼내 뒷면에 썼다. "레비가 안부 전해달래."

"더 필요하신 것이 있으신지?" 주인이 쿠르트가 원하는 것을 가져왔다.

"예. 편지 봉투 하나 주세요."

"차가운 편지 봉투 하나요, 알겠습니다."

쿠르트는 바로 주소를 썼다. 그가 "……양"이라고 쓰자 문구점 주인이 말했다.

"올해는 아가씨를 좀 줄이세요, 게르버 씨. 아가씨학은 졸업시험 과목이 아닙니다."

이 사람까지. 대체 다들 졸업시험을 생각하는 것 말고는 할 일이 없나?

"제 일입니다, 라차르 씨!"

"오, 당신 양심에 호소할 생각은 없어요. 당신의 양심이 나랑 무슨 상관이에요, 전혀 상관없어……"

쿠르트는 무뚝뚝하게 그의 말을 끊었다. 하지만 위로하는 말까지 막지는 못했다.

"자자자! 그렇게 심각한지 몰랐어요. 숙녀분이 허락하실 거예요. 이렇게 멋진 젊은 신사분이……"

쿠르트는 그만 기운이 빠져버렸다. 더 무슨 대꾸를 할 힘이 없어서 돈을 내고 고개를 떨구고 천천히 집을 향해 걸었다. 손에든 편지가 축축해지자 그는 깜짝 놀라서 우체통에 편지를 던져넣었다.

쿠르트는 부모와 인사한 후 그들 사이에 감도는 어색한 침묵을 깨려고 굳이 애쓰지 않는다. 저녁 식사 때만 해도 아무렇지도 않았던 침묵은 이제 가슴을 짓눌러 견딜 수 없는 지경이 되었다. 곰팡내 같은 것이 공기 중에 떠돈다. 어머니는 몇 번이나 입을 여는데 첫 마디를 찾지 못한다. 쿠르트는 아예 찾지도 않는다. 아버지는, 아버지는 힘든 여행을 한데다가 회사의 중역으로서 바

'고무'를 뜻하는 독일어 'Gummi'는 '콘돔'을 뜻하기도 한다.

짝 긴장해야 하는 며칠간의 업무회의를 앞두고 그냥 쉬고 싶을 뿐이다. 아버지는 지금 다른 걱정이 있다. 애써 그 생각을 떨쳐버리고 이윽고 아들에게 학교에서 무슨 일이 있느냐고 묻는다.

아무 일도 없다고, 쿠르트는 눈을 들지도 않고 대답한다.

정말 아무 일도 없느냐고, 아버지가 알고 싶어 한다.

정말 아무 일도 없다고. 등교 이틀째 되는 날 벌써 무슨 일이 일어날 수 있는지?

그걸 묻는 거라고, 아버지가 고집을 부린다.

이미 없다고 했다고, 쿠르트는 마지못해 대답한다.

"쿠르트!" 아버지가 유리잔이 부르르 떨릴 정도로 쾅 식탁을 내려쳤다.

"그냥 내버려두세요, 알베르트! 그렇게 바로 흥분하면 안 돼요." 어머니는 걱정이 돼서 남편의 손을 잡는다. 20년 전부터 사랑으로 의지하고, 20년 전부터 그의 아픈 심장 때문에 사소한 일에도 마음 졸이게 되는 남편이다. 어머니는 살짝 비난하는 눈길로 부루퉁하게 앞만 쳐다보는 쿠르트 쪽으로 몸을 돌려 묻는다.

"담임이 누구니?"

"그건 적어도 질문이네요. 쿠퍼요."

쿠르트는 무심한 어조로 대답하고 계속 식탁보 무늬를 쳐다보았다. 하지만 한참 아무 대답이 없자 아버지 쪽을 쳐다보았다. 고개를 숙이고 앉아 있는 아버지는 금테 안경 뒤 눈을 반쯤 감고 흥분하면 늘 그렇듯 숨소리가 고르지 않았다. 깊은 이마 주름에서 땀방울이 송골송골 솟아났다. 예상치 못한 결과에 쿠르트가 깜짝 놀라서 진정시키는 말을 하려는데 아버지가 부르르 몸을 떨더니 휴 숨을 내쉬고 긴 토론을 끝내듯 단호하게 말한다.

"그럼 바로 학교를 떠나야 한다." 이미 끝난 얘기라는 듯 아버지는 잠시 침묵하더니 아들에게 다른 학교로 전학 가든가, 개인 교습으로 경영학을 공부하고 아버지 사무실에서 일하든가, 둘 중 하나를 선택하라고 한다. 그럼 물론 계획했던 법학이나 철학 박사는 물 건너간 일이 되겠지만 그게 가장 좋은 해결책인 것 같다는 것이다.

쿠르트는 빙긋 웃었다. 이런 얘기가 나오게 된 이유에서 빨리 벗어나려고 아버지가 너무 성급한 결정을 내린다고 느낀다. 영리한 남자가 그렇게 경솔하게 행동하는 모습이 낯설다. 머릿속이 분명 혼란스러운 거야. 쿠르트는 다시 평온을 불러오고 싶다. "아버지, 이 일은 이런 소동을 벌일 가치가 없어요."

하지만 반응이 좋지 않다. "가치가 없다고? 그래, 내 자식이 아니라면 소동을 벌일 가치 있는 일이 뭐가 있겠니? 앞으로의 네 인생이 달려 있는데 지금 아니면 대체 언제 내가 흥분한단 말이냐? 나는 네 인생을 넘기고 싶지 않다, 그런 자한테……"

아버지는 말을 마치지 못한다. 여름 휴가 때 들었던, 이미 반은 잊어버린 쿠퍼의 말에 돌연 원망이 치밀고, 누가 자기 자식에게 나쁜 짓을 하려고 하자 느꼈던 아버지의 뜨거운 분노가 부글

부글 끓어올라 표현을 찾지 못한다. 쿠르트는 묘한 충격을 받는다. 학교가 정말 그렇게 중요한가?

"용서하세요, 아버지! 하지만 제가 보기엔, 아버지가―제 말을 잘 이해하셔야 해요―기껏 별것 아닌 사소한 일에 너무 심각하게 반응하시는 것 같아요. 앞으로의 인생이라니, 무슨 말씀이세요? 설마 쿠퍼 씨 같은 멍청이가 제 미래나 인생에 어떤 영향을 미치리라고 믿으시는 건 아니죠? 열 달만 지나면 그 사람하고는 끝이에요. 그때까지는!" 쿠르트는 경멸하듯 손사래를 치며 열 달의 사소함을 가장 잘 증명할 방법을 생각한다.

"네가 잘못 생각하는 거야, 쿠르트!" 이제 아버지의 목소리가 따뜻하고 차분해진다. 다시 시야가 넓은 사업가이자 생각이 명료한 남자가 되어 마치 계약 파트너의 제안을 살펴보듯 그의 통찰력 앞에 펼쳐지는 상황을 조망한다. "네가 잘못 생각하는 거야!" 아버지가 힘주어 같은 말을 되풀이하는데 쿠르트는 대체 뭘 잘못 생각했는지 모른다. "상황이 네가 생각하는 것과 달라. 네가 쿠퍼를 두려워하지 않는 건 좋지만……"

"어쩌면 쿠퍼는 그렇게 끔찍하지 않을지 몰라요", 진짜 믿는 것 같지 않지만 쿠르트가 반박한다.

그러나 아버지는 어떤 반박도 받아들이지 않는다. 쿠르트가 제시하는 모든 주장의 토대를 쓰라린 설득력으로 무너뜨리고, 별생각 없이 부풀린 결심은 사실의 폭풍 앞에서 어린아이의 바람 빠진 풍선처럼 쪼그라들 수밖에 없음을 증명한다. 비난하지 않으면서—이미 끝난 일이기 때문이다—지난 7년간 아들이 학교에서 한 어리석은 행동을 나열하고, 이로 인해 얼마 전의 진급이 당연하기보다 불쌍해서 준 선물이 되었다고 한다. 호의와 복수심을 저울질하고, 찬성과 반대 근거를 모두 불러 모아 불가피하다는 인상을 주면서, 쿠퍼의 등장으로 이미 결판난 싸움을 시작하는 건 쓸데없는 힘의 낭비라는 결론을 내렸다. 쿠르트는 도중에 계속 아버지의 말을 끊었지만 갈수록 힘을 잃었다. 아버지가 말했다.

"이렇게 돼서 슬프지만 한 번은 명확하게 짚어야겠다. 쿠퍼가 없어도 너는 졸업시험에서 어려울 수 있어. 그러나 무슨 일이 있어도 쿠퍼가 너를 때려눕히는 기쁨을 맛보게 하진 않을 테다."

때려눕힌다. 이제 쿠르트의 눈에 자신의 뒤를 쫓는 적, 절대 마주치면 안 되는 적이 보일 뿐이다. 왜? 쿠퍼가 그렇게 폭력적일까? 쿠르트는 힘이 불끈 솟아 더 강하게 반발한다.

"쿠퍼 같은 사람 앞에서 도망치지 않을 거예요!"

"제발 영웅 행세는 그만둬. 너는 쿠퍼 앞에서 도망치는 게 아니라, 지금까지 네가 한 행동의 결과 앞에서 도망치는 거야."

"좋아요, 그럼 앞으로 제 행동을 고칠게요. 어차피 졸업반이에요."

"그래서 이제 소용이 없다는 거야."

"말도 안 돼요. 합격하든 떨어지든 제가 할 수 있는 건 아무것도 없다는 거네요."

"사실이 그렇다."

"어떻게 그렇게 말씀하세요? 지금까지 저는 진짜 진지하게 공부한 적이 없어요. 이제 열심히 노력하면 잘될 거예요!"

"믿기 어렵구나. 심지어 열심히 노력한다는 말도 의심스러워."

"제가 약속한다면요?"

"그 약속은 다른 학교에서 지킬 수 있다. 아직 전학할 수 있어."

"왜 여기서는 불가능하다는 건지 모르겠어요."

"왜 그런지 이미 증명했다."

"절대 일어나선 안 되는 일을 확실한 것처럼 가정하셨어요."

"일어날 거야."

"왜요? 그런 일이 못 일어나게 제가 막을 거예요!"

"7년 동안 소홀히 한 일을 1년 만에 만회할 순 없어."

안 된다, 된다, 된다, 안 된다, 격론이 벌어졌다. 종종 두 입장이 서로 구분되지 않고, 두 사람이 논쟁의 같은 편에 서는 일이 벌어졌다. 쿠르트는 학교에 남겠다고 싸웠으나 근본적으로 그 일에 별 관심이 없었기 때문이다. 그 일은 그가 자신의 인격을 걸고 방어하면서 비로소 의미를 얻었다. 그는 자신의 인격이 의심받는다는 사실에 저항한 것이었다. 아버지의 은밀한 목적은 바로 아들의 자신감을 북돋고, 어떤 일을 하려면 꼭 필요한 자존심을 자극하는 것이었다. 그건 이미 논쟁을 일으킨 애초의 이유와 거의 상관이 없었다.

어머니의 눈길이 두 남자 사이를 마치 시계추처럼 왔다 갔다 오갔다. 젊은 아들의 긴장한 얼굴을 볼 때면 눈은 다정하게 빛나고, 흥분한 나이 든 아버지 이마의 핏줄이 부풀어 오르는 걸 볼 때면 불안해서 커졌다. 얼마 후 그녀는 도대체 뭐가 문제인지 알 수 없었다. 다만 아들의 젊은이다운 가벼운 낙관과 아버지의 연륜이 묻은 묵직한 걱정이 부딪쳐 격론을 벌이는 걸 보면 분명 나쁜 일이 틀림없다고 느꼈을 뿐이다. 두 사람은 원수처럼 으르렁대다가도 어느새 한편이 되어 그녀가 피상적으로 아는 어떤 상황에 맞서 싸웠다. 그녀는 쿠르트가 어쩌다 흘린 이야기, 기껏해야 아들의 기분, 방학 기간 생긴 가정의 변화, 그리고 직접 겪은 일을 통해 사정을 어렴풋이 짐작할 뿐이었다. 쿠르트가 진급시험을 친 날이었는데 그녀는 불안에 떨다가 결과를 물어보려고 살그머니 학교를 찾아갔다. 한 교수가 불친절하고 거만하게 당신과 상관없는 일이다, 당신과 당신의 "아드님"—얼마나 악의에 차 있었던지!—은 제때 결과를 알게 될 거라며 인사도 없이 훌쩍 가버렸다. 얼마나 당황스럽고 부끄러웠는지 도무지 어떻게 해야 할지 알 수 없었다. 그 후 그녀는 학교에 거부감이 들어서 학교와 거리를 두었다.

아버지는 아들이 밀어붙이는 것을 오래 감당할 수 없었다. 차분히 사실을 계산하며 쿠르트가 쏟아내는 열변에서 많은 허점을 찾았지만 피곤해서 그 허점을 이용하고 싶지 않았다. 의심은 누그러졌지만 사라지지는 않았다. 쿠르트는 50년 이상 살면서 단단히 얽힌 그의 경험의 그물을 풀 수 없어서 깊이 생각하지 않고 거칠게 확 찢어버렸다. 아버지는 아들에게 더 맞설 수 없었다. 어머니가 그만 자러 가자고 점점 강력하게 재촉하자 아버지가 말했다.

"나는 이제 다 네 책임이라고 주의 줬다. 분명 경고했어. 이제 나는 더 할 게 없구나. 합리적인 이유를 다 받아들이지 않는다면 이제 너 스스로 어떻게 할지 방법을 찾아야겠지. 불가능하지는 않아, 절대 아니지. 하지만 쿠퍼가 없다면 훨씬 쉬울 거야. 그는 널 괴롭히고, 꼬투리를 잡아 계속 비난하고, 또…… 그래, 용기를 꺾으면 안 되지. 그만 자라."

아버지의 따뜻한 사랑이 왈칵 터져 나왔다. 아버지는 몸을 돌렸다.

쿠르트는 어수선한 마음으로 자기 방으로 왔다. 여기 이 문제는 성적표보다 더 큰 문제라는 느낌이 어렴풋이 들었다. 겁이 났다.

침대에 누웠는데 우울했다. 어지럽게 파닥거리는 생각들을 도무지 쫓아버릴 수 없었다. 아버지는 너무 많은 생각을 보냈다. 며칠 전만 해도 누가 "너는 졸업시험에 합격하지 못할 거야!"라고 하면 쿠르트는 진심으로 웃으며 그 예언자에게 미쳤냐고 물었을 것이다. 하지만 그런 예언을 한 사람은 없었다. 반 아이들 가운데 그의 원수도 감히 그런 말을 하지 못했다. 쿠르트 게르버가 졸업시험에 떨어진다!

이제 표현된 그 말은 두 배로 강력한 영향을 발휘했다. 발언자는 그런 중상모략 때문에 벼락을 맞기는커녕 명확하고 옹골찬 증거를 제시했다. 아니, 아니다, 쿠르트 게르버가 졸업시험에 떨어지는 건 불가능한 일은 아니었다!

　　쿠르트의 자만심은 중간 아래로 떨어져 흔들리는 지경이 되었다. 거기서부터 그는 새로이 생각했다.

　　열 달…… 열 달은 긴 시간일까, 아닐까? 상관없다. 어쨌든 지나가겠지. 그렇다. 품위를 지키면서 노력할 수 있다. 당연히 그럴 수 있지. 만약 그럴 수 없다면 그것도 멋지겠지. 나는 정신을 바짝, 냉정하게 바짝 차리고 수업을 듣고, 질문을 받으면 대답할 거야. 하지만 내 능력을 보여주는 딱 그 정도만 대답할 거야. 또 수학 잘하는 아이한테 숙제를 함께 하자고 하고, 감정에 휘둘리지 않고 아주 차분하게 행동할 거야. 정말 독특해, 이 셰리는. 세상에 누가 생각이나 했겠느냐고…… 실컷 놀라라지. 나는 그들에게 내 생각을 말할 거고, 쿠퍼 신도 그걸 듣겠지. 교수님, 그런데 왜 그를 교수님이라고 불러야 하지? 적어도 그가 박사라도 되면 당연히 그래야겠지만 그는 박사도 아니잖아. 황소, 쿠퍼 씨, 당신이 내 기를 꺾어놓았다고 자랑할 일은 없을 겁니다. 우리 아버지는 아픈 사람이에요. 내가 당신에게 나한테 화풀이할 기회를 주지 않으면 그건 내가 아버지한테 드리는 제물이지요. 쿠퍼 씨, 당신은 재수가 없는 거예요, 하하하. "버릇없는 녀석"을 손꼽아 기다리고 있는데 그 녀석이 나무랄 데가 조금도, 털끝

만큼도 없다는 사실이 드러날 테니까요. 죄송합니다. 정말 재미있을 거야, 쿠퍼 신이 처음으로 나를 테스트하면 어떻게 될지 벌써 궁금하네. 자, 보세요, 게르버, 하려는 의지만 있으면 되잖아요…… 즐겁기까지 할 것 같다. 하지만 쿠퍼가 생각하는 그런 즐거움은 아니지. 나는 묵묵히 허리 숙여 인사할 테고, 그럼 그는 놀라서 쳐다보겠지. 어쩌면 나를 조금 높이 평가할지도 몰라. 다음 수업 시작 전에 슐츠가 와서 묻겠지. 말해봐, 셰리, 어떻게 조도를 가지고 단면을 작도했어. 대체 왜? 아, 그렇구나, 각뿔대는 두 번째 투영면 위에 있어. 그건 평행 이동으로 할 수 있지. 고마워, 폴라크, 셰리는 먼저 윗면 모서리를 그어야 한다고 생각해, 흥미롭지, 안 그래? 아주 흥미롭다고 할 수 있지. 흥미로운 일이 일어나는 거야. 얘들아, 생각 좀 해봐, 굽실거리지 않고도 훌륭한 학생이 될 수 있단다. 내가 하나의 경우, 노력파의 유일한 경우를 보여줄게! 아니, 사랑하는 바인베르크, 내가 답을 안다고 자발적으로 손을 든 건 노력파의 행동이라고 할 수 없어. 나는 손을 들 수밖에 없었어. 그가 그걸 바랐거든…… 우리끼리 하는 말인데, 바인베르크, 우리끼리 하는 말인데, 사실 그건 노력파의 행동이야. 하지만 어쩔 수 없어. 나는 졸업시험에 꼭 합격해야 하거든, 꼭, 꼭…… 사랑하는 아버지, 이 모든 일이 얼마나 끔찍하게 하찮고, 유치하고, 한없이 유치한지 설득시킬 수 있다면 얼마나 좋을까요. 하지만 마땅히 그래야지, 그렇지, 졸업시험 합격증을 가지고 있으면 다르니까. 무엇을 배우셨지요, 게르버 씨? 세

80   2. 검투사의 등장. 종이 울리다

상에, 만장일치 합격이시군요. 자, 좋습니다, 당신은 이 자리에 채용되셨습니다. 하지만 나는 그 어떤 자리도 원하지 않지, 절대로, 절대로. 당신은 오늘 날짜로 기다리던 소식을 받을 수 있을 겁니다. 다시 말하지만, 정말 대단하세요. 세 자녀와 아내. 여보, 오늘 요리는 뭐예요? 간 만두 수프요. 나는 냅킨을 무릎 위에 놓지 않고 셔츠 깃에 꽂겠지. 그리고 모든 일이 다 까맣게 잊힐 것이다, 아무도 내가 졸업시험에 떨어진 적이 있는지 묻지 않을 것이다. 하지만 우선 졸업시험에 합격해야 한다, 아, 끔찍하다, 끔찍해……!

쿠르트는 괴로워 침대에서 몸을 뒤척였다. 모든 것이 다 답답하고 무가치해 보였다. 게르버 학생, 좋아요! 8등에서 1등이 됐군요. 그리고 그다음에는, 뭐지?

잠시 머릿속이 공허하다. 그러고 리자가 크고 환하게 빛난다. 곧 레비가 그녀 옆에서 떠오른다……

오늘 점심때 들은 그 멍청한 이야기. 왜 그렇게 흥분했을까? 혹시 질투가 아니었을까? 쿠르트는 자신이 사랑하는 소녀가 창녀임이 밝혀지는 대화를 무심하게 들을 수도 있었을 텐데, 그에게 그녀는 창녀가 아니었고, 그녀의 그런 면은 아예 존재하지도 않았기 때문이다. 따라서 그들은 멋대로 이야기할 수 있었다. 하지만, 얘, 네가 어제 리자랑 극장 앞에 있는 걸 봤어, 그렇게 대놓고 말할 수는 없었다! 그들은 극장 앞에서 두 사람 사이에 있었던 일을 절대 이해하지 못할 테니까. 이를테면 그들은 두 사람이 날씨 이야기를 했다고 생각할 수 있지만, 실은 그 순간 그녀가 아주 특별한 눈길로 그를 바라보았을 테니까. 그 눈길은 그의 것이었고, 그가 생각한 그녀의 이미지에 속한 것이었다. 쿠르트는 그 이미지를 존중할 것을 요구했다. 다른 사람들의 이미지에는 관심이 없었다. 그래서 다른 사람들도 그의 이미지에 관심을 가지지 말라고, 무례하게 비밀을 밝히려고 하지 말아달라고, 그가 생각하는 연인과 단둘이 있게 해달라고 요구했다. 그녀가 걸어온 길의 한 구간, 그가 함께 걸었고 오직 그만 이해할 수 있는 그 한 구간 앞에서 그만 걸음을 멈추라고 요구했다. 그 누구도 그 길의 신성을 더럽히고, 그의 왕국에 허락 없이 무단으로 침입해 허물없이 행동할 권리가 없었다.

지금 알았다. 레비는 그에게 리자의 몸이 탄탄하다고 말할 권리가 없었다. 레비와 반의 다른 아이들 모두 그에게 리자 이야기를 할 권리가 없었다. 스물여섯 명의 8학년 남학생. 그 가운데 오직 한 사람만이 리자가 누구인지 알고 있다. 그러니까 스물다섯 명은 그 사람 앞에서 조용히 해야 한다. 그들이 말할 수 있는 것은 그가 말할 수 있는 것에 비해 너무 초라할 테니까. 하지만 그들에게 그런 말은 절대 하지 않을 것이다. 만약 내일 누가 "지금 리자는 누구랑 잘까?" 하고 묻고, 쿠르트가 당장 입 닥치라고 소리치면, 모두 '연인의 명예'를 지키려는 그의 '신성한 분노'를 비웃을 테니까.

그들은 그의 사랑을 눈치챘을까? 레비는 그런 것 같지 않았다. 하지만 레비는 그런 일에 관심이 없는 몇 안 되는 아이 가운데 하나였다. 다른 아이들은 분명 뭔가 생각을, 그것도 틀림없이 틀린 생각을 할 것이다. 다행히 그렇다! 8학년에서 한 남학생이 한 여학생을 사랑한다, 진짜 사랑한다는 소문이 돈다, 그런 일은 상상도 할 수 없는 일이기 때문이다. 그들은 언제나 한 가지만 상상할 수 있다, 언제나 똑같은 한 가지만.

손을 잡는 게 벌써 기적일 수 있음을 너희는 모를 거야!

나는 너희들 가운데 있다. 이제 그녀는 다행히 없다. 하지만 나는. 나는 학교에 있다. 너희 모두와 똑같이 쿠퍼 신 앞에 있다. 나만큼 그를 두려워하는 사람은 별로 없다. 아니, 아무도 없다. 그는 나를 괴롭히고, 꼬투리를 잡아 계속 비난할 것이다……

백마는 잠시 더 멍에를 지고 가야 한다…… 그리고 자유로워질 것이다…… 완전히 자유로워질 것이다…… 고귀한 백마는…… 백마는 밤새 달린다…… 천일 밤을…… 공주는…… 리자, 리자, 리자……

3
만남 셋

    7년은 얼마나 짧고 하찮은 시간인가. 그 시간에 관심이 있는 사람은 아무도 없었으며, 오직 지금 일어나는 일만 저울에 올려졌고, 그래서 두 배로 무거웠다.

    그래서 그들은 두 배로 열심히 했다. 이제 아는 게 있으면 그냥 자리에서 소리치는 것이 아니라 먼저 손을 들고 진지하고 의젓하게 말한 다음 다시 자리에 앉으며, 졸업시험을 생각하고, 때가 되면 교수가 지금 한 대답을 기억하리라고 굳게 믿었다. 교수는 매사를 목표와 연관해 의미를 새겨두고 칭찬과 비난, 격려와 위협을 아꼈다. 그가 가끔 "좋아요, 앉아요, 어쨌든 잘될 거예요!" 혹은 "흠, 유감스럽지만 형편없네요. 대체 졸업시험은 어떻게 하려고 그래요?" 하면 그 말은 운명처럼, 최종 판결처럼 들렸다. 일단 그렇게 되면 엄청나게 노력해야만 상황을 바꿀 수 있었다.

디데이에 점점, 점점 더 가까이 가는 사명 앞에서 하루하루가 머뭇머뭇 망설이면서 납처럼 무겁게 흘러갔다. 아직은 그날의 온전한 크기를 알 수 없었다. 하지만 그날은 매번 종소리와 함께 날카롭게 교실에 울리고, 유령처럼 교단 주위에 떠돌고, 그림자처럼 잿빛으로 크게 자라 칠판 뒤에서 얼굴을 내밀었다. 사실 한참 멀리 있어서 아직 그날을 생각하지 않아도 되고, 당분간 걱정할 필요도 없는 듯 보였다. 하지만 뭔가 게을리하고 있다는 두려움, 예기치 못한 사건처럼 디데이가 느닷없이 들이닥칠 수 있다는 막연한 불안이 꾸벅꾸벅 졸면서도 보초를 서도록 강요했다. 사실 그들은 무엇이 두려운지 잘 몰랐다. 그러나 두려워했다. 매일의 과제인 듯 날마다 일정 분량만큼 두려워했다.

여름은 가망 없이 버티다가 가을에 자리를 내주었다. 어느 날, 옷장 옷걸이에 첫 외투가 구겨지고 서글픈 모습으로 걸렸다. 곧 비가 추적추적 내렸다. 쉬는 시간에도 창문이 닫혀 있고, 흡연자들은 거리에 나가지 않고 무리를 지어 자발적으로 화장실에 갔혔다. 그러다 처음으로 적발되고 처음으로 학급일지의 '기타 소견'란에 기재되면 졸업반이 그들을 완전히 손에 넣었음을 더는 의심할 수 없었다.

어느새 첫 필기시험이 슬금슬금 다가오더니 마치 뿔을 숙인 굼뜬 들소처럼 갑자기 서 있었다. 독일어 시험, 바로 이어서 라틴어와 프랑스어 시험. 부정행위가 아주 힘들어지고, 교수들의 감시가 한층 강화되었다. 항상 다른 아이들을 잘 도와주었던

3. 만남 셋

아이들이 이번에는 마지못해 그러면서 불편한 기색을 드러냈다. 노력파 몇 명이 쉬는 시간에 모여 흥분을 억누르며 의논하면서 지식을 나누어주기 싫은 속내를 숨기지 않았다. 그들이 도움이 필요한 아이들이 슬쩍 던지는 걱정의 눈길을 못된 만족을 느끼며 거부하면서 여기저기에서 작은 충돌이 일어났다. 뚱뚱하고 자신감이 넘치는 숄츠가 가장 먼저 단호하게 지원을 거절했다. 별명이 '하마'로, 퉁퉁한 얼굴이 세 겹의 턱 쿠션 속에 자리 잡아 아예 목이 없는 듯 보이는 숄츠는 라틴어 필기시험 시간에 메르텐스가 단어 하나를 물어보았지만 대답하지 않았다. 숄츠는 못 들은 척 돌아보지도 않았다. 불안해진 메르텐스는 점점 목소리를 높여 두 번 세 번 물었고, 결국 니세트 교수가 경고하고 그에게서 눈을 떼지 않았다. 다른 아이들도 저마다 나름의 방식으로 비슷하게 행동했다. 이를테면 알트슐은 제베린이 물어보자 반 전체가 다 들을 수 있을 만큼 큰 소리로 정보를 가르쳐주었고 따라서 당연히 니세트도 들을 수 있었다. 반면 노바크는 알아들을 수 없게 우물우물 대답하고는 안타까운 척하며 고개를 돌렸다. 슐라이히와 폴라크는 너무 바빠 다른 사람에게 신경을 쓸 겨를이 없는 듯 행동했으며, 쇤탈은 앞으로 튀어나온 이 사이로 나직이 욕설까지 내뱉었다. "쥐새끼 같으니! 준비를 더 했어야지!"

그래서 몇몇 아이가 공개적으로 전쟁을 선포했다. 카울리히, 벤다, 바인베르크처럼 진심으로 도와주는 아이들이 그들을 비난하자 그들은 생존경쟁이라며 스스로를 방어했다. "Tunica proprior palliost*!" 클렘이 인용하자 웅성거리는 가운데 하마의 목소리가 끈적하게 올라왔다. "메르텐스가 알아들을 수 있게 독일어로 말해."

쿠르트 게르버는 이 모든 일에 침묵을 지켰다. 그는 지금까지 다른 아이들과 좀 떨어진 자리에 앉아서—일부러 그런 자리에 앉힌 것이다—도울 기회가 많지 않았고, 도움을 주려고 해도 항상 받아들여지진 않았다. 다른 아이들은 보답하는 것을 두려워했는데 쿠르트가 도움이 필요한 과목이 저마다 되도록 혼자 이익을 보려는 과목인 수학이어서 모두 조심스럽게 행동했다. 쿠르트는 원하는 것이 없었으며, 그 누구에게도 강요하지 않았다. 누가 자기편인지 알고 있었다. 많지는 않아도 몸과 마음을 바칠 친구들이었다. 바인베르크, 카울리히, 게랄트, 호벨만은 그를 위해 불 속에라도 뛰어들 것이다. 어쩌면 벤다, 강하고 조용한 벤다도 그런 친구일 수 있었다. 그것으로 충분했다. 모든 사람이 그를 도울 필요는 없었다. 오, 절대 아니다! 쿠르트 게르버는 나한테 고마워해. 내가 도와줬거든. 모두 그렇게 말할 필요는 없었다. 누구나 도움을 받을 자격이 있지만, 도움을 줄 자격은 극소수의 사람만이 가지고 있다.

작년에 리자 베어발트가 수학 필기시험 문제 하나를 가르쳐주려고 한 적이 있었다(그는 그녀 뒷자리에 앉았는데 로트바르트 교수는 앉는 자리에 까다롭게 굴지 않았다). 마치 리자가 사탕을 건네기라도 한 듯 쿠르트가 고개를 저으며 "고맙지만 사양할게" 하자 놀라운 일이 벌어졌다. 리자가 부드럽게 화내면서 쪽지를 내밀며 "부끄러워할 필요 없어, 바보야!" 하고 힘주어 속삭인 것이다.

나중에 쿠르트는 그 일을 사랑이 시작된 기원으로 생각하기로 했다. 그때 처음으로 다른 여자아이들과 다른 리자의 성격이 또렷이 떠올랐다. 거기 앉아 있는 여학생 가운데 이 멍청한 장면에서 여성성을 일부나마 지킬 수 있는 사람은 아무도 없었다……

벌써 몇 주일째 리자에게서 소식이 없었다. 그녀는 쿠르트의 편지에 답장하지 않았는데 그녀가 외국에 있다는 소문이 돌았다. 쿠르트는 정확한 사실을 파악하는 걸 포기했다. 그냥 만족했다. 리자가 부유한 공장주와 약혼했다는 소문은 믿지 않았다. 소문이 점점 더 무성해지고 심지어 그 공장주의 이름이나 나이를 아는 아이들이 나오고 모두 이구동성으로 그럴 줄 알았다고 해도 쿠르트는 믿지 않았다. 잘 생각해보면 리자는 어느 모로 보나 결혼할 능력이 있지, 하고 카울리히가 말했다. 그러자 우리 또래의 모든 여학생한테 그런 말은 못 하지, 하고 바인베르크가 직설적으로 덧붙였다. 그 말에 여섯 명의 소녀가 그런 소문 따위는

고대 로마의 희극 작가 플라우투스의 희곡 《트리눔무스Trinummus》에 나오는 말로 '내 코가 석 자', 즉 내 사정이 급하고 어려워서 남을 돌볼 여유가 없다는 뜻이다.

아랑곳하지 않는다는 증명으로 보이길 바라며 경멸하듯 입을 비죽거렸다.

그런데 어느 날, 10시 쉬는 시간에 리자가 불쑥 교실에 나타났다. 젊고 아름답고 환한 모습으로, 트렌치코트에 베레모를 썼는데 모자 밑으로 갈색 곱슬머리 한 올이 삐져나와 있었다. 그녀는 마치 그날 어쩌다 지각한 듯 천연덕스레 불쑥 거기 서 있었다. 마치 여기 내가 있어, 놀랄 게 뭐 있어? 뭐라고? 내가 오래 없었기 때문이라고? 착각이야, 그렇지 않아. 지금 나는 여기 있잖아, 하듯. 카울리히가 제일 먼저 보고 "리자!" 하고 소리치고는 얼굴 가득 미소를 띠고 천천히 다가가려고 했다. 얼싸안았을 수도 있었지만 그렇게 할 수는 없었다. 소녀들이 벌써 리자를 에워쌌기 때문이다. 오, 그들은 어떻게 행동해야 할지 너무 잘 알아서 놀라울 만큼 능숙하게 상황에 대처했다. 그러니까 그들은 다시 만난 기쁨에 어쩔 줄 몰랐다. 리자를 앞쪽으로 끌고 가 의자에 눌러 앉히고는, 그래 요새 뭐 해? 외투가 정말 예쁘다, 피부가 어떻게 이렇게 예쁘게 탔니, 하면서 수선을 피웠다. 재잘대는 소리가 점점 커지고 리자를 둘러싼 원이 점점 빽빽해졌다. 열렬한 관심이 부담스러울 수도 있으련만 리자는 그런 소동이 기분 좋은지 입술에 반짝이는 미소를 머금고 있다가 아이들에게 손을 내밀 때마다 반짝반짝 미소 지었다. 그녀는 모두에게 손을 내밀었다. 대목장의 구경거리인 양 놀라서 바라보는 팔푼이 차셰에게도, 헐떡거리며 떠밀려온 땅딸막한 호벨만에게도 똑같이 상냥하게 손을 내밀었다.

이제 반 전체가 리자를 둘러쌌다.

쿠르트만 자리에 그대로 앉아 있었다. 그런 집단행동이 마음에 들지 않았고, 또 어차피 원하는 대로 인사도 할 수 없으니 기다렸다.

몇 사람이 무리에서 벗어났다. 노바크가 지나가며 말했다.

"리자가 왔어, 셰리."

"그래서?"

"왜 인사 안 해? 옛 친구에 대한 예의잖아."

"아직 시간이 있으니까."

쿠르트는 앞쪽을 바라보았다. 이제 리자를 아주 자세히 볼 수 있었다. 그때 그녀가 고개를 돌려 찡끗 눈짓했다. 그녀의 예쁜, 예쁜 얼굴이 환해지며 말없이 그가 오기를 기다렸다. 찌릿, 머리부터 발끝까지 전기가 흘러 쿠르트는 바르르 몸을 떨었다. 세상에! 맙소사! 내 사랑! 하지만 기쁨은 무수한 눈길이 자신을 쳐다보는 듯한 느낌에 순식간에 눈 녹듯 사라졌다. 머뭇머뭇 가까이 가면서 그는 리자가 그렇게 눈에 띄게 행동한 것에 화가 났다.

"드디어 왔네, 셰리! 어떻게 지내?"

그녀는 나를 셰리라고 부르면 안 된다, 제기랄! 그녀에게 나는 그냥 학교 친구가 아니다.

"고마워, 베어발트. 난 잘 지내. 너는?"

리자가 그의 손을 잡고 누른다. 아래로. 그녀는 그의 키스를 원하지 않는다.

"그렇게 깍듯이 예의 차리지 마세요, 게르버 씨!" 디타 라인하르트가 뾰족하게 웃으며 한마디 한다.

"원하신다면 엉덩이 얘기도 할 수 있습니다, 라인하르트 양."

"셰리!" 리자가 그를 가볍게 때린다. "말을 좀 가려서 할 수 없어?"

"숙녀 앞에서!" 로테 헤르게트가 신랄하게 덧붙이자 질투심을 내내 억제하기 힘들었던 엘제 립스가 냉큼 달려들었다. "높으신 분을 영접할 때는 존경심을 보여야지!"

"아, 제발, 놀리지 마!" 리자의 말에는 우월감이 묻어나지만 사실 아주 평범한 말이다. 달리 어떤 말을 해야 하겠는가. 그녀는 다시 다른 아이들과 수다를 떤다.

쿠르트는 기다린다. 왜 그녀는 나를 옆으로 데리고 가지 않을까? 이미 가까이 오라고 눈짓했으면서…… 잠깐, 쿠르트 게르버와 할 말이 있어, 미안. 그리고 나와 이야기할 수 있는데. 어떤 이야기? 지금 그녀가 나하고 해야 하는 이야기지.

아직 그럴 수 있다.

아니다. 아무 일도 없다.

"나는 물리 공부를 해야 해." 쿠르트는 불쑥 그렇게 말하고 자리로 돌아간다. 리자가 가기 전에 붙잡고 급한 일을 의논할 생각이다. 물리 실험실로 가는 컴컴한 복도에서.

종이 울린다. 모두 노트와 책, 제도 용구를 들고 출발한다. 쿠르트는 행렬 옆쪽에서 천천히 걸으며 여전히 가운데 있는 리자를 풀어줄 묘안을 찾는다. 그녀가 스스로 벗어날 수 없기 때문이다. 혹은 벗어나고 싶은 마음이 없는 걸까?

물리 실험실은 다음 층에 있다. 복도가 두 번 꺾어지면서 점점 더 어두워진다.

이제 그들을 붙잡는 것이 더는 없다. 저마다 가능한 한 고의가 아닌 척 차례로 앞으로 떠밀린다. 리자는 곧 무리 속에 끼여 옴짝달싹하지 못한다. 쿠르트는 분노가 치밀어 오른다. 그녀와 이야기할 수 없기 때문이 아니다. 이미 한참 전부터 그랬다. 아니다, 모두를 몰아가는 그 꼴사납고 어설픈 음탕함에 대해 오래전부터 느꼈던 증오다. 그 자리에 있으면서 소중한 것을 어떻게든 붙잡고 그 옆에서 짜릿한 흥분을 느끼려는 것뿐이다! 저마다 그 이상은 할 수 없다는 서글픈 고백에 불과한 친밀함을 과시하며 으스댄다. 음, 우리는 지금 그러는 게 당연하니까 그러는 거야, 하면서 무심한 척한다. 지금 지티히가 우연인 듯 리자의 가슴을 슬쩍 스치고, 지금 쾨르너가 그녀의 어깨에 팔을 두른다. 두 사람이 일을 끝내고 뒤로 물러나자 다른 남학생들이 온다…… 쿠르트의 분노는 무한히 커진다. 질투심이다, 그렇다, 백번 맞는 말이지만 그녀가 부끄럽지는 않다. 마치 소젖 짜는 처녀 주위에 몰려드는 음탕한 일꾼들처럼 리자 주위에 몰려드는 이 겁쟁이들보다 자신이 고결하다고 생각한다. 그들이 서툴고 하찮은 욕망으로 리자를 소젖 짜는 처녀로 만드는 것에 분노한다. 그들의 욕망을 막을 방법은 없다. 친구의 허물없는 행동의 가면을 쓰고 다가오기 때문에 우스운 꼴이 되지 않으려면 절대 아는 척하면 안 된다.

비겁한 녀석들! 그녀의 옷을 찢어! 그녀를 구석으로 몰아붙여! 한꺼번에 그녀를 덮치라고! 최소한 그건 행동일 테니까. 하지만 저건, 메스꺼운 저 알랑거리는 꼴은?

실험실에 학생들이 채워지기 시작한다. 리자는 아직 소녀들과 바깥에 있다.

불쑥 아니 콜이 아이디어를 낸다.

"리자! 같이 들어가 수업하자! 분명 삐약이가 허락할 거야."

그 제안은 큰 박수를 받았다. 오래 망설이지 않고 리자는 실험실에 같이 들어간다.

아이들이 후사크 교수를 에워쌌다. "우리가 누굴 데려왔는지 알아맞혀보세요." 후사크는 변화를 기뻐하며 리자의 수업 참관을 흔쾌히 허락했다. "하지만 조용히 집중해서 수업해야 해요, 리스베트 베어발트 양."

실험이 시작된 지 20분이 지나자 초조해진 리자는 후사크에게 그만 가도 되는지 묻는다. 몇몇 아이가 인사하려고 뻣뻣하게 일어나자 리자가 진지하게 고개를 끄덕이며 "착석!" 하고 서둘러 교실을 나간다. 모두 와하하 웃는다.

또다시 희망을 빼앗긴 쿠르트는 당황해서 그 광경을 보고 듣는다. 절망해서(리자와 이야기해야 한다. 이제 어떻게 되든 상관없다) 손을 든다. 이제 물러설 곳이 없다.

"교수님!"

"예?"

"죄송하지만 나가도 될까요? 몸이 안 좋아요."

"그래, 그래요, 삐약이." 후사크는 얼굴을 찡그렸지만 쿠르트를 나쁘게 생각하지는 않는다, 왜 그러겠는가. 하지만 몇몇 아이가 서로 툭툭 치며 킥킥거린다. 쿠르트는 얼굴이 창백해진다. 그러자 마음이 편해져서 그릇된 길로 빠져 자신의 핑계를 스스로 믿는다.

"그렇습니다, 교수님. 혹시 거짓말이라고 생각하세요?"

멍청한 행동이었다. 하지만 이해심 많은 후사크는 상황을 조잡한 비웃음거리로 삼지 않는다. 잠시 놀라서 위를 쳐다보는 미소 띤 그의 얼굴이 걱정스럽고 진지한 표정이 된다(당연히 몸이 안 좋겠지요. 얼굴을 보면 알아요). 후사크는 너그럽게 손짓해 쿠르트를 내보낸다. 쿠르트는 수치심과 승리감에 얼굴이 뜨겁게 달아오른 채 천천히 교실을 나온다.

등 뒤에서 킥킥거리는 소리가 아직 들린다—이제 들리지 않는다—실험실 문이 닫힌다—그는 벌써 뛰고 있다—이제 그들은 마음대로 킥킥거려도 된다—두 계단—후사크도—세 계단—아까 리자는 진짜 이상했어—무슨 일이 생겼나?—더 빨리, 더 빨리—리자가 나를 기다리고 있어—네 계단…… 쿠르트는 그만 발을 헛디뎌 나동그라지고, 벌떡 일어나 달린다. 앞을 향해. 시간이 없어. 제발 교문이 열려 있기를. 아, 다행이다. 그는 펄쩍 한달음에 교문을 뛰어나온다, 뚱뚱한 여자를 아슬아슬하게 피해 달린다. 리자는 아직 보이지 않는다. 저 멀리 찻길까지 달린다. 자동차 한 대가 끽 브레이크를 밟으며 옆으로 피한다. 운전자가 등 뒤에서 욕설을 퍼붓지만 쿠르트는 이미 그 자리를 떠난 지 오래다. 저기 모퉁이를 돌아가는 리자가 보였다…… 숨은 턱에 차고 무릎은 후들거리고 더러워진 모습으로 그는 소심하게, 마치…… 그렇다, 어린 남학생처럼 그녀 앞에 서 있다. 비참한 기분이 들면서 갑자기 힘이 쭉 빠지고 거의 무관심해진다. 이 모든 짓을 대체 왜 했지? 좋다, 여기 리자가 눈이 휘둥그레져서 그를 쳐다보고 있다. 이제 뭘 할까?

"그래, 하지만 쿠르트! 무슨 일이야?"

"무슨 일이냐고? 내가…… 네가……" 쿠르트는 말하지 않는다. 머릿속에서만 웅웅거리고 오직 그에게만 들리는 그 말이 우스꽝스럽게 느껴진다. 그런 말을 할 수는 없다.

"널 쫓아왔어."

"응, 그래 보인다. 그런데 엉망이 되었네." 그녀는 먼지를 털어주고 땀에 젖어 달라붙은 머리카락을 이마에서 쓸어준다. 호들갑을 떨지 않고 그냥. 그게 그녀의 방식이다. 이유에 짓눌리지 않고 상황에 순간적으로 대처한다. 그런 모습은 묘하게 우월한 점이 있다.

"이리 와, 쿠르트. 여기 계속 서 있을 순 없어."

당연히 없지. 이리 오라고? 어디로? 그것 역시 중요하지 않다. 어디든 상관없다.

쿠르트는 그녀와 나란히 걷는다. 그녀가 아무것도 묻지 않고, 자기 때문에 한 남학생이 수업 시간에 거리를 산책하고 있는데도 이상하게 여기지 않으니까 갑자기 그 이야기를 하는 것 역시 무의미해 보인다. 학교에서 있었던 일도 말하지 않는다. 다 지나간 일이고, 끝난 일이다.

"내 편지 받았어, 리자?"

"응, 그럼. 답장 안 했다고 화내지 마."

"화나지 않았어. 아마 시간이 없었겠지."

"그래, 정말 없었어. 있잖아……" 그렇게 중요했던 편지는 간단히 처리되고 마치 다른 할 이야기라곤 없는 사람처럼 그녀는 벌써 학교에 잠시 왔다 간 이야기와 다른 시시콜콜한 이야기들을 한다.

"정말 재미있다. 하지만 차라리 우리가 더 오래 만날 수 있는 시간이 언제인지 말해주지 않을래?" 쿠르트는 걸음을 멈추고 리자는 골똘히 생각한다.

"아, 맞다. 너, 학교에 돌아가야지. 내가 널 붙잡고 있는 거지? 난 네가 불쾌한 일을 겪게 하고 싶지 않아, 쿠르트."

얼마나 달콤하고, 상냥하고, 애정이 담뿍 담겨 있는지. 쿠르트는 다시 아주 행복해지고 마음이 부드러워진다.

"걱정하지 마, 리자", 그는 손을 들어 그녀의 머리 위 공기를 쓰다듬고 그녀의 몸에 손이 닿자 흠칫 놀란다. "언제 시간 낼 수 있어?"

"응, 그게 많이 힘든데……"

"괜찮아, 생각해봐."

"기다려봐, 오늘이 수요일이고……"

"내일이 목요일이야."

"대단하다! 그럼 모레는 금요일이겠지?"

"그사이에 끼어드는 게 없으면."

리자가 웃는다. 눈부시게 아름다운 이, 반짝이는 환한 웃음, 이유가 어떻든 터져 나오는 완벽하게 즐거운 웃음, 마냥 즐거운 웃음. 쿠르트는 그녀의 그 웃음을 우상처럼 숭배하고 사랑한다. 그는 그렇게 웃을 수 없다.

"이제 시간이 별로 없어, 리자. 그러니까 언제?"

"이번 주는 힘들 것 같아. 하지만 가게로 전화해도 돼. 지금 미술 공예 아틀리에에서 일해."

"그래? 몰랐어." 쿠르트는 깜짝 놀란다. 리자는 직업이 있고, 벌써 세상 가운데 있는 것이다. 그는 살짝 부끄러운 기분이 든다.

"그래. 아틀리에 데몬이야. 전화번호부에 나와. 점심시간에 전화하는 게 가장 좋아. 하지만 베어발트 박사라고 해야 해, 우리 오빠야, 알겠지. 사장이 누가 나한테 전화하는 걸 좋아하지 않아.

언제 시간이 날지 진짜 몰라서 이번에만 특별히 전화하라고 하는 거야. 하지만 나는 널 만나고 싶어!"

"정말이지, 리자?"

"당연하지. 뭐 그런 멍청한 걸 묻니?"

"그럼 월요일. 괜찮아?"

"좋아, 월요일. 꼭 전화해. 준비하고 있을게." 그녀가 손을 내민다. 그는 그녀의 장갑을 뒤로 젖히고 살짝 그을린 살에 뜨겁게 오래오래 입을 맞춘다. 리자는 막지 않는다. 갑자기 그녀가 그의 머리카락을 가볍게 쓰다듬는다. 자주 있는 일은 아니다. 쿠르트는 바르르 떤다. 가슴이 답답해져서 몸을 돌려 급하게 자리를 떠난다……

오전이라 거리가 한산하다. 그 시간의 거리를 처음 보는 건 아니다. 그는 수업 시간에 종종 '땡땡이'를 쳐서 금지된 오전의 짜릿한 흥분을 잘 알고 있다.

하지만 지금은 학교와 전혀 상관없는 이유로 걷고 있었다. 그는 골목길에서 당당하게 움직이는 사람 중 하나였다. 여느 다른 행인의 것이듯 포장된 길과 소음은 그의 것이었다.

그는 담배를 꺼내 지나가는 사람에게 불을 빌렸다. 행인은 친절하게 재를 털고 벌건 담배 끝을 쿠르트가 내민 담배 끝에 정확히 갖다 대고는 이리저리 돌렸다. 쿠르트의 감사 인사에 정중하게 "천만에요" 하면서 모자를 살짝 들어 올리기까지 했다. 쿠르트는 모자를 쓰고 있지 않은 게 큰 결함인 듯 느껴졌으나, 같은 권리를 가진 사람으로서 주위의 소란과 하나가 되게 해주는 자유롭고 행복한 발걸음과 비교하면 그게 뭐 대수겠는가! 친애하는 행인이여, 안녕하세요! 바쁘시지요. 저도 바빠요. 우리는 급히 처리해야 할 급한 일이 있지요. 당신은 은행에 가서 돈을 찾아야 하고, 저는 후사크 교수라는 분과 의논을 좀 해야 해요. 뭐라고요, 그분을 모르신다고요? 위대한 물리학자예요, 학자지요. 그분이 저를 기다리고 있어요. 저는 그분과 몇 가지 일을 의논해야 해요. 허물없이 남자 대 남자로 의논하려고요. 저는 그분을 기다리게 하고 싶지 않아요. 상냥한 분이에요. 얼마 전에 친절하게도 저한테 정말 중요한 일에 큰 도움을 주셨지요. 예, 맞아요, 여자 문제예요, 아름다운 여자, 아주 아름다운 여자 문제지요. 그녀를 사랑하냐고요? 오, 그럼요, 사람들이 사랑이라고 부르는 것을 하지요, 그렇지요. 우리는 사랑할 나이를 벌써 지났잖아요……

"게르버! 인사할 줄 몰라요?"

어떤 사람이 길을 가로막고 코앞에 서 있다. 낯선 남자의 냄새가 코끝을 스치는데 아는 목소리다. 쿠르트는 경악으로 얼어붙어 고개를 들고 멍한 얼굴로 그 사람의 얼굴을 바라본다. 그 얼굴이 순간 심술궂게 일그러지더니 바로 다시 엄격한, 강철처럼 엄격하고 차갑기만 한 표정이 된다.

쿠르트는 아무것도 이해하지 못한다. 족히 1분 동안 꼼짝 않고 서 있다. 쿠퍼의 입술이 얇아진다.

"자? 이 시간에 길에서 뭘 하죠? 내가 알기론, 수업시간인데."

그제야 쿠르트는 자신의 처지를 파악한다. 순식간에 계획을 세운다. 오직 흔들리지 않는 뻔뻔함만이 그를 구할 수 있다. 목소리에서 벌써 뻔뻔함이 묻어나야 한다. 그는 자신 있게 말한다.

"교수님, 저는……"

"나하고 말할 때는 제발 담배 좀 꺼줄래요?" 쿠퍼가 말을 끊는다.

하느님 맙소사, 담배! 쿠르트는 담배를 바닥에 던지고 무심코 발로 비벼 끈다. 그는 당황해서 말을 더듬는다.

"죄…… 죄송합니다. 깜빡 잊었……"

쿠퍼는 상황을 장악한다. "그래요. 그러니까 아직도 담배를 피우는군요?" 그는 만족한 듯 고개를 끄덕인다. "앞으로의 일은 예상할 수 있을 거예요, 게르버. 그런데 그만 학교에 돌아가야 한다는 건 알 텐데요. 나머지는 절차대로 진행될 겁니다."

열이 확 올라 쿠르트는 황급히 만회하려고 한다.

"제 말 좀 들어보세요, 교수님, 제발. 계단에서 넘어졌어요. 무릎에서 피가 나요. 보시겠어요? 후사크 교수님이 의사에게 가보라고……"

하지만 쿠퍼는 듣지 않는다. 쿠르트의 더듬거리는 말을 듣지 않고 그냥 훌쩍 가버린다. 허리를 구부리고 그 모습을 멍하니 바라보는 쿠르트는 왼쪽 바짓자락을 걷어 올리고 한없이 우스운 꼴로 서 있다…… 이윽고(어떤 사람이 세게 부딪히며 고함을 지른다. "양말대님은 딴 데서 매세요!") 그는 휘청 일어나 걷는다. 이 만남의 결과는 짐작도 할 수 없다. 가면이 벗겨진 허풍선이는 지쳐서 고개를 떨구고 다리를 질질 끌면서 걷는다. 다리가 이제 진짜 쿡쿡 쑤시기 시작한다.

2층 벽시계는 10시 45분을 가리키고 있었다. 물리 실험실에 다시 가는 것은 거의 무의미했다.

쿠르트는 절뚝거리며 수돗가로 갔다. 상처가 심각해 보이고, 흘러내린 피가 정강이뼈에 엉겨 붙어 있었다.

아픔이 기분 좋게 느껴졌다. 그는 눈을 감았다. 너 때문이야, 리자. 더 큰 고통도 견딜 수 있어. 널 위해서, 리자. 하지만 넌 전혀 모르지.

종이 울렸다. 쿠르트는 다친 상처를 손수건으로 묶고 물건을 챙기기 위해 물리 실험실로 갔다.

수업이 막 끝나 학생들이 소란스럽게 문 쪽으로 몰려갔다.

후사크는 교단 뒤에 서 있었다. 쿠르트는 얼른 눈을 돌리려고 했으나 교수가 벌써 그를 보고 실험실로 오라고 손짓했다. 쿠르트는 겁내지 않고 따라갔다.

교수는 검은 실험복을 옷걸이에 한참 공들여 걸고 재킷을 입더니 뭔가 찾는 척했다. 그리고 문을 잠그고 의자를 가리키고는 자신은 책상 위에 걸터앉았다.

후사크의 푸른 눈이 그윽하게 한참 쳐다보자 쿠르트는 자신의 일에 대한 마지막 믿음이 깡그리 사라졌다. 쿠르트는 후사

3. 만남 셋

크가 다 옳다고 할 준비가 되어 있었다.

두 사람은 여전히 서로 바라보고 있었다. 이윽고 후사크가 먼저 빙긋 웃고 쿠르트가 따라서 같이 웃었다. 후사크가 다시 진지해졌다. 그가 걱정스럽게 말했다.

"유감스럽게도 우스운 일이 아니에요, 친구. 그런 일이기를 바랐는데."

"무슨 일이 생겼나요?" 마치 교수의 걱정을 덜어주려는 듯 쿠르트가 관심을 가지고 물었다.

"무슨 일이 일어날 수 있겠어요? 기껏해야 교장 선생님이 감사를 나오시겠지요. 흠, 재난은 아니에요. 아니, 아니지. 오늘 학생이 내 수업에서 달아난 건 나쁜 일이 아니에요."

쿠르트는 막연히 짐작하며 잠자코 있었다.

"오늘 내가 학생을 테스트했더라면 더 좋았을 텐데. 다음 주에 교수회의가 있는 건 알고 있겠지요."

"몰랐습니다."

"그래요, 아직 세 시간이 남았는데 차이지히가 분명히 조사하러 올 거예요. 학생의 '우수'가 어떻게 될지 모르겠네. 하지만 그것 역시 중요하지 않아요." 후사크가 휘휘 손을 내저어 사소한 걱정을 쫓아버렸다. "더 중요한 문제가 있어요. 오래전부터 말해주려고 했는데. 오늘 나는 명확한 근거를 보았어요. 친애하는 게르버, 그렇게 경솔하게 행동하면 안 돼요. 그렇게 경솔하면 안 된다고! 계속 그러면 졸업시험에서 불행한 일이 생길 거예요."

쿠르트는 의아한 표정으로 그를 쳐다보았다.

"아, 아니, 나를 무서워할 필요는 없어요. 내 수업을 빼먹은 건 별일 아니라고 생각하니까. 다만……" 후사크의 어조가 달라졌다. "말이 나왔으니 하는데, 그런 어린애 같은 짓 때문은 아니에요!"

쿠르트는 부끄러워서 얼굴이 벌겋게 달아올랐다. 이 남자 앞에서는 자신이 진짜 학생이라는 느낌이, 아니 그가 진짜 선생님이라는 느낌이 들었다. 그가 거의 친구, 진심을 털어놓아도 되는 친구같이 느껴져서 쿠르트는 이렇게 말한다.

"어린애 같은 짓이 아닙니다, 교수님. 믿어주세요, 부탁드립니다."

"아, 그럼 용서해요, 몰랐어요." 그가 너무 예의를 차려서 쿠르트는 진심인지 의심했다. "그런데 그건 우리 대화의 목적이 아니에요. 내가 하고 싶은 말은, 학생이 자신의 행동에 좀 더 주의해야 한다는 거예요, 게르버. 학생에게 호의적이지 않은 사람들이 있어요."

"알고 있습니다, 교수님."

"그럼 왜 걸맞게 행동하지 않아요? 왜 그 사람들에게 계속 약점을 보이지요?"

쿠르트는 할 말이 없어서 바닥을 내려다보았다. 후사크가 따뜻하게 말한다.

"오늘 한 작은 거짓말은 별것 아니에요. 이해할 수도 있고.

하지만 바로 그래서 난 이게 학생의 경솔함을 또다시 보여주는 사건이라고 봐요. 계속 그런 식이면 결과가 좋지 않을 거예요, 게르버. 생각 좀 해봐요, 졸업반이에요! 친구들이 지금 학생을 놀릴 거라고……"

"관심 없습니다."

"그래요, 거기에 반대할 생각은 없어요. 하지만 거기서 그칠 거 같아요? 온갖 이야기가 떠돌고, 교수들이 전부 다 들을 테고, 모든 게 학생한테 해가 되는 쪽으로 이용될 수 있다고, 잘 알고 있겠지만."

"예, 하지만 왜……"

"왜! 왜! 이를테면 학생의 수학 교수님이 몰래 살짝 감시할 생각을 못 할 것 같아요? 부탁인데 이 말은 못 들은 것으로 해요. 다만 학생이 길에서 그를 보았다고 생각해봐요! 어떤 결과가……"

"교수님, 그가, 그가 저를 보았습니다."

"뭐요?" 후사크는 튕기듯 일어나 뒷짐을 지고 빠르게 이리저리 걷는다. 그러다 갑자기 걸음을 멈추고 쿠르트의 어깨를 양손으로 움켜쥐고 마구 흔든다.

"게르버! 이 바보! 불쌍한, 불쌍한 게르버!"

후사크는 다시 실험실을 가로질러 걷더니 초조한 듯 실험 기구를 만지다가 발을 구르고 다시 몸을 돌려 조용히 말한다.

"상황이 좋지 않아요. 충고 하나 해도 된다면, 가능한 한 빨리 다른 학교로 전학 가는 게 좋아요."

쿠르트는 지쳐서 거절하는 몸짓을 한다. "아버지가 벌써 권하셨어요." 그리고 나직하지만 단호하게 말한다. "생각도 할 수 없는 일이에요."

그 순간 다음 수업 시작종이 울린다. 한없이 길게. 종소리가 그치자 두 사람은 마치 황홀한 첫 포옹을 하고 난 연인들처럼 서로 바라본다.

"학생은 이제 교실에 들어가야 해요", 후사크가 건조하게 말한다.

쿠르트는 가까이 다가가 악수를 청한다.

"감사합니다, 교수님!"

"내게 감사할 거 없어요. 알겠어요?"

쿠르트는 이해한다. 꾸벅 인사하고 몸을 돌린다.

"하나도 없어요!" 뒤에서 후사크 교수의 목소리가 들린다. 마치 무덤에서 울리는 소리처럼.

4

x에 대한 상념

집에 있자!

다음 날 아침 다리 전체가 쿡쿡 쑤셔서 잠에서 깬 쿠르트가 처음 한 생각이었다. 학교에 가지 말자. 며칠 동안. 쿠퍼가 얼마나 멍청한 얼굴을 할까! 물론 후사크 시간에 빠지는 건 편하지 않았다. 하지만 다 잘 해결될 것이다. 최악의 경우 몇 과목의 성적이 미정이 되리라. 수학과 화법기하학도 마찬가지다. 쿠퍼는 아직 그를 제대로 테스트하지 않았다. 토요일과 월요일에는 필기시험이 있다. 시험을 안 보면—그럴 확률이 아주 높았다—그에게 추가시험 기회를 줘야 한다. 병이 났으니까.

어머니가 걱정하며 당장 의사를 부르려고 했지만 쿠르트가 반대했다. 상처가 심각하지 않아서 학교에 가야 할까봐 두려웠기 때문이다.

하지만 저녁에 샅고랑림프샘이 퉁퉁 붓고 열이 39도까지 올라 의사를 부를 수밖에 없었다.

　잿빛 콧수염에 코안경을 쓴 크론 박사는 호탕한 노신사로, 다른 사람이 커피 마시는 이야기를 하듯 수술 이야기를 하고 거친 농담 하기를 좋아했다. 긴 세월 쿠르트 가족의 주치의인 그는 오랜 습관대로 쿠르트에게 반말을 건네고 대강 진단하더니 패혈증이 이렇게 심각한데 왜 이제야 불렀느냐고, 멍청이 쿠르트, 왜 이렇게 되었느냐고 야단치기 시작했다.

　"바보같이 넘어졌어요, 박사님."

　넘어졌다고, 그렇구나. 또 여자애들 뒤꽁무니를 급히 쫓아갔구나. 코흘리개 풋내기는 벼락이나 맞으라고 한다.

　쿠르트는 그 모든 말이 리자를 암시한다는 느낌이 든다. 그래서 착한 크론 박사가 그녀의 존재를 알 리 없다는 걸 잊고 평소 좋아했던 박사에게 발칵 화를 낸다.

　"저는 여자애들 뒤꽁무니나 쫓아다니지 않아요!"

　"무슨 소리예요, 게르버 씨. 어쨌든 다음엔 그러지 마세요. 당분간 중단하세요." 크론 박사는 이런저런 지시를 내리고 쿠르트가 가만히 있지 않으면 다리에 부목을 대겠다고 위협한다. 그리고 내일 다시 오겠다고 한다.

　다음 날, 잠에서 깬 쿠르트는 힘이 솟고 기분이 좋아서 병이 난 걸 깜빡 잊고 다리를 당기려고 했다. 얼마나 아픈지 나직이 비명을 지르며 베개에 다시 쓰러졌다.

　10시에(10시에서 11시까지는 체육 시간인데 가고 싶지 않으면 가지 않아도 되었다) 바인베르크가 찾아왔다. 그는 쿠르트가 정말 침대에 누워 있는 걸 보고 깜짝 놀랐다. 그가 인정하며 말했다.

"진짜 영리한데. 쿠퍼 신은 간단히 수위를 보내 네 상태를 확인해도 됐을 텐데." 쿠르트가 이불을 걷고 무릎을 가리키자 바인베르크는 당혹스러운 얼굴을 했다. 하지만 아파서 학교에 가지 않다니, 역시 정말 멋진 일이었다!

"하지만……! 이런 줄 알았다면 어제 왔을 텐데! 우리는 다 네가 수업을 빼먹고 리자와 같이 있다고 생각했거든."

쿠르트는 월요일 일을 생각하며 잠자코 있었다. 수학과 리자를 비교하고…… 이윽고 '의무와 애정의 갈등'을 소재로 농담하는 게 가장 좋다는 결론을 내리고 큰 소리로 웃었다. 바인베르크는 영문을 몰라서 그런 그를 빤히 쳐다보았다.

"그러니까 너희들 그렇게 생각했구나? 왜 그렇게 생각했는데?"

"어떻게 그런 말을. 너, 애들이 멍청이인 줄 알아? 불 보듯 뻔했다고. 후사크 시간 일 말이야."

"그래. 졸업시험 수험생들은 지금 다른 할 이야기가 없지."

"그럼. 그런 일에 애들이 얼마나 신나서 달려드는지 잘 알잖아."

"찧고 까불고 하지?"

"좀. 그러니까, 음 사실 심하진 않아." 바인베르크는 대화가 어디로 흘러가는지 눈치챈다. 그는 친구를 화나게 하고 싶지 않다.

"애들이 대체 뭐라고 하는데?"

"별것 없어. 넌 그런 일에 무관심할 수 있잖아."

"전혀 관심 없어." 쿠르트는 허세를 부리려고 한다. 하지만 기회가 너무 좋다. 더욱이 그는 뭔가 할 생각이다. 뭔가 엄청난 일을. "하지만 진짜 듣고 싶어."

"그만해! 어린애 같아!"

"마음대로 불러도 좋아. 그래도 애들이 뭐라고 하는지 말해 줘. 궁금해서 그래."

바인베르크가 부드득 이를 가는 게 뚜렷이 보인다. 어떻게 해야 할지 모를 때면 늘 보이는 행동이다. 불쑥 그가 짧고 단호하게 말한다. "아니. 들어서 뭐 하려고? 이 바보야." 그러고 일어서더니 다시 앉아 빗을 꺼내 헝클어진 머리를 열심히 빗는다.

쿠르트는 몸을 반쯤 일으켜 앉는다.

"프리츠!"

"응?"

"내가 멍청한 호기심 때문에 묻는다고 생각하면 안 돼. 잘 들어, 나는 리자를 사랑해."

바인베르크는 숨을 헐떡인다. 감당하기 힘들다. 뭐라고? 친구가, 똑똑하고 착한 그의 친구가 그런 멍청하고 가식적인 인형을 사랑하고, 그녀를 위해 자신을 내던진다고? 도저히 믿을 수 없다! 바인베르크는 갑자기 버럭 소리를 지른다.

"그래. 꼭 듣고 싶다면. 지금 너는 반에서 우스운 꼴이 됐어. 말하고 싶지 않았지만 네가 계속 졸라서 하는 거야. 나는 항상 네가 스스로 사실을 깨닫거나 이미 사실을 알고 남몰래 웃는 줄 알았어. 넌 미쳤어. 그녀를 사랑한다고! 다시 말해봐!"

쿠르트는 등을 대고 다시 누워 천장을 쳐다보며 싱긋 미소 지으면서 천천히 말한다. "나는―그녀를―사랑해."

바인베르크는 흥분해서 친구의 말이 얼마나 아득하고 행복하게 들리는지 눈치채지 못한다. 알았다면 거기서 그만 멈추고 목청 높여 욕을 더 퍼붓지 않았으리라. 모두 엄청 즐거워한다, 특히 여자애들이 그렇다. 리자가 쿠르트를 거들떠보지도 않고 그와 말을 섞지 않으려고 일찍 가버렸으니까. 뻔히 보였다고, 이 바보야. 그런데 너는 리자 뒤를 닥스훈트처럼 쫓아가지. 아이들이 배꼽을 잡고 웃었어. 모두 널 놀려. 당연히 '그런 여자애는 데리고 놀 수 있는 부류지. 그래, 그뿐이야, 사랑하지는 않지. 특히 너는 절대 아니지'라고 생각하는 애들이 제일 심하게 놀린다고. 너는 온 세상에 네가 얼마나 모자란 애인지 보여준 거야…… 그런 어조가 계속 이어지지만 다 쿠르트를 스쳐 지나간다. 그는 한참 전부터 딴생각을 하고 있다.

"쿠르트! 내 말 듣고 있어?"

"당연하지. 말해봐."

"다 했어. 이제 네가 말해."

쿠르트는 말한다. 나직한 목소리로 나직한 일에 대해. 여전히 천장을 쳐다보며 몇 마디 한 다음, 방에 자신의 말을 듣는 사람이 있다는 사실을 잊어버렸다. 하지만 그 사람에게 말하는 게 아니다. 그는 리자에게 말한다······ 좋은 쪽이든 나쁜 쪽이든 바인베르크의 감정과 생각은 항상 훤히 들여다보인다. 그가 화났을 때 빤히 쳐다보기만 해도 그를 명예훼손으로 고발할 수 있을 정도다. 그는 현대의 책 광고와 비슷한 (가혹한 기후 탓에 급속히 사라지는) 유형의 사람이다. 진열장 안 빙빙 도는 받침대 위에 놓여 있는 책은 책장이 파르르 넘겨지면서 관객에게 자신의 모든 면을 낱낱이 보여준다······ 이를테면 지금 쿠르트가 말을 끝내자 프리츠 바인베르크는 심한 꾸중을 들은 아이처럼 고개를 떨구고 있었다. 그러다 갑자기 그의 생각이 펄쩍펄쩍 몇 번 뛰더니 느닷없이 아주 단순한 생각에 살포시 내려앉았다. "왜 나한테 이런 얘기를 하는데?" 그가 물었다. 목소리에 살짝 그리움이 묻어났다.

"나 때문이 아니야, 프리츠. 나는 네가 리자를 제대로 평가하면 좋겠어."

"노력할게", 바인베르크가 간단히 대답했다. 그리고 다른 소리 없이 곧바로 학교 이야기를 하기 시작했다. 그저께 이후 많은 일이 일어나진 않았다. 마투슈가 독일어 필기 시험지를 다시 가져왔는데 쿠르트의 답안지가 최고라면서 낭독했고, 필립 시간에 또 난장판이 벌어졌으며, 그리고, 아, 맞다, 오늘 쿠퍼 신이 아직 평가가 끝나지 않은 학생의 이름을 불렀다. 쿠르트의 성적은 두 과목에서 미정이었다. 혹시 내일 수학 필기시험을 치러 올 수 없는지?

"나는 아파", 쿠르트가 마지못해 대답했다. 그런 가능성, 아니 학교 생각 자체를 안 했는데 갑자기 떠밀리듯 그 문제와 마주한 것이다. 그런 멍청한 일에 관한 이야기를 듣는 건 참을 수 있었다. 하지만 그걸 중요하게 생각해야 하고, 항변하고, 이런저런 입장을 정해야 한다고? 빌어먹을. 하필 지금! 혹시 바인베르크는 그 문제를 다른 날 이야기할 수는 없는지?

바인베르크는 어렵다고, 시간이 너무 촉박하다고 했다. 그러면서 쿠르트가 뭔가 할 수 있다면 해봐야 한다고 했다. 쿠퍼 신은 대답하지 않은 제자리 테스트 문제 몇 개를 트집 잡아 얼마든지 해코지할 수 있다, 더 나아가 쿠르트의 병을 꾀병으로 여길 수 있다, 쿠퍼가 구두나 필기로 나중에 그를 테스트하는 가장 유리한 시나리오조차도 좋지 않을 수 있다는 것이다. 따라서 내일이나 월요일이 상대적으로 쉬울 거라고 했다.

"더욱이 네가 자기 때문에 다리를 절뚝거리며 학교에 나오면 쿠퍼 신이 널 좋게 볼지도 몰라……"

"관심 없어!" 쿠르트는 화가 나서 말을 끊었다. 그런데도 바인베르크는 쿠르트가 풀이 죽어 당황하는 기색을 눈치챘다. 얼마나 안타깝던지! 쿠르트는 아랫입술을 깨물었다. 그의 병은 언제든 증명할 수 있다, 무릎에 염증이 있으면 학교에 갈 수 없다는 건 쿠퍼 신도 이해해야 한다고, 안 그러냐고, 날카롭게 대꾸했다. 바인베르크가 여전히 잠자코 있자 그는 일부러 더 흥분한 척했다. 아니, 그게 무슨 말이냐, 멍청한 필기시험 때문에 건강, 아니 멀쩡한 팔다리를 위험에 빠뜨리는 짓을 할 생각은 없다, 규정상 받은 미흡 몇 개를 만회해야 한다면 그건 또 다른 문제다, 하지만 제자리 테스트 문제 몇 개로 성적평가를 하면 안 된다, 절대 안 된다, 따라서 내일 학교에 갈 이유가 없다고, 펄쩍 뛰었다.

"네가 믿는 것처럼 제발 네 말이 맞았으면 좋겠다." 바인베르크가 조용히 말하고 시계를 보더니 자리에서 일어났다. "이제 좀 자러 가야겠어. 리들이 지질학 시험을 볼 거야. 잘 자."

쿠르트는 어지러운 생각과 함께 혼자 남았다.

생각들은 머릿속에서 쉴 새 없이 웅웅 돌아다니고 쫓아버리려는 온갖 노력을 비웃으며 설핏 잠든 그를 한밤중에 흔들어 깨운다. 어찌나 괴롭히는지 어떻게 할 도리가 없어 쿠르트는 침대에서 더 버티지 못하고 일어난다.

일어나서—걸어본다—응, 이게 뭐지?—다리를 감싸고 흔들거리는 이것은?

서서히 기억이 난다. 어떻게 이렇게까지 되었을까? 그는 벽에 몸을 기대고 가능한지 의심하면서 발을 들고 무릎을 구부려본다. 할 수 있다. 특별히 아프지 않다. 붕대가 조이지 않고 느슨해져 무릎이 드러나, 푸르딩딩 불그죽죽 누르뎅뎅한 피부와 불룩불룩한 혹, 곪은 피부와 고름이 보인다. 보기 좋지는 않지만 걸

4. x에 대한 상념

을 수는 있다.

그렇다. 이제 다시 건강해져 걸을 수 있으니까 기뻐해야 할까? 그건…… 그렇다, 그건 내일 수학 필기시험을 아이들과 같이 봐야 한다는 의미다. 그런 것이다. 쿠르트는 바로 그렇게 느끼고 피할 길이 없다는 것도 안다.

그래도 스스로를 설득하기 시작하고, 왜 자신이 당연하게도 그렇게 하지 않을 것인지 그 이유를 찾고 또 발견한다. 바인베르크와 "네가 믿는 것처럼"이란 그의 말을 떠올린다. 완전히 미친 짓이다! 그는 시험 준비를 할 수도 없었으며, 개학한 후 배운 내용을 복습하지도 않았다. 내일 학교에 가면 곧장 미흡으로 직행이다. 하지만 도대체 왜? 바인베르크의 자리는 그의 옆자리다. 바인베르크는 커닝의 고수이며 분명 벤다에게 뭔가 얻을 것이다, 해답 하나를. 거기다 바인베르크가 답을 하나 가르쳐주면, 그럼 충분하다. 어쩌면 한 문제는 혼자 풀 수 있을 것이다. 수열과 미분은 꽤 이해했고, 수업을 거의 끝까지 따라간 적도 몇 번이나 있었다. 옆 사람에게 전적으로 의존하는 건 아니다. 메르텐스, 링케, 제베린, 블랑크가 할 수 있다면 그는 당연히 할 수 있다…… 친애하는 게르버, 게을러, 정말 게을러. 무슨 말을 하는 거야? 사정이 그렇다면 너는 혼자 추가시험을 보는 걸 겁내지 말아야 해. 너는 아무것도 할 수 없어. 쥐뿔도 할 수 없다고.

"쥐뿔도!" 쿠르트는 큰 소리로 말하고, 거친 말에 잠시 안정과 평화를 찾는다. 하지만 다시 덮쳐온다, 쉴 새 없이 쿡쿡 찌르면서. 그는 공식 몇 개를 기억에서 불러와 외워본다. 인테그랄 x의 n승 곱하기 dx는 x의 n 플러스 1승과 같다. x의—n 플러스 1스으으응, 기억해두세요, 둘이 짝을 이룬다는 걸 알게 n 플러스 1을 아주 빨리 말해야 합니다. 안 그러면 x의 n승—플러스 1이라고 생각할 수 있어요. 그건 큰 잘못이에요. 그러니까 어떤 공식이지요? 공식을 다시 되풀이한다…… 아주 빨리…… 게르버…… 구우우운! 그렇다, 쿠퍼 신은 언제나 그런 식이었다. 책상 줄 사이를 돌아다니며 단어 하나를 말하고 한없이 길게 뜸을 들인 다음, 마지막 단어는 철자 하나하나를 늘여서 발음했다. 뒤쪽에 있으면 마치 거기서 희생자를 데려가려는 듯 앞쪽을 바라보다가 느닷없이 전혀 다른 자리의 학생 이름을 부르는가 하면, 마침 옆에 앉아 있는 학생의 어깨를 집게손가락으로 톡톡 치기도 했다. 당연히 깜짝 놀란 학생은 말을 더듬거리고 조금 전까지 공식을 줄줄 외웠는데도 아는 게 하나도 없었다. 쿠퍼가 단어 사이에 뜸을—그것은 "사디스트의 뜸"이라고 불렸다—두는 동안, 아무것도 두려워하지 않아도 되는 수학 잘하는 몇몇이 종종 스톱워치로 재는 장난을 했는데 지금까지 최고 기록은 16초였다. 그러니까 당시 상황은 이랬다. 계산하면……(8초)—머릿속에서…… 12초—으으으음…… 뜸이 장장 16초 동안 계속되고 드디어 게랄트가 걸렸다. 그렇다, 쿠퍼 신은 그런 식이었다…… 그런데 어떤 공식이었지? 쿠르트는 손가락으로 하얀 침대보에 공식을 써본다.

　　　　　　　　　　　　　　　4. x에 대한 상념

$$\int x^n dx = \frac{x^{n+1}}{n+1}, \; n \gtrless -1 일 때$$

n 이 마이너스 1보다 크거나 작으면, 두 번째 공식은 어땠더라?

$$\int (a+bx)^n dx =$$

하지만 벌써 탁 막혀서 쿠르트는 칠판에 쓰듯 손가락으로 등식 부호를 여러 번 덧써보다가 결국 화가 나서 침대보를 뒤집는다. 그는 공식을 머릿속에서 몰아내려고 한다.

하지만 결정을 내려야 하고, 다시 생각해야 한다. 결론을 내리지 못하는데 생각이 다시 원을 그리며 자신을 빙빙 끌고 다닌다는 걸 깨닫는다. 더욱이 극도의 피로가 몰려온다. 잠이 덮치기 직전 그는 결정한다. 내일 일찍 일어나 제시간에 필기시험을 보러 가자, 마음 편하게. 그래, 다리가 안 아프면, 하나도 안 아프면, 그럼 하느님의 뜻으로 생각하고 가자……

학교 건물을 보자 음울하고 끔찍하게도 전부 다 생각났다. 9시 30분에 일어난 것 하며, 어머니가 걱정하며 묻는 말 하며, "빨리, 빨리, 학교에 가야 해요. 안 그럼 낙제예요" 하는 수학 공식처럼 똑같은 그의 대답 하며…… 전부 다 생각났다. 쿠르트는 정말 거기 서 있었다. 가슴이 뛰고, 갑자기 왈칵 겁이 나서 덜덜 떤다. 자신이 계획하고 행동으로 옮긴 일이—그는 앞으로 나아갈 뿐 뒤돌아서지 않았기 때문이다―갑자기 이해가 되지 않아 이것이 현실인지 믿을 수가 없었다. 아니, 아니야, 이런 일은 일어날 수 없어. 가능하지 않다고. 필기시험은 연기되고, 쿠퍼는 병이 났어……

그러나 커다란 하늘색 노트가 거기 놓여 네모난 외눈으로 허공을 멍하니 바라보고 있었다.

카드는 벌써 기입되어 있었다. 쿠르트는 디타 라인하르트의 독특한 글씨를 알아보고(그러니까 제베린이 서기를 그만둔 것이다) 7년의 세월을 보내며 친숙해진 단어를 읽었다. 라틴어로 쓰는 학급 기호만 계속 달라졌을 뿐, 모든 게 그대로였다. 실과고등학교 16, 1학기, VIII(8)학년, 이름: 쿠르트 게르버, 과목: 수학 필기시험―차갑고 무심했다…… 쿠르트는 노트를 폈다. 하늘색 모눈이 쳐진 깨끗한 페이지 사이, 전혀 뜬금없는 곳에 새빨간 싸구려 잉크 흡수지가 있었다. 페이지는 하나같이 똑같고, 활짝 펼쳐져 준비하고 있다. 불쑥 희망이 솟아 마음이 가벼워졌다. 이렇게 자신을 희생하며 의무를 다하려고 아픈 몸을 끌고 학교에 나왔으니까(다리가 다시 쿡쿡 쑤신다) 쿠퍼가 자비를 베풀어 커닝해도 눈감아주겠지. 적당히 성적을 주고, 어쩌면 기하학 시험을 면제해줄지도 몰라……

쿠르트는 쉬는 시간 중간에 왔는데 몇 명만 건성으로 인사한다. 8학년생은 시간이 없다. 열에 들뜬 불안이 커다란 교실에 가득하다. 초조하게 돌아다니다가 누가 말을 걸면 거칠게 반응

4. x에 대한 상념

하는 아이들이 있는가 하면, 좁고 긴 종이쪽지에 기호와 글자를 깨알같이 작은 글씨로 끄적거리는 아이들도 있다. 대부분 눈을 감고 공식을 혼자 중얼거린다. 집요하게, 각자 따로따로. 그러면서도 모두 하나가 되어 주문처럼, 기도문처럼 공식을 외운다. 그 광경에 쿠르트는 문득 얼마 전 읽은, 한 시너고그에서 있었던 유대인 학살 이야기가 떠오른다. 그들은 거기 앉아 있다, 가슴을 졸이면서, 오, 정말 가슴을 졸이면서, 코사크 대장이 무서운 소식을 가지고 들어올 때까지 기다린다. 쿠르트는 아이들이 모두 끔찍한 탄식을 터뜨리는 광경을 상상할 수 있다. 아니다, 그런 일은 일어나지 않을 것이다. 그들은 '준비했고', 배운 내용을 공부했다. 몇몇 아이는 얼마나 자신이 있는지 대화까지 한다. 능력자들이다. 그들은 다른 사람 생각은 하지 않고 큰 소리로 말한다. 쿠르트는 귀를 기울인다. "내가 아는데, 모두 다른 시험지를 받을 거야. 쿠퍼 신이 서로 다른 네 가지 유형의 시험지 서른두 장을 가져온다니까." 클렘이 주장하는데 다른 아이들은 별로 동요하지 않는다. "그래야지!" 폴라크가 경멸하듯 말하고, 쇤탈이 이를 드러내며 증오의 말을 신랄하게 툭 내뱉는다. "누가 뻔뻔하게 커닝하려고 하면……!" 쇤탈은 자신을 쳐다보는 쿠르트의 시선을 느끼고 움찔하더니 다른 아이들에게 눈짓한다. 그 낯선 시선을 막연히 두려워하면서, 그들은 겁을 먹었으면서도 적의를 품고 쿠르트를 돌아본다. 그 시선이, 한 사람이 지금 그렇게 쳐다볼 시간과 여유가 있다는 사실이 불편하다. 그 시선이 이 세상 모든 수학 필기시험이 어리석고 무의미해지는 어딘가에서 온다는 걸 느낀다. 하지만 상관없다, 그렇게 쳐다보다니 거침없고 정말 뻔뻔하고 오만하다, 더욱이 그들처럼 걱정 없이 떠들려면 뭔가 내놓아야 할 사람이 그렇게 쳐다보다니……

종이 울린다. 순간 모두 입을 다물고 깜짝 놀라서 눈을 들었다가 마치 채찍에 맞은 듯 바로 다시 하던 일에 풍덩 머리부터 다이빙한다. 이제 지각생들도 교실에 들어오는데, 몇 명은 담배를 피운 아이들이다. 그 가운데 카울리히, 조용하고 사려 깊고 성큼성큼 걷는 벤다, 바인베르크가 있다. 바인베르크는 쿠르트를 보고 놀라며 말없이 싱긋 웃는다. "잘될 거야!"

"준비를 하나도 못 했어." 쿠르트는 주변의 벼락공부 하는 아이들을 가리키며 말한다. 지금 공부할 수도 없었다. 그때 교실 문이 열리고—잠시 열린 채 있다—쥐 죽은 듯 조용하다—조심—이제 쿠퍼가 들어온다.

당시 첫 시간 때와 비슷하게 학급 전체가 터질 듯 팽팽한 기대에 차 서 있다. 무슨 일이 일어날까?

쿠퍼는 학급일지를 쓰려고 한다. 항상 펜을 건네주던 여학생 립스가 초조해서 발을 동동거린다. 쿠퍼는 나지막하게 말한다. "결석자는 어제와 같지요, 그렇지요? 레비, 노바크, 콜, 게르버", 그가 거만한 표정으로 재빨리 쓰는데 립스는 쿠르트가 온 걸 모르고 고개를 끄덕인다.

"저 왔습니다, 교수님!"

쿠퍼는 눈을 들어 쳐다본다. 그것도 시선이다. 시선은 천천히 쿠르트 쪽으로 슬금슬금 기어온다. 탐욕스러운 놀라움과 음험한 승리감, 심술궂은 기대가 뒤섞인 그 시선을 표현하는 말은 이 세상에 없다. "그으으으래요", 쿠퍼는 길게 늘여 말하고 출석부에서 게르버의 이름을 지운다, "그러니까 늦지 않게 제때 잘 생각했군요."

"예." 쿠르트는 일이 어떻게 될지 모른다.

쿠퍼는 고개를 끄덕인다.

"계속 아프다고 거짓말하고 필기시험을 빼먹었으면 괴로운 결과가 나올 수 있었어요."

"저는 거짓말하지도, 시험을 빼먹지도 않았습니다, 교수님!"

"무슨 말을 하는 거예요!" 쿠퍼가 비웃는다. "내 기억에 학생은 수요일 수업 중에 아주 건강한 모습으로 거리를 돌아다녔어요. 목요일에는 아팠고? 그리고 오늘 벌써 다시 건강을 회복했고? 이상하네요."

그제야 쿠르트는 덫을 알아차린다. 쿠퍼가 의도적으로 도발하는 것이다. 처벌받을 행동을 할 수도 있다. 그는 입술까지 올라온 대답을 삼키고 차분히 말한다.

"의사의 진단서를 가져오겠습니다."

쿠퍼는 그만두라는 손짓을 한다. "우리는 그런 핑계를 잘 알지요."

몇몇 아이가 불만스러운 듯 발로 바닥을 비빈다. 논쟁이 길어질까 두려운 것이다, 다른 때라면 흥미롭겠지만 오늘은 일분일초가 소중하다. 쿠르트는 그만 입을 다문다.

"자?" 쿠퍼는 고개를 옆으로 기울이고 손가락으로 똑똑 교탁을 두드린다. 쿠르트의 몸이 앞으로 확 쏠리고 목의 핏대가 불거지며 당장 무시무시한 일이 벌어질 기세다. 하지만 벌써 바인베르크가 책상 밑에서 쿠르트의 주먹을 붙잡고 꼭 쥐는데 이를 부드득 갈면서도 표정은 그대로다.

쿠르트는 초인적인 노력을 기울여 포기한다.

"더 할 말이 없습니다, 교수님."

쿠퍼는 마지막으로 의기양양해서 한마디 한다.

"더 하는 건 나도 권하지 않았을 겁니다. 착석."

쿠르트는 의자에 주저앉아 부들부들 떨면서 주먹을 폈다 쥐었다 한다. 바인베르크가 노트에 열심히 날짜와 '첫 번째 필기시험'이라고 쓰고 쿠르트의 허벅지를 툭 치면서 나직이 말한다. "엿이나 먹어라." 바인베르크는 항상 정곡을 찔러 몇 마디로 분위기를 확 바꾸어놓는다.

쿠퍼는 아라비아 숫자 1을 우아하게 칠판에 그린다. 문제 1. 그러니까 그가 커닝을 막으려고 서른두 장의 쪽지를 가져올 거라는 예언은 사실이 아니다. 쿠퍼 신은 그런 예방 조치가 필요하지 않다. 예방 조치는 허약함으로, 속임을 당할 수 있다는 두려움으로 보일 수 있다. 쿠퍼와 두려움? 그를 속일 수 있는 사람은 아무도 없다. 절대 없다. 쿠퍼 신이니까.

학생들이 더 어떻게 해볼 도리가 없게 만드는 건 쿠퍼 신에게는 누워서 떡 먹기처럼 쉬운 일이다! 벌써 하얀색 글자 몇 개가 거기 있다. 물속에서 활짝 피는 중국 마법의 꽃처럼 신비롭다. 그 글자들에서 뭐가 나올지 아는가? 여기 이 x 가 어떤 특별한 의미가 있는지 아는가? x 는 많은 걸 의미할 수 있다! x 는 순수한 문자가 아니며, 수학 기호도 아니다. x 는 천의 얼굴을 가지고 있다. 이를테면 x 는 밑에 작은 숫자 1을 가질 수 있고, 원의 일반 방정식에서 축이 있는 교점의 좌표이기도 하다. 하지만 x 는 이를테면 1차 유한 기하수열의 인수로서 전적으로 산술적인 것일 수도 있다. 기하수열은 순수한 산술이며, 반면 산술적인 수단은 순수한 기하학이기 때문이다. 어디에나 x 가 있다. x 는 분모와 분자를 가르는 선 위에서 번성한다, 그렇지 않은 분모와 분자를 가르는 선은 없다. x 는 보통 겸손하다. 제대로 다룰 줄 알면 x 는 고분고분하게 구부러지고 회전하는데 그럼 x 가 맺을 수 있는 천 개의 작은 열매 중 제대로 된 열매가 신중한 사람의 품에 떨어지는 것이다. 모든 길은 x 를 지난다. x 가 없으면 인생도 없다. 만약 처음에 거기 없으면 x 는 어김없이 나중에 와서 작은 틈새를 통해 계산 속에 비집고 들어와 평온한 존재의 기쁨을 느끼며 거미 다리를 꼬고 기다린다. 종종 다시 내쳐지기만을, 그러니까 해가 구해져 '소거되기'를 기다리기도 한다. 종종 자신과 비슷하다는 어떤 것을 기다리기도 한다. x 와 같아지는 사명을 가진 인수들이 있다. 그런 인수들을 위해서 종종 x 를 무한대에서 가져와야 한다. 그동안 내내 거기 없었고, 꼭 있어야 할 필연성도 없는 듯 보였는데 x는 갑자기 다가와 마차를 끄는 예비 말의 자격으로 작은 등식 부호와 함께 달려와 그에 걸맞게 다루어지길 원한다. 그렇게 이 x는 떡하니 나타난다. 무슨 권리로? 왜? 무슨 목적으로, 무엇을 위해서, 무엇 때문에? 누가 x에게 그런 지위를 허용했을까? 왜 하필 x일까? 왜 x가 이런저런 것과 같다고 정해져 있는 걸까? 뭔가 맞지 않는다. 어딘가 빈틈이 있다. 온갖 묘기를 부릴 수 있는 재밌는 장난감처럼 즐겁게 시작한 일이 갑자기 도무지 이해할 수 없게 된다. $x =$. 도대체 어떻게? 무언의 합의라고? 그러나 몇 사람은 합의하겠느냐는 질문을 받지 못했다! 그런 합의를 할 때 사람들은 그들을 간단히 무시했다! 이제 그들이 합의에 동의하지 않겠다고 거부하면?

아니, 그럴 수 없다. x는 그들보다 힘이 세다. 그들이 x의 존재를 인정하고, x가 명령하는 대로 x의 존재를 다룰 때까지 x의 끝부분이 자라고 구부러져 그들의 몸과 목을 휘감는다.

그래도 그들이 계속 동의하지 않으면? 혹은 동의하려고 하지만 할 수 없으면? 거대한 미지의 것의 차가운 포옹에 그들이 힘들고 괴로워 진땀을 흘리며 애를 쓰지만 아무 성과가 없으면? 그들이 갑자기 숨을 쉴 수 없으면?

그럼…… 그들은 계속 더 나아가 타원의 반쪽이 부착된 공중그네처럼 보이는 작고 검은 물체로 관자놀이에 총알을 쏘거나, 원통형 그릇에 담긴 빠르게 작용하는 음료를 마실 수 있다.

혹은 밧줄을 목에 걸고 밧줄의 다른 끝은 네모난 창문틀에 단단히 묶거나, 이상적인 평행선인 두 개의 레일에 몸을 던져 둘레가 $2\pi r$인 거대한 바퀴 서너 개가 몸을 짓밟고 지나가게 할 수도 있다. 아, 죽음도 분명 하나의 변수지만 x도 그렇게 무자비하지는 않아서 거기서 더 어떤 해답을 구하라고 하지는 않는다……

이제 문제 네 개가 전부 칠판에 적혔고, 긴장에 찬 기대의 자리에 과장된 분주함이 들어섰다. 저마다 오래 고민하지 않고 바로 문제를 풀기 시작할 줄 안다는 걸 보여주려고 했다. 너무 깊이 생각하는 듯 보이는 건 좋지 않았다. 쿠퍼가 눈치채고 잘못된 결론을 도출할 수 있었다. 맞는 결론을 도출하는 건 더 나빴다. 따라서 바쁜 것처럼 보여야 했다.

쿠르트는 지문에 집중하며 최소한 자기 힘으로 뭔가 시도는 하고 싶었으나 곧 포기했다. 어느 정도 아는 부분에서는 한 문제도 나오지 않았다. 확률 문제도, 미분 문제도, 수열 문제도 없었다. 모두 적분 문제인 것 같았다. 그는 얼핏 보더니 어떻게 풀어야 할지 전혀 모른다는 걸 바로 알았다.

교실을 슬쩍 둘러보았다. 모두 문제를 푸는데 차셰만 멍청한 눈으로 펜대를 씹고 있었다. 심지어 메르텐스와 제베린, 호벨만조차 열심히 쓰고, 선을 그리고, 책상 나무판에 끄적거리고 있었다. 뭘 하고 있을까? 갑자기 무슨 바람이 불어 저렇게 열심일까? 불안했다!

바인베르크도 쓰고 있었다. 쿠르트는 그의 노트를 슬쩍 훔

쳐보았으나 전혀 볼 수 없었다. 친구가 힘든 그를 모른 척할지 모른다는 숨 막히는 두려움이 엄습했다. 그는 목을 길게 뺐다.

"게르버! 또다시 그러면 노트를 압수하겠어요. 구석으로 가요!"

아니다, 쿠퍼 신은 관용을 모른다. 쿠르트가 여기 나온 것도 대단한 일인데 그것에 전혀 관심이 없다.

그동안 바인베르크는 전부 다 자기 일이 아니라는 듯 조용히 계속 쓰고 있다.

"차셰! 마찬가지로 구석으로 가요! 나를 속이려는 웃기는 짓은 그만둬요. 나는 다 압니다. 이제 더는 방해받고 싶지 않군요."

쿠퍼는 안락의자에 등을 기대고 앉더니 가방에서 신문을 꺼내 열심히 읽는다.

몇 분 후 몇 명이 움직이기 시작한다. 처음에는 은밀히 그러다가 쿠퍼가 신경을 쓰지 않자 점점 더 거리낌이 없어진다. 쿠르트는 그들의 행동을 두려워하며 눈여겨본다. 그들의 성공에 많은 것이 달려 있다.

쿠퍼가 갑자기 고개를 들고―순간 모두 그대로 얼어붙는다―살피듯 교실을 둘러본다. 뭔가 본 걸까?

아니다. 아무것도 보지 못했다. 쿠퍼는 그냥 "조용!" 하고 소리치고 계속 신문을 읽는다(다른 교수라면 지금 창문 쪽으로 돌아섰을 것이다. 혹시 거울을 활용한 감독? 쿠퍼 신은 그런 조잡한 술책은 포기할 수 있다).

일이 활발하게 진행되기까지 다시 시간이 흐른다. 하지만 대부분 고상하고 정중하게 교감하는 능력자들이다. 더 세련된 부피 계산 문제인 듯한데 숄츠와 브로데츠키가 그 문제를 두고 조심스레 서로 협조하는 모습에는 역겨운 경멸이 엿보이고, 그 옆에서 메르텐스가 갈수록 안절부절못하고 의자에서 몸을 뒤틀고 있다. 분주한 건 속임수였을 뿐, 그는 아직 한 문제도 풀지 못했다. 숄츠가 모른 척하자 메르텐스는 두 사람의 나직한 대화에서 뭔가 엿들으려고 하지만 성공하지 못한다. 언뜻 들은 몇 마디는 아무 도움이 못 되고 공연한 헛수고에 얼굴이 창백하다.

쿠르트는 이제 겨우 20분 남았다고 생각하고 헛기침한다.

바인베르크는 고개를 세 번 끄덕이고 계속 쓴다. 쿠르트는 모든 감각을 긴장시킨다—이제 도움이 와야 한다—그때 바인베르크가 몸을 옆으로 기울이고—잠시 후—다시 일으킨다—조금 떨어진 의자 위에 작은 쪽지가 놓여 있다.

쿠르트는 천천히 팔을 뻗는다.

사소한 위험도 바로 파악하기 위해 쿠퍼에게서 눈을 떼지 않는다.

쿠퍼는 활짝 펼친 신문을 얼굴 앞에 들고 있다. 몇 초 후면 쿠르트는 구원받는다.

그의 팔이 움찔움찔 쪽지를 향해 다가간다.

너무 서두르면 안 된다. 성급한 행동은 모든 일을 망칠 수 있다. 자나 다른 물건이 바닥에 떨어질 수 있다.

1초만 더—쿠퍼는 여전히 읽고 있다……

쿠르트는 쪽지를 손에 넣는다. 성공이다! 집으러 갈 때와 마찬가지로 천천히 쪽지를 끌어온다. 이제 안심이다. 그는 졸업시험에 합격할 것이다.

쪽지가 앞에 있다. 쪽지를 조심스럽게 펴 고집스레 도르르 말리는 끝부분을 엄지와 검지로 누른다. 두 문제의 해답이 적혀 있다, 완벽하게. 이제 노트에 옮겨 적기만 하면 된다.

"자, 친애하는 게르버. 부탁인데 그대로 있을래요?"

쿠퍼는 서두르지 않고 신문을 내려놓고 일어나더니 느릿느릿 쿠르트 쪽으로 걸어온다. 눈은 쿠르트에게 고정되어 있다.

쿠르트는 최면에 걸린 듯 꼼짝 못 하고 앉아 있다. 구원해줄 해답이 적힌 쪽지는 책상에 있다, 완벽하게 푼 두 문제의 해답, 그냥 베끼기만 하면 되는 쪽지를 엄지와 검지로 잡고 있다. 그는 다른 손으로는 잉크 흡수지로 쪽지를 덮으려는 애처로운 시도를 한다. 하지만 쿠퍼는 당연히 눈치챈다. "움직이지 말아요!" 그가 으르렁거리며 걸어온다. 걸음을 서두르지 않고 가까이, 더 가까이. 이제 다 와서 명령한다. "손 치워요!"

아직 꿈을 꾸는 기분인 쿠르트는 순순히 따른다. 쿠퍼는 두 손가락으로 쪽지를 집어 높이 들고 다정한 비난을 담아 말한다.

"어떻게 내가 그렇게 멍청하다고 생각할 수 있는지! 나는 전부 다 본다고 했잖아요."

쿠퍼는 놀랍다는 듯 고개를 것더니 쪽지를 발기발기 찢어 쿠르트의 눈앞에서 파르르 날린다.

8학년생 중 아무도 이 사건에 고개를 돌리지 않는다(관심은 공범을 의미하니까). 그들은 그냥 고개를 숙이고 귀를 쫑긋하고 들으며 다시 쓴다, 열심히, 꼼짝하지 않고. "마무리하세요. 10분 후에 종이 울립니다!" 쿠퍼가 경고하자 그들은 그 말이 원하는 효과를 발휘했음을 교수에게 보여주려고 탄식을 한다.

쿠르트는 무감각한 상태로 노트에 무의미한 도형을 그린다. 더 고민하지 않는다. 이제 다 끝났다.

호벨만이 쪽지 하나를 밀어주자 생기가, 마지막 지친 희망이 살짝 솟는다. 하지만 펜대가 말을 듣지 않고, 그걸 고치기 전에 종이 울린다. 1초도 더 기다리지 않고 쿠퍼가 직접 노트를 걷는다. 그는 답을 마저 쓰려는 아이가 있는지 둘러보지도 않고 묵묵히 노트를 건네받는다. 그의 마음에 들려고 열성적인 아이들이 내미는 노트나, 창백한 얼굴로 놀라서 일이 정말 이렇게 된 걸 믿고 싶어 하지 않는 아이들이 내미는 노트나 똑같이 냉담하게 받는다. 그리고 말없이 교실을 나간다.

쿠퍼가 신문을 교탁에 두고 간 건 고의일까, 우연일까? 쿠르트를 동정해 주위에 모인 아이들 가운데로 호벨만이 불쑥 밀고 들어와 손에 든 신문을 흔든다. 그가 숨을 몰아쉬며 소리친다.

"이런 개자식! 이런 개자식!"

그래, 그건 이미 알고 있는 사실이라고, 8학년생들이 말했다.

"여기—여기—한번 보라고—이런 교활한 악당!"

신문 중앙에 비스듬히 가위로 오려낸 동그랗고 작은 구멍 세 개가 나 있었다……

바인베르크는 쿠르트를 집까지 데려다주었다. 그들은 아무 말도 하지 않았다. 친구는 죄책감을 느껴 좀 더 일찍 쪽지를 주지 않은 걸 자책했다. 안전하게 가려다가 이런 결과가 되었다면서.

하지만 아직 끝난 것은 아니었다.

"이제 겨우 10월이야", 대문 앞에서 바인베르크가 말하고, 쿠르트가 잠자코 있자 덧붙였다.

"우리는 이제 막 시작한 거야."

5
작은 말은 비틀거린다

그렇다, 그럴 수 있었다. 10월이라고 쓰고 이제 일은 시작이었다.

하지만 11월이라고 쓰고 여전히 시작이었다.

이 영원한 시작은 무서운 것으로, 숨통을 조이고 옥죄며 모든 것에 절망의 암울한 그림자를 드리웠다. 이 끝없는 시작은 점점 덩치가 불어나는 날들을 뒤로 던지며 그것이 아직 아무것도 아니라고 말한다. 이제 본론이 시작된다. 하지만 이번에도 시험 삼아 도움닫기를 한 것이고 다음에—이제 진짜—출발할 것처럼 행동한다. 그동안 일어난 일은 더 의미 있는 미래를 생각하면 전부 다 조용히 잊어버릴 수 있다는 구실을 대며 그들은 그냥 받아들인다. 1학기 성적표가 나오려면 아직 시간이 많이 남았다! 그리고 교수회의가 열리고, 학년말 성적표가 나오고, 그럼 졸업시험이다. 그때까지는……!

일주일 후(염증이 재발한 후 무릎은 거의 나았지만 아직 밖에 나갈 수 없었다) 우편물 밑에서 악명 높은 '푸른 편지'를 쿠르트가 발견한 것은 무슨 의미였을까? 푸른 편지란 '부모 혹은 책임 있는 보호자'에게 첫 교수회의 기간에 학생이 이런저런 과목에서 부정적 결과를 냈다고 알리는, 우편 요금이 면제되는 공문서였다. '질책성 종이쪽지'가 집에 올 만큼 그게 그렇게 대단한 일이었을까?

존경하는 귀하! 올해 10월 29일 열린 교수회의에서 실과고등학교 16, 8학년 학생 쿠르트 게르버는 수학과 화법기하학에서 전적으로 미흡한 시험 성적 때문에 질책을 받고, 라틴어와 자연사에서 부족한 성적 때문에 더 열심히 하라는 경고를 받았습니다. 그 밖에 이 학생은 수업에 지각해 견책을 받고, 몇 가지 학교 규칙을 위반해 엄중한 문책을 받았습니다. 이로 인해 귀하는 교칙에 따라……

쿠르트는 소스라치게 놀랐다. 상황이 이렇게 나쁠 줄은 상상도 못 했다. 특히 '경고' 두 개는 정말 의외였다. 니세트와 리들 수업에서 성적이 좀 나빴던 것이 생각났지만 이런 결과가 나올 수는 없었다. 혹시 학기 말을 앞두고 며칠 결석해서? 쿠르트를 더 테스트할 수 없어서? 그렇다, 니세트와 리들은 문서상의 권리를 남김없이 이용하고, 쿠퍼의 옷자락에 매달려 방어 능력이 없는 그에게 재빨리 한 방 먹인 것이다. 그런 것이다. 하지만 자연사는 결국 졸업시험 과목이 아니었다. 라틴어는 자신이 있었다. 우리, 곧 만나서 이야기해요, 붉은 머리 임금님(니세트의 머리카락은 붉고 철사처럼 뾰족뾰족했다).

하지만 쿠퍼에게 받은 질책은! 수학에서의 질책은 그럴 수 있었다. 하지만 다른 질책은 순전히 악의적이었다. 게다가 '지각'했다고 견책까지 하다니. 너무 심하다! 모든 기회를 남김없이 다 이용하다니! '지각했다고!' 학교에 나온 걸 칭찬하지는 못할망정! 날조한 사실에 며칠 동안이나 매달리다니! 필기시험에서 거둔 이중의 승리는 충분하지 않았나보군! 그렇다. 쿠퍼는 아무것도 놓치지 않았다. 큰 성공에 동요하지 않았다. 치명타를 날리자마자 조금도 줄지 않은 열성을 기울여 벌써 다음 펀치를 준비했다. '지각해 견책'을 하다니! 이미 사형 선고를 받았는데 20년의 공민권 상실을 또 선고하는 것과 같다.

쿠르트는 이 사정평가는 정당한 이유로 결석한 학생에게 가한 가장 비열한 조치라고 결론 내렸다.

물론 부모님은 이해하지 못하고 교수들이 옳다고 할 것이다. 그걸 '교육 수단'이라고 부를 것이다.

그래서 뭐가 좋을까? 또다시 흥분과 분노, 그리고 아무 결과도 없다. 아픈 아버지에게 그런 쓸데없는 짓을 할 수는 없다. 이건 하얀 거짓말이다.

몇 번 해보고 쿠르트는 자신이 생겼다. '아버지(책임 있는 보호자)의 서명'을 하는 점선 부분에 '알베르트 게르버'라고 서명했다.

여전한 죄책감 때문인지 바인베르크는 며칠 동안 문병하러 오지 않았다. 그래서 쿠르트는 다시 학교에 나가서야 리자와의 일이 어떻게 된 건지 알 수 있었다.

전화하기로 한 월요일에 쿠르트는 상태가 너무 나빠서 열이 거의 40도까지 올랐다. 다음 날에는 전화할 결심이 서지 않았다. 월요일에 전화를 기다렸을 리자가 혹시 불편해할 수 있었다······ 마침내 그는 가사 도우미 소녀를 시켜 등교한 바인베르크에게 쪽지를 보내 그의 사정을 리자에게 설명해달라고 부탁했다. 그러면 괜찮을 거라고 생각했다.

쿠르트는 친구를 옆으로 끌고 가 물었다. 리자에게 무슨 일이 있는지, 그의 부탁대로 했는지?

그럼, 당연히 했다. 그러니까, 그러려고 했다, 쿠르트의 사정을 설명하려고 했다. 그런데······

그런데?

바인베르크는 이번엔 훨씬 조심스러웠다. 즐거워 보였는데, 예전과 달리 빙빙 돌려 말했다.

"진짜 하려고 했는데 잘 안 됐어. 네 사정을 설명할 수 없었어."

"그래. 왜 못했는데?"

"응, 있잖아, 그러니까 이런 거야. 리자가 선수를 쳤어."

"무슨 말인지 모르겠어."

"곧 알게 될 거야. 그러니까 나는 화요일에 전화를 해. 베어 발트 박사예요. 여동생과 통화하고 싶습니다. 좋아. 안녕, 리자."

"제기랄, 좀 더 빨리 말해."

바인베르트는 서두르지 않았지만 결국 다 밝혀졌다. 리자는 바인베르크가 말할 기회도 주지 않고 쿠르트가 전화했다고 믿고 감동적인 말로 사과를 늘어놓았다, 어제 못 나와서 미안하다, 하지만 시간이 없었다, 진짜 없었다, 어쩌고저쩌고…… "너의 리자가. 자, 이제 어떤 여자앤지 알겠지." 바인베르크가 말을 마치자 쿠르트가 물었다. "네가 누군지 말했어?" 정말 의외의 반응이었다.

"응. 특별히 창피해하는 것 같지도 않더라."

"왜 창피해야 하는데?"

"왜 창피해야 하는데?" 리자의 뻔뻔한 태도에 진작에 분노하지 않는 쿠르트를 이해할 수 없던 바인베르크가 친구의 흉내를 냈다. "왜 창피해야 하냐면! 제삼자가 자기 거짓말을 아는 게 그렇게 유쾌할 순 없으니까."

"거짓말? 왜? 그애는 마침 시간이 없었던 거야."

바인베르크는 충격을 받았다. 그의 건강한 불신은 그토록 강한 믿음에 그만 산산이 부서지고 말았다. 그는 마지막 시도를 해보았다.

"그애가 왜 먼저 전화하지 않았는지 이유를 말해주지 않을래?"

"기꺼이." 이제 쿠르트는 다시 자신감을 회복했다. "첫째, 그애는 내 전화번호를 몰라."

"전화번호부에 나와!"

"둘째, 그애는 내가 집에서 그런 전화를 받는 게 불편할 거라고 생각해. 복잡한 문제가 생길 수 있으니까. 특히 식구들이 학교 때문에 나를 주시하는 지금은 더욱."

"그애가 그렇게 배려심이 많아?"

"그렇게 배려심이 많지."

"멋진 애네!"

"멋진 애지."

바인베르크는 화가 나서 몸을 휙 돌려 가버렸다. 하지만 잠시 후 돌아와 좀 작은 목소리로 말했다.

"리자가 네가 곧 낫기를 바란다고 전해달래."

쿠르트는 아들의 결석 사유를 설명하는 부모님의 편지와, 서명한 질책성 쪽지를 교탁 위에 놓았다. 쿠퍼는 서명을 위조한 것을 눈치채지 못했다. 적어도 그건 성공이었다.

쿠퍼는 요즘 게르버 학생이 이 일에 바짝 관심을 보이는 모습을 확인하며 흐뭇해했다. 그래서 종이 울리고 반 전체가 부동자세로 서 있을 때, 아주 유감이라고 단언하더니 거기에 걱정스러운 표정을 짓고 여담까지 포기하며 훈화를 시작했다.

"게르버, 이런 말을 해 몹시 유감스러운데 학생의 진술은 틀린 것으로 증명되었어요."

쿠르트는 하얗게 질린 얼굴로 서 있다. 쿠퍼가 어떤 진술을 말하는지 모른다. 그는 오랫동안 학교에 나오지 못했다. 모든 일이 다 한참 전에 잊힌 것 아닌가.

오, 아니다. 쿠퍼 신은 잊지 않는다.

"확인했는데, 후사크 교수님이 의사의 진찰을 받으라고 보낸 게 아니라, 학생이 두통이 있다는 핑계를 대고 수업시간에 빠져나왔더군요."

그제야 쿠르트는 기억이 난다. 그러니까 그는, 나의 위반사항을 적는 섬뜩한 기록자는 그 얘기를 하는 거구나. 제발 얼른 끝내기나 해.

"학생은 허락도 받지 않고 거짓말을 하면서 학교를 나왔을 뿐 아니라, 역시 금지 사항인데 학교 주변에서 담배를 피웠으며, 무엇보다……" (이제 쿠퍼는 유감스럽지 않다. 목소리를 높인다. 목소리는 바로 천둥과 파멸이다.) "교수진의 두 구성원을 아주 뻔뻔하게 속였습니다. 후사크 교수님이 두통이 있다는 학생의 말을 믿는다면 그건 그의 일이에요. 나는 더 이상 관심 없어요. 학생의 상태가 갑자기 나빠진 것과 예전에 이 학교에 다녔던 베어발트가 학교에 나온 것 사이에 어떤 연관이 있는지 관심이 없는 것과 마찬가지죠."

이제 나는 마땅히 앞으로 나가 따귀를 몇 대 올려붙여야 해, 쿠르트는 생각한다. 하지만 너무 지쳐서 차라리 책상 나무판에 난 홈의 숫자를 센다.

"나는 오직 객관적인 사실만 중시하는데 이 사실은 충분히 심각합니다. 합당한 징계를 내리기 위해 나는 교수회의를 소집할 필요가 있다고 생각했어요. 교수회의는 학생에게 네 시간의 구류 처분을 내렸습니다. 알아두고 앞으로 조치에 따르세요. 또다시 구류 처분을 받으면, 특히 지난 사정평가 이후 학생처럼 위태로운 처지의 학생이라면 결과가 어떻게 될지 알고 있겠지요. 이 처벌 조치에 대해 집에다 말하고, 말했다는 걸 확인해주는 서명을 아버지에게 받아오세요. 날짜와 시간은 앞으로 알려줄 겁니다. 착석."

쿠퍼는 얼어붙은 침묵이 흐르는 가운데 교실을 나갔다.

한참 시간이 흐르고, 반 전체가 처음으로 똑같은 감정을 느꼈다. 여기 이례적으로 야비한 일이 벌어지고 있다고.

길에서 쓰러진 말을 보면 우리는 그냥 지켜보면서 안타까워하고, 불쌍히 여기면서도 당혹스럽고 불편해한다. 이와 똑같은 안타까움과 동정이 어린 표정으로 소리치며 8학년생들은 쿠르트를 둘러쌌다.

작은 말은 처음으로 쓰러져 옆구리를 바르르 떨고 있었다.

하얀 피부에 오물, 진흙이 섞인 오물이 묻은 걸 느꼈다. 그건 자신을 바닥에 쓰러뜨린 채찍질보다 오히려 더 나빴다.

갑자기 오물이 아늑하게 포근해지면서, 오물이 사지를 뻗고 계속 누워 자신의 운명에 냉담하고 무관심할 것을 강요했다.

"얘들아, 구조대에 언제 전화할래?" 쿠르트가 묻더니 억지로 입술에 희미한 미소를 짓는다.

주위의 아이들은 이해하지 못하고 비죽 웃는다. 하지만 그가 한 사람 한 사람을 차례로 쳐다보자 아이들은 대부분 고개를 돌렸다. 그의 시선을 견딜 수 없었던 것이다.

그 순간 쿠르트 게르버가 눈짓만 했어도 수학 교수 아르투어 쿠퍼에게 달려들지 않을 아이는 거의 없었으리라. 그 순간 엄청난 일이 일어날 수도 있었다. 하지만 그런 일은 일어나지 않았다.

대신 쿠르트가 자리에서 일어나 독일어 교수 '그니까'의 어조와 태도를 흉내 냈다.

"그니까 카울리히는 이제 나한티 담비 한 개피 좀 저요. 그니까 이게 소이 낭만적 반어라는 걸 알아야 해요, 그치요."

하지만 낭만적 반어를 쓰기가 갈수록 어려워졌다. 냉소 짓는 것이 잘 안 되기 시작했다. 얼마 전만 해도 웃음거리로 삼을 수 있었던 것이 이제 비극적인 문제가 되었다. 교수들은 저마다 특색 있게 크고 작은 심술을 부렸다. 이를테면 리들은 요즘 들어 제자리 테스트만 했는데 30분 동안 이름을 부르고 질문을 하고는 똑같은 어조로 "착석" 해서 도대체 옳은 대답을 했는지 알 수가 없었다. 보르헤르트는 아주 옛날에 배운 내용을 갑자기 다시 공부하라고 하고, 니세트는 예고도 없이 필기시험을 보았다. 예전에 고삐 풀린 속물의 웃기는 권력 도취라고 가볍게 비웃었던 그 모든 일이 이제 특히 그의 파멸을 노리는 계획적이고 포악한 압제로 여겨졌다.

그즈음 쿠퍼의 첫 정규 시험이 닥쳐왔는데(지금까지는 항상 제자리 테스트뿐이었다) 쿠르트는 자신이 문제를 못 풀고 당연히 미흡을 받으리라고 생각했다. 일은 아무 감정 없이 진행되었다. 사실 여기 탁 트인 들판에서 첫 전투가 벌어졌으며, 서로 뜨겁게 증오하는 두 사람이 처음으로 충돌했음을 보여주는 요소는 전혀 없었다. 그것은 성적 나쁜 학생이 잘 대응하지 못한 일상적인 시험이었다.

학교가 쿠르트의 마음을 점점 포위해왔다. 적의 정찰대가 벌써 여기저기 그의 마지막 성역까지 밀고 들어왔다. 문득 내일 테스트를 받을 수 있다는 생각에 읽던 책을 도중에 덮고, 공연을 보다가 극장을 나오는 일이 벌어졌다. 두려움, 불가피한 일에 대한 창백한 두려움이 목을 졸랐다. 두려움에 마비되어 그는 그 일을 피하는 문제를 오로지 우연에 맡겼다. 혼자 힘으로 뭔가 하는 건 불가능해 보였다. 그래도 덜덜 떨리는 머리로 시도하면 바로 구역질이 나서 포기했다. 그가 바라던 대로 완전히. 자신을 흔드는 요인이 구역질인지, 아니면 두려움인지 모른 채 그는 다시 책으로 도망쳤다. 그리고 읽다가 다시 책을 덮었다. 마음이 공허했

5. 작은 말은 비틀거린다

다. 지금까지 그는 위장의 문제라고만 생각했으나 그건 전적으로 영혼의 식욕 상실이었다.

공허함은 리자를 생각하면 더 커졌다. 그 정도로 자신감이 없어졌다. 완전히 딴 세상에서 사는 리자에게 '사랑'의 이름으로 접근하는 게 종종 터무니없게 느껴졌다. 하느님의 섭리로 같은 학교에 다녔다는 사실에서 어울리지 않는 권리를 끌어낸 것 같았다. 리자, 여느 여자와 같은 여자, 아니 여느 여자와 같지 않고 천 배나 더 훌륭한 여자, 그녀를 멀리서 숭배하고 그 이상은 하면 안 될 것 같았다. 잠깐 함께한 것도 오랫동안 고대했으나 받기 힘든 자비로 가능한 것이었다. 그녀의 자퇴는 우연이 아니었다. 이런 일과 이로 인해 그가 겪는 고난과 리자는 아무 상관이 없었다. 그녀는 그런 일과 분리되어야 했다, 영원히.

바인베르크도 빼야 했다. 바인베르크는 시험에 통과하지 못했다. 그는 리자가 거짓말을 했다고 믿었다. 설사 사실이라 하더라도 바인베르크는 그렇게 믿으면 안 되었다.

기운을 북돋워줄 일이 하나도 없었다. 연이어 두 번 쿠퍼를 속일 수밖에 없었지만(쿠퍼는 구류 처분 확인서의 가짜 서명 역시 눈치채지 못했다) 그건 승리가 아니었다. 그래서 쿠퍼에게 무슨 타격을 주었단 말인가? 타격은 없었다, 하나도 없었다. 그렇다, 쿠퍼가 위조를 눈치채고 확실히 파악해 아버지에게 전화하고, 아버지가 놀라서 "이해할 수 없군요, 교수님. 제가 한 서명입니다!"라고 하면 치욕스럽겠지! 하지만 그래서?

악의적인 '경고'를 준 후 니세트가 그를 슬슬 피하고, 유일하게 손을 들어도 대답할 기회를 주지 않고, 그래서 그가 그냥 답을 크게 외치면 초조한 듯 넥타이를 만지작거릴 뿐 아무 조치도 하지 않는 것, 이 붉은 악어가 자기 몸속에서 갑자기 눈뜬 악의에 완연히 공포를 느끼는 것 역시 별로 만족스럽지 않았다. 니세트는 항복을 받아낸 기쁨을 쿠르트에게 주느니, 차라리 몰래 숨어서 굶었다. 쿠르트가 수업에 열심히 참여해도 모르는 척함으로써 그가 다시 다른 일에 몰두하게 했다. 쿠르트는 예전에 보인 관심이 부끄러워져 화를 내며 정반대의 길로 들어서 보란 듯이 큰 책을 읽고, 숨기려는 시늉도 안 하고 숙제를 했다. 하지만 아무 일도 없었다. 양심의 가책을 느낀 니세트는 또 경고하면 게르버 학생이 다시 수업에 열심히 참여해 자신이 아는 지식을 예전 일을 기억하라는 집요한 경고의 형태로 내보일까 두려워했다.

딱 한 번 쿠르트가 초대형 영자 신문을 책상에 펼쳐놓고 넘기자 니세트가 못 참은 적이 있었다. 그는 화가 나서 눈을 찌푸리고 노려보며 (꼭 코 고는 소리 같은) 목구멍소리로 "으으음 게르버어!" 하고 소리쳤다. 쿠르트는 올려다보고 낯선 이가 인사를 건넨 듯 살짝 놀라면서 다정하게 말했다. "맞아요! 쿠르트 게르버입니다! 어떻게 제 이름을 아세요?" 한바탕 소동이 벌어질 것 같았다. 붉은 얼굴을 묘하게 일그러뜨리며 니세트가 침을 꿀꺽 삼켰다. 이제 권위를 지키려면 뭔가 해야 했다. 하지만 학생들 대부분이 사건을 눈치채지 못하고 계속 떠드는 걸 보고 마음을 다

스려 경고와 연관된 미심쩍은 이야기가 나올 수 있는 장면을 아슬아슬하게 피했다. "피가로, 피이이가로, 피이이이이가로오오오!" 그렇다, 그 순간 지나치게 크게 들린 폴라크의 유들유들한 베이스 노래가 니세트는 못마땅하지 않았다. 물론 그 후 벌어진 일은 분명 원하지 않았을 것이다. 몇몇 아이가 크게 웃고 손뼉을 치면서 소리쳤다. "앙코르!" 곧 반 전체가 한참 시끌벅적해져서 니세트는 호통쳐서 겨우 소란을 잠재웠다. 그때 쿠르트가 버스럭거리며 요란하게 신문의 페이지를 넘겼다. 니세트는 움찔하고 책 속에 고개를 박았다.

쉬는 시간에 폴라크는 오페라 공연을 한 것을 두고 진심으로 축하를 받았고, 쿠르트도 그와 니세트의 갈등을 눈치챈 몇 안 되는 아이에게 잘했다는 말을 들었다. 학급에 긴장이 풀린 듯한 분위기가 생기고 쿠르트도 그 분위기를 조금 같이한 것이다. 병가 후 다시 학교에 나왔을 때 이미 8학년 분위기는 그렇게 부자연스럽게 경직되고 목표에 짓눌린 듯 보이지 않았다. 교수회의 영향 탓일 수도 있고, 끝나려면 아직 한참 멀었는데 벌써 진을 뺄 필요가 없다는 깨달음 탓일 수도 있었다. 이를테면 니세트 시간에 계속 주제를 따라가고, 프로햐스카의 설명(그의 취임사의 감동은 잊힌 지 오래였다)을 계속 속기로 받아적을 수는 없었다. 조만간 상황이 분명 다시 나빠질 텐데 그렇다면 나중보다는 일찍 풀어지는 편이 나았다. 그렇다, 심지어 라틴어 필기시험에서 다시 답을 보여주고, 프랑스어 시험에서 단어를 몰래 가르쳐주는 아이들도 있었다. 착한 요정이 8학년생들 사이를 돌아다녔다. 요정은 8학년생들이 걸친 차갑고 딱딱한 갑옷, 서로의 사이를 갈라놓는 갑옷의 경첩을 열심히 매만져 푸는 데 성공했다. 많은 수업에서 8학년생들은 교실에 살랑살랑 떠돌면서 얼굴과 심장을 어루만지는 가벼운 숨결을 느끼고 환영하며 애수 어린 기쁨을 느꼈다. 그건 오래전 우리가 아무 걱정 없이 호흡했던 새털처럼 가벼운 공기의 숨결이었다. 우리가 무릎을 드러내고 짧은 반바지를 입던 어린 시절에 호흡했으며, 경외심에 전율하며 8학년생들을 우러러보면서 우리도 언젠가 최고 학년인 8학년이 되리라고는 상상도 할 수 없었던 시절에 호흡했던 숨결이었다. 이제 우리는 8학년이 되었으며, 이제 8학년생이다. 지금 아래 학년 녀석들은 아주 건방지고, 선배를 공경할 줄 모르고, 순전히 멍청한 어린애처럼 뒤에서 우리를 비웃는다. 우리는 4학년 때 안 그랬는데……

하지만 유일하게 쿠퍼 시간에는 그런 분위기가 생기지 않았다. 그 시간에는 아련하게 슬퍼하는 것 말고도 다른 할 일이 있었다. 거친 공격을 거칠게 받아쳐야 했으며, 따라서 팽팽한 긴장에서 해방되는 일은 있을 수 없었다.

마침내 해방이 찾아왔다. 그것도 전혀 의외의 인물로부터. 그는 지난 7년간 필요 이상의 말은 한마디도 더 하지 않고, 학교의 모든 활동에 끔찍하게 지루함을 느끼고, 답을 안다고 손을 든 적이 한 번도 없으며, 오로지 시험에서 요구하는 것보다 훨씬 더

5. 작은 말은 비틀거린다

많이 안다는 걸 마지못해 보여준 인물이었다. 그렇다, 그는 그렇게 하찮고 멍청하고 중요하지 않은 모든 문제에 최고의 답을 해야 하는 데 경악했고, 그 놀라움에서 헤어나오지 못했다. 그는 이론의 여지 없이 훌륭한 학생이었기 때문이다. 해마다 그의 성적표는 매우 우수로 도배되다시피 했는데 특별히 더 빛나는 과목이 없고 모든 과목에서 똑같이 빛났기에 오히려 전혀 빛나지 않았다. 하지만 빛나고 싶은 생각도 없었다. 그는 노력파도 공붓벌레도 아니었으며, 기타 다른 비난도 할 수 없는 훌륭한 학생의 전형이었다. 자신의 신념을 가지고 있어도 성공한 그는 어느 모로 보나 천재였다. 그는 요제프 벤다였다.

쿠퍼가 수업을 시작하며 흥분해서 날카롭게 이름을 부르자 이 요제프 벤다가 그다지 서두르는 기색 없이 일어난다.

"벤다! 어제 10시 쉬는 시간에, 아니 이미 수업이 시작됐으니까 어제 10시 쉬는 시간이 끝난 후 학생이 복도에 있는 것이 목격되었어요."

벤다는 이마를 찌푸린다. 쿠퍼의 말을 불쾌한 방해로 여기는 듯하다. 하지만 어쩌면 10시 쉬는 시간과 수업시간이 대체 뭔지 우선 곰곰이 생각하는 걸 수도 있다. 그는 조금 의아한 얼굴로 느릿느릿 대답한다. "예."

"종이 울리면 교실에 들어와야 하는 걸 몰라요?"

"저는 바깥에 있었습니다." 벤다는 화가 난 쿠퍼와 다른 생각을 한다.

"빌어먹을, 알고 있어요! 그래서 설명하라는 거예요!"

벤다는 잠자코 있다.

"바깥에서 뭘 해야 했지요?"

벤다가 화들짝 놀란다. 뭐 그런 걸 다 묻지?! 그는 당황한 듯 보여야 하지만 아버지처럼 보이는 다정한 미소를 띠고 말한다.

"우리가 바깥에 있을 때 하는 일이죠."

두 사람은 서로 이해하지 못하는데 쿠퍼는 그걸 학생의 고의적인 도발로 간주한다. 그는 위협하듯 목소리를 낮춘다.

"장난치지 말아요. 나와 친구처럼 어울릴 순 없어요(평소에 그는 늘 "엄써요"라고 한다. 화가 단단히 난 것이 틀림없다)! "마지막으로 다시 한번 묻지요. 어디 있었어요?"

이제 벤다는 오해가 있었음을 깨닫는다. 얼굴이 환하게 밝아지면서 히죽 웃는다. 만약 그때 누가 우연히 교실에 들어왔다면 틀림없이 벤다를 바보천치라고 생각했을 것이다(여기서 벤다가 천재일 개연성이 거의 확실한 사실이 된다). 벤다는 호의적으로 대답한다.

"수세식 변소에 있었습니다."

벤다의 깊은 저음의 목소리 탓인지, 고의는 아니나 너무 정확해서 우습게 들리는 "수세식 변소"라는 말 때문인지 아무튼 ―왜 그는 화장실, 뒷간, 변소라고 하지 않고 지나치게 정확하게, 천천히, 분명히, 완벽하게 수세식 변소라고 할까?―살짝 금이 간 통에서 물이 새듯 킥킥 웃는 소리가 솟아 나온다.

"조용!" 쿠퍼가 새된 소리로 고함치자 모두 깜짝 놀라 조용히 한다. 쿠퍼는 신랄한 표정으로 벤다를 흉내 낸다. "그렇군요, 수세식 변소에 있었군요. 그런데 좀 더 일찍 일을 볼 순 없었어요?"

신중하지 못한 행동이다. 쿠퍼는 분노가 치밀어 자신의 영향력이 조금 제한된 영역으로 뛰어든다. 그는 자기 학생의 볼일 해결에 영향력을 행사할 수 없다는 걸 시인할 생각이 없다. 학교에 있는 한, 학생은 그에게 복종해야 한다!

벤다도 일이 틀어진 걸 눈치챈 것 같다. 달리 행동할 길이 있었을까? 어떻게? '볼일'을 더 일찍 볼 수 없었냐고? 멍청한 질문이다. 당연히 없다, 가능하다면 그렇게 했을 것이다. 벤다는 단호하게 대답한다. "예!"

"아니요!" 쿠퍼가 호통친다. "할 수 있었어야죠. 반드시 그렇게 해야 했어요. 내 말은, 반드시 그래야 했다고. 쉬는 시간은 그러라고 있는 거니까."

이제 벤다는 활기를 띤다. 어투는 그대로지만 예리한 사람은 밑바닥에 깔린 즐거운 기색을 감지할 수 있다.

"교수님! 저는 오줌을 명령을 받아 눌 수 없습니다!" 공식적인 웃음꾼들이 소란스러워진다. 킬킬 웃으며 "이런 괴짜는 너그럽게 봐줘야 해요!" 하고 암시하려고 한다. 하지만 통의 다른 곳에도 쩍 실금이 간다.

쿠퍼는 품위를 지키며 물러나는 마지막 기회를 놓친다. 반 전체를 야단치고 단체 구류 처분을 주겠다고 위협하더니 다시 벤다에게 몸을 돌린다. 그의 눈에서 불꽃이 튄다.

"잘 들어요, 벤다. 너무 나가지 말아요!" 목소리가 변하고 발을 쿵쿵 구른다. "나는 종이 울린 후 복도에서 할 일은 없다, 학생은 벌 받을 행동을 했다고 분명히 지적했습니다."

벤다는 동요하지 않는다.

"하지만 오줌이 마려우면요, 교수님."

여학생들은 이미 한참 전에 손수건으로 입을 틀어막고 있다. 모든 자리에서 눈이 튀어나오고 핏줄이 불거진 시뻘건 얼굴들이 애써 웃음을 참고 있다. 계속 그럴 수는 없다.

쿠퍼가 숨을 헐떡이며 벼락같이 호통을 치는 바람에 모두 깜짝 놀란다.

"그럼 다음 쉬는 시간까지 참아야 해요!"

쩍쩍 미심쩍은 소리가 나는 통을 감싼 쇠테가 덜그럭거린다. 벤다가 자신의 목적에 대한 마지막 의심을 날려버리려는 듯 집요하게 느릿느릿 말한다.

"그건 건강에 아주 좋지 않아요. 천문학자 요하네스 케플러는 오줌을 참아서 죽었다고 합니다."

벤다의 말에 더는 참지 못한다. 와장창 통이 깨지며 폭소가 터져 나온다, 전 학급이 미쳐 날뛰고, 많은 학생이 숨을 쉬지 못하고 울부짖고, 앞쪽 소녀들은 새된 소리를 지르며 서로 얼싸안고, 호벨만은 배를 움켜쥐고 의자에서 고무공처럼 통통 들썩거리고, 카울리히는 안경을 벗고 눈물을 닦고, 게랄트는 몸을 구부

5. 작은 말은 비틀거린다

리고 일어나 팔을 펼치고 몸을 배배 꼰다. 사나운 울부짖음이 계속 부풀어 오르고, 그런 모습 자체가 새로 양분을 공급해 그냥 어느 한 사람을 쳐다보면 다시 폭소가 터져 나온다, 한도 끝도 절제도 없고, 서른두 명의 8학년생은 완전히 정신이 나가서 웃는다. 아니, 서른한 명이다. 벤다는 여전히 조용히 서서 뒤통수를 긁적이며 말한다. "맙소사, 내가 무슨 짓을 한 거지?" 그렇게 그는 쿠퍼와 대조적인 모습으로 다시 웃음을 자아낸다. 쿠퍼는 처음엔 굳었다가 생기를 찾아 입을 움직이는데, 소리를 지르는 듯하다. 얼굴은 시뻘겋게 부풀어 있고, 주먹을 흔들고, 커다란 나무 삼각자를 바닥에 내던지고, 학급일지에 뭔가 적고, 이리저리 뛰어다닌다. 정말 웃기는 희극적인 광경이라 반 전체가 계속 웃고, 웃고, 또 웃는다. 그때 쿠퍼에게 생각 하나가 반짝 떠오른다. 그는 다시 부르르 경련하고 입을 크게 벌리고 안락의자에 앉아 두 손으로 교탁 모서리를 짚고 조용히 있다.

교실도 조용해진다, 섬뜩하게 조용해진다. 쿠퍼는 정적이 더 효과를 발휘하게 둘 수 있었지만 그러기엔 너무 흥분한 상태다. 얼굴에서 핏기가 싹 가시고, 가슴은 무겁게 오르내리고, 아직 숨을 헐떡인다. 작고 검은 수첩을 앞에 놓자 비로소 완벽하게 차분해진다.

쿠퍼는 알파벳 역순으로 시작한다.

"차셰, 앞으로 나와요. 각이 진 모양체(毛樣體)의 그림자 계산에 대해 뭘 알고 있지요?"

"자기 그림자 경계…… 그림자……"

"고마워요, 착석, 미흡. 발터. 3각 함수 곡선. 자? 고마워요, 착석, 미흡."

그렇게 알파벳 순서대로 한 바퀴를 다 돈다. 쿠퍼는 이름을 부르고, 질문하고, 미흡을 준다. 논평은 한마디도 하지 않는다. 벤다에게도 더 말하지 않는다. 벤다는 알파벳 순서로 두 번째다. 그의 앞에 (이번에는 그의 뒤에) 알트슐이 있을 뿐이다. 이제 어떤 일이 일어날까?

다시 벤다가 앞으로 나오라고 호명된다. 그리고 다시 미흡을 받는다.

이제 알파벳 순서로 갈까?

아니다. 다시 벤다가 앞으로 나오라고 호명되기 때문이다. 그리고 벤다가 자리에 다시 앉자마자―쿠퍼는 벤다가 자리에 제대로 앉아 노트를 펼치고 의자에 등을 기대는지 신경을 곤두세우고 지켜본다―다시 앞으로 나오라고 호명된다.

다섯 번째로 호명되자 벤다는 의자 귀퉁이에 그대로 서 있다.

"앉으라고 했습니다."

"안 그래도 저는……"

"학생에게 물어보지 않았어요. 앉아요."

벤다는 자리에 앉는다.

"벤다!"

벤다가 일어난다.

"자?"

벤다는 잠자코 서 있다.

"앞으로 나와요."

"싫습니다."

"명령 불복종인 건 알지요?"

"예."

"앞으로 나올래요?!"

그러자 의외의 일이 일어났다. 벤다는 묵묵히 앞으로 나오더니 묵묵히 서서 지금까지처럼 대답하려는 시도도 하지 않았다. 쿠퍼의 바람은 산산이 부서졌다. 그는 질문을 끝내고 나직한 목소리로 수업을 시작했다. 그의 내면에 아직 남은 마지막 승리감까지 깡그리 사라졌다. 수업이 끝날 무렵 벤다가 손을 들었다.

"벤다?"

"말씀 좀 드려도 될까요?"

마지막으로 명백한 교칙 위반을 노린 쿠퍼가 허락한다.

"수업 내용에 관련된 건 아닙니다!" 벤다가 확인한다.

"말해요!" 쿠퍼가 참지 못하고 나직이 쉭쉭거린다.

벤다는 느릿느릿 진지하게 말한다. "아까 제가 잘못 생각했습니다, 교수님. 오줌을 참아서 죽은 사람은 요하네스 케플러가 아니라 티코 드 브라헤*입니다."

---

* 덴마크의 천문학자.

웃는 사람은 아무도 없었다. 하지만 옆으로 돌린 쿠퍼의 참담한 얼굴에 처음 벌어진 일을 개탄하는 상심이 뚜렷이 어린 것을 모두 느꼈다.

일반적인 의견은 벤다에게 아무 일도 없을 거다, 모든 일이 너무도 별일 아니라는 쪽으로 흘러갔다. 다만 미흡 다섯 개를 받은 것이 걱정스럽다고 했다.

벤다의 생각은 달랐다. 그는 쿠퍼가 이 일을 그냥 넘기리라고 보았다. 그렇게 말한 이유는 어쩌면 자기 때문에 다른 사람이 미흡을 받았으나 걱정할 거 없다고 말하고 싶었기 때문일 수도 있었다.

하지만 그 말은 딱 한 사람, 에곤 쇤탈에게는 통하지 않았다.

쇤탈은 남 생각을 전혀 하지 않는 전형적인 아첨꾼이었다. 어느 정도 생각이 올바른 아이들은 그를 '두꺼비'라고 부르며 혹시 엄마 배 속에서 나올 때 이미 기어 나오지 않았느냐고 물어 끊임없이 그의 분통을 터뜨렸다. 그에게 중요한 것은, '사느냐 죽느냐'인 적이 한 번도 없었고, 항상 '좋은 것이냐 더 좋은 것이냐'일 뿐이었지만 그는 이익이 된다면 그 어떤 야비하고 비굴한 짓도 할 수 있는 사람이었다. 오늘 벌어진 집단 학살에서 쿠퍼가 그토록 무섭도록 싸늘하지 않았더라면 쇤탈은 분명 쿠퍼의 구두에 묻은 먼지에 기꺼이 입을 맞추고, 모든 성인(聖人)에 대고 자기는, 자기만은 웃지 않았다고 맹세했을 것이다. 그는 더한 짓도 할 수 있었으며, 그를 같이 잡아 매달려던 올가미를 교묘하게 벗어난 적이 몇 번이나 있었다. 그는 혼자 연대 행동에 반대하고, 혼자 반 전체가 받은 구류 처분에서 빼달라고 애걸하는 짓을 서슴지 않았으며, 궁지에서 벗어나려고 공공연히 혹은 은밀히 고자질하고, 믿을 수 없을 만큼 치밀하게 거짓말을 했다. 그는 정상에 도달할 때까지 축축하게 두꺼비처럼 온갖 장애물을 기어 넘어갔다. 실제로 그는 벤다 외에 유일하게 항상 매우 우수를 받은 아이였다. 하지만 벤다의 성적이 마침 할 수 있으니까 그저 받아들인 필연적인 일처럼 보였다면, 쇤탈에게 그 성적은 이룰 수 있는 최대한의 성과요, 아무도 자기보다 더 잘할 수 없다는 행복한 확신이었다.

따라서 두꺼비는 불만을 품고 왔다 갔다 하며 툭 튀어나온 이의 붉은 잇몸이 드러나도록 비통하게 찌푸린 얼굴로 '매우 우수'의 군단에 '우수'가 하나 생기는 치욕에 대해 깊이 생각했다. 화가 났지만 벤다의 반대편에 설 용기는 없었다. 유일하게 위로가 되는 것은 '전 과목 매우 우수'로 빛나는 벤다의 영광 역시 끝난 것이었다. 이윽고 그가 분노의 말을 내뱉었다.

"그래, 정말 재밌네. 다 멋지고 좋아. 하지만 내가 나의 '매우 우수'를 되찾는 문제에 대체 누가 관심이나 있겠어?"

둘러선 아이들은 놀라서 그를 쳐다본다.

"그래, 그래, 그렇게 얼빠진 얼굴로 멍청하게 쳐다보지 마, 그러니까 내 말은, 내가 나의 '매우 우수'를 어떻게 잃어버리게 되었느냐고?"

몇 사람이 지금의 상황에 전혀 어울리지 않는 그의 태도에 상처를 받아 고개를 저었다. 마침내 두 번 낙제한 렝스펠트의 높은 목소리가 침묵을 깨뜨렸다.

"야, 들어봐! 이 일로 모두, 잘 들어, 모두 무슨 피해가 있을지 걱정해야겠지만 너는 가장 걱정할 필요가 없잖아."

쇤탈이 움찔하더니 말했다.

"아무도 너한테 묻지 않았지만 그래도 한마디 할게. 모두, 알아둬, 모두 어떤 점수를 받아도 상관없다고 해도 나는 아니야."

싸움을 좋아하지 않는 렝스펠트는 뒤로 물러선다. 벤다도 무리에서 빠지자 쇤탈은 도발적으로 한 명 한 명을 차례로 쳐다본다. 그는 게임에서 이겼다고 믿는다.

실제로 그의 마지막 주장은 어느 정도 효과를 거두었다. 숄츠와 폴라크, 브로데츠키가 심각하게 흔들린다. 흠, 쇤탈의 말도 일리가 있어. 사실 우리가 어떻게 이렇게 됐지? 8년째 고생하고 있는데 그런 유치한 행동 때문에 우등상이 사라진다고. 이 일은 겉으로 보이는 것처럼 그렇게 간단한 일이 아니야.

"어떤 성적을 받아도 상관없는 사람은 우리 중에 아무도 없어!" 쿠르트의 목소리가 날카롭고 위협적으로 들린다. 그는 마음의 고민을 털어놓으려고 한다. 지금 이 장면은 오래전부터 있었던 최고로 지저분한 장면이다. 하지만 쇤탈이 말을 가로막는다. 그는 쿠르트를 표독스럽게 쳐다보며 독설을 내뱉는다.

"고마워. 그런 말을 해줘서 정말 고맙다. 하지만 잘 들어, 너는—(그의 둘째 손가락이 밑에서 허공을 찌른다)—특히 너는 어쩌면 상관없을 수 있지. 어차피 넌 낙제니까."

쿠르트는 처음 쇤탈의 말이 무슨 뜻인지 모르고 단지 비열한 적의를 느낄 뿐 혐오스러워 입을 다문다.

그때 뭔가가 휙 쿠르트를 스쳐 지나간다. 몸이다. 바인베르크가 쿠르트의 뒤쪽 의자에 서 있다가 펄쩍 뛰어내려 쇤탈에게 달려들어 그의 얼굴 한가운데에 주먹을 날린다. 쇤탈이 조금 비틀거리더니 안경이 벗겨져 바닥에 떨어진다, 눈을 멍청하게 크게 뜨고 두 손으로 얼굴을 감싼다. 손가락 사이로 피가 한 방울, 또한 방울 떨어진다. 쇤탈이 손수건을 꺼내더니 바깥으로 뛰쳐나간다. 다른 아이들은 묵묵히 지켜본다. 바인베르크는 묻지도 않은 먼지를 손에서 툭툭 털고 휙 몸을 돌려 자기 자리로 돌아간다.

"일을 크게 만들었네", 브로데츠키가 경멸하듯 말한다. 비난의 목소리가 커진다. 적어도 일부에서 분위기가 쇤탈 쪽으로 기운 것이 분명하다. 하지만 종이 울리고 보르헤르트 교수가 들어오면서 논쟁이 중단된다.

키가 작고 덜렁거리는 성격의 보르헤르트는 자기 자신과 자기 말의 중요성에 심취한 남자다. 심기에 거슬리는 일이 있으면 코안경 뒤의 작은 눈을 신경질적으로 깜빡거리면서 몸을 쭉 펴고 항상 "내 시간에는……"으로 시작되는 연설을 한다. 그는 동료 쿠퍼처럼 열정을 가진 악당이 아니라 그냥 변덕이 심할 뿐이지만, 어쩌나 널뛰듯 변덕을 부리는지 가끔 살짝 정신 나간 사람처럼 보일 때가 있다. 잘못한 일을 인정하고 고치는 일도 있지만, 이유 없이 별안간 낙제를 시키는 일도 있다. 그는 선량함과 통찰력, 자기 학생 일에 대한 놀라운 이해심과 옹졸한 복수심, 폭군의 발작, 속 좁고 비사교적인 성격이 종잡을 수 없이 뒤섞여 널을 뛰어 혼란과 우려를 자아내는 사람이다. 보르헤르트는 근본이 악하진 않아도 위험한 벌레다.

오늘 그는 또 깜빡하고 학급일지를 쓰지 않았다. 오래전부터 항상 전원 출석(8학년이 되면 결석을 잘 하지 않는다!)이라서 그는 쉰탈의 부재를 바로 알아차린다. "Monsieur Schönthal, est-ce qu'il est absent depuis la première leçon?(무슈 쉰탈, 첫 시간부터 결석인가요?)"

"Non! Il est présent!(아니요! 왔어요!) 몇 명이 소리친다.

"Alors, ou est-il?(그럼 어디 있지요?)"

보르헤르트는 답을 듣지 못한다. 모두 당황해서 침묵한다. 보르헤르트는 쉰탈이 '그의 시간'을 빼먹었다고 생각하고 학급일지에 기재하려고 한다. 8학년생들은 착오를 막을 방법을 알지 못한다.

보르헤르트는 학급일지를 펼쳤다. 그리고 멈칫하더니 나직하나 다 들리게 읽는다. "벤다는 나의 지시에 반항하고 나의 요구에 무례하게 대답하는 지극히 파렴치한 방식으로 수업을 방해한다. 이를 통해 반 전체가 마찬가지로 처벌받아 마땅한 규율 없는 행동을 하도록 선동한다. Monsieur Benda? Je suis

5. 작은 말은 비틀거린다

profondément étonné! Qu'est-ce que vous avez fait?(무슈 벤다? 몹시 놀랐습니다. 대체 무슨 짓을 했어요?)"

벤다가 아무 대답도 하지 않고 그냥 서 있자 보르헤르트는 이 일은 자신과 상관없다고 한다. 하지만 자신도 최근 8학년생의 행동에 유감스러운 변화가 생긴 걸 확인할 수 있었다면서 다른 사람도 아닌 벤다가 그런 짓을 하다니 정말 놀랐다고 한다. 어쨌든 그는 쇤탈의 이름을 학급일지에 적겠다고 한다.

바로 그때 쇤탈이 여전히 입에 손수건을 댄 채 교실에 들어온다. 이어진 추궁에 사건의 진상이 밝혀지고 보르헤르트는 다시 profondément étonné(몹시 놀란다). 그가 긴 연설을 하면서 다양한 암시를 하는데, 아까 일에 신경이 극도로 예민해진 쿠르트는 다 자기를 두고 하는 말이라고 짐작하고 불안해져서 연설을 중단시키려고 한다. 보르헤르트는 몇 번이나 경고하면서도 상관하지 않고 연설을 계속한다. 마침내 연설을 중단했는데, 차셰가 그의 말을 듣지 않고 펜대로 장난을 하고 있다.

"Zasche! J'observe, que vous n'êtes pas très interessé!(차셰! 내가 보기에 학생은 정말 관심이 없는 것 같군요!)"

한 마디도 알아듣지 못한 차셰는 놀란 얼굴로 쳐다보며 무조건 고개를 끄덕인다.

보르헤르트는 팔푼이에게 빈약한 농담을 던진다. 차셰는 모든 걸 운에 맡기고 어떤 질문을 하든 Oui(예) 혹은 Non(아니요)로 대답하니까 교수에게 재밌는 생각이 떠오른다. "Vous êtes fou, n'est-ce-pas?(당신 미쳤군요, 그렇죠?)"

억양으로 보르헤르트가 동의를 구한다고 생각한 차셰는 제대로 대답한다. "Oui."

헤헤헤, 보르헤르트는 염소처럼 웃고 공식적인 웃음꾼들이 농담이 성공한 것을 인정하며 화답한다. 왁자한 웃음에 차셰는 얼굴이 새빨개져서 어쩔 줄 모르고 서 있다. 쿠르트는 역겨운 그 광경에 분노가 치밀어 소리친다.

"축하합니다, 교수님! 하지만 그런 농담은 차라리 저하고 하시죠!"

모두 기대에 차서 입을 다문다. 보르헤르트 대 게르버의 논쟁이다, 재미있을 것 같다. 보르헤르트는 기분이 좋은 듯 보이고, 모두 알다시피 게르버는 신랄한 폭탄을 장전하고 있다. 8학년생들은 똑바로 앉는다. 쾨르너가 팡파르 소리를 흉내 내고, 슐라이히가 "톨레도의 대강당에서"라고 들리게 말한다.* 논쟁의 모든 전제가 마련된다.

하지만 아무 일도 일어나지 않는다. 보르헤르트는 눈을 심하게 깜빡거리며 유감스러운 듯 고개를 끄덕인다. "게르버, 내 시간에는 그렇게 오만하고 버릇없게 행동하지 말아요. 학생은 그럴 필요가 있어요! 지금 학생이 어떤 상황인지 차차 알게 될 거예요. Alors, la dernière leçon(그럼, 지난 수업은)……"

보르헤르트는 쿠르트를 간단히 무시해버린다.

그것이 최후의 일격을 날린다. 쿠르트의 귀에 아직도 쉰

5. 작은 말은 비틀거린다

탈의 말이 웅웅거린다. 어차피 넌 낙제니까, 어차피 넌 낙제니까…… 이제 이런 굴욕을, 그의 상황에 대해 오해할 수 없는 암시를 받다니. 쿠르트는 그만 기가 꺾이고 만다.

쿠르트는 가파르게 내리막길을 걷는다. 몇 번의 테스트에서 실패하고 다시 미흡을 받고 자리로 돌아오다가 쇤탈의 얼굴에 스치는 심술궂은 비웃음을 보고, '저 멍청이한테 보여줘야지' 하고 열심히 할 동기를 끌어내려고 한다. 하지만 그 야심이 곧 얼마나 품위 없게 보이는지 한동안 아는 문제도 대답하지 않는다. 쇤탈 씨는 내가 그를 설득하려는 야심이 털끝만큼이라도 있다고 믿으면 안 돼. 아니, 나는 편마암과 화강암, 운모편암에 대해 하나도 몰라, 흥미도 없고. 대신 나는 그가 짐작도 못 하는 다른 걸 알고 있지. 나는 그가 자랑하는 것을 알고 싶지 않아. 그걸 아는 게 부끄럽다고. 나는 대답하지 않을 거야……

어느 날 젤리히 교수가 수업을 마치고 쿠르트를 한쪽으로 데려가 양심에 강력하게 호소한다. 좀 노력해야 한다고, 아직도 그의 편에서 그를 옹호하는 몇 안 되는 교수를 힘들게 하면 안 된다고. 쿠르트는 부루퉁하게 뿌리치려 하지만 교수가 깊고 짙은

> 하인리히 하이네의 시 〈논쟁(Disputation)〉 (1851)의 종교 논쟁을 암시한다. "톨레도의 대강당에서 / 팡파르 소리가 크게 울려 퍼지고"로 시작되는 이 시는 어떤 종교가 진정한 종교인지를 두고 가톨릭 성직자와 유대교 랍비가 벌이는 공개 논쟁을 다루고 있다.

눈으로 얼마나 슬프게 쳐다보는지 그만 기가 꺾인다. 젤리히 교수는 무엇보다 쿠퍼와 구류 처분을 잘 해결하려고 노력해야 한다고, 그래야 한다고 말한다. 쿠르트는 얌전해지겠다고 약속하는 어린아이처럼 울먹이면서 그러겠다고 약속한다. 오, 이따금 그는 모든 일을 정상으로 좋게 되돌리고 싶은 마음이 간절하다. 미움받고 그래서 다시 미워해야 하는 게 얼마나 괴로운지, 대체 무엇 때문에 그러는지, 내가 낙제하면 쉰탈은 왜 즐거워하는지, 쿠퍼는 왜 그렇게 못됐는지, 왜 그렇게 한도 끝도 없이 못됐는지, 도대체 왜, 무슨 일이 일어났는지 알 수 없다. 어쩌면 그는 아주 불행한 사람이고, 누군가 사랑을 보여준다면 부드럽고 상냥해질 수 있을 텐데…… 이윽고 쿠르트는 더 망가지지 않기로 단단히 결심하고 결의로 무장한 채 쿠퍼를 찾아가 상냥하고 부드러운 목소리로 말했다. 하지만 쿠퍼는 어렵게 마음을 연 사람에게 거만하고 냉담하게 날카롭게 간 단검을 던졌다. 쿠르트는 예감했다. 우리가 절대 달려들면 안 되는 크고 무서운 '절대 안 돼'가 있다. 절대 그것에 달려들면 안 된다. 그러면 그것이, 거대한 벽이 머리 위로 무너져 우리를 바닥에 쓰러뜨린다. 너무 가까이 가면 그것은 우리를 짓눌러 부서뜨린다……

아직 그 정도는 아니었다.

작은 말은 몸을 일으키려고 했지만 비틀거리며 다시 무릎이 꺾였다. 힘을 쓸데없이 허비했다. 채찍이 매번 후려쳐진 후 서두르지 않고 다시 높이 올라갔다가 서두르지 않고 다시 내려온다, 올라갔다 내려갔다 올라갔다 내려갔다, 24시간 내내, 하루 종일, 후려쳐진 채찍에 이미 올라갔다 내려오는 다음 채찍이 숨어 있다. 그는, 작은 말은 이미 아무 느낌이 없었다. 그의 눈에서 서서히 희망과 함께 두려움의 광채가 사라졌다. 어느 날 채찍이 허공에서 딱 멈추었다.

크리스마스 방학이 왔다.

6
쿠르트 게르버라는 한 인간

아무 목적도 목표도 없는 자신의 인생에 느닷없이 회의를 느낀 리자 베어발트가 쿠르트 게르버와 그의 구애를 어떻게 해야 할지 모르던 시기가 있었다. 그래서 그녀는 순전한 당혹감을 주름 많은 망토로 감쌌다. 망토를 두른 것은 완전히 무관심한 것처럼 보이면서, 힘든 강제 행군을 하라고 재촉하는 모든 시도를 차단하기 위해서였다. 그녀는 정상에 오르는 건 의미가 없다고 생각했다. 오르막이 있으면 내리막이 있는 것이 자연의 이치다. 뭐 하러 산을 힘들게 올라가는가? 좋다, 위에 올라갔다고 하자. 그다음엔? 아름다운 풍경을 살짝 엿보고, 그것이 어쩔 수 없이 다시 사라지는 걸 보고, 다시 잿빛 평지로 내려와 여태까지보다 더 불만족스럽게 산다? 어차피 지킬 수 없다는 싹을 품고 태어난 약속을 위해 맹세의 고통을 짊어져야 한다고? 그런 결말을 향해 움직이고, 열을 내고, 희망을 심고 품고 키운다고?

리자 베어발트는 순간이 요구하는 이상으로 머리와 가슴, 생각과 감정을 혹사할 필요를 느끼지 못했다. 평범하지 않은 일에 에너지를 소비하지 않기 때문에 그녀는 항상 최소한의 에너지 소비로 최대한의 성과를 냈다. 건실한 사람들은 그걸 '실용적인 기질'이라고 부를 것이다. 틀린 말은 아니다. 실용적인 기질이란 무익한 일은 하지 않는다는 걸 의미하기 때문이다. 하지만 입증되었듯이 모든 아름다운 것은 완전히 무익하기에 기질적으로 실용적인 사람들은 대부분 아름다운 인생을 살지 않는다. 리자 베어발트도 그런 인생을 살지 않았다. 기질적으로 실용적인 사람은 그럴 수밖에 없지만 리자 베어발트를 그렇게 보면 큰 잘못이다. 그녀에게는 기질이 실용적인 사람의 계산적인 이기주의가 없었기 때문이다. 리자 베어발트는 자신의 본성을 전혀 이해하지 못했다. 그녀가 한 일은 모두 본능적으로 한 일이었다. 좋은 본능을 가지고 있어서 항상 가장 이익이 되는 일을 했지만 깊이 생각하고 계산하지 않았으며, 그래서 그 본능에서 더 이상의 이익을 취하지 않았다. 그녀는 상황을 위에서 통제한 적이 한 번도 없었으며, 오직 상황과 마주할 뿐이었다. '전후 사정'은 그녀 뒤에 서 있다가 작아지고, 갈수록 점점 더 작아져 이윽고 완전히 사라져버렸다. 그녀가 그 사정에 전혀 신경을 쓰지 않았기 때문이다. 아무 생각이 없는 그녀의 성격에는 독특하게 너그러운, 거의 고결한 점이 있었다.

그랬기에 누가 찾아와 리자가 멍청하다고 하면 쿠르트 게르버는 그 우스운 편협함에 남몰래 웃었다. 그리고 달래려고 했다. 글쎄, 분명 매우 지적이라고는 할 수 없지. 하지만 아무도 그녀에게 그걸 요구하진 않아. 어쨌든……

'어쨌든'에는 몇 가지가 있었다. 그러니까 리자는 이따금 '발작'을 일으켰다. 그럼 뒤죽박죽 혼란 속에서 구할 수 있는 가장 어려운 책을 삼키듯 읽고, 외국어를 배우고, 오페라를 보러 달려가고, 순진하고 자연스러운 판단으로 사람들을 놀라게 했다, 그러다가 시작할 때처럼 갑자기 손을 딱 뗐다. 머릿속에 쏟아부었던 '교양'은 한 문장도 남지 않고 그녀는 다시 텅 빈 상태가 되어 몇 시간 동안 말없이 어딘가를 슬프게 바라보며 앉아 있었다.

이 슬픔은 정신적으로 과로한 리자가 정반대의 것을 생각하고 비록 의식은 하지 못해도 느낌으로 아는 사실, 즉 자신이 사랑을 모른다는 사실에서 오는 것일 수 있었다. 그녀는 어린 여자애의 흔한 이상조차 품은 적이 없었다. 열세 살 때 처음 키스를 허락한 남자는 간절히 기다린 그림엽서의 아도니스*가 아니라, 여름 방학 때 우연히 이웃집에 묵은 서른 살 남짓의 은행원이었다. 머리카락이 성긴 그 은행원은 마침 그날 저녁 사람들이 리자를 혼자 집에 남겨둔 기회를 이용한 것뿐이었다. 그래도 당시 리자는 상대가 어른이라는 사실에 상당히 우쭐했다. 다시 도시

* 그리스 신화에 나오는 미소년. 미의 여신 아프로디테의 연인이었다.

로 돌아온 그녀는 환상적인 기대에 차서, 성적 욕망에 눈뜬 학교 친구들을 경멸하며 거절하고, 다른 사람이 아무도 다가오지 않는 것에 몹시 실망했다. 매끄러운 말과 은밀한 성적 농담을 늘어놓는 무용 강습 동료 소년들은 지루했지만, 제일 예쁜 자신이 유일하게 '숭배자 없이' 우두커니 서 있는 게 싫어서 이 남자 저 남자 가리지 않고 입술을 허락해 벌써 열다섯 살에 키스가 줄 수 있는 모든 즐거움을 알게 되었다. 그리고 젊은 육체의 욕구를 어떻게 할지 몰라 몽롱한 상태로 헤매느라 메마른 흐느낌으로 가득 찬 어둡고 고통스러운 시간, 암울한 밤, 타는 듯한 낮이 이어졌다. 당시 학교 친구들이 자신에게 알면서 저지르는 작은 악행을 허용하던 어느 날, 열일곱 살에서 열여덟 살 사이였던 리자의 앞에 불쑥 오토 엥겔하르트가 나타났다. 어디서 왔는지도 모르는 그를 그녀는 사랑하지 않았다. 처음 소개받으며 그가 서투르게 고개 숙여 인사할 때 호감조차 느끼지 못했다. 어떻게 그렇게 되었는지도 중요하지 않았는데, 비 오는 어느 늦가을 밤 연극 구경을 하고 그가 그녀를 자동차 옆자리에 앉혀 거칠게 키스한 후 그녀는 벌거벗고 낯선 침대에 누워서 벌거벗은 채 낯선 침대에서 깨어났다. 그때도 여전히 그녀는 그를 사랑하지 않았다. 어느 다른 누구라도 상관없다고 생각했다. 하지만 그렇지 않았다. 그 후 이 남자 저 남자가 오고(오, 이제 그녀가 상대를 골랐는데 자신의 힘을 잘 아는 여왕처럼 그렇게 했다), 오토 엥겔하르트가 그 일에 대해 가타부타 말하지 않고 멀찍이 서 있었어도 어느 날 그가 다시 그녀의 곁에 돌아온 게 우연이 아님을 느꼈다. 그의 각진 얼굴은 창백하고 목은 쉬어 있었다. 오토 엥겔하르트가 발치에 눕고 리자는 그걸 볼 수 없었는데 그가 일어나려고 하지 않아서 그의 옆 바닥에 누웠다. 그 후 그들은 함께 있었다. 리자 베어발트는 오토 엥겔하르트와 함께 '다녔다.' 바로 그즈음 사람들이 수군거리기 시작하자 그녀는 재미있다는 생각까지 들었다. 한 남자에게 충실한 지금 사람들이 삐딱한 눈으로 쳐다보면서 타락한 여자라고 하지 않는가. 학교에서 그녀에 대한 '의심'이 더 이상의 결과로 번지지 않은 건 오직 좀 더 자유로운 사고방식을 가진 교수들의 강력한 변호 덕분이었다. 그러다 그녀의 부모는 당혹감에 손을 비볐다. 모르는 사람들이 그들의 눈을 뜨게 해줘야겠다고 생각한 것이다. 그게 사실인지, 딸이 정말 그렇게 깊이 타락했는지, 부모는 알고 싶어 했다. 리자는 사실을 말해도 소용이 없다는 걸 알았다. 말하고 싶지도 않았지만 그럴 성격도 아니었다. 그래서 부모를 달랬다. 모두 멍청한 소문이라고. 맙소사, 정말이지 사람들은…… 그것으로 그녀의 부모는 좋든 싫든 만족해야 했다.

하지만 사람들이 계속 쑥덕거렸고, 그녀는 그런 것이 점점 너무 멍청하다는 생각이 들었다. 더욱이 오토 엥겔하르트도 그녀를 비난하는 것이었다. 반발심에서 그녀는 가끔 다른 남자들이 그녀에게 "성공"—그들은 그걸 그렇게 불렀다—을 거두게 했다. 오토 엥겔하르트가 다른 여자들에게 거둔 성공을 따지지도 않았다. 그녀가 그를 떠날 수 없듯이 그도 그녀를 떠날 수 없다는 걸 잘 알고 있었다. 아무리 멀리 던져도 항상 되돌아오는 부메랑처럼 무슨 일이 있어도 두 사람은 서로에게 다시 돌아왔다.

그런 막간극 다음에는 심한 말다툼도 쓰라린 고뇌도 없이 (도대체 화해라는 말을 할 수 있다면) 화해가 이어졌다. 어느 날, 리자가 오토 엥겔하르트의 품에 안겨서 이제 열아홉 살이고 곧 결혼할 거라고 했을 때도 격한 감정은 없었다.

하지만 "누구하고 할 건데?" 하고 묻는 그의 목소리에는 괴로운 놀라움이 묻어났다.

잘 모른다고, 리자가 손톱을 바라보며 무심히 대답했다. 아마 부모가 데려오는 어떤 배불뚝이 사업가나 욕심 없는 지인이겠지.

그래그래, 그럼 분명 그녀에게도 좋을 거라고, 어차피 지금처럼 계속 이렇게 지낼 수는 없다고, 오토가 말했다.

그때 리자가 뜻밖의 질문을 던졌다. "왜 안 되는데?"

오토 엥겔하르트는 눈이 휘둥그레져서 따라 말했다. "그래, 대체 왜 안 되겠어?"

그들은 한참 아무 말도 하지 않았다. 두 사람 다 똑같은 것을 생각했다, 똑같이 가망 없는 분노를 느끼며 그걸 생각했다.

하지만 소용이 없었다. 집에서 그녀를 달리 어떻게 할 수 없어서 보낸 학교에서 리자는 필요 이상 오래 빈둥거리다가 결국 학교를 그만두었다. 이탈리아에서 여름 방학을 보낼 때 그녀는 나이가 한참 위인 공장주를 소개받았다. 그는 자동차와 남자답지 못하게 높은 목소리의 소유자였는데 그런 목소리는 지나치게 순한 그의 성격과 잘 어울렸다. 어울리지 않게 이름이 브룸[*]인 그는 흔히 말하는 좋은 신랑감이었다. 그는 그녀의 '과거'에 대해 아는 것이 전혀 없었거나 거의 없었다. 혹은 다 알면서도 마음에 두지 않았을 수도 있었다. 리자는 아주 젊고 아름다운데다 상냥했기 때문이다. 그녀를 소유하기 위해서라도 그는 분명 그녀와 결혼했을 테고, 그녀도 결혼에 동의한 것 같았다. 하지만 둘이 도시로 돌아왔을 때, 리자는 상상이 안 되는 미래가 갑자기 두려워졌다. 그녀는 어느 날 다시 오토 엥겔하르트 곁에 있었다. 집에다가는 간단하게 설명했다. 깊이 생각했다고, 장차 도저히 브룸 부인으로 돌아다닐 수 없었다고. 그리고 이제 사람들이 자신을 신경질적인 젊은 부인으로 보리라는 생각에 날아갈 듯 기분이 좋았다.

그것은 9월에 있었던 일이었다. 어차피 기분이 상한 부모에게 부담을 주고 싶지 않고, 또 학교를 대신하는 다른 일을 하고 싶어서 그녀는 미술 공예 아틀리에에서 일자리를 구해 쿠션에 수를 놓고 찻주전자 덮개를 만들었다. 그녀는 사장의 높은 평가를 받고 동료 직원들한테서는 사랑까지 받았다. 그녀는 편안하

---

[*] 독일어 'brummen'은 '(길게 끄는 저음으로) 으르렁대다'라는 의미가 있다.

고 상냥하며 야심이 없었기 때문이다. 11월 초에 젊고 부유한 자산가의 아들이 그녀를 숭배해 그녀 앞에 사치품을 산더미처럼 쌓아놓고, 그녀로 인해 가족과 불화를 빚었다. 그녀는 몇 주일간 그것을 즐긴 다음 갑자기 그를 버렸다. 크리스마스 휴가에 그녀는 오토 엥겔하르트와 그의 각양각색인 친구들 몇몇과 그리 멀지 않은 겨울 스포츠 명소에 갈 작정이었다.

기분 좋은 나른함이 그녀를 사로잡았다. 자신의 인생을 돌아보며 한없이 긴 몇 년을 더 멋대로 살 수 있다고 생각했다. 그런 상태에서 그녀는 잠시 기분이 내켜 쿠르트 게르버와, 제어할 수 없고 원대하며 순수해서 힘든 그의 사랑을 생각하며 감동했다. 그런 기분으로 몇 번이나 마음을 굳혔다. 그의 꿈을 가능한 한 부드럽고 괴롭지 않게 거절하리라, 좋은 말과 뜨거운 키스를 많이 해서 거절하리라. 쿠르트 게르버가 스스로 단념해야 한다고 결정했기 때문이다. 쿠르트가 마음에 들고 또 당시 네 번짼가 다섯 번짼가 되는 애인은 신경이 안 쓰여 잠시 쿠르트의 구애에 응한 시기가 있었다. 하지만 쿠르트는 그 짧은 기회를 놓쳐버렸다. 그가 일부러 그런 걸 알고 그녀는 처음에 화가 머리끝까지 났지만 곧바로 전에 없이 크게 감동했다. 그녀는 그가 보내는 드넓고 자유롭게 날뛰는 광대한 감정에 경악했다. 사람이 키스 한 번 한 걸 그렇게 심각하게 받아들일 수 있다니, 이해할 수 없었다. 다른 한편 전혀 다른 경험을 했기 때문에(다른 면에서 쿠르트 게르버가 성숙하고, 그 점은 학교에서 더 눈에 띈다는 사실을 인정하면서도)

그의 사랑이 어린애 같다고 생각했다. 그런 관점에서 모성애 감정이 생겨났는데 그건 여고생들이 즐겨 남용하는 '우정'이나 '플라톤식 사랑'의 개념과는 아무 상관이 없었다. 그것은 그의 사랑에 응답하는 독특한 사랑의 방식으로, 여기서 몸을 주는 것은 어울리지 않는 듯 보였다. 그런 생각이 위선적인 비겁함과 거리가 있음을 알았기에 그녀는 쿠르트를 그런 식으로 만족시킬 수 있으리라고 믿었다. 사실 존중하는 마음도 어느 정도 섞여 있었다. 그녀는 다른 애인들과 '마찬가지로' 쿠르트 게르버와 자고, 그를 그 대열에 세우고 싶지 않았다. 하지만 그는 하나도 이해하지 못했다. 전임자의 존재에 오히려 뜨겁게 불타올랐다. 그들과 '마찬가지로' 그녀와 자지 않는다는 걸 그녀에게 증명하고 싶었다. 그렇게 두 사람은 서로 다른 이유로 '마찬가지로'를 혐오하며 자신들이 그런다는 사실을 모르고 서로 엇갈린 사랑을 했다.

쿠르트보다 분명 더 어렴풋이 느끼긴 했지만, 리자는 그의 집요한 애정이 결국 불편해졌다. 왜 그는 내가 '사랑받기'를 원하지 않는다는 걸 받아들이지 못할까? 그가 나의 경계 안에 있으면 행복할 텐데. 화가 났다. 동성 친구가 쿠르트 게르버와 대체 무슨 관계냐고 물으며 모두 그가 그녀에게 무척 공을 들이고 있다, 상냥하고 젊고 외모도 괜찮으니 고려해볼 만하지 않냐고 한다고 전하자 리자는 실제보다 훨씬 더 기분 나쁜 척하며 대답했다. 다 맞는 말이다, 하지만 모든 남자의 사랑을 다 받아줄 순 없다고! 사실 당황해서 한 말이었지만 그녀가 그를 싫어한다는 말처럼 들렸다. 그것은 사실이 아니었고 오히려 그 반대였지만 그렇게 말했다. 그 표현이 그녀의 마음에 들면서, 무수히 가지 친 뿌리를 내려 쑥쑥 자라 절대 흔들리지 않는 확고한 결심이 되었다. 같이 있을 때 쿠르트가 가끔 잠자코 앞만 바라보는 모습을 보면 그의 마음을 사로잡은 것이 미안할 때가 있었다. 그럼 그녀는 마음이 부드럽고 넓어져 옆에 앉은 그는 다른 사람이고 어느 남자처럼 가볍게 대할 수 없다는 느낌이 들어 불쑥 그의 머리카락을 쓰다듬거나 뺨에 살포시 입을 맞추었다. 그렇다, 아주 드물었지만 그런 일이 종종 생길 수 있었다. 하지만 달라진 건 없었다. 리자 베어발트는 쿠르트 게르버라는 젊은 남자에게 절대 몸을 주지 않겠다고 결심했다.

마지 못해 숨을 헐떡이며 기차는 어스름한 설경 속을 힘겹게 밀고 나간다. 이따금 빽 새된 비명을 지르며 섰다가 헉헉 불만스러운 소리를 크게 내뱉고 덜거덕덜거덕 몇 미터 더 가다가 결국 완전히 멈춰 선다. 기관차 앞에 쌓인 눈더미가 너무 불어나 삽으로 퍼내야 한다. 일을 마치자 기차가 다시 흔들흔들 움직인다. 소용없어, 소용없다고, 바퀴들이 삐걱거린다. 기차는 다시 멈춰 서야 한다.

스키 열차. 그 무렵 자랑스러운 "겨울 휴양지", "스키 파라다이스" 내지 그 비슷한 이름으로 불리는 작은 마을의 자치회는 자체 비용으로 (돈벌이가 쏠쏠한) 스키 열차를 하루에 여러 번 운행한다. 수준이 좀 높은 스키어를 몇 시간 거리의 경치 좋은 장소에 데려다주는 열차는 걸어서 올라가는 수고를 덜어준다. 사실은 여러 번 올라가는 수고를 덜어준다고 할 수 있다. 거의 모든 내리막 코스는 마을 더 아래까지 이어져 스키 투어를 끝내고 다시 걸어서 올라가거나, 아니면 스키를 좀 일찍 중단해야 하기 때문이다. 열차를 이용하면 끝까지 스키를 타고 내려올 수 있다. 그럼 "술 취한 상자"로 불리는 열차가 밑에서 기다리고 있다가 지친 사람들을 평지에서 산의 중턱 비탈에 붙어 있는 마을까지 데려다준다.

지금 이건 마지막 열차다. 하루 내내 눈이 내린 탓에 열차는 이 맑은 지역에 벌써 완연히 내린 저녁에 힘겹게 앞으로 나아간다. 거즈 커튼이 하나, 또 하나, 또 하나가 내려오더니 이윽고 아무것도 보이지 않는다. 커튼이 세 개쯤 내려왔는데도 여전히 눈이 내려서 하늘과 땅이 똑같이 희뿌옇다.

가랑눈이 너무 매혹적이어서 소풍객 대부분이 마지막 열차 때까지 스키를 탔다. 그래서 열차가 미어터지고 객실이 콩나물시루처럼 북적대 아주 편안하지는 않은 승강대에도 몇 사람이 서 있다. 그들은 끊임없이 움직여 팔다리를 덥히려고 노력하고, 구름처럼 흩날리는 눈을 이따금 털어냈다. 애타는 눈길로 객실을 쳐다보지만 객실에는 빈자리가 없다. 객실 사람들은 모두 자신이 안에 있음을 기뻐한다. 그물 선반과 선반 사이에는 죽은 토끼들처럼 비스듬히 포개 얹은 수많은 스키의 바인딩이 내장처럼 주렁주렁 걸려 있다. 물이 계속 똑똑 떨어지는 스키가 많은데 모두 초심자들의 것이다. 지옥에 떨어져야 할 인간들이다. 또 깜빡 잊고 스키 날에 얼어붙은 눈을 긁어내지 않은 것이다. 이따금 거의 비 오듯 물이 떨어져 서서 가는 승객들은 드디어 찾아온 기회에 즐거워하며 안락의자에 앉아 샤워하는 승객들에게 축하를 보낸다. 하지만 그들은 몸이 얼지 않도록 다시 발을 동동 굴러야 한다.

빌리 바겐슈미트는 유명한 노인이다. 그가 당장 고칠 수 없는 끊어진 스키바인딩은 없고, 가장 좋은 길로 안내할 수 없는 울창한 어린 나무숲은 없으며, 그의 끈질긴 요구에 아무리 주인이 저주를 퍼부어도 최대치를 얻어낼 수 없는 여관은 없다. 이 빌리 바겐슈미트가 열차에서 열려 있는 단 하나의 창문을 찾아내지 않았더라면 어떤 자격 없는 일요 스키어가 의자 두 줄에 앉았을지 모를 일이다. 문 앞에서 격렬한 몸싸움이 벌어지는 가운데 빌리 바겐슈미트는 열린 창문을 통해 객실에 기어들어 와 좌석 여덟 개를 차지하고 공격하는 무리에 맞서 한참 방어한 끝에 드디어 다른 사람들의 양보를 받아냈다.

파울 바이스만이 온전한 코냑 한 병을 갖고 있음이 밝혀진다. 그는 투어 중에 코냑을 내놓고 싶은 생각이 없었지만 그레틀 블리츠와 힐데 피셔가 몰래 그의 배낭을 열어 개가를 올리며 병을 높이 쳐든다. 그리고 구원자인 빌리 바겐슈미트의 건강을 위해 병을 비우자고 한다.

그 제안은 열렬한 갈채를 받는다. 보비 우르반은 심지어 욕심 사나운 파울 녀석은 한 모금도 주지 말자고 주장한다. 그러자 리자가 중재에 나섰다. 리자는——그녀는 눈부시게 빛나고 그런 자신에 대한 기쁨은 다른 사람들에게도 전염된다——장난이라도 불일치가 발생하지 않도록 신경 쓰며 구름 한 점 없는 명랑한 분위기를 원한다. 그녀는 자신의 사랑스러운 매력을 총동원해 (애쓴다는 느낌을 주지 않으면서) 애쓰기에 항상 성공을 거두고 밝은 분위기를 조성한다. 소망도 무게도 없고 긴장을 해소하고 또 긴장이 해소된 밝은 분위기, 시작도 끝도 모르고 그냥 거기 있으며 마치 동화 속 공주님처럼 이 사람 저 사람에게 다가가 꼭 끌어안고 그의 귀에 대고 '이 세상에서 이렇게 사랑스러운 것이 있다고 믿은 적 있나요?' 하고 속삭이는 밝은 분위기, 당신이 넋 나간 얼굴로 바닥을 응시하며 '왜, 도대체 왜 항상 이럴 수 없지?' 하고 생각하는 자신을 문득 발견할 때 비로소 온전히 진실하고 순수해지는 그런 밝은 분위기 말이다.

코냑을 마실 차례가 된 쿠르트도 그렇게 생각한다. 술병에서 크게 한 모금 꿀꺽 마시고 눈을 감는데, 온몸이 기분 좋게 따뜻해지면서 온전히, 온전히 즐겁다. 몸을 사를 듯한 사랑과 감사에 리자 앞에서 무릎을 꿇고 싶다. 같이 가자고 그를 초대하고 또 잘해주기 때문이다. 뭘 했다고 이런 대우를 받는지 부담스러울 만큼 잘해준다. 지금 리자가 싱긋 웃으며 "맛있어?" 하고 묻자 쿠르트는 '네가 잘못한 걸 알겠지?' 하며 버릇없는 행동을 용서받은 어린아이처럼 부끄러워하며 나직이 "응!" 하고 대답한다.

여기 사람들은 다 아주 친절하다. 몇 사람은 그를 진짜 좋아하고 지나치다 싶을 정도로 잘해준다. 화가 파울 바이스만과 작곡가 보비 우르반이 특히 그래서 기분이 좋다. 조금 두려워했던 오토 엥겔하르트도 알고 보니 괜찮은 사람이다. 매끄러운 사교가는 아니지만 믿을 수 있고 흥을 깨지 않는데 다만 사소한 일에 이상하게 고집을 부린다. 오토는 쿠르트를 친구처럼 대하고 악수할 때 손을 세게 잡으며 "아, 당신이군요!" 했다. 아마 리자가 무슨 이야기를 한 것 같았다. 무슨 말을 했는지 알면 좋으련만! 다른 사람들도 이야기를 많이 들었다고 해서 쿠르트는 그들이 금방 그를 이미 그룹의 일원이었던 듯 자연스레 대하는 것에 어린아이처럼 기뻐한다.

지금 그들은 '술 취한 상자'에 앉아 있는데 코냑 덕분에 평소보다 더 기분이 좋다(그것은 의미가 있다. 그들은 언제나 화합이 아주 잘되기 때문이다. 서로 잘 알고 이해하는 듯 보이는 그들 일곱 사람은 다툰 적이 한 번도 없다).

빌리 바겐슈미트와 보비 우르반은 발을 쭉 뻗고 짧은 파이프 담배를 피우고 있다. 푸른 노르웨이 스키복에 초록색 바람막이 재킷, 엄청나게 큰 장화를 신은 그들은 진짜 거친 사람들처럼 보인다. 열차가 해난을 당한 배처럼 요동치자 그들은 객실 승객들을 즐겁게 해주려고 뱃노래를 몇 곡 부른다.

어스름이 점점 더 짙어지고 창문과 공기 사이의 커튼이 점점 더 촘촘해진다. 커튼 뒤 전신주가 그림자처럼 획획 스쳐 지나간다. 하지만 아직 전신주의 전선을 구분할 수 있다.

보비 우르반이 일어나 벽에서 전기 스위치를 찾는다. 붐비는 만원 열차에서 사람들은 친절하게 비켜주지 않는다. 드디어 비집고 헤쳐나가 스위치를 누르고 또 누른다. 어라! 이게 뭐야?!

주위의 입석 승객 중 하나가 바로 얘기해줄 수 있었으나 1층 입석 관람객은 특별석 나리가 우선 인파를 헤쳐나가야 하고 그 후 실망해서 자리로 돌아가면 내심 기분이 좋다고 말한다.

그럼 전기가 나간 거냐고, 보비가 반짝이는 기지를 발휘하지 않고 묻는다.

딩동댕. 몇 번이나 해보았다고, 전혀 가망이 없다고 한다.

보비는 자리로 돌아와 보고하고 빌리가 혹시 고쳐보지 않겠느냐고 묻는다.

빌리는 그럴 마음이 없다. 그는 녹초가 되어 거의 잠들어 있다.

곧 다른 자리에서도 목소리가 커진다. 불 켜! 스위치 어디 있어? 뭐? 전기가 나갔다고? 아니, 이럴 수가.

목적지까지는 아직 두 시간을 더 가야 한다. 차장은 코빼기도 안 보인다(하긴 콩나물시루 같은 열차에서 인파를 헤치고 나가려 해도 헛수고였으리라).

객실 전체가 모두 그 재난을 알고 싫든 좋든 순응한다. 누군가 창문을 열고 몸을 내민다. 열차 전체에 전기가 들어오지 않는다. 엔진에서 튀는 첫 불꽃이 불그레한 금빛 점으로 보인다.

열차에 서거나 앉은 모든 사람이 불현듯 깨닫는다. 칠흑처럼 깜깜한 열차다. 사람들이 꽉 차 있다. 남자와 여자가.

이야기 소리가 낮아졌다. 같은 일행은 서로 몸을 더 바짝 붙인다. 곧 깜깜해질 것이다. 모두 어떤 일이 생길지 안다. 그들은 무릎에 손을 놓고 머리를 파묻는다. 그리고 기다린다. 물 마실 데로 몰아주기를 바라는 우매한 어린 양떼처럼.

몇 사람이 벌써 입을 다물고, 다른 사람들은 아직 소곤소곤 말한다. 여기저기 은밀히 성냥 불이 타오르고 손바닥을 오므려 조심스레 들고 있다가 바로 다시 꺼진다. 모두 서로 방해하고 싶지 않다. 서로 배려한다.

웅성거리는 소리가 객차에 가득하다. 이따금 짧은 웃음소리와 큰 외침이 호수의 어두운 수면에서 물고기가 튀어 오르듯 툭 튀어 올랐다가 놀라서 다시 기원 모르는 찰싹거림 속으로 가라앉는다. 그 균형이 묘하게 자극적이다.

밤이 왔다.

쿠르트는 눈을 가늘게 뜨고 리자의 눈길을 찾는다. 그녀는 대각선 방향에 앉아 있는데 쿠르트는 그런 배치가 유감스럽지 않다. 리자의 곁에 있다면 뭘 할지 생각한다. 뭔가 해야 한다는 의무감은 불편할 듯하다. 분명 잘못된 행동을 할 것 같다.

그래도……

그의 왼쪽에는 힐데 피셔와 파울 바이스만이 앉아 있는데 서로 부둥켜안고 이따금 꼼지락댄다. 파울은 분명 자고 싶을 테지만 그를 끔찍이 사랑하는 힐데가 이 기회를 놓칠 리 없다. 보비 우르반과 그레틀 블리츠는 완전히 딴판이다. 리자와 오토 엥겔하르트는 말할 것도 없다. 보비는 쿠르트의 오른쪽에서 머리를 손으로 받치고 자고 있다. 맞은편에서 브레틀 블리츠와 빌리 바겐슈미트가 서로 등을 기대고 역시 자고 있다. 리자는 유일하게 완전히 깨어 있다. 오토 엥겔하르트는 팔짱을 낀 채 창문 모서리에서 꾸벅꾸벅 졸고 있다.

깊은 밤.

열차에 있을 때 밤이 와서 거슬리는 사람은 거의 없다. 밤은 밤이다. 문제는 '우리가 왜 지금 키스해야 하지?'가 아니라, 오히려 '우리가 왜 지금 키스하면 안 되지?'다. 대답은 한참 전에 나왔다. 우리는 젊다. 지금 서로를 원하는 우리가 앞으로 어둠 속에서 만나는 일이 또 얼마나 있을지 누가 알겠는가. 내 옆방에 묵은 이여, 그대가 내일 훌쩍 떠날지 누가 알겠는가. 도중에 스키가 망가진 그대를 누가 기다리고 있다가 내게서 빼앗아 갈지, 그대와 그대가 단지 지루하고 그래서 서로 뜻을 받아주는 건지, 그대와 그대가 오래, 아니 영원히 내 곁에 있을지 누가 알겠는가.

아무도 모르고, 아무도 보지 않는다. 춥고 어두운데 우리는 젊다.

깊고 깊은 밤.

쿠르트는 발을 움직이다가 툭 무언가에 부딪친다.

나무 받침대? 난방기?

뜨끔한 놀라움에 온몸이 떨리는데 발을 누르자 화답이 온다. 처음엔 차마 믿을 수가 없다. 더 힘주어 누르자 상대편도 더 힘주어 누른다.

몇 분 후 그는 리자의 다리를 다리 사이에 끼고 보온 패딩과 플란넬을 통해 그녀의 단단한 허벅다리 힘줄이 이따금 움찔거리는 걸 느낀다. 마치 다리가 심장처럼 뛰는 것 같다.

무심코 그러는 게 아니다. 그녀가 가끔 다리로 조심스레 그의 다리 사이를 위아래로 스치면서 그를 바라본다, 느낄 수 있다.

행복이 밀물처럼 밀려온다. 행복 역시 혼자 오는 일이 드무니까……

그때 열차가 진저리치며 흔들리다가 딱 서버린다. 느닷없이 기차가 멈춰 서서 모두 깜짝 놀라 일어서고 쿠르트는 이제 다 끝났다고 생각한다.

다시 평온해지자 파울 바이스만이 졸린 목소리로 몸을 좀 뻗고 싶다고 한다. 코냑을 너무 마셨는지 머리가 아프다면서.

누가 일어나야겠는데, 보비가 걱정스레 말하면서 그대로 앉아 편안히 기지개를 켠다. 오토 엥겔하르트는 바람막이 재킷 속으로 다시 파고들었고, 자리를 확보한 빌리 바겐슈미트에게 일어나라고 할 수는 없다. 그래서 쿠르트가 일어나 불쾌한 척하며 말한다. 그래, 유감스럽지만 가장 젊은 자기가 주기적으로 폭음하는 어떤 술꾼의 죄를 속죄할 수밖에 없다고 한다.

그의 결심은 승인을 받는다. 쿠르트가 랜턴 불빛 속에서 좌석이 다시 조정되는 광경을 절망해서 바라보는데……

리자가 발딱 일어나 단호하게 말한다. "어린이 여러분, 잘 들으세요. 여러분은 더 편안하게 앉아 갈 수 있을 거예요. 나는 하나도 피곤하지 않아요. 집까지 몇 분 더 서서 가도 견딜 수 있어요." 그녀는 의자 사이로 걸어 나와 쿠르트의 팔에 매달린다. "더욱이 불쌍한 쿠르트를 혼자 서 있게 하는 건 야비한 것 같아요."

그러면서 그녀가 그의 팔을 얼마나 꼭 누르는지 아무도 눈치채지 못한다. 상황을 통제하는 사람이 또 리자인 것을 이상하게 생각하는 사람도 없다.

보비가 무릎에 놓인 파울의 머리를 베개 삼아 베면서 중얼거린다. "브라보, 내 마음의 소녀여, 이 바퀴 달린 사창가를 인수하려면 나한테 큰돈을 줘야 한다는 걸 잊지 마!" 그리고 흡족하게 웅얼거려 모든 항변을 차단하면서 세상만사 관심 없다는 듯몸을 편안하게 쭉 뻗는다.

저쪽 긴 의자에는 이제 오토 엥겔하르트, 두 소녀, 빌리 바겐슈미트가 앉아 있다. 상황이 정리되고 빌리가 랜턴을 끄자 다시 깜깜해진다. 열차는 헐떡이며 다시 출발하고 곧 여섯 명 모두잠이 든다.

아까 서 있던 사람들이 바닥에 쪼그리고 앉아서 중문 옆 모퉁이에 자리가 생겼다. 두 사람이 몸을 약간 움직일 수 있는 정도의 공간이다. 거기로 간다. 조심조심. 그리고 아주 작은 소리로말한다.

"괜찮아, 리자?"

"오, 그럼." 리자는 그의 뺨을 찾아 몇 번 쓰다듬는다.

"춥지 않아?"

"조금 추워."

"내가 따뜻하게 해줄게, 리자." 쿠르트는 그녀 곁에 바짝 붙어서 떨리는 목소리로 숨 쉬듯 말한다.

한쪽 팔을 그의 목에 가볍게 두르고 있던 그녀가 갑자기 다른 팔을 마저 들어 그의 목을 끌어안고 자기 쪽으로 끌어당긴다, 아주아주 강하게. 그녀의 탄탄한 몸이 그의 몸에 강하게 저항하고 그는 그녀의 입을 찾아 이를 넣고 마찰음을 내며 그녀의 입술을 삼킬 듯 빤다. 입술이 서로 단단히 포개지고 뜨거운 입천장이 지치지 않고 탐색하고 발견하고 또 탐색하는데 혀는 사랑의 유희를 하는 맹수들처럼 거칠게 애무한다……

속삭이는 무의미한 말들, 상상할 수 없이 황홀한 가운데 뜨겁게 더듬거린다. 오, 제대로 표현할 수 없는 언어의 무능력을 무시해도 좋은 행복이여, 거침없이 다시, 또다시 한없이 탐닉해도 좋은 행복이여, 울면서 웃는 가슴 터질 듯한 행복이여!

날아갈까 두려운 듯 그는 그녀의 물결치는 풍성한 머리카락을 성급하게 힘주어 쓰다듬는다. 그녀의 부드러운 손은 훨씬 차분하게 그의 정수리를 어루만진다.

"리자…… 왜…… 왜 항상 이럴 수 없지?"

"항상 이럴 수 있어!"

"왜…… 리자…… 지금까지 그러지 않았어?"

"말하지 마. 지금은."

오, 오롯이 둘만 있는 넘칠 듯한 행복이여! 우리는 모두 저마다의 행복을 감당한다. 우리에게 행복을 주는 이는 아무것도 다시 뺏지 않는다. 오, 실현되지 않을 때 겪어야 하는 최고의 고통이여. 그대는 하늘을 나는 내 여정의 동반자가 될 수 있는가? 나 자신도 모르는 똑같은 목적지에 닿을 때까지 같이 갈 수 있는가?!

"말해봐…… 아까 자리에서 일어난 거…… 일부러 그런 거야?"

"바보!"

우리에게는 어떤 열차도 쿵쾅거리며 달리지 않고, 어떤 기관차도 숨을 헐떡이지 않는다. 반짝이는 반딧불이들이 취한 듯한 우리 눈앞을 날아간다. 우리 뒤쪽으로 날아간다. 어둠 속으로.

우리가 동시에 반딧불이를, 한 마리를, 무리 전체를 볼 수 있다니, 얼마나 비세속적이고, 얼마나 신비로운가.

리자, 그러지 말았어야 했어. 내 손에 키스하지 말아야 했다고. 내가 눈물을 보이면 좋겠니?

나는 너를 위해 아직 다 울지 못했어. 내 눈물은 너무 적었지. 용서해줘!

아니, 그러지 마…… 나는 네 눈에, 이마에, 머리카락에 키스할래. 이렇게.

어쩌면 너는 내 품에서 또 울지도 몰라. 그럼 좋을 텐데……

시간이 황홀할 만큼 아무 걱정 없이 흐른다.

빌리 바겐슈미트가 안내지도에서 늘 새로운 길을 찾아내고, 활강하는 스키어 앞에 갑자기 부푼 처녀의 마음처럼 비탈이 펼쳐지고, 스키 자국이 눈부시게 빛나는 매끄러운 그 피부에 회초리 자국을 내 손대지 않은 순백의 아름다움을 파괴한 것이 안타까울 정도다. 물론 그전에는 마치 새로운 땅을 발견해 환호하며 소유한 듯 가슴에는 오직 기쁨만이 흘러넘친다. 위로 휘어진 스키 코만 눈 속에서 봉긋 솟아 마법의 단추처럼 몸보다 앞서 달리는데 곱고 하얀 눈구름이 발 주위에 흩날리고 강한 압력이 몸의 의지에 순응하며 들리는 것이라고는 나직이 뽀드득거리는 소리, 보이는 것이라고는 맑고 자유로운 공기와 반짝이는 하늘밖에 없으면, 그럼…… 그래, 그럼 어떻게 되지? 그럼 비할 바 없는 아름다움에 그만 머리가 아득해진다.

리자는 쿠르트를 독특한 방식으로 특별 대우했다. 그를 더우대하면서도 어쩌나 자연스럽고 거리낌이 없는지 눈을 씻고

　　　　　6. 쿠르트 게르버라는 한 인간

봐도 뒤에 어떤 의도가 보이지 않는다. 몰래 손을 잡는다든지 사람들에게 현장을 딱 들키는 행동 같은 합의된 비밀을 내심 기대했던 쿠르트는 그런 일이 없어서 살짝 실망한다. 그리고 리자가 똑똑해서 그런다고 생각한다. 괜찮다. 아니면 그녀가 그를 한쪽으로 데리고 가 "아이, 참! 아직도 그 생각해?" 하고 애틋하게 속삭이길 바랄까?

아무튼 그녀는 자신이 아직 그 생각을 한다는 걸 보여줄 수 있을 것이다.

하지만 그녀는 가끔 또다시 아무것도 모르는 듯 보인다. 매일 아침 일행이 아침을 먹는 아래층 방에 모일 때마다 쿠르트는 리자를 새로 소개받는 느낌이 든다.

안녕. 우리, 예전에 한 번 인사하지 않았나요?

쿠르트는 리자의 손이 어떤 물건을 만지는 걸 본다. 그 손이 그를 포옹했던가? 리자의 입술이 다른 사람에게 미소 짓는 걸 본다. 질투심을 느끼지 않고. 그는 그 입술에 키스한 적이 없다. 리자의 갈색 머리카락이 바람에 흩날리는 걸 본다. 예전에 그 머리카락을 쓰다듬고 입술로 애무했다니, 있을 수 없는 일이다.

그가 다가가 그렇게 하면 무슨 일이 벌어질까? 상상도 할 수 없다. 그녀는 그가 미친 줄 알 것이다. 어쩌면 정말 그런 말을 할지도 모른다. 어색하게 웃으며 마치 병자를 다루듯이 조금 너그럽게. "그래, 그런데 너 미쳤니?"

아니다. 그러니까, 그래. 그렇게 보인다. 마치 내가…… 나는 그저 확인하고 싶었을 뿐이야. 분명 착각이겠지. 혼동했을 수도 있고. 미안해.

"무슨 혼잣말을 그렇게 해, 쿠르트? 그래, 너!" 지금 리자가 진짜 말했다. 이상하다. 어조가……

"내가? 혼잣말을? 놀랍네. 나는 나한테 화가 나서 나하고 말을 섞지 않은 지 오래됐거든." 쿠르트는 당황해서 빙긋 웃는다.

폭소가 터진다. 모두 얼마나 배꼽을 잡고 웃는지. 리자도 깔깔 웃는다. 그가 얼마나 힘들게 농담했는지 그녀는 까맣게 모른다. 빌리 바겐슈미트가 묻는다.

"모두 왁스 칠은 잘했나? 버클은 문제없고? 협곡 한가운데서 안전 바인딩이 떨어지는 사람이 다시 나오는 일은 없었으면 좋겠어! 나는 목숨을 걸고 떨어진 스키를 쫓아 달리고 싶지 않으니까."

"제발 그만해!" 얼마 전 그런 사고를 당한 힐데 피셔가 중얼거린다.

다시 스키 투어를 나가고, 다시 즐거운 저녁이 오고, 다시 즐거운 낮이 온다. 어느 안개 낀 오후, 그들은 가장 큰 호텔 반지하에 있는 '바'에 간다. 일요 스키어와 다른 역겨운 사람들로 항상 북적이는 바다.

여덟 사람은 빌리 바겐슈미트가—그가 아니면 누구겠는가?—구해 온 둥근 탁자에 둘러앉아 플로어에서 춤추는 커플들을 보면서 짓궂은 논평을 한다. 천장이 낮고 담배 연기가 자욱한 방에서 커플들은 괴로운 얼굴로 약한 피아노 음악에 맞춰 춤을 춘다. 보비가 쿠르트의 어깨를 치면서 소리친다.

"헤이, 어린 친구, 한 곡 춰봐! 자, 어서! 사랑스러운 소녀들이 기다리잖아!"

쿠르트는 그 요구가 그다지 기쁘지 않고 조금 당황스럽다. 하지만 마음씨 곱고 남을 잘 도와주는 금발의 힐데 피셔가 다정하게 구원의 손길을 내민다. "가자!" 쿠르트는 고맙게 생각하면서도 그녀와 리자 이야기를 할 용기는 없다. 그들이 자리로 돌아오자 보비가 묻는다.

"왜 그렇게 눈을 부릅뜨고 춤을 춰? 너 꼭 육지로 휩쓸려 나온 돌고래처럼 보이더라!"

"나도 못 봤어", 파울이 꿈꾸듯 말한다.

"뭘 못 봤는데?"

"아하. 나는 조금 전 누가 돌고래가 춤추는 걸 본 적이 없다고 한 줄 알았어."

"곧 찾아올 너의 종말을 위하여!"

"건배!"

그래도 소용이 없다. 쿠르트는 꼭 리자와 춤추고 싶다. 겁이 나서 먼저 묻는다. "춤출래, 리자?" 리자가―그녀는 그의 마음을 이해할까?―북적대는 인파를 머리로 가리키며 "사람이 끔찍하게 많아" 한다, 하지만 평소 말이 별로 없고 그냥 따라 웃기만 했던 오토 엥겔하르트가 툭 끼어든다. "너, 쿠르트의 요청을 거절하지 않을 거지!" 그러자 리자가 "당연히 아니지!" 한다. 그들은 플로어로 나간다.

그제야 쿠르트는 둘이 춤을 추는 건 처음이라는 생각이 난다. 그는 춤 솜씨가 좋아서 그녀를 너무 꼭 안지 않고 리드하기 시작하는데 첫 스텝에 바로 그녀의 발에 걸려 비틀거린다.

"미안."

"괜찮아."

리자는 춤을 잘 추지 못한다. 그걸 아니까 두려움이 사라진다. 자신이 무엇을 두려워했는지도 안다. 쿠르트는 리자가 춤을 잘 출까, 너무 잘 출까 두려웠다. 그녀가 부끄러워하지 않고 요구하면서 도발적인 눈빛으로 그의 모든 움직임에 맞춰 몸을 흔들면 끔찍할 것 같았다.

아니다. 리자는 머뭇거리며 그의 스텝을 따라올 뿐이다. 그러면서 애쓰는 게 완연한데 쿠르트는 그녀의 어색한 저항이 의도라기보다 어쩔 수 없이 그러는 것이라는 느낌이 든다.

리자는 소매 없는 운동복을 입고 있는데 스키복보다 몸매가 훨씬 뚜렷이 드러난다. 쿠르트는 그녀의 등에 손을 가볍게 놓고 있다. 돌면서 손에 힘을 좀 줘야 할 때면 그녀의 등뼈를 느낄 수 있다.

그렇게 그녀의 움직임처럼 탄탄한 그녀의 몸을 느낀다. 그녀의 몸—움직임—아주 묘하고—예상을 벗어나고—고집 세다고 할 수 있다—혹은 당당하다고 할까?—아니, 다 틀리다, 순

6. 쿠르트 게르버라는 한 인간

결하다! 그녀의 몸은 신랄하면서도 순결한 느낌이다.

뜨거운 사랑이 흘러넘쳐 다시 활활 타오른다.

"리자!"

"응? 나, 춤 정말 못 추지?"

"아니야. 안 그래. 잘 춰."

대답이 없다.

"말해, 리자."

"뭘?" 그녀는 그토록 가볍고 밝게 말한다. 거기에 열정적인 대답을 할 수는 없다.

"리자, 닷새 전에 항상 이럴 수 있다고 하지 않았어?"

"뭐? 무슨 말이야?" 정말 모르는 것 같다.

"왜 그래, 리자. 무슨 말인지 잘 알잖아."

"응. 당연히 알지."

"그럼……"

대답이 없다. 피아노 연주자가 후렴을 세 번째 연주하기 시작한다. 마지막이다. 쿠르트는 부드득 이를 간다.

"잊어버렸어?"

"아니야, 쿠르트. 왜 물어보는 거야?"

"리자, 어떻게 그렇게 말해? 내가 미치는 꼴을 보고 싶어? 왜 그러고 나서 더 키스할 수 없어? 왜 그러는데? 내가 하루를 더 견딜 수 있을 것 같아? 리자, 사랑하는 리자, 말해줘, 언제야! 말해봐!"

쿠르트는 거의 애원하듯이 급하게 쏟아낸다. 그리고 탁자에 앉아 있는 다른 사람들이 눈치채지 못하게 다른 곳을 바라본다. 하지만 리자의 얼굴을 보고 싶다.

"그래, 그런데 왜 하필 지금 그런 일을 꺼내?" 리자가 묻는다.

"그런 일?"

쿵쾅, 쿵. 피아노 연주자가 베이스 화음으로 연주를 마친다. 끝났다. 그들은 탁자로 돌아온다.

파울 바이스만이 손가락으로 리자의 팔을 톡톡 치며 말한다.

"엘리자베트, 돌고래가 춤을 춘다면 꼭 너 같을 거 같아."

리자가 웃는다.

웃음이 그렇게 상처를 줄 수 있다니! 절망이 엄습해 억누르려 하지만 소용이 없다. 술집, 음악, 사람들이 견딜 수 없어진다. 탁자에 앉은 사람들도 마찬가지다. 갑자기 보비 우르반의 농담이 늘 똑같고 무미건조한 것 같고, 파울 바이스만도 별로 다르지 않다. 힐데 피셔의 꿈꾸는 듯한 눈길은 신경에 거슬리고, 그레틀 블리츠는 완전히 지루하다. 리자에 대해서는 감히 생각하지 못한다…… 계속 그렇게 생각하다가는 일행 전체가 역겨워질 듯하다. 그럴 순 없다.

쿠르트는 벌떡 일어난다.

"여러분, 용서해주세요, 예? 여기 공기를 못 참겠어요. 저녁 먹을 때 만나요!"

그러고 누가 뭐라고 하기 전에 훌쩍 밖으로 나온다.

6. 쿠르트 게르버라는 한 인간

서늘한 저녁 공기가 부드럽게 살랑거린다. 조명이 밝지 않은 광장에 사람들이 어슬렁거리고 있다.

지나가면서 보니 마을 주민들이다. 그들은 깔깔대며 큰 소리로 말한다. 쿠르트는 떠드는 소리를 다 알아듣지 못하는 것에 화가 난다. 그들은 뭐가 그렇게 즐거울까?

썰매가 곁을 바짝 스쳐 지나간다. "이랴!" 마부가 소리친다. 사람 목소리가 이렇게 모욕적으로 들리다니!

따그닥 따그닥, 꽁꽁 얼어붙은 잿빛 눈 위에서 말발굽 소리가 리듬을 바꿔가며 공허하게 울린다. 썰매 종소리가 떨고 있는 듯하다.

마음이 어수선하다. 한결같은 주위의 높은 산들이 차갑게 위협하듯 가슴을 짓누른다.

산이 우습게 보인다. 산은 절대 하늘에 닿지 못할 것이다.

시들고 지친 달이 절망적으로 몸을 드러낸 채 검은 하늘에 걸려 있다.

목가적인 겨울 저녁 풍경……

장식도 없고 쾌적하지도 않은 리조트 방에서 쿠르트는 안락의자에 앉아 담배를 피우며 허공을 응시한다.

이따금 난로에서 바지직 장작이 소리를 낸다. 대화의 조각, 웃음소리, 썰매 종소리가 골목길에서 들려온다.

모든 것이 당연하다. 바꿀 수 없다. 그래도 끼어서 같이 웃을 수 있을 텐데. 그럼 썰매 종소리가 아름답게 들릴 텐데……

쿠르트가 벌써 옷을 벗고 침대에 누워 여전히 허공을 응시하는데 문이 열리고 룸메이트인 파울이 들어온다.

왜 저녁 먹으러 오지 않았느냐고 파울이 묻는다. 별로 놀라지 않으면서 쿠르트는 깜빡 잠들어 시간을 놓친 것 같다고 대답한다.

파울은 뜻 모를 한숨을 쉬고 말없이 옷을 벗기 시작한다.

쿠르트는 느낀다. 다음 순간 무슨 일이 일어날 거야. 내가 크게 울부짖거나 큰 소리로 웃을 거야. 어쨌든 큰 소리가 나는 일이 생겨야 해. 이 정적은 참을 수 없어.

웃음소리, 두런거리는 소리, 걸음 소리. 노크 소리. 그리고 리자의 목소리.

"왜 안 내려왔어, 쿠르트? 몸이 안 좋아?"

리자의 목소리. 그녀의 목소리가 따뜻하게 애무하듯 마음에 닿는다. 이제 그는 자신이 웃지 않고 울었으리라는 걸 안다.

"고마워, 괜찮아. 아주 좋아." 그는 힘겹게 말한다.

그녀를 쳐다보기가 두렵다. 그래도 보자 그녀의 뒤에 오토 엥겔하르트가 서 있다, 쳐다볼 대상을 선택할 수 있어서 좋다.

"푹 자, 그리고 내일 아침에 보자. 잘 자요, 파울." 리자가 스스럼없이 말한다.

쿠르트는 예의 바른 말을 하려고 한다. 이를테면 "어떤지 물어봐주다니, 정말 상냥하구나" 같은 말을. 하지만 하지 않는다. 리자는 하인의 몸이 좋지 않아도 그 하인의 방을 두드리고 좀 어떠냐고 물을 것이다. 어쨌든 그녀는 무척 친절하다.

그녀가 벌써 그의 방을 떠났다. 오토 엥겔하르트와 함께. 쿠르트는 처음으로 불쾌감을 느낀다. 이제 그들은 같이 잘 것이다. 어쩌면 자지 않을 수도 있다. 그건 더 나쁠 것 같다.

"그녀를 많이 사랑해?" 옆 침대에서 불쑥 파울이 묻는다.

쿠르트는 전혀 놀라지 않는다. 오래전부터 사람들이 그가 리자를 사랑하는 걸 알고 있다고 느꼈다. 분별 있는 사람들이니까 신경이 쓰이지는 않는다. 사실 파울의 질문이 부적절하게 느껴지지 않는다.

"그래서 놀라워요? 아니면…… 어떻게 말해야 할지 모르겠는데…… 옳지 않다고, 부적절하다고 생각해요?"

파울은 대답하지 않는다.

"난처해할 필요 없어요. 그녀에 대해 더 나쁜 이야기도 들었으니까." 쿠르트는 싱긋 웃는다. 누가 리자를 욕할 수 있다는 가능성에 벌써 다시 그녀 편을 들고 싶다.

"나한테서 나쁜 말은 들을 수 없어. 원칙적으로 나는 어떤 여자에게도 험담하는 호의를 베풀지 않거든. 적어두세요, 게르버 씨. 파울의 격언 407번."

그의 마음을 계속 사로잡는 파울의 매력이다. 배려심은 손톱 끝만큼도 없다. 그건 자신에게도 마찬가지다. 칼집에 든 칼처럼 파울의 몸속에는 냉소주의가 박혀 있다.

파울이 아무리 열정적으로 설득력 있게 말해도 사람들은

그가 정확히 세운 반박할 수 없는 말을 한 다음, 마지막에 이렇게 말할 수 있다는 두려움을 떨쳐버릴 수 없다. "그러니까 제가 옳다는 걸 아시겠지요. 하지만 원하신다면 당장 그 역을 증명하겠습니다." (실제로 그는 종종 그렇게 말하고 그렇게 한다. 끔찍한 일이다.) 쿠르트는 파울이 다시 말할 때까지 기다린다.

"리자는 내가 아는 가장 매력적인 여자 하수도 청소부 중 하나야. 젊고 멍청하면—부탁인데 모욕으로 생각해줘—그녀를 사랑할 수도 있지. 괜찮아. 다 지나갈 거야."

"믿을 수 없을 만큼 독특한 말이네요."

"쉿, 조용. 내가 독특해지면 너는 전혀 이해 못 해. 이해받으려는 사람은 독창성을 포기해야 하지. 파울 바이스만의 격언 408번. 포르타 피아*가 미켈란젤로의 최고 걸작인 건 많은 사람이 싫어하기 때문이야. 거의 확실해. 왜 최고 걸작인지 그 이유는 오직 미켈란젤로만 알지. 그러니까 내 말은, 리자를 사랑할 수 있다고. 하지만 너처럼 사랑하면 안 돼. 사랑하는 방식이 나빠."

"무슨 뜻이에요?"

"아무 뜻도 없어."

"그럼 대성공이네요."

파울은 빙긋 웃는다. 당장 뛸 준비가 되어 있는 쿠르트가 즐거움과 자극을 주는 듯하다. 그는 좋은 뜻에서 솔직하게 말한다.

"불 꺼, 어린 친구. 발그레한 소년 얼굴을 보는 게 불편하니까."

방이 깜깜해지고 비스듬히 구석만 달빛으로 희붐하다.

"내 말은, 네가 네 사랑으로 그녀에게 좋은 일을 안 한다는 거야." 파울이 말한다. 목소리에서 그가 눈을 감고 있는 게 느껴진다.

"무슨 말인지 모르겠어요."

"이해하리라고 기대한 사람도 없어. 하지만 곧 이해하게 될 거야. 잘 들어." (파울은 쿠르트를 향해 홱 돌아눕는다.) "나는 네가 아직 그녀와 자지 않았다는 의심이 강하게 든다."

쿠르트는 대답하지 않는다. 파울이 사내답지 못하다거나 그 비슷한 비난을 하려는 게 아님을 안다. 전혀 다른 것이다. 쿠르트가 지금까지 몰랐던 것, 아직 그 정도로 성숙하지 못한 것, 그의 신념을 떠받치는 기둥을 뒤흔드는 어떤 것이다.

파울의 목소리가 어둠을 지나 다시 뚜벅뚜벅 걸어온다.

"호기심도, 성적인 관심도, 다른 개인적인 관심도 아니야. 일부러 가장 평범한 말로 물어볼게. 너, 리자 베어발트를 이미 가졌니?"

쿠르트는 깜짝 놀란다. 예상 못 한 것이 어렴풋이 떠오른다. 파울이 말하는 건 자석처럼 끄는 힘이 있다. 그걸 자기 것으로 만들 수 있다면 황홀한 승리가 손짓하리라…… "천막에서 여왕들

> ✒ 고대 로마 아우렐리아누스 방벽의 성문. 1561년 미켈란젤로의 디자인에 따라 건축되기 시작해 그의 사후 1565년 완공되었다.

은 벌써 무릎을 꿇고 승리자를 기다린다네." 하이네의 시 〈청춘에게〉에 나오지 않는가?! 가장 놀라운 건 그가 그걸 전혀 나쁘거나 악하다고 생각하지 않는다는 사실이다.

"어느 경우든 그 질문에 아니라고 대답해야 한다는 걸 알아주세요. 내 말을 마음대로 해석해도 돼요."

"그러니까 아직 그녀를 가지지 않았구나", 파울이 침착하고 단호하게 말한다.

그 순간 쿠르트는 깨닫는다. 파울이 그의 평온과 우월함을 끌어오는 그곳, 그곳으로 그는 갈 수 없다. 아직은 아니다. 꼭 가야 한다면 어쩌면 나중에 갈 수 있다. 하지만 지금은 아니다.

쿠르트는 숨을 깊이 들이마신다. 공격을 격퇴하고, 고뇌 없는 행복을 물리친다.

마음속에 만족감이 강하게 밀려와 파울의 말이 들리지 않는다.

"그건 큰 잘못이야. 그래선 아무것도 얻을 수 없어. 그녀와 더 높이 가려는 건 아름답고 좋아, 진심으로 그녀가 그렇게 되길 바라지. 어쩌면 리자에게서 뭔가 끌어낼 수 있을지도 몰라. 하지만 사람은 소유한 걸 바꿀 수 있는 법이야. 소유도 하기 전에 밭을 경작할 순 없다고. 그런데 그녀를 사랑한 지 얼마나 됐지?"

그 질문을 또 듣는다.

"거의 1년입니다, 예심 판사님."

"그럼 어차피 돌아갈 수 없겠네."

"어디로요?" 쿠르트는 이해하지 못하고 묻는다. 파울이 왜 언짢은 듯 웅얼거리며 돌아눕는지, 왜 잘 자라고 인사하는지도 이해하지 못한다.

쿠르트는 아직 그만두고 싶지 않다. 승리감에 취해 빙긋 웃으며 바인베르크를 생각하고 당시 그 친구에게 거둔 것과 비슷한 승리를 거두었다고 믿는다.

"파울!"

"잠 좀 자자."

"물어보고 싶은 게 있어요. 혹시 리자가 당장 같이 자야 하는 부류의 여자애라고 믿는 거예요?"

"그건 누가 그러는지에 달렸지. 당장일 필요는 없어, 하지만 조만간 자야 해. 넌 절대 리자를 갖지 못할 거야."

"확신해요?" 쿠르트가 재밌다는 듯 묻는다.

"응. 게다가 이제 관심 없어."

쿠르트가 한참 대꾸를 안 하자 파울 바이스만이 갑자기 돌아누워 그의 머리에 손을 얹고 따뜻하게 말한다. 전혀 기대하지 않은 따뜻함이라서 가슴이 뭉클할 만큼 감동적이다. "친구여, 아마 놀라서 눈이 휘둥그레질걸. 눈이 휘둥그레질 거라고."

다음 날 아침, 흰옷을 입은 식당 여종업원이 엄청나게 큰 쟁반을 들고 식탁에 와서 "여기 여덟 분이시죠, 그렇죠?" 하고 묻자 오토 엥겔하르트가 대답한다. "아니요, 일곱 명입니다. 여자

분 하나가 오늘 방에서 아침을 먹을 거예요." 그리고 걱정하며 묻는 친구들에게 몸을 돌려 말한다. "별일 아니야. 근육이 상한 것뿐이야. 발목이 살짝 부어서 오늘 리자는 침대에 누워 있을 거야. 소란 떨 거 없어."

힐데 피셔가 일어나 안 나가겠다고 선언한다.

오토 엥겔하르트가 반대한다. 그건 리자를 위하는 게 아니다, 리자는 그런 걸 절대 원하지 않는다, 자기로 인해 하루를 망치는 사람이 없도록 신경 써달라고 부탁했다는 것이다. 만약 도와줄 사람이 필요하면 오토 자신이 남겠다고 한다.

내키진 않아도 힐데는 이해하고, 다른 사람들도 그쯤하고 출발한다. 뭔가 빠진 느낌이 드는 것은 사실이다. 살짝 의기소침한 분위기가 느껴진다. 하지만 활강이 시작되면서 분위기가 달라진다. 작은 마을과 얼추 비슷한 높이에 왔는데 오직 쿠르트만 안전 바인딩을 풀고 리조트로 돌아가고 싶은 마음이 굴뚝같다. 그는 돌아갈 구실을 마련하기 위해 일부러 나무에 부딪힐까 고민한다.

"제기랄, 조심해!" 바로 뒤에서 보비의 목소리가 들린다. 벌써 오른쪽 다리가 공중에 번쩍 들려서 다리를 벌리려 해도 소용이 없다. 쿠르트는 균형을 잃고 몸이 제어할 수 없이 앞으로 돌진하면서 뒤로 콰당 나동그라진다. 공중제비를 넘고 몇 미터 옆으로 몇 번 데굴데굴 구르고…… 고꾸라져 머리가 눈 속에 처박힌다. 차가운 스펀지가 입을 누르는 듯하더니 팔다리가 어디 있는지 아무 감각이 없다.

이윽고 쿠르트는 일어나(혼자서 일어난다. 일요 스키어나 넘어진 사람을 도와주기 때문이다) 당황해서 주위를 둘러본다. 저 아래 비탈이 끝나고 숲이 시작되는 지점에서 빌리 바겐슈미트가 옆으로 홱 방향을 틀어 멈춰서서 위쪽을 보고 뭐라고 소리치고, 다른 사람들은 조금 떨어진 곳에 서 있다. 그의 뒤 왼쪽에 스키 한 짝이 눈 속에서 삐죽 솟아 있는데 스키 코가 눈 속에 처박혀 있다. 오른쪽에는 마찬가지로 나동그라진 보비가 화를 내며 몸과 얼굴에서 눈을 털고 있다.

모든 인간의 언어와 마찬가지로 근본적으로 별나지 않은 스키어의 언어는 그렇게 넘어지는 것을 '눈앞에 별이 번득인다'고 한다.

쿠르트의 눈앞에 별이 번득였다, 그것도 엄청나게 큰 별이. 그 외에 팔다리는—기뻐해야 할지 창피해야 할지 모르지만—말짱했다.

힘겹게 안전 바인딩을 다시 채우고 기량을 시험하는 드넓은 꼬불꼬불한 산길을 달려 내려간다. 어떻게 넘어지게 되었는지 서서히 기억이 난다. 이제 어떻게 할지 도무지 알 수가 없다.

밑에서 빌리 바겐슈미트가 거친 욕설을 퍼부으며 그를 맞이한다. "너를 집으로 보내고 싶은 마음이 정말 굴뚝같다. 부끄러운 줄 알아. 저런 혹에서……" 그는 고개를 저으면서 가파른 급경사로 절대 "땀띠"나 작은 언덕이 아닌 비탈을 가리킨다.

쿠르트는 풀이 죽어서 할 말이 없다.

"불쌍한 애한테 그렇게 소리 지르지 말아요! 다쳤을 수도 있어요." 힐데 피셔가 중재를 한다.

"뭐? 다쳤어?" 빌리가 짜증을 내면서도 걱정하며 묻는다.

기회다, 조심해, 쿠르트는 생각한다.

"다쳤냐고요? 아니요. 적어도 아직은 아무 느낌이 없어요."

빌리는 그를 지그시 바라보더니 다정하게 말한다.

"기분 상하게 하고 싶진 않은데, 나중보다는 지금 돌아가는 게 좋을 것 같다. 너도 알 거야."

빌리가 지도를 보며 길을 가르쳐주는 동안 쿠르트는 후회막심한 척한다. 막상 눈에 띄지 않게 떠날 수 있게 되자 묘하게 마음이 흔들린다. 이 일을 우연과 섭리로 생각할 수 있을 것이다. 다른 사람들이 벌써 조심해서 돌아가라고 인사하며 헤어져서 그도 출발하고 돌아가는 길에 신경을 써야 하는데……

감정의 진정한 움직임은 화산 폭발하듯 일어나며 대부분 이해할 수 없다. 쿠르트는 자신이 왜 갑자기 몸을 돌려 열에 들뜬 듯 빠르게 일행을 뒤따라갔는지 절대 설명할 수 없었다. 그들의 모습이 앞에 보이자 울음이 나올 만큼 기뻤다.

어쩌면 진짜 울었을 수도 있다. 하지만 사실을 알았더라면 기뻐서 울지는 않았으리라. 그 시각 리자는 따뜻하게 데워진 방의 커다란 벽 거울 앞에 서서 떨리는 손가락으로 엉덩이를 쓰다듬고 있었다. 밀물처럼 밀려든 생각은 처음이자 마지막으로 쿠르트 게르버의 몸속으로 흘러 들어갔다……

그러다 리자 베어발트는 설핏 잠이 들었다. 잠이 깨자 그녀는 무책임하고 경박하다고 자신을 나무랐다. 결심은 더 확고했으며, 쿠르트 게르버에 대한 사랑은 더 부드럽고 그 어느 때보다 더 정화된 느낌이었다.

하지만 그 모든 일을 쿠르트 게르버는 전혀 몰랐다. 설사 알 가능성이 있다고 해도 아마 특별한 사정이 가로막았을 것이다.

"리자가 와달라고 하더라", 저녁 식사 후 오토 엥겔하르트가 말한다.

쿠르트는 살짝 놀라면서 살짝 기쁘다. 어쨌든 그는 서두르지 않고 일어나 묻는다. "몸은 좀 어떻대요?"

"아주 좋아. 내일이면 다시 말짱해질 거야."

계단에서 쿠르트는 만약 리자가 종업원을 통해 말을 전했으면 얼마나 달랐을지 생각한다. 말을 전하는 리자의 스스럼없는 태도가 상처가 될 만큼 태평하다는 생각이 든다.

리자는 침대에 누워 있는데 화려한 그릇에만 담아 내놓는 귀한 과일처럼 머리가 높이 쌓은 베개 위에 놓여 있다. 그녀는 하얀 비단 잠옷을 입고 있는데 이불도 새하얗다. 이불 밑에 있는 몸에 대한 일체의 생각을 먼지처럼 흩날려버리는 섬세하고 서늘한 순결함 그 자체다.

"드디어 납시었네, 높으신 나리! 꼭 사람을 시켜 오라고 해야지. 스스로는 절대 나를 보러 가겠다는 생각을 못하시지!"

그녀가 장난스럽게 말하며 손을 내미는데도 쿠르트는 마땅한 비난으로 진지하게 받아들인다. 아니다, 은밀한 외교적인 행동은 진짜 할 수 없었다. 그는 당황해서 말한다.

"사정이 있었어. 내려오다 눈앞에 별이 번득이는 사고가 났거든. 지금도 팔다리에 영향이 조금 있어."

"세상에!" 리자는 깜짝 놀란다.

"아니, 별일 아니야. 아픈 발목은 좀 어때?"

"여기." 리자는 이불 밑에서 발을 꺼낸다.

일부러? 아니면 또 태평함 때문에? 그는 몸을 숙여 의사처럼 발목을 자세히 살펴본다. 점점 더 가까이 다가간다. 리자가 발등을 뻗으며 다리가 일직선이 되고…… 쿠르트의 입술이 날씬한 발목 위로 미끄러진다.

"너!" 그녀가 웃으며 발을 이불 속에 도로 집어넣는다.

그녀가 여전히 웃고, 입술이 그렇게 붉고, 이가 그렇게 하얘서……

드디어 입술이 닫히고 그녀가 단호하게 고개를 돌리자 쿠르트는 무안해서 즉시 그녀에게서 떨어진다.

"그러지 마! 누가 올지도 몰라." 그녀가 부탁하듯 말한다. 오토가 아니라 '누가'라고 해서 쿠르트는 마음이 조금 누그러진다.

쿠르트는 말없이 침대 모서리에 앉아 있다.

갑자기 손 위에 리자의 손이 부드럽게 놓인다. 그는 눈을 든다.

"내가 나빠, 리자."

그녀는 그의 손을 더 세게 누른다. "그렇지 않아."

"하지만 내 탓이 아니야. 타고난 끔찍한 충동 탓이야. 젊은 두 사람이 방에 단둘이 있으니까, 무슨 말인지 알겠어? 네가 비웃을까 걱정이다."

그는 갑자기 몸을 숙여 그녀의 얼굴을 응시하며 두려운 듯 속삭여 묻는다.

"날 비웃을 때가 많잖아, 리자?"

리자는 조용히 누워 있다. 그러다 그를 부드럽게 살짝 밀어내고 빤히 쳐다본다.

"왜 그렇게 생각해?"

"아니야, 리자? 날 절대 비웃지 않을 거지, 절대로?"

"가. 넌 멍청이야."

그게 전부다. 그들은 수다를 떤다……

진정한 순수함처럼 믿기 힘든 것도 없다. 따라서 우리는 지금—벌써 밤 10시다—그들의 대화가 아무리 유쾌하고 내용이 없다고 해도 이때 그들을 만나지 않도록 조심해야 한다.

"그만 가야겠다."

쿠르트는 그녀의 한 손을 잡고 다른 손을 마저 잡아 뜨거운 얼굴을 서늘한 손등에 누르고는 그녀의 손을 뒤집어 마치 포근한 베개인 듯 부드러운 살에 뺨을 묻는다.

그때 리자가 일생의 위대한 말을 하는 일이 벌어진다. 처음으로 어색한 외국어 단어를 연결해 빈약하나 이해 넘치는, 미지의 세계를 여는 문장을 만든 어린아이처럼 그녀가 머뭇거리며 나직이 말한다.

"나도 널 많이 사랑해."

쿠르트가 마을의 조용한 골목길을 산책하고 숙소에 돌아오니 벌써 자정이 넘었다.

그의 방은 2층에 있다. 삐걱거리는 나무 계단을 천천히 올라 어둑어둑한 복도에 들어서는데 오토 엥겔하르트가 갑자기 출입구에서 나타나 기둥에 기대 먼 곳을 보는 것 같으면서도 유심히 그를 쳐다본다. 기분이 조금 으스스하다. 쿠르트는 걸음을 멈춘다.

"리자와 같이 있었니?" 오토 엥겔하르트가 여전히 쿠르트의 얼굴을 똑바로 바라보지 않으면서 묻는다.

"예, 그녀한테 가보라고 했잖아요." 쿠르트는 솔직하게 대답했다.

오토는 골똘히 생각하듯 천천히 고개를 끄덕인다. 그리고 얼굴을 쿠르트 쪽으로 돌리더니 홱 몸을 돌려 문을 쾅 닫고 들어간다.

쿠르트는 고개를 저으며 바라보고 그냥 가려고 한다. 하지만 오토의 눈에 어린 뭔가가 발목을 잡는다. 지금 기분이 좋고 너그러워진 쿠르트는 어찌나 딱딱한지 자기 모서리에 다칠 듯한 이 어두운 사람에게 뭔가 해줄 수 있을 것 같다.

쿠르트는 조심스레 문을 연다.

오토 엥겔하르트는 그를 등지고 침대 위에 비스듬히 엎드려 있는데 머리와 팔이 반대편 쪽으로 축 늘어져 있다. 갑자기 그가 한참 부르르 몸을 떤다.

쿠르트는 충격을 받아 가만히 서 있다. 꼼짝하지 않는 이 남자는 결국 우는 걸까?

그는 조심스레 침대로 다가가 허리를 숙여 오토의 어깨를 가만히 만진다.

오토 엥겔하르트가 몸을 일으켜 유령인 듯 그를 응시한다.

"나한테 뭘 원해?"

쿠르트는 그의 옆 침대에 앉는다.

"오토."

지금까지 그렇게 부르는 걸 피했기에 지금 그러는 것이 혼란스럽다. 쿠르트는 자신 없이 서둘러 말하기 시작한다. "어린애처럼 굴지 말아요. 내가 리자를 보러 갔다고 당신이 기분 나빠하면 내가 괴로울 거라는 생각을 갑자기 왜 하는데요? 날 잘 알잖아요, 내가 누군지도 알고." 우습다고, 쿠르트는 더 서두르며 계속 말한다. 그렇다, 인정한다. 사실 그는 리자에게 관심이 없지 않다. 한 번도 그걸 숨긴 적이 없다. 오히려 누구 앞에서나 당당하다고. 그렇기에—이제 쿠르트는 오토의 입을 열게 하려고 자기가 무슨 말을 해야 하는지 알지 못한다—"정말 나 때문에 질투할 필요는 없어요, 오토!"

쿠르트는 마음이 괴로워 일어나 몇 번 왔다 갔다 하다가 여전히 바닥을 응시하고 있는 오토 앞에 선다.

"질투? 정말 그녀에게 질투를 느낄 수 있으면 좋겠다." 오토 엥겔하르트가 낯설게 웃으며 말하고 숨을 깊이 들이쉰다.

쿠르트는 놀라서 쳐다본다.

"그래, 그래, 그런 거야. 놀랄 거 없어. 하지만 내 탓은 아니야. 질투라고? 그녀는 다른 남자를 사랑하지 않아. 어떤 사람도 사랑하지 않지. 나도 사랑하지 않고. 너도 마찬가지야. 아무도 사랑하지 않는다고. 나는 가진 걸 모두 그녀에게 주었어. 누가 와서 더 많은 것을 주겠지. 하지만 그녀는 그걸 받지 않아. 질투라……"

오토는 띄엄띄엄 말했다. 단순한 말이지만 의미가 명확하지 않다. 쿠르트는 그가 무엇 때문에 속이 상한지 짐작이 가서 위로하고 싶다. 그때 오토 엥겔하르트가 잠긴 목소리로 웃음을 터뜨리고 말한다.

"그만 가!"

쿠르트가 손을 내밀자 오토의 눈과 목소리에 따뜻함이 어린다.

"네가 존경스럽다. 네가 자랑하는 것을 존경하는 게 아니야. 똑똑한 거? 재능? 다 개똥이야. 하지만 어쩌면 너는 한 인간인 것 같다. 어쨌든 대단한 거지. 쿠르트 게르버라는 한 인간. 어쨌든."

오토 엥겔하르트는 침묵하고, 쿠르트는 내민 손을 거두는 걸 잊고 서 있다. 모든 게 다 어수선하고 혼란스럽다. 뻔하고 평범한 진리야, 쿠르트는 생각한다. 그래도 마치 자신이 발견한 것처럼 그렇게 자신 있게 힘주어 말하는 오토에게 거의 경외심이 인다.

쿠르트는 내민 손을 내린다. 오토는 눈치채지 못하고 무슨 말을 더 하려는 듯 고개를 끄덕이더니 갑자기 정신을 차리고 "잘 자!" 하면서 쿠르트를 문밖으로 밀어낸다.

오토 엥겔하르트가 리자를 두고 한 말은 쿠르트에게 그 어떤 것보다 중요하다. 쿠르트는 오토의 말을 믿고 싶지 않다. 그가 리자를 더 잘 안다. 만약 오토가 네 시간 전에 그렇게 말했다면 믿었을지도 모른다. 하지만 "나도 널 많이 사랑해" 한 지금…… 리자는 "나도"라고 했는데 그전에 그는 그녀를 사랑한다고 말한 적이 없었다. 그러니까 그 말은 대답이 아니었다. 아니다, 그녀는 쿠르트가 그녀를 사랑으로 감싸 안는 걸 이해하고 인정하고 확인해준 것이다. 오, 그는 리자가 사람들이 보는 것과 다르다는 걸 안다. 사실 오토가 그의 말을 가로막아서 기쁘다. 더 말했더라면 그를 얼마나 더 불행하게 만들었을까? 불쌍한 오토, 리자와 그렇게 많이 잤으면서도 아직 그녀를 소유하지 못했구나, 그녀의 아무것도 소유하지 못했어…… 그는 오토보다 얼마나 더 부자인가, 이제 겨우 키스를 했을 뿐인데……

파울은 아직 자지 않고 침대에 누워 책을 읽고 있다. 쿠르트가 들어오자 못마땅한 듯 웅얼거리고 늦게 들어온 이유를 묻는다.

쿠르트는 맞은편에 앉아 그를 빤히 쳐다본다.

"나는 아주 행복해."

파울도 마주 쳐다보며 같은 어조로 말한다. "너는 아주 멍청해."

"같은 말이네요!" 비슷한 말을 기대했던 쿠르트는 웃음을 터뜨린다. 파울이 안다면……

방이 어두워지자 쿠르트는 기분이 들떠서 묻는다.

"파울 바이스만, 어제 내가 사랑하는 리자 베어발트를 절대 못 가질 거라고 대담하나 위험한 주장을 했잖아요?"

"했지."

"나는 당신이 틀렸다고 보증할 수 있어요."

"틀리지 않았어."

"내기할래요?"

"아니. 네가 말한 리자 베어발트와 같은 여자애랑 우연히 자는 건 전적으로 있을 수 있는 일이니까. 잘 자."

만약 그렇게 제정신이 아닐 만큼 행복하지 않았더라면, 어쩌면 쿠르트는 파울의 마지막 말에 대해 생각을 좀 했을 수 있다. 하지만 그는 제정신이 아닐 만큼 행복해서 처음으로 온전히 리

6. 쿠르트 게르버라는 한 인간

자를 위해 일어날 아침을 기다리며 잠들었다.

그러나 그가 형용할 수 없는 기쁨을 다 맛보기도 전에 객실을 담당하는 여자아이가 당장 다음 기차로 집으로 오라는 편지를 가지고 왔다.

7
쿠르트 게르버, 출석번호 7번

기차에서 쿠르트는 아버지의 짧은 편지를 읽고 또 읽었다.

사랑하는 쿠르트, 우연히 너희 학교 교수님 한 분과 말할 기회가 있었다. 그 상담으로 아버지는 네가 꼭 다음 기차로 집에 와야 한다고 생각하게 되었다. 나머지는 집에 오면 다 설명해 주마. 일찍 중단해도 휴가가 만족스러웠기를 바라며 인사와 키스를 보낸다.

아버지가

그러므로 나머지는 나중에 아버지가 설명할 테니까 그 문제로 벌써 골머리를 썩일 필요는 없었다. 쿠르트는 되도록 오래학교와 거리를 두고 싶었다. 마치 따뜻한 가을이 속절없이 지나갔는데도 무거운 외투를 입지 않고 버티는 것처럼 슬금슬금 다가오는 학교에 저항했다. 오만상을 찌푸린 가망 없는 절망에 대한 저항이었다. 쿠르트는 지난 며칠 비스듬히 창백해지는 햇살의 초점을 바라보려고 애썼다. 아니다, 아직은 모든 것이 따뜻하고 좋았다. 리자가 드디어 그를 인정했다. 다시 생각하니 그녀의 감정이 거의 수줍고 겸손해 보인다. 또 파울 바이스만은 그와 대화를 했다. 더 의미 있는 건 그가 쿠르트가 이해한다는 것을 전제로 대화했다는 사실이다. 오토 엥겔하르트는 그보다 나이가 더 많으면서도 어지러운 마음을 바닥까지 내보일 때 꼭 더 어린애 같지 않았던가?

모든 것이 아름답고, 다르고, 미래를 약속하는 듯했다. 그 모든 것을 강렬하게 다시 사느라 쿠르트는 객실에 자기 혼자 남아 있음을 기차가 종착역에 도착해서야 알았다.

임대 아파트와 더러운 거리의 친절하지 않은 인파 앞에서, 다른 그 세계는 두 배로 역겨운 공기 속으로 사라져버렸다. 쿠르트는 몰락한 남작의 체념하는 위엄을 보이며 택시 운전사에게 요금을 치렀다. 그리고 아버지가 방으로 부르자 지난 몇 개월 학교에서 시험을 보며 습득한 냉담한 기대를 품고 마주 앉았다. 어쨌든 피할 수 없는 굴욕이 언제 어떤 형태로 닥칠지 관심은 있었다.

이번에 굴욕은 때맞춰 엄청난 무게로 닥쳐왔다. 아버지는 마투슈 교수와 이야기했다고 했다. 교수는 학교에서 쿠르트가 매우 비관적인 처지라고 판단하고 되도록 빨리 가정교사를 구하는 것이 아직 도움이 될 수 있다고 했다. 그것도 쿠르트가 앞으로 정말 열심히 지금까지 소홀히 한 걸 만회하려고 노력해야 가능하다고 했다는 것이다. 아버지가 결론을 내렸다. "마투슈는 분명 널 나쁘게 보지 않는다. 나한테 개인적으로 그렇게 이야기할 때는 분명 이유가 있을 거야. 그때 널 다른 학교에 보내려고 했을 때 큰소리를 땅땅 치더니 다 허풍이었구나." 아버지의 목소리가 부드러워졌다. "야단치려는 게 아니다. 또 이 일이 네게 썩 유쾌하지 않다는 것도 안다. 하지만 다른 길이 없구나. 여기 루프레히트 교수님 주소다. 내일 아침 10시에 찾아가. 교수님이 당장 시작해 개학 때까지 그동안 배운 내용을 복습하자고 하셨다." 아버지가 침묵했다. 마치 최선의 의도로 내린 판결을 유감스러워하는 판사처럼. 그리고 덧붙였다.

"자, 다 좋아질 거야. 네가 열심히 노력만 한다면! 열심히 하면 내가 기쁜 마음으로 보상을 해주마. 졸업시험에 합격하면 다음 날 너는 파리행 기차를 탄다."

"예", 쿠르트는 대답하고 일어나 낙담해 방을 나왔다.

다음 날, 그는 다음과 같은 편지를 썼다.

사랑하는 아버지, 다른 방법을 모르고, 또 논쟁을 벌여 아버지 화를 돋우고 싶지 않아서 이런 방식으로 말씀드립니다. 오늘 저를 찾으려고 하셔도 다 소용없을 거예요. 저는 루프레히트 교수님을 찾아가지 않을 겁니다. 공연한 걱정 하지 마시라고 말씀드리는데 강물에 몸을 던진다든가 하는 방식으로 죽지는 않을 거예요. 어쩌면 죽음으로써 이 일의 틀 안에서 적절하고 바람직한 결과가 없지 않아 있을지도 모르겠어요. 하지만 학교에 대한 제 견해가 잘못되었다고 저 스스로 증명하고 싶지 않아요. 저는 학교 때문에 인생을 포기한다면 학교의 영광을 너무 높이는 거라고 생각해요. 다행히 학교와 아무 관계가 없는 이 실제 인생(다른 게 아니에요!)에 대한 희망 때문에 저는 가정교사 없이, 모든 쿠퍼에도 불구하고, 남은 몇 개월을 잘 이용해 좋은 결말을 내고 졸업시험에 합격할 겁니다. 아직 다 끝난 것이 아니고, 고등학교 공부라는 멍청한 익살극이 제가 정말 졸업시험 불합격 판정을 받는 지점으로 잘못 들어설 리는 없습니다. 지난 학생 문예 축제 때 교장 선생님이 하신 말씀만 기억해주세요. 제 낭독을 듣고 교장 선생님은 걱정하시는 아버지께 이렇게 말씀하셨지요. "제발 그만하세요! 진심으로 그렇게 생각하시는 건 아니지요? 아드님이 아니면 대체 누가 졸업시험에 합격하겠어요?"

'보충 수업'을 포기하려는 제 결심을 허락할 수 없으시면 제가 밤 11시에 집에 올 텐데 대문을 잠그셔도 돼요. 앞으로 도장 찍힌 증명서 없이 제 성숙함을 증명하려고 노력할게요.

어쨌든 제 행보를 어리석은 젊은이의 성급하고 건방진 행동으로 보시거나, 아버지가 그렇게 자주 나무라시는 상상력의 과도한 분출로 생각하지 말아주세요. 오래 고민하고 내린 결론이에요. 제가 아버지께 고통을 드리고, 아버지가 친척과 지인들에게 저를 자랑하실 수 없고, 제가 '잘못된 아들', '가문의 돌연변이'로 여겨지는 일이, 그 모든 일이 일어나면, 저는 가문에서 나가겠습니다. 학교 시험 불합격이 치명적인 치욕으로 여겨지는 곳에서 저는 아버지께 또 저 자신에게 실패를 안겨드리고 싶지 않아요.

쿠르트 올림

11시에 쿠르트는 떨리지 않는 차분한 손으로 열쇠 구멍에 열쇠를 꽂았다. 대문은 잠겨 있지 않았으나 앞에 사슬이 걸려 있었다. 작은 틈으로 현관이 들여다보였다. 현관에는 불이 켜져 있었다.

발소리가 들리고 사슬이 젖혀졌다. 검고 긴 실내복을 걸친 아버지가 서 있었다. 아버지는 쿠르트가 지나가게 하고 대문을 닫더니 말없이 방으로 들어갔다. 편지가 효과를 못 냈구나, 쿠르트는 직감한다. 화려하게 무대에 올린 모든 것이 밋밋하고 빈약하게 평범한 사건이 돼버렸구나. 모든 것이 항상 보이는 만큼 나쁘지 않지만 그래서 사실은 두 배로 더 나쁘다고 느낀다.

그런데 침대 옆 탁자에 쪽지가 하나 놓여 있다.

네 굳은 결심을 보니 기쁘구나. 나는 너의 선한 의지를 믿는다. 낙관주의를 펼치는 네가 옳기를 바란다. 하지만 말해주고

싶은 게 하나 있구나. 인생이 학교와 아무 관계가 없다고 믿는
다면 그건 잘못이다.

이제 점점 나아진다. 쿠르트 자신도 설명할 수 없지만 점점
나아진다.

보르헤르트가 처음으로 그 점을 공개적으로 지적했다.

"드디어 이성을 찾은 것 같군요, 게르버! 시기적으로도 아
주 좋았어요."

이어서 후사크가 말했다.

"그거 봐요, 삐약이! 바로 그렇게 할 수 있었을 텐데. 매우
우수, 착석." 후사크는 그런 칭찬을 쿠르트가 어떻게 생각하는지
짐작한 듯 덧붙였다. "앞으로 다섯 달이에요, 그럼……!" 그 말
은 위로의 말처럼 들렸다.

리들 시간에도 쿠르트는 한 시험에서 좋은 성적을 받았고,
마투슈와 프로햐스카, 젤리히는 항상 그에게 만족했으며, 쿠퍼
는 마지막 줄에 게르버라는 학생이 있다는 사실을 까맣게 잊은
듯 보였다. 쿠퍼는 쿠르트가 지금 관심을 받고 싶어 한다는 걸 짐
작했거나 알았을까? 쿠르트가 항상 수업 준비를 잘하는 것은?
쿠퍼한테는 시시콜콜 다 일러바치는 첩자가 있을지 모르는데,
우등생 알트슐과 노바크가 불합격 후보자 게르버를 받아주고
그 유명한 성실한 예습을 함께 하는 걸 혹시 알았을까?

초대받지 않았는데 알트슐의 집을 찾아가는 건 쉽지 않은

결정이었다. 어느 날 쿠르트는 우연히 알트슐과 노바크가 약속하는 걸 들었다. "그러니까 오늘 좀 일찍 우리 집에 와, 노바크. 3시에 와서 바로 역사와 지리 공부하자." 그때 계획이 섰다. 3시 좀 넘어 알트슐 집의 초인종을 누르자 두 사람이 뜨악한 표정으로 맞이했지만 못 본 척했다. 하지만 그들이 계속 소심하게 딴청을 피우자 쿠르트는 더는 못 참고 바로 간단히 말했다.

"너희를 더 방해하지 않을게. 혹시 나와 함께 공부할 생각 있는지 분명히 말해줘. 지금 나는 무엇보다 쿠퍼 신이 문제야. 쿠퍼 신 과목에서 너희는 나보다 훨씬 더 잘하잖아, 아마 대부분의 다른 아이들보다도 더 잘할걸." (여기서 쿠르트는 잠시 말을 멈추었다. 이러는 자신이 비참하고 부끄러우면서도 스스로 수학 천재라고 생각하며 우쭐해서 거절하려는 두 사람을 여전히 경멸할 수 있었다.) "너희가 마음먹고 도와주면 나는 어려운 고비를 넘을 수 있을 거야. 걱정하는 거 잘 알아. 그 걱정이 터무니없지 않다는 것도 인정하고. 약속할게, 함께 공부할 때 실없는 농담이나 부추기는 연설, 기타 다른 어떤 짓으로도 방해하지 않을게. 내가 학교에서 어떤 처지인지 알잖아. 따라서 내 말이 진심이며, 왜 하필 너희에게 이 말을 하는지도 분명해."

알트슐이 크게 손짓하며 안락의자를 가리켰다. "앉아. 담배 피울래? 여기. 우리는 내일 제출할 기하학 숙제부터 시작할 거야. 밑면 ABCD가 두 번째 투영면에 놓인 평행사변형인 각기둥의 옆변은⋯⋯"

쿠르트가 날마다 두 우등생과 함께 공부한 지도 벌써 2주일이 되었다.

　　쿠퍼가 중간고사를 실시하기 시작했다. 어느 날 그가 작고 까만 수첩을 앞에 놓고 천천히 넘기고, 교실은 쥐 죽은 듯 조용하고, 아이들은 숨을 죽이고 앞 사람의 등 뒤에서 고개를 숙이고, 쿠퍼의 눈길이 바로 자기 이름에 머문다고 믿는 순간 심장이 딱 멈추는 것 같고, 마비시킬 듯한 그 기대는 끝날 기미가 안 보이고, 아직도 여전히, 아직도 여전히 안 보이고, '쿠퍼가 미흡을 줄 거야, 하지만 가슴을 짓누르는 이 바윗덩이를 치울 수만 있다면 세상 모든 걸 다 포기할 수 있어', 그런 마음이 들고, 쿠퍼는 100시간 전과 똑같이 행동할 때, 쿠르트 게르버가 불쑥 손을 번쩍 들었다. 그 순간 그의 이름이 호명되면서 그는 오늘 시험을 잘 보리라고 확신하며 교단 앞으로 나갔다.

　　쿠퍼는 보일 듯 말 듯 어렴풋이 놀라면서 쿠르트의 옳은 대답을 받아들였다. 그리고 아무 논평 없이 다음 사람을 칠판 앞으로 부르면서 테스트를 끝냈다. 다음 사람은 메르텐스였다. 그는 미흡을 받았고, 그런 사람은 메르텐스 하나가 아니었다. 그래서 쿠르트의 성적은 더욱 돋보였다.

　　수업이 끝나자 쿠르트는 습관적으로 앞자리에 앉은 알트슐과 노바크에게 갔다. 그들은 과도하게 격정적으로 축하해주었고, 쇤탈은 슬쩍 비웃으며 저 녀석이 어떻게 갑자기 저런 걸 다 아느냐고 물었으며, 숄츠는 "아핀 변환 문제는 누구도 더 잘할 수 없었을걸" 하고 인정하며 중얼거렸다. 하지만 쿠르트는 그런 말을 흘려들으며 어떤 기억을 떠올리려고 애썼다. 경고하듯 비쩍 마른 손가락을 그를 향해 뻗은 그 기억은 무엇이었던가. 한없이 오래전 어느 날 밤, 무시무시한 그날 밤, 그는 그 광경을 이미 보고 들은 적이 있었다. 그 모든 것을…… 숄츠가 언제 그렇게 그의 어깨를 툭툭 쳤을까…… 드디어 생각났다. 새 학년 초 어느 날 밤, 학교에 남는 문제를 두고 아버지와 싸우고…… 당시 이미 가슴을 짓누르던 미래를 생각하며 잠이 들었다…… 이제 그것이 현실이 된 것이다……

쿠르트는 어깨를 추켜올리고 창백한 얼굴로 마지막 줄 자기 자리로 슬그머니 돌아온다. 그들이, 오늘 미흡을 받은 메르텐스, 렝스펠트, 레비, 차셰, 그들이 슬픈 눈길로 입을 괴롭게 일그러뜨리고 그를 빤히 쳐다보지 않는가? 나직하게 천천히 집요하게 "배반자"라고 하지 않는가?

바인베르크는 다시 악수를 청한다.

"쿠르트! 대체 어떻게 된 거야? 어쨌든 드디어 한 번 해낸 걸 기뻐하라고! 쿠르트!"

쿠르트는 움찔하고 당황해서 말을 더듬는다.

"그래…… 그래…… 네 말이 맞아…… 아주 기쁘지…… 그래."

"또 미치기도 했고! 화장실에 가서 담배나 한 대 피우자." 바인베르크가 말한다.

그래도 대답을 잘하고, 교수가 어려운 문제를 내고는 탐색

하는 눈길로 "자―누가 알까―벤다―쇤탈―브로데츠키―숄
츠―게르버―아무도 없어요? 그래요, 게르버?" 할 때면 쿠르
트 게르버는 기분 좋은 만족감이 밀려오는 것을 발견하고 깜짝
놀랄 때가 많았다. 그들과 동시에 호명되다니, 얼마나 놀라운가.
더욱 놀라운 건 그가 그걸 기뻐한다는 사실이다! 이 딜레마에서
벗어날 길은 없을까?

그는 반에서 그 길을 찾으려고 했지만 찾을 수 없었다. 오히
려 싸움과 승리와 실패를 같이 한 동지들인 열등생들이 자신에
게 거리를 두는 걸 알게 되었다. 거의 사회적 신분 이동이었다.
쿠르트는 지금까지 충실하게 의리를 지켰던 성적 프롤레타리아
들이 어쩌면 유일하게 완벽한 타협을 발견한 그의 갑작스러운
방향 전환을 치욕으로 여긴다는 사실을 가슴 아프게 절감했다.
그랬다. 쿠퍼 시간에 시험을 잘 본 후 느꼈던 압박감은 착각이 아
니었다. 그는 배반자였다.

만약 할 수만 있었다면 (어쩌면 레비를 제외하고) 그들 모두
무조건 주저 없이 똑같은 배반자가 되었을 테지만 이제 쿠르트
를 싫어하는 그들도, 그들의 혐오를 당연하게 여기는 쿠르트도
그 생각은 하지 않았다.

우등생들과 어울리는 것도 순조롭지 않았다. 쿠르트는 그
들과 친하게 지내면서 기분을 바꿔보려고 했으나 그들은 그를
차갑게 대했다. 어쩌면 그들은 그를 완전히 믿지 않고 그가 단지
이익을 보려고 정선된 그들 그룹에 몰래 들어왔다고 믿었을 수

있었다. 혹은 그의 능력이 너무 보잘것없고, 그의 명성이 너무 새롭고 확고하지 않다고 여겼을 수도 있었다. 양쪽 모두에게 그는 그냥 벼락출세한 사람일 뿐이었다. 쿠르트는 종종 절망적으로 버림받은, 마치 나병 환자처럼 모두가 슬슬 피하는 사람이 된 듯한 기분이 들었다.

그가 다른 아이들이 그저 잠시 충격을 받았을 뿐인 한 사건에 엄청난 충격을 받은 것도 그 때문이었다. 어느 날 벤다가 결석을 했는데 한 번도 아픈 적이 없었던 아이여서 금방 눈에 띄었다. 다음 날에도 그가 결석하자 몇 명이 벤다가 심한 독감에 걸렸다고 수군거렸다. 사흘째 되는 날 첫 시간에 젤리히 교수가 8학년 생들에게 그들의 동무 요제프 벤다가 어제 갑자기 죽었다고 전했다. "뛰어난 친구였는데!" 반 전체가 일어서 있는데 젤리히 교수가 중얼거렸다. 그리고 누가 벤다와 친하게 지냈냐고 물었다.

아무도 손을 들지 않았다. 모두 벤다에게 호감을 느꼈지만 벤다는 8학년생들에게 낯선 존재였으며, 그의 죽음은 아무에게도 허전함을 남기지 않았다. 쿠르트 역시 마찬가지였다. 그는 벤다를 높이 평가했으며, 그를 가치 있는 한 사람으로서 애도했다. 하지만 가슴 저미는 아픔은 없었다. 오히려 불쑥 이런 생각이 들었다. 만약 내일 내가 죽는다면 이들 가운데 누가 손을 들고 일어나 나와 친하다고 할까? 내가 이들과 함께 있고 우리 모두의 공동 운명에 관심이 있다고, 지난 7년 동안 관심을 가졌다고, 이들이 짐작하는 것보다 더 내밀한 관심을 가졌다고 오늘 이들 가운데 대체 누가 일어나 나와 친하다고 할까? 그들에게 나는 출석부 알파벳 상의 한 사람 이상 무엇일까? 쿠르트 게르버, 출석번호 7번. 그 이상의 의미를 둘 여지는 없다. 교수진이 다시 한 학생 집단을 통치하려고 한다. 아라비아 숫자 1부터 32가 로마 숫자 VIII(8)을 구성한다. 벤다 요제프, 출석번호 2번. 시선이 내면을 향했던 강하고 조용한 요제프 벤다, 우리는 그를 모르고, 그와 '가깝게 지낸 친구'는 아무도 없다.

그날 쿠르트 게르버가 심란한 표정으로 다니자 모두 놀란다. 왜? 벤다와 우정이 있었다면 손을 들 수 있지 않았을까? 따라서 그건 아니었다. 쇤탈은 벤다가 다음 수학 필기시험 때 두 문제를 보여주기로 약속했는데 그 약속이 물거품이 돼 쿠르트가 슬퍼한다고 짐작했는데 어쩌면 정곡을 찌른 것일 수도 있었다. 아름다운 소리는 아니었고, 또 쿠르트 게르버가 그럴 리도 없었다. 하지만, 맙소사, 학교는 그런 곳이다.

사방이 얼음같이 차고 무정한 냉정함뿐이었다…… 계속 그럴 수는 없었다. 리자가 포함된 그 계획을 세웠을 때 벌써 쿠르트는 조용한 용감함과 희생, 선한 의도와 궁극적인 행복으로 발효시킨 뻔한 교과서적 도덕이 살짝 들어갔음을 알았다. 구린내 나는 짓이었다.

"리자, 네가 필요해. 꼭 만나야겠어, 당장."

편지에는 꼭 필요한 말만 써야 한다.

하지만 답장이 오기까지 며칠이 흘렀고, 그녀를 만나기까지 또 며칠이 흘렀다. 며칠―긴 시간일까?―짧은 시간일까?― 누가 알겠는가―이리저리 종잡을 수 없이 곤두박질치다가― 하늘을 나는 꿈속에서처럼―어딘가에서 불쑥 떠오른다―모 든 것이 생각한 것과 다르다―혹은 완전히 똑같다―누가 알겠 는가.

쿠르트는 리자를 카페로 초대했고, 지금 그들은 카페 앞에 서서 무슨 말을 해야 할지 몰랐다. 리자는 또다시 처음 거기 나 온 듯 행동했으며, 모든 일이 익숙한 순서로 흘러갔다. 인사하자 마자 그녀는 친척이 기다리고 있다, 30분 후에는 가야 한다고 했 다. 그렇게 계속 흘러갔다. 아무 내용 없는 수다, 지난 추억에 대 해서는 한마디도 없었다. 쿠르트가 왜 그녀를 불러냈는지, 그녀 는 왜 이제야 나왔는지에 대해서는 한마디도 묻지 않았다.

실망이 얼마나 완벽하고 가혹한지 전에 품은 모든 희망이 어처구니없게 보인다. 놀라운 것은 '어떻게 이렇게 될 수 있었을 까?'가 아니라, '어떻게 나는 달라지리라고 믿을 수 있었을까?' 이다.

오, 리자, 리자. 영원히 죽지 않는 하루살이여.

"이렇게 만났네."

"그래. 응. 당연하지."

"그럼……!" 그녀가 손을 내민다.

"눈이 오네", 쿠르트가 당황해서 말한다.

"잘 가!" 그녀는 아직 거기 있다.

"잘 가. 그런데 언제 또 만날까, 리자?"

"그래, 언제. 기다려봐…… 우리는 다음 주 일요일에 파울 바이스만의 아틀리에에서 만날 거야. 너도 올래?"

"좋아, 하지만……"

"좋아, 그럼 네가 파울에게 전화해, 알겠지? 그럼 저 위 파울의 아틀리에에서 만나는 거야. 아듀, 쿠르트."

그녀의 손이 벌써 떠나고 이어서 그녀 자신도 떠나고 쿠르트는 입을 벌린 채 여전히 서 있다.

눈이 내린다.

이러는 편이 더 낫다. 그녀가 대체 어떤 '도움'을 주길 바랐던가. 그녀가 갑자기 학교에 다시 바짝 관심을 보이길 바란 건 아니다. 계속 학교 일을 묻기를 바란 건 아니다. 그런 일은 없어도 된다. 지난 수학 시험 결과는 어땠어? 프랑스어 필기시험 성적은 어땠고? 끔찍하다.

아니, 리자는 그런 식으로 그를 도울 수 없다. 그럼 얼마나 비참하겠는가. 그럼 그의 사랑은 갑자기 다시 '고등학생의 사랑'이 되어버릴 것이다.

쿠르트는 발을 동동 구른다. 그제야 얼마나 추운지 깨닫는다.

눈이 계속 내린다.

일단 냉기에 순응하면 냉기는 자신이 꼭 차갑기만 한 것은 아님을 보여주려는 듯 부드럽게 위로하며 선물처럼 눈을 내려준다.

쿠르트는 냉기에 순응했다. 눈이 내리니까 아름답다.

입술에 떨어지는 눈송이는 언뜻 스치는 서늘한 키스 같다. 이별의 키스 같다.

그는 눈을 들어 눈 오는 모습을 바라본다. 그의 시선은 시커먼 하늘에 풍덩 빠졌다가 김이 뿌옇게 서린 카페 유리창에 다시 떠올라 크고 하얀 다각형 별과 함께 바닥으로 미끄러진다.

아듀, 리자.

구원은 없을까, 정말 없을까?

아니다, 있다. 하나 있다. 그러니까 더 욕심내지 않고 그것으로 만족하는 것이다. 노력하면 다 잘된다.

아버지. 쿠르트가 학교에서 거둔 성공을 전하자 아버지가 기뻐한다. 거의 울음을 터뜨릴 정도로.

"그것 봐라, 쿠르트. 네가 아비한테 그런 치욕을 안겨주지 않으리라는 걸 알고 있었다. 계속 그렇게 해. 늙은 아비한테 기쁨을 주렴."

예, 늙으신 아버지, 기쁨을 드릴게요. 우리가 조심스레 서랍에 넣고 다시는 사용하지 않는 도장 찍힌 종잇조각이 정말 행복인지는 모르겠어요. 제가 보기에는 아버지도 정말 그걸 믿으시는 것 같지 않아요. 그래도 외동아들이 졸업시험에서 떨어지는 건 아버지에게 너무 가혹하리라는 것쯤은 저도 알아요. 아니요,

늙으신 아버지, 그런 일은 없을 겁니다. 며칠 후에 학기 중간 성적표가 나올 텐데 미흡은 하나도 없을 거예요.

교단 앞으로 나가서 뻣뻣하고 푸르스름한 종이를 받으며 쿠르트는 아버지만 생각한다. 종이에는 잘 아는 텍스트와 함께 왼쪽에는 수업 과목을 적는 칸이 미리 인쇄되어 있고, 성적을 적는 오른쪽 다른 칸은 항상 똑같은 담임의 글씨로 채워진다…… 아니다, 이건 멍청한 농담이다…… 임의의 철자 몇 개를 나란히 놓으면 어떤 이상한 단어가 나오는가…… ㅁ - ㅣ - ㅎ - ㅡ - ㅂ …… 미흡…… 수학: 미흡…… 화법기하학: 미흡…… 웃긴다…… 이게 대체 무슨 의미일까?…… 아마 아무 의미도, 전혀 아무 의미도 없을 것이다…… 철자는 서로 전혀 관계가 없다…… 철자들이 빙글빙글 춤을 춘다…… 아니다, 철자들이 다시 똑바로 나란히 늘어선다, 미흡……

"뭘 원하지요, 게르버? 아니요? 그럼 자리로 돌아가요."

예. 죄송합니다. 제가 뭘 원하냐고요? 갈 거예요. 없습니다.

그들은 그의 손에서 종이를 받아 죽 읽고 말없이 다시 돌려준다.

왜 그들이 말을 해야 하는가. 그 자신도 아주 조용하고 침착하다.

침착하다. 괜찮다. 조금도 흥분하거나 후회하지 않는다. 종잇조각은 아무 영향도 줄 수 없다. 종잇조각은 그를 무심하게 만든다. 그렇다.

쿠르트는 관심 있는 표정으로 공손하게 쿠퍼의 말에 귀를 기울인다.

성적은 사실 예상대로 나왔다고, 쿠퍼는 가볍게 말한다. 보여준 성과에 합당하게 더 좋지도 나쁘지도 않게 나왔다고. 일곱 명이 부정적인 결과를 받은 것은 분명 유감스럽다, 그러나 졸업 시험 전 마지막 성적인 이번 학기 중간 성적이 특별히 중요하긴 하나 최종적인 건 아니라고 한다.

쿠르트는 앉아 있는 그들의 표정을 보며 추측해본다. 일곱 명이 누굴까? 하지만 모두 침울한 표정이다. 그 순간의 진지함이 그걸 요구한다.

물론 학기 중간 성적에서 낙제한 사람은 특히 노력해야 한다고, 쿠퍼가 좀 더 충만한 목소리로 말을 잇는다. 그들은 자신이 8학년임을 제때 생각해야 한다고, 안 그러냐고. 8학년은 1년 내내 최선을 다해 공부해야 한다, 성적표를 나눠주기 직전에 성과를 한두 번 냈다고 모든 걸 만회할 수 있다고 믿으면 오산이라는 것이다(내 이야기네, 다른 사람이 아니야, 쿠르트는 생각한다). 그럼 너무 편할 거라면서. 그는 어떤 신사분의 이런 전술을 당연히 바로 간파했다고 한다(쿠르트는 피식 웃을 수밖에 없다. 나를 지칭하는 멋진 호칭이군. 나는 어떤 신사분이네). 결국 쿠퍼 교수는 절대 속일 수 없다는 걸 생각해야 한다는 것이다(아무도 그러려고 하지 않습니다, 교수님! 하지만 저는 정말 성실히 공부했어요, 교수님! 매일 네다섯 시간을 우등생 알트슐과 노바크와 공부한 다음, 집에서 혼자 몇 시간 더 공부하고, 쉬는 시간에는 항상 수업 준비를 했습니다, 교수님!)! 이미 말했듯이 이건 확정된 결정이 아니며, 그 결정은 졸업시험에서 비로소 내려진다고 한다. 낮아진 자는 올라가고, 올라간 자는 내려갈 수 있다고 한다.

헤헤헤, 공식적인 웃음꾼들이 키득거린다.

"따라서 어떻게 해야 하는지 알겠지요. 공부하세요! 안 그러면……!"

쿠퍼는 마음 같아서는 '고역을 치러야 한다'고 하고, "안 그러면" 다음에 차가운 협박을 덧붙이고 싶었다. 하지만 갑자기 말을 끊고 굳은 표정으로 교실을 나가는 것도 효과 만점이다.

노예 무리는 괴로워하며 자비를 모르는 냉혹한 주인이 멀리 떠나가기를 고개를 숙이고 서서 기다린다.

총애를 받으며 어쩌면 감시자로 뽑혔을지도 모르는 몇 명은 손바닥을 비빈다.

유죄판결을 받고 영겁의 벌을 받은 다른 아이들은 자리에서 비틀거리며 아직도 자신이 마음대로 원하는 곳에 갈 수 있다는 사실에 놀란다.

그들이 같은 두려움을 느끼며 하나가 되리라고 생각할 수 있다. 하지만 아니다. 그들은 서로 피한다. 다른 사람과 함께 똑같은 마지막 단계에 서고 싶은 사람은 아무도 없다. 모두 치욕을 면제받은 사람이 되고 싶다……

"셰리에게 한 짓은 정말 야비했어!" 역시 미흡을 받았지만 프랑스어 한 과목에서만 미흡을 받은 호벨만이 말한다.

"나는 그런 주장은 하고 싶지 않아!" 쇤탈은 그런 말을 할 천박한 용기가 있었다. 그는 자신의 '매우 우수' 군단이 정말로 수학에서 '우수'를 받은 탓에 스타일을 구겼다고 치를 떨며 분노한다. 벤다가 죽었으니까 쇤탈이 유일하게 '전 과목 매우 우수'에 빛나면 진짜 멋졌을 텐데. 제기랄!

누가 낙제생인지 서서히 드러난다. 아이들이 그들을 에워싸고, 한쪽에서 소용없는 우울한 추측들이 침울한 기분을 퍼뜨리는데 다른 구석에서는 폴라크가 브로데츠키와 격하게 다투고 있다. 폴라크는 증오에 차서 브로데츠키가 자격이 없는데 오직 교수의 비호 덕분에 매우 우수를 받았다고 대놓고 욕하고, 숄츠는 옆에 서 있다가 퉁퉁한 하마 머리를 흔들며 한마디 한다. 글쎄 뭐, 화나는 건 사실이라고⋯⋯

어머니가 직접 쿠르트에게 문을 열어준다. 어머니는 입에 손가락을 댄다.

그리고 쿠르트를 그의 방으로 끌고 가 맞은편에 앉는다. 그제야 어머니의 눈이 울어서 빨개진 것이 보인다.

아버지가 돌아가셨구나, 그는 생각한다. 방이 흔들린다. 이제 모든 것이, 모든 것이 다 아무래도 상관없다.

그는 그 말을 들으려고 기다린다.

하지만 어머니는 고개를 들고 애써 자제한 목소리로 성적이 어떻게 나왔느냐고 묻는다.

마치 지금 그것이 중요한 것처럼! 어머니는 그를 보호하려는 걸까?

"왜 우셨어요, 엄마?"

"내가?"

하지만 벌써 다시 걷잡을 수 없이 흐느낌이 터져 나오고 더듬더듬 털어놓는 어머니의 단편적인 말에서 쿠르트는 아버지가 죽지 않았음을 안다. 아버지는 호흡곤란과 쌕쌕 소리를 동반한 심각한 심장 발작을 일으켰을 뿐이다. 긴장으로 실핏줄이 터져서 피를 토하고 주사를 맞았는데 지금 크론 박사가 곁에 있다.

아버지가 살아 있다. 아무래도 상관없는 건 하나도, 하나도 없다. 오히려 정반대다.

내가 얼마나 나쁘고, 짐승 같고, 야비해졌는가! 나는 모든 것이 아무래도 상관없어졌다고 기뻐했다. 오, 하느님! 감사합니다!

엄숙한 환영이 떠오른다. 쿠르트는 길고 검은 옷을 입은 드높은 사제가 되어 두 팔을 펼치고 큰 목소리로 말한다. "죽음의 면전에서! 학교는 세 번 저주받으라! 모든 나쁜 것은 다 너에게서 나오느니!" 사제는 두 팔을 올렸다가 내린다. 세 번을. 그러고 사라진다(영영 간 건 아니다. 그는 쿠르트에게 다시 나타나지만 한참 뒤의 일이었으며, 모든 것이 다 달랐다).

쿠르트는 눈을 들어 쳐다본다. 어머니가 울고 있다.

그는 다가가 어머니를 쓰다듬으며 어색하게 말한다. "괜찮을 거예요."

어머니는 서서히 마음을 가라앉히고 눈물을 닦는다.

"성적이 어떻게 나왔는지 아직 말하지 않았어!"

"예, 맞아요!" 쿠르트는 기억하고 경련하듯 폭소를 터뜨린다. "이제 엄마도 웃으실 거예요. 쿠퍼에게 미흡을 두 개 받았어요." 그는 정말 어머니도 같이 웃기를 기대하듯 행동하며 종이를 꺼낸다.

어머니는 다시 무너진다. 그녀가 파르르 입술을 떨면서 속삭인다.

"오, 하느님! 오, 하느님! 그의 첫마디는 '그애는 어딨어? 성적표는?' 이었어요. 어떡해, 어떡하지······"

천 마리의 악마에게 쫓기듯 쿠르트는 방에서 이리저리 뛰어다닌다. 이제 할 말이 없다. 숨을 헐떡인다.

현관에서 안주인을 찾는 남자 목소리가 들린다.

어머니는 몇 번 얼굴을 훔치고 급하게 매무새를 고치고 방을 나간다. 어머니가 문을 열어두어서 쿠르트는 그녀를 따라간다.

자, 어쨌든 가장 위험한 고비는 넘겼다고, 크론 박사가 말한다. 주사를 한 번 더 놓았는데 환자는 잠이 들었다고 한다. 그리고 무슨 일이 생기면 언제든 당장 전화하라고 덧붙인다.

어머니는 나직이 흐느끼며 방을 나간다. 의사가 쉰 목소리로 말한다.

"쿠르트, 노인네가 며칠 안정을 취하게 해. 절대 안정해야 한다. 흥분은 절대 금물이야. 아주 사소한 흥분도 안 돼. 너한테

만 말하는데, 이런 발작이 또 오면 심장이 못 견딘다. 무슨 말인지 알겠지? 자, 그럼, 그런데 무슨 할 말이 있니?"

"예…… 박사님…… 흥분은 절대 금물이라고 하셨는데…… 오늘 성적표를 받았는데……"

"뭐라고?"

"성적표…… 학교에서……"

"아, 그렇구나. 그래, 그래서?"

"말해야 하는데, 어떻게…… 간단히 말해서 오늘 미흡 두 개를 받았는데 아버지가 흥분하실 것……"

흥분한다고? 왜? 크론 박사가 놀란다. 미흡 두 개라, 장하구나, 하지만 그건 별일 아니라고, 특히 방금 죽음의 여신과 얼굴을 맞대고 난 후엔 더더욱 아니라고 한다.

"하지만 아버지는 그럼 제가 졸업시험에도 떨어진다고 생각하세요!"

"뭐 그렇다 해도 별일 아니다! 하지만 재미있구나! 졸업시험에 떨어진다! 하하!" 크론 박사는 따뜻하게 쿠르트의 어깨를 두드린다. "걱정하지 마. 내가 노인네한테 잘 말하마. 당연히 넌 아버지께 말씀드려야 한다. 하지만 그런 사소한 일을 비극으로 생각하지 않게 하는 건 내게 맡기렴!"

크론 박사는 쿠르트의 손을 잡고 고개를 끄덕인다. 눈에는 즐거운 기색이 역력한데 눈가에 잔주름이 자글자글하다. 이 일이 진짜로 재미있는 모양이다.

"졸업시험에 떨어진다! 무슨 소리야, 말도 안 돼!" 익살스럽게 걱정하는 표정으로 박사가 문 앞에서 다시 말한다.

쿠르트는 그를 와락 끌어안고 싶다. 드디어, 드디어 건강한 시각을 지닌 한 사람이 나타난 것이다.

그는 자기 방으로 간다.

어머니가 한탄하며 앉았던 안락의자가 있다. 성적표가 있다. 수학: 미흡. 화법기하학: 미흡. 노트와 책들, 곰팡내가 풀풀 나는 다른 보조도구들이 놓인 책상이 있다. 벽에는 며칠에 걸쳐 칸마다 '오후: 쿠퍼'라는 메모가 적힌 메모용 달력이 걸려 있다. 건강한 시각이 병들 수밖에 없는 모든 것, 모든 것이 거기 있다.

다른 방에는 죽음과의 싸움에서 가까스로 목숨을 건진 아버지가 숨을 헐떡이고 있다.

그애는 어딨어? 성적표는?

8

실패로 가는 길은 고단하다

쿠르트는 건강하지 않은 시각과 계속 너무 많이 마주쳤다. 그러면서 여태까지 온갖 위험에 맞서는 힘이었던 반항 정신을 잃어버렸다. 그는 포기하지 않았고, 자신의 운명에 관심이 없지 않았다, 그게 나빴다. 누가 견해나 충고, 희망이나 걱정, 경멸이나 거드름으로 무장하고 다가와 참견하면 다 옳다고 인정하고 잠시 설득당했기 때문이다. 비록 가장 빈약한 것이긴 하나 무관심은 여전히 자기만의 견해 같은 것이었지만, 쿠르트는 그마저 없었다.

한 사람이 와서 깜짝 놀랐다. "세상에, 이게 무슨 말이야. 학교에서 네 처지가 그렇게 안 좋구나. 그래, 너, 설마 졸업시험에서 떨어지진 않겠지?" 또 한 사람이 와서 말을 건넸다. "용기를 잃지 마, 잘될 거야!" 또 한 사람이 와서 악의를 가지고 비웃었다. "아이참, 아이참, 쿠르트 게르버, 세상 똑똑한 척하고 조숙한 네가, 아이참, 아이참, 보통 학생들이 너끈히 하는 것도 못하는구나!" 또 한 사람이 와서 두리뭉실하게 위로했다. "마음 쓰지 마. 중요한 사람들도 시험에 떨어졌어!" 또 한 사람이 와서 말했다, "그렇게 해!" 또 한 사람이 와서 말했다. "그렇게 하지 마!" 마침 거기 있던 사람이 유일하게 옳은 말을 했다. 쿠르트는 그 사람에게 귀를 기울이며 고개를 끄덕였다. "당연합니다. 정말 그렇습니다. 어떻게 제가 그런 생각을 할 수 있겠어요……" 그리고 5분 후에 다음 사람의 말이 옳다고 하는 것이었다.

그렇게 그는 날마다 자신의 견해가 아닌 수많은 '예'와 수많은 '아니요' 사이에서 지그재그를 그리며 비틀거렸다. 입을 꼭 다물고 시험관 교수 앞에서 대답을 거부하고는 수업이 끝난 후 부들부들 떨면서 머리가 아파서 이성적인 말을 할 수 없었다며 미흡을 삭제해달라고 사정하는 일이 일어날 수 있었다.

가장 나쁜 건 그가 자신의 거짓말을 스스로 믿을 수밖에 없었다는 것이다. 한 가지 거짓말을 아름답게 꾸미기 위해 일곱 가지 거짓말이 필요했다. 계속해서 일곱 가지 거짓말이 필요했다. 단 한 가지 거짓말의 짐도 덜어줄 사람이 없었다. 그들은 모두 자신의 거짓말을 하느라 너무 바빴다.

그렇게 그는 계속 거짓말을 하면서, 차츰 건강을 회복해 좋은 결말을 기대하는 아버지를 속였다. 뻔뻔하게 고심한 끝에 쿠르트는 미흡 두 개를 졸업시험 합격의 보증수표로 그럴싸하게 포장할 수 있었다. 쿠퍼와 면담했다고 말하면서 진땀조차 흘리지 않았다…… 제 말을 못 믿으실 거예요, 아버지. 하지만 제가 학기 초에 수학이 너무 약하니까 쿠퍼가 미흡 두 개를 형식적으로 준 거라니까요. 쿠퍼가 직접 한 말이에요, 들어보세요. '게르버, 내가 지금 충분을 주고 그래서 학생이 혹시 안심해서 해이해지느니, 학기 중에 미흡을 받고 졸업시험을 볼 자격을 얻는 편이 나에게도 또 학생에게도 더 좋을 수 있어요. 안 그래도 학생은 믿을 수 없고 경박한데……' 그렇다, 쿠퍼가 그렇게 말했다고, 사실 놀랍지만 중요한 건 그게 거의 보증한 거나 마찬가지라고, 실제로 그건 보증을 의미한다고 했다.

"그래그래" 하는 말이 살짝 못 믿는 듯 들렸지만 쿠르트가 계속 거짓말을 해 점점 더 강력한 증거를 내놓자 아버지는 의심을 거두고 마지못해 믿으려고 했다. 너무 피곤해졌기 때문이다.

하지만 어느 날, 점심 식탁 위에 답답하고 무거운 먹구름이 몰려왔다. 어머니가 나가고 아버지가 다짜고짜 "너, 왜 나를 속였니?" 하자 쿠르트는 무슨 일이 일어났는지 알았다. 아버지가 학교에 문의한 것이다.

어떻게 해야 할지 몰라 쿠르트는 눈썹을 추켜올리고 모르는 척 물었다. "뭐를……?"

"쿠퍼 과목에서 낙제했더구나."

쿠르트는 거짓말의 허약한 폐선(廢船)에 매달렸다. "학기 중에 낙제를 말할 수는 없어요…… 그리고…… 아버지께 말씀드렸잖아요……!"

"그래. 했지. 구류 처분을 받고 내 서명을 위조했던데, 그 말도 했니?" 쿠르트는 대답하지 않았다. 아버지가 말했다.

"너는 거짓말을 하고, 서명을 위조했어. 나를 속이고, 다른 사람들을 속였어. 기만했다고. 내가 널 어떻게 해야겠니?"

아주 큰 소리로 부들부들 떨면서 한 그 말은 진짜 질문이었다. 아버지는 앉아서 대답을 기다렸다. 식탁 위에 올려놓은 불끈 쥔 주먹을 성급하게 쾅쾅 내려치고, 입술을 앙다물고, 호흡이 가빠졌다.

흥분은 절대 금물이야—이런 발작이 또 오면 심장이 못 견딘다—졸업시험에서 떨어진다—무슨 소리야, 말도 안 돼!—아버지는 왜 그걸 그렇게 중요하게 생각하실까? 왜 자신을 흥분 상태로 몰고 가실까? 그러면 안 되는데.

이런 발작이 또 오면 심장이 못 견딘다.

쿠르트는 아버지에게 거의 경멸, 아니 증오를 느꼈다. 아주 잠깐. 하지만 그것으로 충분했다.

쿠르트는 얼굴이 창백해져서 고개를 푹 숙이고 벽에 몸을 기댔다. 손가락은 잡을 것을 찾았지만 찾지 못했다.

아버지도 자리에서 일어났다. 몸을 부들부들 떨고 마치 온몸으로 말하듯 그의 말도 같이 부들부들 떨었다.

"너는 네가 무슨 짓을 하고 있는지 모르는구나…… 나는 이 쿠퍼라는 자 앞에, 이 아무것도 아닌 자 앞에 마치 죄수처럼 서 있어…… 그의 눈을 감히 쳐다볼 수도 없지…… 그러니까 아드님이 서명을 위조하는군요, 점점 더 좋아지네요…… 그런 말을 들어야 한다고…… 이 양심 없는 녀석…… 대체 뭐가 되려고 그래?…… 바로 나도 거짓말을 할 수 있었다…… 아니, 거짓말을 해야 했지. 바로 기억이 나지 않았습니다, 그래요, 맞아요, 제 서명이었습니다, 라고 말이다…… 너…… 넌 부끄럽지도 않니?…… 쥐구멍이라도 찾아 기어들어 가고 싶어 해도 시원찮을 판에……"

아버지가 점점 더 가까이 다가오자 쿠르트는 아버지를 피해 천천히 문 쪽으로 뒷걸음쳤다. 아니, 그는 부끄럽지 않았다. 그냥 아무 감정도 없고, 무감각하고, 단어들을 들었지만 무슨 뜻인지 몰랐다. 눈앞에서 아버지의 손이 천천히 올라갔다가 내려가는 걸 보았지만 그게 무슨 의미인지 몰랐다. 이제 쿠르트는 문가에 섰고 문을 열고 비틀비틀 자기 방으로 가서 도살자의 도끼를 바라보는 송아지처럼 책들을 멍하니 바라보다가 갑자기 모자와 외투를 걸치고 추운 거리를 헤매며 사소한 일에 관심을 보였다. 그러다 돌연 머릿속이 움찔하면서 자신의 인생의 소설을 다시 그려보고 다시 살았지만, 그것은 '쿠르트 게르버는 식구들에 둘러싸여 가끔 학창 시절과 그때 있었던 일을 이야기했다'가 아니라, 왜 그런지 모르지만 '쿠르트는 갑자기 리자네 집 앞에 서 있었다'로 흘러갔다. 하지만 그는 그 집 앞에 서 있지 않았으며, 갈 생각도 없었다. 도대체 원하는 것이 아무것도 없었다…… 항상 그럴까? 항상?? 왜 이 모든 일이 일어나는 걸까? 내일 또, 모레도, 날마다 왜? 날들은 그를 기다리고 맞이하고 다시 앞으로 보낸다. 하루하루가 다음 날에게 보낸다. 날들은 그를 가지고 공놀이를 한다, 항상 원을 그리면서, 항상 원을 그리면서, 한없이 계속……

쿠르트는 알트슐, 노바크와 하던 공부를 그만두었다. 산만해진 그를 두 사람이 나무라자 농담으로 받아치면서 불화가 시작되었다. 그는 교수들 흉내를 내고, 갑자기 고등학교의 치욕을 성토하며 열변을 토하고, 길고 어려운 수학 논쟁에 뛰어들었다가 어차피 아무래도 상관없다며 갑자기 중단했다. 어느 날 알트슐이 상당히 험악한 기세로 처음처럼 그렇게 같이 공부하든지 아니면 차라리 오지 말든지 하나를 선택하라고 했다. 그런 결말이 달갑지 않지 않았던 쿠르트는 벌떡 일어나 우등생에게 흔히 할 수 있는 온갖 조롱을 퍼붓고는 인사도 하지 않고 문을 쾅 닫고 나왔다. 그 후 그는 오랫동안 할 수 없었던 어떤 일을 끝낸 것처럼 묘하게 마음이 홀가분했고, 자유와 결단력을 조금이나마 다시 찾았고, 자신만이 아니라 다른 것도 볼 수 있었다.

하루에 수백 가지 일이 일어났다, 왜, 무슨 목적으로, 어디로 가는지 모르는 일이 시간 시간마다 일어났다. 그런 일은 어떤 생각의 종착점으로, 어떤 연관 관계의 한 마디로 존재하는 걸까? 차셰가 미흡을 받으면 무슨 좋은 일이 있을까? 수레를 끄는 마소처럼 평생 무감각하게 마지막까지 터벅터벅 걸어갈 차셰,

예정된 어떤 직업을 위해 고등학교 졸업장이 필요한 차셰, 아무에게도 피해를 준 적이 없고, 손가락을 높이 치켜들고 세상의 무의미함을 가리키는 이 세상 수많은 다른 사람보다 절대 불필요하지 않은 차셰가 미흡을 받으면? 메르텐스가 하얗게 질린 얼굴로 칠판 앞에 서서 절대 이해할 수 없는 어떤 것에 대해 깊이 생각하라는 명령을 받으면 누구한테 도움이 될까? 이 모든 일은 어디로 귀결될까? 아주아주 오래전 어느 날, 1학년생으로 여기 앉아 있던 그들이, 모두 똑같았던 그들이 왜 지금 뿔뿔이 흩어지고, 분류되고, 그들 자신이 원한 것보다 더 뚜렷이 서로 구분되었을까? 이 사람이 저 사람보다 재능이 더 많고, 그 재능을 더 잘 사용할 줄 알고, 더 성공을 거두고 매우 우수를 받았는데 저 사람은 그러지 못했다면 그건 좋다, 아무 문제 없다. 하지만 미흡이라니? 미흡이라니? "너는 미흡해!" 확신에 차서 중대한 결과를 초래할 그런 말을 들어도 좋을 사람이 세상에 어디 있을까? 누가 '교수진'과 그의 '동료들'에게 수십 년 동안 한 사람의 존재를 규정할 권리를 보장했는가? 이 사람은 강한 앞발로 미래를 장악하고 아무 일 없을 거라고 하고, 반면 저 사람은 무너져 웅크리고 앉아 배가 난파되어 황량한 섬에 표류한 사람처럼 사방 삭막한 바다에 둘러싸여 냉혹하게 완결된 지평선을 필사적으로 바라보며 혹시 자비나 우연, 환영으로 불리는 하얀 점이 나타나지 않을까 기다리라고 하는 불가침의 일회적 판결을 내릴 권리를 대체 누가 그들에게 보장했는가?!

관공서 안경 뒤에서 비딱한 시선으로 내다보는 사람들은 "그래요, 자격이 없는 사람은 고등학교에 들어오면 안 됩니다." 하면서 근거를 댄다. 맞는 말이다. 하지만 그 자격을 결정하는 사람은 누구인가? 다시 오직 당신, 교수님이시죠! 교수님, 당신이 어느 날―이런 표현을 용서하세요―대변을 좀 수월하게 보았다거나 사모님이 커피콩을 태우지 않아서 이 사람 저 사람에게 그런 결정을 내렸는지 누가 알겠습니까? 설사 당신이 객관적으로 양심에 따라 그런 결정을 내렸다고 해도 오늘 교수진 전체가 교체되고 평가를 위해 다른 교수진이 온다면요? 브로데츠키가 낙제하고 호벨만이 우등으로 합격하는 것이 불가능할까요? 호벨만이 낙제하고 브로데츠키가 우수한 성적으로 합격하는 것이 섭리라고 해도 그게 뭘 증명하지요? 호벨만이 자격이 없다는 것? 그가 절대 고등학교에 다니면 안 된다는 것?

교수님, 당신은 교수가 되면서 어느 한 사람에게 당신이 교수가 되어야 하는지 물어보셨나요? 당신이 자격이 있는지 물어보셨어요? 지금 당신의 그 결정처럼 어쩌면 모기에 물려서 내렸을 수 있는 부정적인 결정을 당신이라면 순순히 받아들이시겠어요?

아마 아닐 거예요. 아무도 그러라고 요구할 수도 없고요. 당신은 교수가 되는, 종이로 된 권리를 가지고 있습니다. 지금 당신의 결정으로 다른 사람들이 고등학교 졸업시험을 치는 수험생이 되는, 종이로 된 권리를 얻는 것처럼 아마 당신도 똑같은 도식에 따라 교수가 되는 종이로 된 권리를 얻으셨을 거예요. 당신이 그런 권리를 갖게 해준 사람들은 다시 그런 권리를 그런 식으로 얻었겠지요. 다음 사람들은 다시 그런 식으로, 다시 그런 식으로…… 그만하지요. 해결책이 딱 하나 있습니다. 임신 초기의 태아가 세상에 나와도 되는지 묻는 거예요. 말도 안 되지요, 그렇죠? 설사 그럴 수 있다고 해도 누가, 누가, 대체 누가 태아에게 자격이 없다고 말할 권리가 있을까요?

살면서 한 번은 놀란 말을 옆으로 끌어냈다거나 꽃을 꺾지 않았다고 자부하는 살아 있는 젊은이, 고등학교라는 단지 인생의 한 구간일 뿐인 구간을 지나려는 젊은이, 그가 형태도 의지도 없던 시절, 그를 거기 보낸 사람들과 그런 그를 받은 사람들이 마음대로 주무를 수 있는 밀랍과 같은 존재였을 때 그 구간에 발을 들여놓은 젊은이, 당신의 존재를 비로소 가능하게 하고 당신의 존재에 내용을 주는 젊은이 —그 젊은이가 없으면 당신은 교수일 수 없기 때문이죠— 우리 모두와 마찬가지로 한 번의 숨으로 다음 숨을 벌지만 우리보다 훨씬 더 많은 숨을 앞둔 젊은이, 그가 수학 공식이나 역사적 연도나 미래완료를 잊어버렸다고 해서 그런 젊은이에게 "당신은 자격이 없어요!"라고 말할 권리, 그와 그의 청춘의 매끄러운 수면에 첫 번째로 돌을 던지고 그 돌이 깊이 가라앉아 그의 영혼에서 고통의 해안으로 갔다가 다시 그의 영혼으로 돌아오는 파문, 무한대 즉 죽음에 이르는 큰 파문은 아니더라도 영원히 깊은 주름을 남기는 파문을 그 수면에 그리게 하는 권리가 어쩌다 흘러온 전문 교사에게 있을 수 있을까요?

우리는 세상일을 바꿀 수 없습니다. 교수님, 연봉 얼마를 받는 공무원인 당신도, 출석번호 몇 번의 학생인 나 쿠르트 게르버도 그럴 수 없지요. 하지만 나는 당신이 아무것도 아니라는 사실을 당신에게 알려주고, 당신이 인생길을 걷는 수많은, 수많은 사람을 몰아붙인 비참한 막다른 골목을 되도록 조용히 떠나야 한다는 사실을 알려주고자 할 수 있습니다. 당신 탓으로 생긴 막다른 골목입니다. 당신을 만났을 때 우리는 더 아름다운 길을 걷고 싶었기 때문이죠. 당신은 우리를 이끌어줄 의무가 있는데 우리를 막다른 골목으로 몰아붙였습니다. 우리는 이제 얼굴을 돌리고 그 골목에서 도망쳐 넓은 길로 달아나고 있어요. 이제 내가 무사히 빠져나오든 그러지 못하든, 낙제하든 그러지 않든 어쨌든 학교에서 보내는 마지막 몇 달이에요. 그래요, 나는 그동안 소홀히 한 것을 만회할 생각입니다. 하지만 당신이 생각하는 것과는 다를 거예요.

쿠르트는 성적 프롤레타리아들과 다시 공공연히 친분을 맺으려고 했다.

학기 중 낙제한 여섯 명은 각자의 방식으로 자신의 운명을 받아들였다. 차셰는 주위에서 무슨 일이 일어났는지 전혀 이해하지 못하는 듯 보였다. 최고의 아첨꾼으로 꼽히는 두페크는(그는 어떤 교수를 절대 직접 호칭하지 않고 "교수님들이 말씀하셨다"

라고 항상 복수로 호칭했다) 두 배로 비굴하게 굴면서 쿠퍼 주위를 분주히 맴돌며 외투 벗는 것을 돕고 의자를 바로 놓아주는가 하면, 이미 무의식적으로 그러는 것 같은데 출석을 부를 때 다른 아이들처럼 그냥 손을 드는 것이 아니라 검지와 중지를 경련이 날 정도로 정확하게 쭉 뻗어 동정심을 사려고까지 했다. 한편 메르텐스의 머리 위에 운명은 갑자기 길가의 부러진 나무처럼 느닷없이 떨어졌다. 그는 무엇이 그를 쳤으며, 그것이 왜 하필 그를 쳤는지 몰랐다. 메르텐스는 계속 공부하고 집중해서 수업을 들었는데 막상 대답하겠다고 손을 들거나 질문을 받아서 호명되면 화들짝 놀라서 갈피를 못 잡고 횡설수설을 늘어놓아 웃음을 샀다. 제베린은 음울한 침묵을 휘감고, 단지 은밀한 암시로 쿠퍼에 맞서 자신을 변호해줄 힘센 세력가들이 있는 듯 행동했다. 모두 믿지 않으면서도 꿈에 그리던 오싹한 쾌감을 느끼며 그의 허튼소리를 재미있게 들었다. 6학년 때 이미 1년을 잃은 렝스펠트는 쿠퍼 이야기만 나오면 흥분해서 저주를 퍼붓기 시작했는데 작은 광기의 발작을 일으킬 때도 많았다. 그는 항상 쿠퍼가 낙제를 두 번 시키기는 쉽지 않을 거라면서 "그런 일은 없어. 그런 경우는 없었다고……" 하면서 스스로 위로해야 했다. 마지막 줄에 앉은 레비는 만약 지금까지 그런 경우가 없었다면 이번에는 일어날 수 있음을 정확히 알고 있었다. 렝스펠트가 그 경우인지는 확실하지 않았으나 레비는 자신이 그 당사자일 거라는 내기에는 아마 한 푼도 걸지 않았을 것이다.

그들이 쿠르트 게르버가 속한 아이들이다. 사단이다. 조금 거리를 두고 프랑스어에서 낙제한 호벨만과 라틴어에서 낙제한 지티히가 따라왔다. 리들 교수의 적대감 탓으로 자연사에서 썩 신경 쓸 필요가 없는 미흡을 받은 링케는 그 사단이라고 할 수 없었다.

그들이 바깥세상과 마주해 서로 강한 유대감을 느꼈다고 할 수는 없었다. 쿠르트를 후회하며 돌아온 자로서 다시 받아들인 그들은 '목숨을 건 동지들'이 아니었다. 하지만 테스트에서 미흡을 받고 고개를 끄덕이며 서로 주고받는 미소와 자신의 불행을 대상으로 던지는 신랄한 농담, 크고 작은 고문을 당하며 내뱉는 무력한 불평에는 유대 비슷한 것이 있었다. 따라서 쿠르트는 자연스럽게 가담하게 되었다.

쿠르트는 레비에게 묘한 동지애를 느꼈다. 레비는 자신을 괴롭히는 사람들이 파멸 작전을 성공시키고 느낄 마지막 기쁨을 망칠 신랄한 농담을 준비하고 있었다. 혼자 힘으로는 운명을 한 치도 바꿀 수 없음을 잘 알고 있었고, 그래서 자신의 몰락을 냉소적인 구경꾼처럼 바라볼 수 있었다. 형편없는 대답을 하고 스스로 논평하는 뻔뻔함은 섬뜩하기까지 했다. 두 과목에서 낙제하든, 전 과목에서 낙제하든 어차피 상관없었기 때문에 교수를 차별하지도 않았다. 레비는 그를 공공연히 총애했던 보르헤르트가 한참 몸부림치다가 미흡을 주자고 결심했을 때 흐뭇해하고, 심지어 후사크와 젤리히가 자신을 박대하게 만드는 일까지 완수했다. 그 일로 레비는 상당히 고립된 위치가 되었다.

그즈음 쿠퍼는 제물을 두 명씩 짝을 지워 도살하는 조치를 도입했다. 어쩌면 두 명이 대답을 더 잘할 수 있고, 더욱이 수업을 더 빠르게 진행할 수 있다, 무능력한 사람에게 너무 오래 머물 필요가 없으며 그래서 아름답고 흥미로운 문제에 더 많은 시간을 할애할 수 있다는 것이다. 어떤 사람에게 잔인한 존재의 문제인 것을 두고 아름답고 흥미롭다고 표현하는 그 태도가 분노를 자아냈다. 경사각 작도와 미분 값 계산처럼 한 사람을 파멸시킬 수 있는 일을 쿠퍼는 아름답고 흥미롭다고 생각하면서 많은 학생이 그 조치에 찬성하리라고 믿었다. 렝스펠트에게 온몸의 땀구멍에서 진땀을 솟게 만드는 문제가 브로데츠키에게는 능력을 빛내는 좋은 기회였다. 무서운 효과를 보이는 흑마술이다! 마술사가 관객석에서 무대로 불러내는 신사들은 요술을 훤히 파악하고 있어야 한다. 안 그럼 위대한 마술사가 번개처럼 안주머니에 손을 넣어 개가를 올리며 미흡을 꺼냈다.

레비는 이 일을 두고 다른 그림을 그렸다. 이 일은 시간이 지나면서 스포츠 경기가 되어 그는 승리의 메달을 모으는 운동선수처럼 나쁜 점수를 모았다. 어느 날, 그는 쿠퍼 시간에 둘씩 치르는 테스트를 테니스 경기와 비교하자는 생각을 했다. 그래서 쿠르트와 함께 호명되자 칠판으로 나가면서 이제 세계 선수권자 쿠퍼와, 레비 - 게르버 남자 복식팀의 경기라고 속삭이고는 벌써 교단까지 왔는데 "나는 숙제를 안 했어, 그러니까 우리가

2점을 내줘야 해. 쿠퍼가 서티 러브*. I'm ready" 하고 덧붙였다.
시험 내내 그런 식이어서 쿠르트는 자주 웃음을 참기 힘들었다.
그가 맞는 대답을 하면 바로 뒤에서 "플레이 셰리! 멋진 땅볼이
야! 스트라이커의 어드벤티지!" 하고 소곤거렸다. 쿠퍼가 질문
하면 레비는 제대로 생각하지도 않고 "야비한 드라이브야, 내가
졌어" 하고 중얼거리고, 쿠퍼가 맞는 대답을 수용하지 않자 "제
대로 들어간 공이었어! 항의하자!" 하고 나직이 야유했다. 보통
쿠퍼가 도저히 받아칠 수 없는 서브를 넣은 후 남자 복식팀 중 하
나가 경기를 포기하고 바로 이어서 쿠퍼가 강력한 스매시로 게
임, 세트, 매치에서 승리를 거두면서 경기는 끝이 났다. 쿠퍼가
수군거리는 소리를 눈치채고 "오, 제발 그만해요. 학생은 뭘 몰
래 알려주는 거예요?" 하고 경멸하듯 물으며 테스트를 끝내면
사정을 아는 두 사람은 특히 기분이 좋았다.

하지만 이 놀이를 진짜로 즐긴 레비와 달리 쿠르트는 불쑥
불쑥 불쾌한 느낌이 든다. 눈앞에 아버지와 파리행 기차, 심술
궂게 웃는 쇤탈, 노바크와 알트슐의 혐오스러운 얼굴이 떠오른
다…… 그럼 번쩍 정신을 차린다. 이러고 싶지 않다. 아니다, 그
는 쿠퍼의 질문을 열심히 생각하고 레비의 저속한 웃음에 신경
쓰지 않고 생각하고 또 생각해 드디어 답을 찾았다. 하지만 그때
쿠퍼가 으르렁거린다. "고마워요, 착석, 다른 사람!" 레비가 방
해만 안 했더라면 오늘 맞는 대답을 해 자신을 구할 수 있었는데,
쿠르트는 입을 비죽이며 거만한 미소를 띠고 레비를 증오한다,

죽이고 싶을 만큼 증오한다…… 다음은 메르텐스 차례인데 창백한 얼굴로 칠판 앞에 서서 이미 한참 전에 '다른 사람'이 나왔는데도 부들부들 떨면서 여전히 더듬더듬 말하고 있다. 그리고 교장이 감독하러 들어오고 메르텐스가 호명되어 앞으로 나온다. 불과 5분 전에 쿠퍼는 그를 자리로 돌려보냈고 문제는 여전히 미완성인 채 칠판에 적혀 있는데, 메르텐스가 그걸 끝까지 풀어야 한다. 5분 전에 풀지 못한 똑같은 문제를…… 쿠르트는 다시 아르투어 쿠퍼를 증오한다, 오직 쿠퍼만을……

그래서 그는 레비와 더 가깝게 지냈는데 그건 눈에 띄지 않을 수 없었다. 시간이 가면서 지독한 근시인 프로햐스카가 "저기 뒷자리에 누가 또 없지요?" 물으면 거의 어김없이 "게르버와 레비요"라는 대답이 나왔다. 노인은 걱정스럽게 고개를 저으며 말했다.

"젊은 신사들은 그러면 안 돼요! 알아두세요. 나는 반대 안 합니다. 젊은 신사들이 내 과목에 흥미를 느끼지 못한다면 조용히 나가야겠지요, 그렇죠. 친구들, 하지만 바깥에서 누가 보면 재난이 닥치는 거예요."

누가 그 말을 전하자 레비는 "전해줘서 고마워" 했다. 쿠르트가 "어쩌면 좋을 수도 있어, 우리가 적어도 가끔……" 하는데

※ 서버가 2점이고, 리시버는 득점이 없을 때를 가리키는 테니스 용어.

레비가 그의 말을 끊었다. "넌 여기 있어도 돼. 당구 하러 같이 갈 사람은 또 있으니까." 말에 가시가 없고 무심한 어조였다. 하지만 다음 역사 시간에 게르버와 레비는 또 자리에 없었다.

어느 날, 젤리히 교수가 쿠르트를 한쪽으로 데리고 갔다.

"게르버, 학생이 누구하고 사귀든 사실 난 상관없어요. 하지만 레비의 환심을 사려는 건 좋을 게 없어요."

"레비는 다른 애들보다 더 똑똑해요!" 쿠르트가 어깃장을 놓았다.

"그래요. 그래서 9년째 여기 있지요."

"그건 아무 의미도 없어요. 저도 졸업시험에 떨어질 수 있으니까요."

젤리히 교수의 눈이 휘둥그레졌다.

"그걸 자랑스럽게 생각한다면 뭐!" 그가 나직이 말했다. 그리고 쿠르트가 잠자코 있자 어깨를 으쓱하고 가버렸다. 쿠르트의 명백한 패배였다.

실패는 또 있었는데 역시 레비가 발단이었다. 레비가 수학 시간에 책상 밑에서 수상한 동작을 하자 쿠퍼 신은 부정행위를 어김없이 찾아냈다고 신나서 달려왔다가 수치스럽게 물러나야 했다. 책상 밑에 아무것도, 진짜 아무것도 없었기 때문이다.

"레비는 정말 대단해!" 바로 수업 종료종이 울리자 쿠르트는 바인베르크에게 나직이 말했다.

바인베르크는 못마땅한 듯 고개를 돌렸다.

불신과 분노, 특히 억눌린 투쟁욕이 발동해 쿠르트는 혹시 귀가 먹었느냐고, 그게 아니면 요즘 아주 이상하게 구는데 다른 이유가 있느냐고 퉁명스럽게 물었다.

바인베르크는 피하고 싶은 듯 어물어물 대답했다.

진실을 말하라고 쿠르트가 요구했다.

바인베르크는 진실을 말해도 소용없을 거라고 했다. 쿠르트는 불같이 화를 냈다.

"아! 그러니까 날 포기한 거로구나. 글쎄 뭐, 낙제 후보생을 지지하고 싶진 않을 테니까."

"틀렸어. 나는 레비 씨의 농담에 너처럼 경탄하지 않는 것뿐이야." 바인베르크가 차분히 말했다.

"넌 다른 애들과 똑같은 아첨꾼이야!" 쿠르트는 더 흥분했다. 정곡을 찔린 기분이었다. 레비가 대단해 보인 것이 사실이었기 때문이다. 다만 스스로 인정하고 싶지 않았을 뿐인데 지금 그 사실을 친구의 입을 통해 들은 것이다. 바인베르크가 고개를 저으며 말했다.

"너는 완전히 돌았어. 그래 레비와 같은 수준이 되고 싶니?"

쿠르트는 화가 나서 친구를 흉내 내며 쏘아붙였다.

"수준이 되고 싶니, 수준이 되고 싶니! 훌륭한 웅변술이야. 훌륭한 담임이 될 수 있었을 텐데!"

바인베르크는 분명 논쟁을 계속할 생각이 없는 듯 보였다. 말없이 다음 수업을 마친 후에도 그럴 기미가 보이지 않았다. 쿠르트는 내심 바랐지만 바인베르크는 단호했다. 쿠르트는 그런 점이 부러웠다.

바인베르크만 부러운 게 아니었다. 어떤 의미에서 반 아이들 모두가 그보다 나았다. 여기 앉아 있는 사람은 모두 방향이 있었다. 하나의 방향이. 비록 교수의 똥구멍으로 곧장 이어진다고 해도 최고의 아첨꾼도 직선의 방향이 있었다. 어쨌든 그는 아첨꾼이니까. 그런 사람이니까.

그런데 그는, 쿠르트 게르버는? 그는 무엇이었을까? 모든 일에 초연하다고? 반에서 자신이 그렇지 않다고 주장할 사람은 거의 없었다.

그는 그걸 증명해야 한다, 증명해야 한다!

나, 쿠르트 게르버는 그걸 증명할 거야. 그들은 마음대로 나한테 미흡을 줄 수 있어. 그래도 나는 웃을 거야, 하하.

하지만 하마가 일어나 말할 것이다. "나도 웃어, 그러니까 웃을 거라고, 만약…… 하지만 그들은 나한테 미흡을 주지 않아. 내가 운이 나쁜 거지."

그런데 진심으로 웃는 거니, 쿠르트 게르버?

집에서 몇 시간, 몇 시간 앉아서 공부하고, 공부하고, 또 공부한 적이 한 번도 없어?

왜지?

그래야 하니까, 쿠르트 게르버. 그럴 만한 가치가 없는 일이라는 허풍은 그만하자. 7년간 앉아 있었다면, 8년째 되는 해도 잘 끝내고 싶은 법이다. 분명한 사실이다. 아직 합당한 지식이 없다면 그냥 공부해야 한다. 이제 그만하자.

그렇다, 그냥 공부해야 한다, 진짜 공부해야 한다. 너, 그렇게 하고 있니?

아니다, 너는 그러지 않는다. 너무 게으르거나 너무 소홀해서, 혹은 다른 진부한 이유로 슬쩍 피할 때가 너무 많다. 그러고 미흡을 받으면 자신이 신념의 순교자라고 스스로 자부한다. 서글픈 궤변이다.

일부러 준비를 안 했다고 해도 시험에 합격하려고 노력하고, 쉬는 시간에 갑자기 불안해져 바짝 공부하기 시작하고, 시험 보면서 네가 경멸하는 아이들에게 답을 보여달라고 한 적이 한 번도 없었니? 하지만 전부 다 소용이 없고 교수가 자리에 앉으라고 했을 때 속상한 적이 한 번도 없었어? 교수를 찾아가 사정한 적이 한 번도 없었느냐고, 교수가 그런 개인적인 만남에서 어조가 달라지면 좋아한 적이 한 번도 없었느냐고?

아니다, 있었다. 너는 그런 짓을 했다. 더한 짓도 많이 했다. 쿠르트 게르버, 너는 줏대 없는 허세남이야.

교과서 도덕이라고? 다른 아이들 역시 더 잘하지 못한다고? 성공이 중요한 잣대일까? 그래, 그럼 넌 성공했니?

너는 성공하지 못했다. 넌 멍청하진 않으니까 원인은 다른 데 있을 것이다.

그들은 네가 잘못되기를 바란다. 편협한 그들은 증오와 악의로 너를 괴롭힌다. 그들은 부당하다. 좋다.

모든 사람에게 미움을 받는 건 아름다운 것이다. 그럼 적어도 한 가지는 성공해야 한다, 스스로 당당하다는 성공 말이다.

하지만 쿠르트 게르버, 너는 그것조차, 그것조차 못했다, 마치 더 큰 성공이 있는 것처럼!

쿠르트 게르버, 너는 늘 어떤 실패를 다른 실패 때문이라고 변명하고, 다른 실패는 그 실패 때문이라고 변명한다. 너는 한심한 게임을 하고 있다. 너는 줏대와 자제심, 정직함이 없다. 너는 학교를 경멸하지? 너는 너 자신을 경멸해야 한다……

쿠르트는 자신에게 절망하기 시작했다. 자신이 가치 없고, 쓸모없고, 불필요하고, 자신이나 다른 사람들을 위해 아무 일도 못하는 세상에서 가장 타락한 사람인 것 같았다.

다른 사람들을 위해? 다른 사람들을 위한 행동도 있어야 할까? 혹시 남을 위해 일하면 자신을 위해 쓸 힘이 생기지 않을까?! "내가 얼마나 강력한지 보라! 나는 도울 수 있다!" 나중에 이렇게 말할 수 있다는 것은 남을 돕는 거의 모든 행위의 동인일 것이다. 이타주의는 신의 마음에 드는 사기다. 아무리 익명으로 남고 싶은 뜻이 확고한 자선가도 눈을 하늘로 돌린다, 그래도 누군가 알아주었겠지…… 그렇다, 예전에, 얼마나 오래되었는지 모르는 예전에 쿠르트는 부당한 일을 당한 사람을 위해 아낌없이 몸을 바칠 수 있었다. 어쩌면 악의 없이 잘못 내렸을 수 있는 경고, 교수가 법정 앞에서 책임질 수 있는 정당한 학급일지 기재, 모진 말, 부당하게 준 성적…… 오, 그때 쿠르트 게르버는 일어나 마지막까지 싸우고, 주저하지 않고 다른 사람의 죄를 뒤집어쓰고, 주저하지 않고 다른 사람의 일을 자기 일로 생각했다. 왜냐하면 '그 일'이 그에게 중요했기 때문이다.

하지만 이제 그는 '자신을 위해' 싸울 것이다, 이제 중요한 건 '그'가 어디까지나 옳다는 것이다. 만약 그가 맞서 싸우는 일 자체도 옳은 일이라면 덤으로 멋진 성공을 하나 더 거둔 것이다, 나중에 그는 그 성공의 어깨를 두드리며 말할 것이다. 보라, 너도 같이한 거야.

물론 다른 아이들, 똬리를 튼 이 파충류들, 이 모든 일을 일어나게 한 그들은 차이를 깨닫지 못하고 인정하며 말할 것이다. 사실 아무도 부탁하지 않았는데 쿠르트 게르버는 자신이 할 수 있는 일을 했다고……

그즈음 병이 난 마투슈 대신에 보르헤르트가 담당 과목인 프랑스어 외에 독일어도 맡지 않았더라면 일은 아마 다르게 진행되었으리라. 하지만 그날 시간표는 9시부터 10시까지 독일어, 11시부터 12시까지 프랑스어로 정해졌다.

보르헤르트는 허영심 때문에 온갖 터무니없는 짓을 벌였는데 임시로 독일어를 가르치는 그에게 아이들은 바라는 만큼 관심을 보이지 않았다. 그들은 이 과목에서 그를 진지하게 생각하지 않았고 살짝 비웃기까지 했다. 보르헤르트는 바로 눈치채고 거의 히스테리 수준으로 신경이 예민해졌다. 대부분 무슨 일인지 채 알아채기도 전에 평소 싸움꾼이 아닌 슐라이히 학생과 교수의 논쟁이 하찮은 이유로 갑자기 큰 소란으로 번졌다. 보르헤르트가 비열한 욕을 퍼붓자 슐라이히는 강하게 방어하면서 교장에게 이르겠다고 위협했고, 이성을 잃은 보르헤르트가 다시 욕을 퍼붓자 슐라이히는 교수 앞을 지나 문 쪽으로 가려고 했다. 그러자 시뻘게진 얼굴에 눈을 심하게 깜빡거리는 희극적인 모습으로 보르헤르트는 슐라이히를 가로막았다. 슐라이히가 교수를 밀치려고 했는지는 분명하지 않은데 아무튼 그는 느닷없이 철썩 요란하게 따귀를 맞았다. 모두 당황했는데 슐라이히가 묵묵히 돌아서 자리에 앉자 당혹감은 더 커졌다. 창백해져서 온몸을 부들부들 떨며 보르헤르트는 힘겹게 수업을 끝까지 이어나가고 종이 울리면서 수업을 마쳤다.

반 전체가 흥분으로 들끓었다. 몇 명이 당장 교장에게 같이 가주겠다고 나섰지만 슐라이히가 반대했다. 그는 생각이 달라졌다며 아버지를 보내는 편이 더 나을 듯하다고 했다. 더 말할 수는 없었다. 모두 저마다 목청 높여 조언했기 때문이다. 쿠르트는 소란을 가라앉히려고 했는데 놀랍고 기쁘게도 8학년생들이 그런 일에서 아직 그의 말을 들어서 소란이 조금 진정되었다. 하지만 그때 수업 시작종이 울리면서 늙은 프로하스카가 교실에 들어왔다.

다음 시간에 무슨 일이 일어나야 한다는 것 하나는 분명했다. 쿠르트는 모두 그를 쳐다보고 그에게 뭔가 기대한다는 확신이 들었다. 그렇다, 뭔가 해야 했다. 8학년생들은 이 빌어먹을 인생에 발을 들여놓는 날이 코앞에 닥쳤다는 사실에서 바짝 공부하는 의무 말고 다른 것도 끌어낼 생각이 있다는 걸 보여줘야 했다. 지금이 바로 그때다!

오, 완전히 달랐다. 그의 행동을 지배했던 옹졸한 이기심은 이제 흔적도 없었다. 이기심이 진짜 사라졌는지 아니면 내면 깊숙이 숨어들어 갔는지는 알 수 없었다. 그는 그런 생각을 아예 하지도 않았고, 이제 관심도 없었다. 행동하고 싶은 욕구와 격정으로 가득 차 그는 '그의 무리'를 바라보았다.

프로하스카는 평소처럼 몸을 앞으로 살짝 숙이고 교실 앞쪽 첫 두 줄 사이 귀퉁이에 버티고 서서 '개정 헌법'*을 단조롭게 읊어 내려갔다. 앞줄은 열심히 빠르게 받아적고, 중간 줄은 조금 전의 사건에 대해 아직 짧은 논평을 하고, 뒷줄은 노인의 말에 아무도 신경을 쓰지 않았다. 뒷줄은 시간마다 자리도 바꾸었는데 눈이 나쁜 프로하스카는 전혀 눈치채지 못했다. 이를테면 오늘 알트슐과 레비는 나란히 앉아 손으로 턱을 괴고 우울한 얼굴로 여행용 체스의 말을 옮겼는데 무언의 약속에 따라 항상 당장 폰(pawn)*을

---

* 합스부르크가의 황제 페르디난트 2세가 1627년 공포한 보헤미아 왕국의 새 개정 헌법.

* 체스의 말의 하나.

교환하고 그래서 각자 폰이 두 개씩 없어도 나머지 게임에 지장이 없는 오프닝 게임을 하고 있었다. 림멜은 지티히와 글자 맞추기 퀴즈를 풀었고, 카울리히는 다리를 넓게 벌리고 앞으로 뻗어 거의 눕다시피 앉아 있었다. 메르텐스는 지리부도 밑에 조심스레 감춘 두꺼운 책을 읽고 있었는데 책장을 넘길 때마다 지리부도를 들어야 했다. 분명 보르헤르트의 숙제를 하는 듯 제베린의 책상 위에는 프랑스어 교과서와 사전, 연습 노트와 단어장이 놓여 있었다. 쿠르트는 자기도 이 시간에 프랑스어 숙제를 하려고 했으며, 하려면 지금 해야 한다는 생각이 났다. 하지만 불과 한 시간 전에 친구의 따귀를 때린 남자의 마음에 들기 위해 바로 다음 시간에 프랑스어 능력을 보여주는 건 부끄럽지 않을까?

쿠르트는 지리 노트 한 장을 찢었다.

"우리 친구 슐라이히가 당한 모욕을 다음 보르헤르트 시간에 완벽한 수동적 저항을 통해 복수하고 싶은 사람은 서명하라."

그는 격문 아래에 자신의 이름을 크게 적고 종이를 접어 뒷면에 "다음 사람에게 넘길 것"이라고 써서 옆자리에서 꾸벅꾸벅 졸고 있는 렝스펠트의 코앞에 들이밀었다. 바인베르크는 렝스펠트 앞에 앉아 있었다. 격문을 읽은 렝스펠트는 그다지 열광하는 것 같지 않았다.

"이게 의미가 있을까?"

"아무 의미도 없어!" 쿠르트는 거칠게 말하며 펜을 내밀었다. 렝스펠트는 어깨를 으쓱하고 서명하고는 호벨만의 엉덩이를 꼬집고 화들짝 놀란 그에게 종이를 내밀었다. 렝스펠트가 다시 쿠르트를 돌아보며 말했다.

"애들이 그럴 용기가 있는지 궁금하네."

"너나 용기를 내."

"나는 믿어도 돼."

"……그렇죠, 친구 게르버?" 프로햐스카가 술렁거리는 분위기를 눈치챘다.

"예", 친구 게르버는 무슨 말인지도 모르면서 대답하고 렝스펠트에게 손을 내밀었다.

"약속해!"

렝스펠트는 일부러 남자답게 쿠르트의 손을 잡고 흔들었다.

하지만 다른 아이들은? 쿠르트는 탐색하듯 앞쪽을 바라보았다. 제베린이 쪽지를 넘기고 바로 다시 사전을 넘기고 있었다. 그러니까 그래도 숙제를 하는 것이다. 의심스러웠다…… 이제 쾨르너가 격문을 받았다. 그는 쿠르트를 돌아보고 마치 우연인 듯 꼼짝 않고 쳐다보더니 서명했다.

다음에 무슨 일이 벌어졌는지 쿠르트는 정확히 알 수 없었다. 하지만 앞줄이 격문의 존재를 채 알기도 전에 끝나는 종이 울렸다. 프로햐스카는 "그럼 다음 시간에 계속하지요" 하고 중얼거리고 교실을 나갔다. 쿠르트는 자리에 그대로 앉아 있었다. 살짝 마음이 불편했다. 초연을 앞둔 연출가의 초조감 같은 것이었다. 과연 성공할까?

그때 쇤탈이 다가와 마치 카드를 던지듯 쪽지를 책상에 던진다.

"제발 그만해! 이걸로 뭘 하려고?"

쿠르트는 대답하지 않는다. 자세를 바꾸지 않고 쪽지를 펼쳤다. 다 합해서 여덟 명이 서명했다. 자신과 렝스펠트의 서명은 의미가 없다. 호벨만, 레비, 게랄트, 바인베르크, 카울리히, 쾨르너다(만약을 대비해 쾨르너는 이름을 깨알같이 작고 읽기 힘들게 썼다).

그러니까 싸울 준비가 된 사람은 여덟 명뿐인가? 그래도 반의 4분의 1이다. 아니다. 4분의 1이 아니다. 여덟 명의 개인이다. 나머지는 어디 있을까? 여학생들이 서명하지 않으리라는 건 짐작했다. 그들은 포기할 수 있다고 생각했다. 하지만 스물다섯 명은? 그들 중 하나가 따귀를 맞았는데?

"왜 서명하지 않았어, 쇤탈?"

쇤탈의 붉은 잇몸이 윗입술 밑에서 심술궂게 드러났다. "내 입장은, 교수님을 화나게 하는 건 슐라이히를 위해서도 우리를 위해서도 이익이 없다는 거니까. 어쨌든 교수님은 강자잖아."

"내가 늘 하는 말이야!" 둘러선 아이들 가운데서 쾨르너의 목소리가 으르렁거린다.

쿠르트는 못 들은 척 무시했다. 그의 시선이 더 움직였다.

"클렘?"

"왜 나한테 물어? 다른 애들한테 물어봐."

"슐라이히?"

"나는 당사자니까 서명할 수 없어!"

"노바크?"

"나는 쪽지를 못 받았어."

"두페크?"

"모두 서명하면 나도 할게."

"림멜?—지티히?—너?—너?"

침묵이 그를 둘러싸고, 그의 머리 위에 떨어지고, 진흙처럼 사방에서 물렁거린다. 쿠르트는 불현듯 다음 시간이 프랑스어 시간인데 숙제를 안 했다는 생각이 났다. 마음 같아서는 거기 서서 심술궂게 히죽거리는 그들 모두에게 침을 뱉고 싶었다.

"다 멍청한 짓이야!" 쾨르너가 상황을 정리했다.

"말하기 전에 제발 생각 좀 해!" 쿠르트는 평온을 가장하고 쾨르너가 뭐라고 대꾸하려고 하자 쏘아붙였다. "그런데 멍청한 짓이라면서 왜 서명했어?"

실수였다. 쿠르트는 스스로 주장의 토대를 무너뜨린 것이다. 쾨르너도 그걸 알아챘다.

"마음에 안 드니? 그럼 난 서명을 철회할 수 있어."

"그렇게 해. 네가 스스로 느끼지 못한다면…… 너희 모두……" (쿠르트는 벌떡 일어나 주먹으로 책상을 쾅 내려쳤다.) "너희 아첨꾼들이 지금 뭐가 문제인지 느끼지 못한다면, 그럼……" 쿠르트는 맥이 빠져 다시 자리에 주저앉았다. 더 할 수가 없었다. 하마가 속내를 드러냈다.

"나는 너희가 왜 그렇게 흥분하는지 모르겠어! 결국 슐라이히 개인의 일이잖아!"

"그렇지 않아, 친애하는 숄츠. 누구나 당할 수 있는 어떤 일이 우리 중 한 사람에게 일어난다면, 그건 더는 개인의 일이 아니야." 바인베르크가 말했다. 적어도 바인베르크는 이 일을 심각하게 받아들였다.

"곧 종이 울릴 거야."

메르텐스의 말에 쿠르트는 마지막으로 시도해보았다.

"친구들! 할 거야, 안 할 거야? 나는 서명은 포기할래. 너희 말로 충분해!"

호소는 통하지 않았다. 모호하게 중얼거리는 소리만 들렸다. 이 불한당들은 비겁함을 보여줄 용기조차 없구나, 쿠르트는 생각했다. 쪽지는 자신이 보관하기로 했다. 그사이 쾨르너는 서명을 슬쩍 지웠다. 웃음이 나왔다.

"신사분 가운데 맹세를 철회하고 싶은 사람 또 있어? 좋아. 호벨만, 레비, 게랄트, 렝스펠트, 카울리히, 바인베르크. 나머지는", 그는 슐라이히에게 몸을 돌리고 반 아이들을 죽 소개하려는 듯 손짓하며 말했다, "모두 네 뺨을 또 때렸어. 너의 친구들이야, 슐라이히. 고맙다고 인사해."

수업 시작종이 울렸다. 모두 아무 말도 하지 않았다. 보르헤르트가 교실에 들어오는데 바인베르크만 나직이 내뱉었다. "비열한 녀석들!"

쿠르트는 바인베르크의 손을 잡았다. 바인베르크가 그 손을 꼭 잡고 흔들었다.

지금 사실 아주 슬퍼해야 마땅하다, 쿠르트는 생각했다. 하지만 감상에 젖을 시간이 없다. 이제 전혀 다른 것이 문제다. 내가 문제다.

사소한 감정은 내면으로 숨어들어 갔을 뿐, 이제 달팽이처럼 슬금슬금 고개를 내밀었다.

쿠르트는 서명을 다시 보았다. 쾨르너 외에 렝스펠트를 빼야 했다. 격문을 첫 번째로 받아 사실 편의상 서명했기 때문이다. 지금 일이 이 지경인데 그를 계산에 넣을 수는 없었다. 다른 아이들은? 게랄트는 자기 행동의 정당성을 확신했고, 따라서 믿을 수 있었다. 둥글둥글한 호벨만은 쿠르트의 손안에 있었다. 감히 그에게 반기를 들지 못할 것이다(쿠르트는 이제 모든 반대를 자신의 인격에 대한 공격으로 이해했다). 레비는 이 일을 장난삼아 함께했다. 카울리히는 사소한 일탈을 충분히 저지를 수 있었고 따라서 걱정할 게 없었다. 바인베르크는 의심의 여지가 없었다. 정말 우연히 이 여섯 명뿐이라면…… 하지만 그건 미친 짓이었다.

어쨌든 곧 결판이 날 것이다. 보르헤르트는 학급일지 기재를 마쳤고, 립스는 펜을 들고 자리로 돌아갔다. 보르헤르트가 책을 펼친다. 조용, 조용.

쿠르트는 고개를 쑥 빼고 교수를 응시한다. 누구 이름을 부를까? 보르헤르트는 책장을 넘긴다. 평소보다 더 천천히. 거의 조심스럽게. 무슨 눈치를 챈 걸까? 아니다. 그는 아이들을 훑어본다. 누굴, 누굴 부를까? 쿠르트는 자기 이름을 부르라고 강요하고 싶었으나 보르헤르트는 눈치채지 못한다. 여전히 보고 있다. 혹시 테스트하려는 걸까?

아니다! 아니다! 보르헤르트는 테스트하지 않는다. 그는 교탁에 걸터앉아 말한다(첫 마디에 쿠르트는 깜짝 놀란다), 태연하게, 그것도 독일어로.

"계속합시다. 빅토르 위고의 시예요. 〈공기의 정령(Les Djinns)〉. 내가 먼저 읽지요."

그가 읽기 시작하는데 쿠르트는 긴장이 탁 풀린다. 쿠르트와 눈이 마주친 바인베르크의 의아한 시선이 그의 생각을 말해주는 듯하다. 보르헤르트는 이 일을 덮으려고 할 거야. 어쩌면 슐라이히에게 사과할지도 모르지. 다른 가능성은 생각할 수도 없어. 보르헤르트는 당연히 자신의 잘못을 느끼고 오늘 아주 신중히 생각해 권위의 무게를 시험하는 짓은 또 안 할 거야. 아무도 테스트하지 않겠지. 누구 이름도 안 부를걸……

"카울리히!"

쿠르트는 몸이 앞으로 확 쏠렸다. 뭐? 그러니까 감히 그러려고?

"첫 구절을 번역해봐요!"

카울리히는 느릿느릿 굼뜨게 일어난다. 쿠르트의 가슴이 쿵쿵 뛴다.

카울리히는 어떻게 할지 모르는 것처럼 한참 책장을 넘기며 서 있다. 정말 틀린 페이지를 폈을 수도 있고, 일부러 그러는 척하는 것일 수도 있다.

"앉아요. 다음에는 좀 더 집중해요!"

보르헤르트는 화난 기색 없이 말하고 다시 탐색하듯 교실을 둘러본다. 쿠르트는 차라리 제때 포기하고 싶다. 카울리히가 호명된 것은 우연이었고, 그가 대답하지 않은 것 역시 우연이었다, 이제 모범생 중 한 사람 차례일 것이다.

"바인베르크!"

쿠르트는 무심하게 앞을 바라보기 위해 입술을 꽉 깨물어야 한다.

바인베르크는 자리에서 일어나 책을 손에 들고 서서 책은 안 보고 앞을 응시한다.

"첫 구절을 번역해봐요!"

바인베르크는 잠자코 뻣뻣이 서 있다.

"무슨 말인지 몰라요? 번역해요!"

목소리에서 벌써 짜증이 좀 더 묻어난다. 하지만 바인베르크는 부드득 이를 갈기만 한다, 턱이 움직이는 것이 보인다. 보르헤르트는 무심한 척 말한다.

"괜찮아요. 게르버, 한 번 번역해봐요!"

이제 쿠르트는 놀라지 않는다. 일어나면서 지금 말하면 어떻게 될까 생각한다. 순간 그러고 싶은 조롱 섞인 욕구를 느낀다. 그는 무표정하게 교수의 얼굴을 바라본다.

잠시 시간이 흐른다. 모두 책상에서 머리를 들고 쳐다본다. 마침내 보르헤르트의 말이 정적을 뚫고 길게 늘어진다. "아! 그런 거군요! 자, 우리는 곧 보게 될 거예요. 앉아도 좋아요, 게르버!"

"우리", 쿠르트는 오래전부터 받아들여진 오만함의 그 장중한 복수형 표현이 그렇게 끔찍하게 느껴진 적이 없었다.

한없이 치욕스럽다. 저 위에 한 사람이 서서 "우리"라고 하고, 밑에는 많은 사람이 앉아서 저마다 "나"라고 한다. 보르헤르트는 교탁으로 가서 서랍을 열고 학급일지를 꺼내 펼친다.

"펜 좀 줘요!"

그때 전혀 예상하지 못한 일이 일어난다. 아무도 그의 뜻을 들어주지 않는다.

"펜요!"

앞 첫 줄에서 엘제 립스가 일어나려는 듯 몸을 움직인다. 하지만 누가 잡았는지 아닌지는 분명하지 않으나 아무튼 그녀는 그대로 앉아 있다.

쿠르트는 벅찬 기쁨에 뜨겁게 달아오른다. 그들은 그렇게 나쁘지 않다, 막상 그런 상황이 되면 결국 동지애를 지킨다. 보르헤르트는 반 전체에 죄를 물어야 할 것이다.

"나는 기다릴 수 있습니다." 보르헤르트는 팔짱을 끼고 뒤로 몸을 기댄 채 조용히 말한다. 교실에 납처럼 무거운 정적이 감돈다.

보르헤르트의 눈이 끊임없이 깜빡거린다. 하지만 그는 이제 일어나 아무 자리에나 가서 펜이나 연필을 집을 수 있다. 쿠르트는 상상해본다(지금 그 일은 불가능한 것 같지 않다). 필기도구 주인이 '죄송합니다, 교수님. 하지만 그건 제 펜이에요, 사유재산이라고요!' 하면 어떻게 될까? 보르헤르트가 감히 압수할까?

이제 반 전체가 규율 위반 조사를 받을 지경이다. 카울리히와 바인베르크의 침묵은 갑자기 다른 의미를 가진다. 비겁한 도피자는 하나도 호명되지 않는다니, 이해할 수 없는 행운이다!

엘제 립스가 일어나지 않은 건 좋았다. 혹시 그녀가 그를 사랑하나? 그러지 않을 이유도 없다. 쿠르트는 사랑할 만한 점이 많으니까.

리자만 그런 점을 못 본다. 리자…… 어떻게 지금 그는 그녀를 생각할 수 있을까?

행복하기 때문이다, 오랜만에 다시 정말 행복하기 때문이다. 행복할 때마다 그는 리자 생각이 난다. 저녁에 공원을 걷고, 목이 긴 하얀 백조가 연못에 가지를 드리운 버드나무 앞을 떠다니고, 나직한, 나직한 흐느낌처럼 만물이 구원받은 듯 마음을 달래주고, 밤중에 언덕에 서서 밑에는 대도시의 무수한 불빛이 반짝이고 하늘에는 별이 반짝이는 걸 바라볼 때면, 넓은 가슴으로 온 마음에 담고 싶을 만큼 아름다운 어떤 것을 볼 때면 그는 항상, 아직도 여전히 리자 생각이 난다. 다 아무 소용없고 그녀가 얼마나 보고 싶은지 키스는 바라지도 않고 오직 그녀의 숨결과 어쩌면 그녀의 침묵과 평온을 느끼고 싶을 뿐이다……

거기! 평온이라고! 쿠르트는 흠칫 놀란다. 여기가 어디지? 교실이다. 보르헤르트는 여전히 팔짱을 끼고 교탁에 앉아 있다. 모두 꼼짝도 하지 않는다. 아래 거리에서 자동차 한 대가 지나간다. 몇 초 동안 덜커덩 소리가 시끄럽다. 다시 조용하다. 귀를 대고 문지르면 이상한 피리 소리가 들리는 무거운 이불처럼 정적을 손에 잡을 수 있을 것 같다.

헛기침 소리에 정적이 쨍하고 깨진다. 지금 교장이 들어온다면! 하지만 쿠르트는 끝까지 생각할 수 없다. 평온이 먼 기계소리처럼 웅웅거린다. 그는 숨을 참는다. 얼마나 오랫동안 계속될까? 맙소사, 이제 겨우 반쯤 왔다…… 저기…… 뭐지?…… 저게 뭐지?

보르헤르트가 얼굴을 찡그리지도 않고, 보르헤르트가 아무 일도 없었다는 듯, 자신의 행동이 아주 당연하다는 듯 무심한 얼굴로, 보르헤르트가 주머니에 손을 넣어 만년필을 꺼내 학급일지에 뭔가 적는다.

벌써 몇몇 아이가 기침하고, 의자가 삐걱거리고, 종이가 버석거린다.

클렘이 호명되어 빅토르 위고의 시 〈공기의 정령〉 첫 구절을 번역한다……

패전한 장군이 상상할 수 있는 온갖 불행을 겪고, 마지막 남은 충신들마저 떠나고, 계속 새로운 조건을 이행해야 하고, 계속 새로운 굴욕을 견뎌야 하듯이 이제 모두 쿠르트 게르버에게 등을 돌렸다.

행운을 만나 극복된 듯 보였던 패배가 분명해졌다. 대부분 그를 안타깝게 생각했지만, '아, 어쩌지'와 '하지만' 뒤에서 고소한 마음을 애써 숨기는 아이도 몇 있었다.

더 이해하기 힘든 일이 벌어졌다. 수업이 끝나고 슐라이히가 회의실로 보르헤르트를 찾아가 용서를 빈 것이다. 슐라이히가 보르헤르트에게. 보르헤르트는 슐라이히를 백치, 코흘리개, 건달이라고 불렀다. 반 전체가 보는 앞에서. 보르헤르트는 슐라이히의 따귀를 때렸다. 서른 명의 아이들 앞에서. 그런데 슐라이히가 보르헤르트에게 용서를 빌었다. 왜냐하면, 글쎄 뭐, 왜냐하면 보르헤르트 교수가 슐라이히 학생에게 따귀보다 더 고통스러운 짓을 할 기회가 바로 있기 때문이다, 안 그런가. 그래서 슐라이히 학생은 뉘우치며 잘못했다고 인정하는 편이 훨씬 더 나았다. 예, 교수님, 제가 바보같이 행동했어요, 알고 있습니다, 교수님. 교수님께서는 신경이 극도로 예민하셨고, 저는 반항하면 안 되었습니다. 싸움을 걸면 안 되었어요. 용서해주세요, 교수님, 교수님께서 제 뺨을 때리신 것을……

보르헤르트는 관대했고 용서했다. 그는 슐라이히 바로 뒤에 회의실에 나타난 쿠르트 게르버 학생도 용서하고 일을 더 파고들지 않겠다고 선언했다. 실은 게르버 학생이 제발 그래달라고 애원했기 때문이다. 쿠르트가 용서를 빌기 쉽지 않았다는 것이 빤히 보였다. 그러니까 처음에 그랬다. 나중에는 훨씬 나아져서 담임인 쿠퍼 교수님이 사건을 알면 어떤 끔찍한 결과가 생길지 그럴싸하게 설명할 수 있었다. 더욱이 깊이 생각하지 않고 감정에 휩쓸린 걸 깊이 후회한다고, 다름 아닌 그가…… 이미 말했듯이 쿠르트 게르버 학생은 보르헤르트의 마음을 움직여 학급일지 기재를 없던 일로 할 수 있었다. 물론 다른 교수들은 학급일지에 빨간색 두 줄이 처져 있음에도 내용을 읽고 고개를 저었으나 어쨌든 바로 열린 교수회의에 미치는 거의 피할 수 없는 나쁜 영향은 막을 수 있었다. 구할 수 있는 것은 구했다. 그렇다, 보르헤르트 교수는 상담을 마치며 게르버 학생에게 몇 마디 격려의 말을 친절하게 건네기까지 했다……

그것은 게르버 학생의 가장 큰 실패였다.

9

"수요일 10시." 통속소설

며칠 후 지난 교수회의 결과가 공표되었다. 쿠르트 게르버는 다시 수학과 화법기하학에서 질책 두 개를 받아 그의 상황은 이제 가망이 없어 보였다. 아버지가 그 소식을 고통과 분노, 불안과 걱정이 이루 말할 수 없이 참담하게 뒤섞인 침묵으로 받아들이자 먼저 나서서 가정교사를 구해달라고 부탁하는 것 외에 다른 해결책이 없었다. 모든 일이 마치 문장의 마침표와 같았다. 자동 고문 기계는 한 치의 오차도 없이 정밀해서 고문당하는 사람은 도무지 정신을 차릴 수가 없었다. 초인종을 눌렀는데 루프레히트 교수가 집에 없어서 얼마나 놀랐는지! 한 시간 후에 다시 오라는 말에 쿠르트는 '그것도 괜찮아. 다 예정된 거야' 하는 느낌이 들었다. 치욕을 두 번에 걸쳐 당하고, 그래서 두 배로 당하는 것은……

"어이, 불만쟁이!"

누가 어깨를 건드렸다. 그 사람이 권총을 들이민 듯 쿠르트는 소스라치게 놀랐다. 보비 우르반이었다.

"악마가 붙잡아 갔으면 좋겠다! 왜 고개를 푹 숙이고 모른 척 그냥 지나가?"

악마? 왜? 악마는 없다. "안녕하세요." 쿠르트는 보비가 내민 손을 잡는다. 보비 우르반이 웃는다.

"아, 드디어! 다시 만난 기쁨에 네 입이 그만 붙어버린 줄 알았어."

저기 누가 웃고 있다. 웃는 저 사람은 대체 어디서 왔을까? 여전히 웃고 있다. 그럼 아마 나도 웃어야겠지. 하하. 어쨌든 잘 될 거야.

"잃어버린 어린 양, 내가 무슨 일로 웃는지 알아?"

"아니요. 몰라요. 무슨 일로 웃는데요?"

쿠르트가 고개를 젓자 보비가 낄낄거린다.

"온 얼굴로!"

이미 알고 있어, 쿠르트는 생각한다. 그 농담을 알고 있어서 자신이 기쁘다는 걸 불현듯 깨닫는다. 이유는 모르지만 즐겁고, 그래서 같이 웃는다, 큰 소리로 요란하게.

"그럴 줄 알았다니까! 늙은 보비 우르반은 늘 쾌활한 기운을 불어넣지. 보비 우르반을 먼지처럼 흩날려보라고! 바늘구멍만한 틈으로 다시 밀고 들어올 테니까." 보비가 고개를 끄덕인다. 기분이 아주 좋은 듯 이름의 첫 글자 '우'를 트림하듯 내뱉는다.

쿠르트는 처음엔 자신조차 놀라면서 서서히 대화에 휘말려 자연스럽게 묻고 대답하고 반문한다. 생각이 안 나면 아무 말도 하지 않는다. 그래도 아무 문제가 없다.

보비가 대체 어디 숨었었느냐고 묻는다. 저 위 파울 바이스만의 아틀리에에 들르겠다고 하지 않았느냐고, 모두 그를 기다렸다고, 대체 무슨 일이 있었느냐고?

쿠르트는 어떻게 대답해야 할지 모른다. 진짜 어떻게 대답해야 할지 모른다. 대체 무슨 일이 있었지? 잠깐만…… 전철이 눈앞에서 떠났다고…… 아니, 그건 아니다…… 아, 이제 알겠다. 내 생각에 그게 이유일 거야. 그렇다. 하지만 보비에게 그 말을 할 수는 없다……

보비가 계속 말한다. 그런데 리자가 화가 많이 났다고. 당연하다고. 숙녀가 초대했는데 그냥 나타나지 않는 건 예의가 아니라고 한다.

흠. 나는 리자 때문에…… 아니, 그 말도 할 수 없다. 하지만 다른 이유도 있다.

"있잖아요, 보비, 나는 그런 종류의 유흥을 대단하게 생각하지 않아요. 저녁에 다 함께 모여 앉아서…… 좋아요. 하지만 아틀리에 축제라니…… 아틀리에 축제죠…… 그렇죠? 그럼 사람들이 그렇게 생각하잖아요, 무조건……"

"웃기네. 그럴듯하게 보이려고 아틀리에 축제라고 부르는 것뿐이야. 우리는 그런 것에 의지하지 않아. 다행히 다른 기회가 또 있으니까."

"예, 어쩌면 형은 그렇겠지요."

"뭐?"

"아무것도 아니에요." 쿠르트는 갑자기 당황해서 말을 끊는다. 그러고 나서는 무슨 말이라도 해야 하니까 지금 어디 가느냐고 묻는다.

보비는 마침 파울 바이스만과 약속이 있다. 그는 카페가 근처니까 같이 가자고 한다. 혹시 시간이 있는지?

사실은 없다.

그래. 왜 안 되겠어?

"무슨 말이에요, 괜찮아요." 쿠르트는 그렇게 말하고 보비 우르반과 함께 카페에 간다.

두 시간 후 루프레히트 교수 집의 계단을 올라가며 쿠르트 게르버는 한 계단을 올라갈 때마다 어렵게 친숙해진 들뜬 기분이 조금씩 사라지는 느낌이 들었다. 이윽고 문이 열리자 그 기분은 거의 남지 않았다. 아니, 적어도 그를 맞는 루프레히트 교수의 불친절한 태도를 느낄 만큼은 남았다.

다른 학교에서 수학과 화법기하학을 가르치는 루프레히트 교수는 노타이셔츠에 붉은색 바둑무늬 재킷 차림으로 문 사이에 서 있었는데 얼굴에 털이 북슬북슬하고 어깨가 넓어서 꼭 벌목꾼처럼 보였다. 그 모습에 걸맞게 주데텐 지방* 억양이 강한 말투도 무뚝뚝하게 들렸다.

"좀 더 일찍 올 수는 없었어요, 예? 벌써 한 시간을 기다렸어요, 내 시간을 훔친 거라고!"

쿠르트는 얼굴을 붉히고 더듬거리며 몇 마디 변명한다. 전철이……

"됐어요! 당연히 전철이겠지. 늘 똑같다니까." 루프레히트 교수는 고개를 젓고 거칠게 웃더니 입구의 작은 방 탁자 주위에 빙 둘러 놓은 등나무 의자 중 하나를 가리켰다. 그의 목소리가 조금 다정해졌다. "지금 내 방에 들어갈 순 없어요. 상관없어요. 어차피 오늘은 수업할 수 없으니까. 정말 더 일찍 왔어야 했는데. 한 시간은 수업해야 하니까. 좋아요. 어쨌든 좀 앉아요."

쿠르트는 거의 겁을 내며 그가 하라는 대로 했다. 이건 무슨 의미의 '앉아요'지? 루프레히트 교수는 의자에 편하게 기대앉으며 말했다.

"그러니까 수학이 안 좋다고요, 화법기하학도 그렇고. 동료 쿠퍼와 아버님한테 들었어요. 교수회의 결과는 어떻지요?"

쿠퍼와 이야기했다면 당연히 아시겠지요, 몇 분 전만 해도 그렇게 쏘아붙였을 테지만 지금 쿠르트는 담담하게 대답했다. "두 과목에서 질책을 받았습니다."

"그렇군요. 그렇군요. 몇 주 후에 있는 졸업시험은 어떻게 될까요? 우리는 많이 노력해야 할 거예요. 그런데 왜 그렇게 늦

꽃   체코의 옛 독일인 거주지역.

게 정신을 차렸어요?"

쿠르트가 대답하지 않자 루프레히트 교수는 콧수염을 쓰다듬고 한숨을 쉬더니 말했다.

"자, 힘내라는 얘기예요. 바로 시작하기로 하죠." 그는 수첩을 꺼내 달력과 시간표가 적힌 페이지를 펼쳐 탁자 위에 놓았다. "월요일에 부활절 방학이 시작되는데…… 내 말은, 그러니까 조금 더 쉬어요. 나도 쉬어야 하니까, 그렇죠? 오늘이 금요일이고, 그럼 언제 시작할까요?"

"교수님이 원하시면 언제든 좋습니다."

"그래요. 자, 그럼…… 그럼…… 수요일. 괜찮아요?"

"물론입니다, 교수님."

"그럼 좋아요. 수요일 10시. 메모하는 게 좋을 것 같은데."

'학생수첩'을 안 가지고 다닌 지 한참 됐는데도 쿠르트는 무심코 안주머니에 손을 넣었다. 루프레히트 교수가 조급하게 물었다.

"수첩이 없어요? 종이 줄까요?"

"아니요, 감사합니다. 저도 있습니다." 쿠르트가 말했다. 옆주머니에 빳빳한 종이쪽지가 들어 있었다. 순간 그게 어떻게 거기 들어 있는지 모른 채 쪽지를 꺼냈다.

주소와 전화번호가 적힌 파울 바이스만의 명함이었다. 쿠르트는 명함을 뒤집어 보고 얼굴이 창백해졌다.

명함 뒷면에 적혀 있었다. 수요일 10시.

쿠르트는 글자를 빤히 쳐다보았다. 눈앞에 인생의 갈등이 심연처럼 입을 딱 벌렸다.

수요일 10시. 그는 화가 파울 바이스만에게 전화해 아틀리에에서 만나는 문제를 의논해야 했다.

수요일 10시. 그는 아돌프 루프레히트 교수 집에 와서 수학 수업을 해야 했다.

수요일 10시, 수요일 10시.

"자, 생각할 게 뭐 그렇게 많아요?"

루프레히트 교수의 말에 쿠르트는 정신을 차리고 명함에 무의미한 선을 몇 개 끄적거렸다.

"그럼 결정된 거예요!" 루프레히트 교수가 말했다.

지금 "수요일 10시"라고 하면 목을 졸라 죽여버릴 거야, 그런 생각이 머리를 스쳤다. 하지만 루프레히트 교수는 더 말하지 않고 일어나 문을 열고 "잘 가요" 했다.

쿠르트는 무거운 걸음으로 천천히 터벅터벅 계단을 내려왔다.

다 괜찮아, 그는 생각했다. 나는 내 인생의 소설을 살고 있어. 하지만 그런 통속소설인 줄은 몰랐지.

수요일 10시.

쿠르트는 루프레히트 교수 집 근처 전화 부스에서 거리로 나왔다. 전화 연결이 바로 되지 않은 데다 파울 바이스만과 상당히 오래 통화했다. 어차피 늦었으니까 리자에게 당장 전화하는 게 더 좋지 않을까? 그런 생각이 들었다. 파울은 그러라고 조언했다. 그렇다, 그걸 거의 조건으로 내세웠다. 쿠르트는 우선 리자와 다시 연락해야 한다, 그래야 모임 준비를 훨씬 더 잘할 수 있다면서.

쿠르트는 일이 그렇게 진지해져서 기분이 좋았다. 리자가 그에게 화가 났다. 그 때문에 그렇게 애를 쓸 정도로 그가 그녀에게 의미가 있었나?

쿠르트는 생각에 잠겨 계속 걷다가 루프레히트 교수가 사는 아파트 앞에서 갑자기 걸음을 멈추었다. 그리고 계단을 올라갔다.

하늘색 앞치마에 머리카락을 틀어 올린 여자가 문을 열어 주었다. 외모로 보면 꼭 요리사처럼 보였다. 그녀가 친절하게 말했다.

"안녕하세요. 남편을 찾아왔지요, 그렇죠? 게르버 씨죠?"

게르버 씨라…… 쿠르트는 그렇다고 했다. 여자가 다른 쪽을 향해 소리쳤다.

"아돌프! 나와봐요! 게르버 씨가 왔어요, 수업하러." 바로 루프레히트 교수가 문에서 나와 퉁명스럽게 인사하고 쿠르트를 방으로 데리고 가더니 바로 가려는 듯 몸을 돌렸다.

"잠시 앉아 있어요. 바로 올게요."

쿠르트는 방을 둘러보았다.

그러니까 나는 여기 앉아 있다. 안락의자에. 안락의자는 네모난 탁자 앞에 놓여 있다. 안락의자 세 개가 더 있고, 붉은 플러시 천을 씌운 소파와 작은 피아노와 보면대가 있다.

피아노가 어떻게 여기 들어왔을까? 여기서 누가 피아노를 치지? 혹시 루프레히트 교수가? 말도 안 된다. 수학 교수는 피아노를 치지 않는다.

그 외에는 방이 아주 평범해 보인다. 당연하다. 방이 어떻게 보여야 하는가. 혹시 앞쪽에 교탁과 검은 칠판이 있기를 바랐나?

그렇다고 생각한다. 혹은 그렇지 않다고 생각한다. 아니다.

이 방은 다른 모든 방과 같은 방이다.

여기 누가 살지?

"아돌프! 아돌프, 얼른 뭐 좀 먹을래요? 햄샌드위치는?" 여자 목소리가 밖에서 들리고 문이 닫혔다. 이게 다 무슨 말이지?

그러니까…… 잠깐…… 여기 누가 어떤 사람에게 아돌프라고 했다. 이 아돌프는 햄샌드위치를 먹었다…… 그러니까 수학 교수는 아주 평범한 인간이라는 뜻이다.

아니, 아니, 아니다. 세상에, 이럴 수가. 그럴 리가 없다.

교수는 사생활이 없다. 그렇다.

쿠르트는 수학 공식을 적은 노트를 서둘러 펼치고 귀를 틀어막고 빽빽하게 나란히 늘어선 암호와 기호를 들여다보았다.

아돌프? 루프레히트 교수!

아돌프 루프레히트, 실과고등학교 3에서 수학과 화법기하학을 가르치는 교수가 들어왔다.

마치 처음 보는 것처럼 쿠르트는 그를 쳐다보았다. 웃음을 참기 힘들었다. 이 남자는 방금 햄샌드위치를 먹었지, 그는 생각했다.

교수가 맞은편에 앉더니 시계를 꺼내 탁자 위에 놓았다.

"제시간에 오는 적이 없군요!" 교수가 말하고 느닷없이 히죽 웃었다. "하지만 그렇게 생각하고 바로 조금 더 잤어요."

그렇군요. 더 잤군요. 당신은 그런 짓을 하지요. 학생이 조금 더 자고 늦게 오면 그럼 뭐 어때요?

"푹 잘 수 있으면 좋은 거지, 안 그래요?"

아주 좋지요. 그런데 친애하는 교수님, 당신은 올해 대체 몇 명을 폭망시킬 거예요? 턱에 묻은 빵 부스러기나 좀 터시죠.

"그럼 시작하지요. 어디가 제일 약해요?"

다 약해요. 벌목꾼 양반, 당신은 목도 황소처럼 굵군요.

"자?" 루프레히트 교수가 성급하게 물었다.

"저…… 저는…… 적분법인 것 같습니다."

"아하. 공식은 어떤가? 한번 보죠."

쿠르트는 그에게 수학 공식 노트를 밀었다.

$x^2 \cos x \, dx =$

수업이 (도중에 루프레히트 교수는 한 번 이상 고개를 저으며 심각한 의구심을 드러냈다) 끝나고 쿠르트가 입구로 이어지는 작은 방에 들어서는데 부인이 마침 바깥에 서 있다가 "잘 가요!" 했다. 문까지 왔는데 여전히 그녀의 목소리가 들렸다. "아돌프, 들어와요."

어쩌면 루프레히트 교수는 공처가일지도 몰라, 계단을 내려가며 쿠르트는 생각했다. 실과고등학교 3의 수많은 학생 위에 재앙이 떨어진 건 오직 그것 때문일 수 있어. 그 학교 학생들은 수천 가지 이유를 찾느라 골머리를 앓지만 정작 이유는 엉뚱한 데 있는 거야.

루프레히트가 미흡을 준다면 어떨까? 쿠퍼가 햄샌드위치를 먹는다면?

전부 다 우습다……

쿠르트는 전화 부스에 들어가 아틀리에 드레몬에 전화를 건다. 가슴이 쿵쿵 뛴다.

"아틀리에 드레몬입니다", 억양 없는 사무적인 남자 목소리가 전화를 받는다.

"예…… 여보세요…… 베어발트 박사입니다…… 제 여동생과 통화할 수…….."

"누구요? 잘 안 들려요!"

"베어발트 박사예요. 여동생과……" 쿠르트는 떨리는 목소리로 말하지만 남자가 다시 말을 잘랐다.

"누구라고요? 좀 더 똑똑히 말씀하세요! 누구요?"

내가 누군지 알았구나, 터무니없는 두려움이 와락 엄습했다. 쿠르트는 수화기를 내려놓고 전화 부스에서 뛰쳐나왔다.

맑은 공기를 마시자 다시 모든 일이 아주 우습게 보였다. 이제 나는 정신이 온전하지 않구나, 그는 생각했다. 크론 박사를 만나야겠어. 무슨 소리야, 말도 안 돼, 졸업시험에서…… 조용히 해. 우습다. 왜 수화기를 내려놓았을까? 뻔뻔해야 했는데. 다시 전화할까? 혼선이 있었어. 아니, 차라리 하지 말자. 더욱이 리자가 불편할 거야.

갑자기 리자가 미칠 듯 보고 싶었다. 지금까지 한 번도 느껴보지 못한 불꽃처럼 타오르는 그리움이었다. 리자는 그의 인생에 아직 버팀목과 의미를 부여해줄 수 있는 유일한 사람인 듯했으나 그는 그녀가 그걸 결코 이해 못 하리라는 걸 알고 있었다. 그러나 마음에 가득한 것은 가망 없는 절망, 불행한 연인의 한없는 절망이 아니었다. 전혀 다른 것, 그가 원하는 것과 다른 방식으로 사랑받을지 모른다는 두려움이었다. 더 두려운 것은 그런 일이 의도적으로 일어날 수 있다는 것이었다.

저녁에 가게 앞에서 리자를 기다리자, 쿠르트는 결심했다.

아틀리에 드레몬은 혼잡한 차들이 거들떠보지 않는 듯한 도심의 좁은 골목에 있다. 차들이 혼잡할수록 그런 골목의 정적은 더욱 깊게 느껴진다.

이 골목은 고풍스러운 교회가 있는 한 광장으로 이어진다. 석양의 햇살이 강하지 않아 교회의 둥근 지붕이 환하진 않아도 어슴푸레 빛났다. 연푸른색 하늘에 떠 있는 꾸불꾸불한 우윳빛 작은 구름이 갈수록 흰색을 띠었다. 돌연 아주 부드러운 바람 한

9. "수요일 10시." 통속소설

자락이 일어 아스팔트에서 종이 한 장을 날려 살짝 자리를 옮겼다. 종이는 조용히 만족하며 기분 좋게 거기 누워 있었다.

봄이구나, 쿠르트는 느꼈다. 봄이라 좋았다.

교회 탑에서 종이 세 번 울렸다. 7시가 거의 다 되었다. 몇몇 진열장에서 전등 불빛이 더 또렷해졌다. 다른 진열장 앞에는 블라인드가 차르륵 요란하게 내려졌다. 이제 리자가 나와야 한다. 상점들에서 벌써 사람들이 거리로 나온다, 혼자 혹은 둘씩 짝을 지어서. 팔짱을 낀 사람들이 많다.

리자는 왜 아직 안 나올까? 혹시 가게에 없나? 혹시 아픈가?

거기—저기—아니다. 하지만 이제 정신 바짝 차리고 봐야 한다. 점점 더 많은 사람이 나온다.

이제 나오는 사람이 없다. 리자는 어디 있지?

날이 벌써 깜깜해졌다.

쿠르트는 초조하게 왔다 갔다 한다. 몇 분이 흐르고, 또 몇 분이 흐른다. 한 소녀가 눈을 반짝이며 그를 유심히 쳐다보고는 한 진열장 앞에서 멈춰 섰다가 천천히 다시 걸으며 두 번 뒤를 돌아본다…… 저 여자애는 분명 나를 멍청이로 생각하겠지, 쿠르트는 생각하고 그 모습을 머뭇머뭇 바라보면서도 자신이 절대 그녀에게 말을 걸지 않으리라는 걸 안다…… 아틀리에 드레몬으로 올라가 볼까, 곰곰이 생각한다. 2층에 있는 아틀리에 전면의 커다란 창문 세 개가 아직 환하다……

망설이며 몇 걸음 떼고, 우선 자동차가 지나가게 하고, 더 가려는데 리자가 건물에서 나온다.

그녀는 그를 못 보고 교회 방향으로 골목을 따라 걸어 내려간다. 쿠르트는 천천히 그녀의 뒤를 따른다, 그녀의 탄탄한 걸음걸이를 더 보고 싶다. 또 가게 코앞에서 달려드는 것보다 그편이 그녀에게 더 나을 것 같다.

그녀가 오른쪽으로 접어든다. 쿠르트는 희망에 차서 걸음을 서두르는데 몸이 살짝 떨린다.

이제 모퉁이를 돌고 네 걸음, 세 걸음 뒤까지 온다.

"리자!" 쿠르트는 걸음을 멈춘다. 하지만 목이 이상하게 말라서 소리가 갈라지고 작았다. 리자는 못 듣고 좀 더 빨리 성큼성큼 걷는다.

골목길이 휘어지면서 사람이 많아져 행인을 피해야 한다. 거기 자동차 한 대가 서 있다.

드디어 다시 그녀 바로 뒤까지 온다.

그가 다시 나직이 그녀의 이름을 부르고—

"리자!"가 입술에 이르렀는데 그 순간 어느 집 대문에서— 혹은 현관 뒤에서—어쩌면 그냥 옆에서—

한 남자의 형상이 나와 인사하고—쿠르트는 그 소리를 듣는다—그녀의 손에 키스한다. 쿠르트는 그 모습을 보고 벌써 그들을 지나쳐 걷는다. 재빨리 모자를 눌러 썼다. 리자가 그를 알아보는 게 싫다, 똑똑히 생각할 수 있는 건 거기까지다. 누가 사방에서 망치를 내려치듯 머릿속이 웅웅 울린다. 오로지 멀리, 빨리,

빨리, 방금 리자가 놀라서 그의 이름을 부르지 않았나, 그녀가 고개를 저으며 그를 쳐다보지 않는가, 빨리, 계속 더, 그녀의 눈에서 벗어나자, 바로 저기, 오른쪽으로—제기랄, 옆 골목이 아니라 격자문이 나온다. 우묵한 곳에 있는 격자문은 잠겨 있다. 이제 앞으로도 뒤로도 갈 수 없다⋯⋯

수치심과 분노에 신음하며 쿠르트는 어깨를 추켜올리고 몸을 움츠리고 우묵한 곳에 얼굴을 돌린 채 바짝 붙어 선다. 벌써 발소리가 나고 리자의 목소리가 들린다, 리자의 목소리, 무슨 말을 하는지는 알 수 없다. 머리가 너무 시끄럽게 덜그럭거린다. 하지만 그녀는 다른 사람과 말하고 있다, 아마 미소도 지으리라. 쿠르트는 이를 악물고 움켜쥔 주먹을 재킷 주머니에 집어넣는다.

이윽고 그는 몸을 돌렸다. 저기 그들이 가고 있었다. 그들의 뒷모습을 바라보는데 서서히 긴장이 풀렸다. 그의 팔이 늘어져 밑으로 툭 떨어졌다.

저기 그들이 가고 있었다. 그는 여전히 그들을 바라보고 있었다. 이제 그들이 멈춰 섰다.

그는 주머니에 손을 넣었다. 움켜쥔 검은 금속 물체보다 손이 더 찼다. 탕 소리가 짧게 한 번, 또 한 번 나고 리자 옆에 선 남자가 팔을 공중으로 높이 쳐들고 잠시 꼼짝 않고 서 있더니 푹 고꾸라졌다. 쿠르트 게르버는 권총을 주머니에 찔러 넣고 큰 소리로 비웃으며 우묵한 격자문에서 나왔다.

당연히 쿠르트 게르버는 그 모든 짓을 하지 않았다. 그냥 생각했을 뿐이다. 자신이 통속소설을 산다는 생각이 다시 났기 때문이다. 거기서는 그런 효과가 어울렸을 것이다. 하지만 여기서도 쿠르트에게는 단단한 토대가 결여되어 있었다. 그는 권총을 가지고 있지 않았던 것이다.

그래서 쿠르트는 리자와 미리 상의하지 않고 부활절 일요일('아틀리에 축제'는 그날 하기로 정해졌다)에 그냥 파울 바이스만의 아틀리에에 나타났다. 루프레히트 교수가 그날과 다음 날 수업을 빼주고 학교는 수요일에 개학이어서 쿠르트는 아틀리에로 가면서 걱정했던 것보다 우울하지 않았다.

파울 바이스만은 그를 벽감의 전등이 어슴푸레한 방으로 밀어 넣었다. 방은 벌써 북적거려서 스탠드바로 꾸며진 벽 쪽 길고 좁은 탁자 앞 낮은 소파 혹은 등나무 의자 두 개에 열두 명 정도가 앉아 있었다.

크리스마스 때 만난 몇 사람이 다가와 악수를 청했다. 그사이 다른 사람들을 소개받았지만 이름을 새겨듣지는 않았다. 한쪽 구석에 리자가 앉아 있었다. 리자, 그녀는 쿠르트가 가까이 가도 올려다보지도 않고 그레틀 블리츠와 계속 활발한 대화를 이어갔다. 그레틀이 먼저 인사했는데 리자는 그가 손을 내밀기 전까지 그의 존재를 눈치채지도 못한 것 같았다.

"안녕", 그녀가 말했다. 손이 차갑고 생기가 없었다. 그녀는 그레틀 블리츠와 수다를 더 떨려고 무심하게 고개를 돌렸지만 그사이 그레틀이 일어나 다른 데로 가버렸다.

리자는 지루한 듯 다른 쪽을 바라보면서 옷을 매만졌다. 쿠르트는 무슨 말을 해야 할지 모르고 한없이 당황하며 그녀 앞에 서 있었다. 바로 사과할까? 어쩌면 그녀는 연기하는 것일 수 있다. 수요일 일을 얘기할까? 어쩌면 그녀는 정말 그를 못 봤을지도 모른다……

리자는 등나무 의자 팔걸이에 팔을 길게 올려놓고 입술을 오므리고 쿠르트를 쳐다본다. "그래서?"

"뭐…… 어떻게 지내?" 쿠르트는 침착한 척하며 옆에 앉는다.

리자는 새침하게 놀란 얼굴을 그에게 돌린다.

"갑자기 왜 그게 관심이 있는데?"

"왜냐하면…… 나는…… 리자, 날 믿어줘, 그러니까……"

"그래서?"

쿠르트는 갈피를 못 잡고 다리를 흔든다. 방 안을 훑어본다. 다른 사람들은 큰 소리로 이야기하고 있다, 그들에게 신경 쓰는 사람은 아무도 없다. 저기 스탠드바 뒤에 벽지를 바른 문이 있다. 저 문은 어디로 이어질까? 리자에게 물어볼 수 있을 것이다. 아니다, 그건 아니다……

"너, 범죄자처럼 날 심문하는구나!" 쿠르트는 웃으려고 하지만 리자의 얼굴은 여전히 무표정하다. 그는 당황해서 어쩔 줄 모르며 멍하니 그녀를 바라본다. 그 시선에 그의 모든 고민이 담겨 있다.

그때 리자의 입이 천천히 누그러지고 그녀가 입과 눈으로
웃기 시작하며 자리에서 일어난다.

"가자, 이 못된 녀석. 넌 상냥한 대우를 받을 자격이 없지만
이번엔 많은 사람 앞에서 공개적으로 설교를 듣는 벌은 면제해
줄게."

그녀는 스탠드바 탁자 뒤로 가서 작은 문을 연다.

쿠르트는 그녀를 따라간다. 무릎이 후들거리고 환호성을
지르지 않으려고 자제해야 한다.

리자가 딸깍 전등을 켠다. 이젤과 오만 가지 다른 도구들이
가득한 일종의 헛간으로, 가구라고는 소파 하나뿐이었다. 리자
는 거기 앉아서 익살스럽게 진지한 태도로 야단치기 시작한다.
그가 그렇게 오래 연락하지 않고, 그렇게 예민하고, 그렇게 어린
애 같고, 그렇게 고집이 세기 때문이다. 그녀의 밝은 아름다움에
휩쓸려 그는 그만 더 참지 못하고—

두려워하던 일이 벌어진다. 리자가 팔을 늘어뜨린 채 눈을
뜨고 공허하게 천장을 쳐다본다. 쿠르트는 순간 멈칫하다가 바
로 그녀의 입술에 입술을 포갠다.

그녀는 뿌리치지 않는다. 하지만 입술이 축축하고 차갑다.
쿠르트는 그만 멈춘다.

"리자?"

리자는 똑바로 앉는다. 순식간에 그녀는 작은 소녀가 된다.

"항상 바로 키스를 해야 해?"

"항상? 내가 몇 번이나 키스했는데?"

"앞으로 얼마든지 키스하게 될 거야, 쿠르트, 믿어줘. 하지만 지금은 아니야." 그녀의 목소리가 달래듯 부드럽다. "항상 그럴 수는 없어, 알겠니?" 그녀는 그의 머리카락을 쓰다듬고, 다시 그보다 훨씬, 훨씬 더 나이 많고, 우월하고, 거의 용서를 해주는 듯한 분위기다.

쿠르트는 그런 것을 얻기 위해서 자신이 얼마나 노력했는지 온전히 다 이해하지 못한다. 그녀가 날 사랑한다면, 날 사랑한다고 말했다면(지난번 크리스마스 때 만났을 때와 같은 기분이다), 그럼…… 그는 머뭇머뭇 그녀를 다시 포옹한다. "리자!"

그녀가 그의 이마에 가볍게 키스한다.

"가자. 여기 더 오래 있을 순 없어."

그녀가 스스럼없이 앞장서 벽지 문을 나선다. 우연히 눈이 마주친 파울 바이스만이 소리친다.

"불 꺼, 이 불한당들아! 대체 왜 불을 켰어?"

쿠르트는 느릿느릿 걸어 나온다.

다른 네 사람과 소파 위에 편하게 앉아 있던 오토 엥겔하르트가 담배에 불을 붙인다, 아주 무심하게.

저 사람은 무심한 척하는 거야, 불쑥 그런 생각이 든다. 저 사람은 무심한 척하는 거야, 무심한 척 연기할 수밖에 없으니까 ─연기한다─리자가 날 가지고 연기하는 것처럼─그녀는 왜 날 안으로 불러들었을까?—그녀는 왜 날 괴롭힐까?—하지만 그녀는 날 괴롭히지 않는다—전혀 아니다.

쿠르트가 옆에 앉자 보비 우르반이 두 팔을 활짝 펼치고 낭송하듯 말한다.

"오, 여왕이여, 성생활은 아름답다오!"

"바보!" 쿠르트는 나직이 내뱉는다.

보비는 천천히 얼굴을 그에게 돌리고 고개를 몇 번 끄덕인다.

"소년아……."

보비의 목소리에 담긴 뭔가가 귀를 기울이게 만든다. 모두 합의했지만 그를 배려해서 뭔가를 비밀로 숨기는 것 같다……

저녁은 기대한 대로 크리스마스의 가장 아름다운 날들처럼 즐거웠다. 보비 우르반이 피아노를 치고, 모르는 어떤 여자가 샹송을 불렀다. 그 후 방이 칠흑같이 깜깜해지고 축음기에서 남자 가수의 나직하고 감미로운 노래가 흘러나와 방 안에 떠다니는데 깜깜한 어둠 속에서 묘하게 가슴에 와닿았다. 모르는 여자가 쿠르트에게 바짝 관심을 보였다. 작은 벽지 문이 몇 번 열렸다 닫혔는데 한번은 예의 남자 가수가 "I can't give you anything but love(나는 당신에게 사랑밖에 드릴 것이 없어요)"*라는 노래를 불렀다. 그렇다, 그 가수가 그 노래를 부른 건 어쩔 수 없었다. 리자가 정말 센스가 있다며 대체 누가 그런 노래를 틀어줄 멋진 생각을 했는지 궁금하다고 하자, 쿠르트는 방금 헛간 방에 들어

9. "수요일 10시." 통속소설

간 사람이 혹시 리자가 아닐까 했던 시꺼먼 두려움을 떨쳐버릴
수 있었다. 그는 리자를 정말 사랑하고, 옆에 앉은 모르는 여자
와 그 여자가 보이는 큰 관심에는 신경도 쓰지 않았다. 여자가 우
연인 듯 스쳐도 모르는 체하려고 했으나 마침내 열아홉 살의 꿈
틀대는 관능과 바짝 붙어 앉은 나긋나긋한 여자 몸의 따뜻한 온
기에 그만 어둠이 견딜 수 없게 되었다…… 그는 리자를 아주 사
랑했다…… 불이 다시 켜지자 그는 자신이 구애의 끝자락에 서
있으며 이제 더 삼갈 게 없다는 생각이 들었다……

쿠르트는 새벽 4시에 무겁고 피곤한 몸으로 거리를 따라 걸
었다. 일행 중 하나가 축음기 음반을 칭찬하기 시작했다.

리자가 흥얼거렸다. "I can't give you anything but love."

그러다 그녀가 갑자기 노래를 멈추고 말했다. "사실 끔찍한
키치*야."

그 말을 귀에 담고 쿠르트는 일행과 헤어졌다. 키치. 통속소
설. 전부 다 그렇다.

<hr>

* 지미 맥휴가 작곡하고 도로시 필즈가 작사
한 미국의 대중가요이자 스탠더드 재즈.
1928년 뉴욕 브로드웨이 뮤지컬 〈검은 새들
(Blackbirds)〉 삽입곡으로 처음 선을 보인 이
후 많은 사랑을 받았다.

* 천박하고 저속한 모조품 또는 대량 생산된
싸구려 상품을 이르는 말.

헤어지며 모르는 여자가 약속하듯 리자보다 더 손을 꼭 잡은 것도 키치다. 키치.

그래도 다시 흥분되었다. 다음엔 그 여자와 같이 가야지, 그는 생각한다.

리자! 왜 그 여자와 가지 못하게 막았어? 그녀는 나를 원했고, 나는 그녀를 원했는데. 그래, 나는 그녀를 원했다고. 그래, 그래, 그랬어. 내일 찾아가서 그녀를 가져야겠어. 너는 날 막을 권리가 없어.

하지만 쿠노는 모든 유혹을 뿌리치고 다음 날 행복하게 연인을 팔에 안을 수 있었다…… 나는 가련한 교과서 도덕가야, 순전히 비겁하기 때문이지. 다음 날 무슨 일이 일어날까, 무슨 일이?

다음 날은 화요일이다. 쿠르트는 다음 날 무슨 일이 일어날지 알고 있다. 밤이 춥지 않은데도 몸이 으슬으슬했다. 그는 외투깃을 높이 세웠다.

리자, 너는 내게 신경을 쓰지 않았지. 만약 내가 모르는 여자와 같이 갔으면 오히려 기뻐했을지 몰라. 오, 너는 그런 즐거움을 항상 느낄 수 있겠지. 그것보다 더 간단한 일은 없으니까……

그때 바로 옆에서 코를 찌르는 싸구려 향수 냄새가 풍겼다. 올려다보니 거리의 여자가 얼굴을 바짝 들이밀고 있었다.

누가 얼굴에 던져 거기 그대로 달라붙어 있는 듯 그녀의 입 주위에 뱅글뱅글 미소가 감돈다. "헤이, 애송이? 담배 좀 줘!"

쿠르트는 흠칫 놀라 빨리 걷는다. 그를 몰아낸 건 편협한 시민이 사회의 낙오자에게 느끼는 혐오가 아니다. 그냥 놀랐기 때문이다. 그는 늙고 역겨운 얼굴에 이가 넓적하고 금니를 박은 여자에게 동정심조차 못 느끼는 자신이 부끄럽다. 그 입에 키스하는 생각만 해도 소름이 끼친다.

저기 또 한 여자가 서 있다. 옷차림이 소박하다(다른 여자처럼 털목도리와 커다란 모자로 꾸미지 않았다)—이제 그녀가 얼굴을 돌린다—예쁘다.

쿠르트는 가까이 다가가 금세 그녀를 따라잡는다. 걸음을 늦추고 이윽고 멈춰 선다.

소녀는 얼굴은 그를 향하고 있지만 딴 데를 본다, 완전히 딴 데를 보는 건 아니지만 아득한 어떤 것을 바라본다. 이 슬픈 시선을 어디서 봤지?

맞다, 통속소설이다. 당연하다. 그렇게 상상해야 한다, 안 그럼 일이 완벽하지 않을 테니까.

소녀가 나직이 말한다. "나하고 같이 가요."

"어디로?" 그가 물어도 그녀는 여전히 그를 똑바로 바라보지 않는다.

지금까지 그녀는 그런 질문을 자주 듣지 못했다. 유혹적이어야 하지만 괴롭게 보이는 미소를 띠고 대답하기까지 조금 시간이 걸린다. "우리 둘만 있는 곳으로요." 그러고 다시 땅바닥을 내려다본다.

쿠르트에게 무슨 일이 있는가? 그는 거리의 소녀와 같이 가는 생각은 꿈에도 한 적이 없었다. 그가 그런 일을 한다는 건 말도 안 된다. 그는 그러지 않을 것이다. 도망칠 것이다. 지금 당장, 소녀를 그 자리에 세워둘 것이다, 당장, 다음 순간에―하지만 그는 여전히 거기 있고, 소녀는 여전히 땅바닥을 내려다보고 있다.

"가자! 쿠르트가 불쑥 말한다.

그가 아주 빨리 걸어서 소녀는 옆에서 종종걸음을 칠 수밖에 없다. 쿠르트는 그걸 알고 걸음을 늦추고 곁눈질로 슬쩍 쳐다본다. 소녀는 고개를 숙이고 있다―우습다―그래도―어떤 것이 있다. 비슷하진 않지만―자신에 대해 하나도 모르는 애수 같은 것이 있다.

글쎄 뭐. 이제 필요한 것은, 소녀가 우리 아버지는 몰락한 백작이나 그 비슷한 인물이라고 감상적인 창녀의 이야기를 들려주는 것뿐이다. 그럼 아주 멋질 것이다.

쿠르트는 소녀를 다시 한번 찬찬히 뜯어본다. 그의 시선이 그녀의 몸을 쭉 따라 불로 태우듯 소녀는 고개를 더 푹 수그린다.

끔찍하구나, 쿠르트는 생각한다. 끔찍해, 그녀가 지금 진짜 슬픈지 그렇지 않은지는 중요하지 않다. 어쩌면 그녀는 정말 슬플지도 모른다.

그가 가르니 호텔 저 위 방에서 갑자기 '안 돼'라고 했으면 어쩌면 소녀는 정말 울었을 수도 있었다. 장사가 어그러져서가 아니라, 암울한 기억이 떠올라서 울었을 수도 있었다.

그래서 쿠르트는 불을 끄고 소녀 옆에 누웠다. 그녀는 어린

아이 같은 가느다란 팔로 그를 꼭 끌어안고 딱 한 번 짧은 탄식을 내뱉었을 뿐이다.

소녀는 관능적 쾌락의 코미디를 연기하지 않았고, 그들은 서로 거의 말을 하지 않았다. 그녀가 계속 "당신"이라고 존댓말을 해서 그도 잠깐 당혹스러워하다가 반말을 하지 않았다.

이제 그들은 푹 꺼지고 흐트러진 더블베드에 나란히 누워 있다. 벌거벗은 채 바라는 것 없이, 낯설게. 차가운 그녀의 팔에 스치자 사실 그게 얼마나 우스운지 생각하지 못하고 쿠르트는 "미안해요!" 한다. 두 사람은 다시 침묵한다.

갑자기 소녀가 팔꿈치를 괴고는 쿠르트를 한참 바라보더니 나직이 말한다. "여자친구가 너를 많이 사랑하겠구나!"

이상했다, 이 "너"는. 몸이 따뜻하고 기분 좋게 떨린다. 여름 방학 때 어린 여학생들 꽁무니를 따라다니다가 어떤 여자애가 말을 놓아도 좋다고 허락하면 승리한 듯 의기양양했던 시절이 생각난다…… 그제야 그는 그녀의 말을 이해하고 미소를 거두고 천장을 바라본다. "그렇게 생각해?"

소녀는 고개를 끄덕인다. "응."

잠시 잠자코 있다가 소녀는 침대에서 미끄러져 나와 금세 몸치장을 마쳤다. 소파에서 그녀는 옷을 입는 쿠르트를 바라본다.

"몸매가 정말 멋지세요."

그러니까 그녀가 생각한 게 그거로구나! 슬픈 작은 소녀여, 네가 틀렸어. 나와 리자는 아직 거기까지 가지 않았단다.

쿠르트는 소문으로 들어서 얼마를 주어야 하는지 안다. 그래도 묻는다. 소녀는 처음엔 대답하지 않다가 쿠르트가 재촉하자 조금 큰 액수를 부르고 냉큼 돈을 받는다.

그녀는 지폐를 손에 들고 일어나 머뭇머뭇 쳐다보더니 갑자기 두 팔로 그의 목을 얼싸안고 얼른 입술에 키스하고는 더듬거리며 부탁한다. "조금 더 줘. 내가 여기 비용을 다 내야 하거든."

다시 자신의 비참함에 잠긴 쿠르트는 갑자기 전혀 다른 비참함과 마주하고 소원을 들어준다.

그러고 가는데 소녀는 여전히 그의 뒤에서 걷는다.

수위실 앞을 지나가는데 안에서 묻는 목소리가 들린다. "어이, 아니?"

쿠르트는 휙 몸을 돌려 본다.

챙이 긴 모자를 얼굴에 비스듬히 올려놓고 팔걸이의자에 구부정하게 앉아 있는 수위가 분명히 한쪽 눈을 찡긋한다. 소녀는 수위에게 몸을 반쯤 돌리고 쿠르트 쪽을 향해 대강 '저 남자에게 바가지를 씌웠어요!'라고 말하는 듯한 찡그린 표정을 손짓을 곁들여가며 짓고는 한 손가락을 입에 댄다. 그리고 쿠르트가 다 본 걸 눈치채고 상스럽고 뻔뻔하게 깔깔 웃으며 "뭘 봐, 벙어리야?" 하고 허벅지를 철썩 치더니 수위실 안으로 사라진다. 짐짓 화난 척하면서 "하지만 아니!" 하는 수위의 목소리가 들린다. 쿠르트는 골목으로 나와 희번하게 밝아오는 아침 햇살에 잿빛으로 황량해 보이는 남루한 건물들을 따라 비트적거리며 걸어간다.

그의 통속소설은 중요한 지점에 벌써 이르렀다. 다음에 이어지는 일은 이를테면 돈을 더 받으려고 필요 이상 글을 길게 쓰는 것과 같았다.

10

양 전선에 불어닥친 폭풍

이제 진짜 시작이다.

모두 그렇게 생각하고, 많은 사람이 그렇게 말했다. 필기 졸업시험까지 약 5주가 남았는데 바로 이어서 졸업 성적표가 교부되었다. 그것은 그 자체로 비밀스러운 점이 있어서 기대와 고통의 수위를 높였다. 필기시험은 전원이 쳐야 하지만 그즈음 이미 나온 졸업 성적을 토대로 진짜 졸업시험인 구두시험을 볼 자격이 결정되었다.

학년 초 살짝 미리 선보였던 거들먹거리는 분주한 분위기가 학급에 뚜렷해졌다. 남을 도우려는 행동이 눈에 띄게 사라지면서 곳곳에서 학생들 사이에 작은 충돌이 일어났다. 몇몇 교수는 꼬집는 말을 하고, 졸업시험 과목이 아닌 과목을 담당하는 다른 교수들은 서서히 수업을 끝내기 시작했는데 어느 날 필립이 화학 수업을 그만 끝내겠다고 선언하고 남은 시간을 자유 토론으로 채우려고 하면서 첫 테이프를 끊었다. 안타깝게도 다른 과목 시간에 생성된 열이 그의 시간에 폭발해 각 분단이 구호 경연을 열고, 고함을 지르고, 노래를 불러 난장판이 벌어졌다. 필립이 절망해서 엄격한 조치(그는 학급일지에 기재하고, 시험을 보고, 구류와 낙제를 들먹이며 위협했다)를 취하자 오히려 비웃음을 샀다. 모두 그를 진지하게 생각하지 않았으며, 그가 교수회의에서 절대 뜻을 관철할 수 없다는 걸 알고 있었다. 그의 요청으로 누가 낙제하는 일은 상상도 할 수 없었다. 그는 분명 그런 요청은 하지도 않을 것이었다. 그래서 필립은 반 아이들의 조롱감이 되었고, 그가 위험하지 않다는 사실은 악마의 정교함으로 남김없이 이용되었다. 그가 고삐 풀린 폭도들에게 소리 지르고, 부탁하고, '성숙함'에 호소해도 아무 소용이 없는 상황은 정말 보기 딱했다. 학생들도 자신들이 얼마나 비열하게 행동하는지 느꼈지만 어쩔 수 없었으며, 잘하려는 의지는 항상 의도에 그쳤다. 어쩌면 유일하게 자신의 지위를 위해 실천적 이상주의를 실천하려던 필립 교수는 불행하게도 더 중요한 과목 시간에 생성된 견딜수 없이 후덥지근한 공기가 만든 소나기구름의 피뢰침이 되는 형벌을 선고받았다.

죽고 싶을 만큼 지루한 리들의 지질학 시간도 정도는 좀 약해도 비슷한 상황이었다. 리들은 현미경을 가져와 식물 화석을 보여주었다. 학생들은 교단으로 나가 현미경을 들여다보아야 했는데 처음엔 큰 소리로 감탄해 재미있고 황홀한 척했을 뿐이지만 나중에 링케가 각자 현미경 앞에서 보낸 시간을 재자는 아이디어를 냈다. 완전한 순위표가 나왔고, 꼼짝 않고 2분 17초 동안 렌즈를 들여다본 폴라크가 박수갈채를 받았다. 리들은 "그런 개구쟁이 짱난을 아쭈 강력하게" 금지했지만 별 효과가 없었다.

프로햐스카 시간은 상대적으로 차분했다. 프로햐스카는 학기 내내 자신이 테스트하려는 내용을 받아쓰게 하고, 그 내용을 여러 장으로 나눠 제목과 숫자를 붙인 다음, 졸업시험에서 각자 테스트받을 장이 졸업시험 문제라고 가르쳐주었다. 그러니까 누가 호명되어 "자, 친구, 프랑스 혁명에 대해 좀 듣고 싶어요!" 혹은 "주의해요, 중부 유럽의 광업에 대해 좀 설명해봐요!"라는 요구를 받으면 그는 앞으로 전체 역사학과 지리학에서 오직 그 두 장에만 관심을 쏟으면 되는 것이었다. 그 지식으로 그는 성숙함을 증명해야 한다. 늙은 프로햐스카는 이따금 불안해져서 "젊은이들, 나쁜 소문이 나지 않게 조심해야 합니다. 올해는 내 마지막 해예요!" 했다. 학생들은 30년 동안 아무 일도 없었는데 왜 하필 이번에 그런 일이 생기겠느냐고, 벌써 조심하고 있다고 안심시켰다. 그럼 프로햐스카는 장난스럽게 싱긋 웃고 다음 사람을 불렀다……

보르헤르트와 니세트 과목의 공통점은 두 과목 중 한 과목 성적이 더 좋으면 졸업시험에서 다른 과목의 구두시험을 치는 규정이 있다는 점이다(성적이 같으면 고전어가 우선권이 있었다). 그래서 나쁜 점수를 받는 게 오히려 더 좋은 기괴한 일이 발

생했다. 두 교수는 각각 총애하는 학생이 있었는데 보르헤르트는 알트슐이 프랑스어로 구두 졸업시험을 보기를 원했다. 그래서 알트슐에게 그냥 우수만 받을 수 있을 거라고 했다. 니세트는 숄츠로 과시할 계획이었다. 그래서 숄츠에게 마지막 필기시험을 망치라고 조언했다. 여러 학생을 두고 서서히 두 교수 사이에 싸움이 격렬해지고 나머지 아이들은 그 과정을 즐겁게 지켜보았다. 보르헤르트와 니세트가 싸움에 정신이 팔려 외국어가 약한 학생들을 까맣게 잊어버렸기 때문이다. 졸업시험 자격 취득이 주요 관심사였던 그들은 그런 식으로 슬쩍 빠져나가는 것이 기뻤다. 그런 학생들에게 보르헤르트가 가끔 산돼지처럼 달려들거나 니세트가 "음, 학생은 믿을 수 없을 거예요!" 하고 으르렁대면, 그들은 다시 눈에 안 띄는 원래 자리로 더 깊이 숨어들었고 곧 다시 잊혔다. 그리고 졸업시험에서 비로소 다시 등장해 어쨌든 무사히 통과될 터였다.

후사크와 젤리히도 비슷한 점이 있었다. 그들은 8학년생들에게 지금 더 중요한 일이 있음을 알고, 갈수록 과제를 줄이면서 꼭 필요한 성과로 만족했다. 두 교수의 시간에는 항상 조용했는데 아이들이 그들에게 보내는 존경심에는 경외심이 섞여 있었다. 가능한 한 자신의 권력을 보여주려고 기를 쓰는 대신, 묵직한 중요한 위치에서 더욱 묵직한 중요하지 않은 위치로 조용하고 겸손하게 넘어가는 교수가 있다는 사실은 믿기 어려웠다.

마투슈는 완전히 딴판이어서 순전한 중요성으로 부풀어 거의 터질 지경이었다. 산만한 학생을 붙잡으면 얼굴이 시뻘게져서 헐떡거리며 위협적인 욕설을 퍼붓고, 계속 독일어 졸업시험의 결정적인 영향을 거듭 강조했다. "그니까, 그건 아주 분명해요, 아주 분명하다고요. 독일어에서는 이해력이 중요합니다, 그치요. 그니까 누가 우격다짐으로 달달 외우기만 하는지, 아니면 내용을 이해하는지 알 수 있다고요. 그니까 어디 다른 과목이 그러겠어요, 그치요." 하지만 이해력을 증명하는 가장 확실한 방법은 그의 강의를 속기로 받아적어 달달 외우는 것이었다. 은밀한 도움을 기대할 수는 없었지만 그래도 마투슈는 누구를 낙제시키지도 않을 것이다.

마지막 장이 쿠퍼로 귀결되는 건 불을 보듯 뻔했다. 평소 나름대로 무슨 일이든 할 수 있었던 다른 교수들은 이번에는 그 분야의 대가 앞에서 공손하게 뒤로 물러나는 듯 보였다. 그들은 쿠퍼가 올해 졸업시험의 처음이자 마지막이라고 합의를 보았다. 모든 일이 순조롭게 진행되고 곳곳에서 만족스러운 해결책이 모색되어도 최종 결정은 쿠퍼의 몫이어서 그의 한마디로 상황이 뒤집힐 수 있었다. 다른 교수들은 그의 왕좌로 가는 계단에 불과했으며, 그, 쿠퍼가 가부를 결정하는 최종 심급, 신이었다.

쿠퍼는 갈수록 커지는 자신의 중요성에 걸맞게 당당하고 자신 있게 행동했다. 마치 손발이 꽁꽁 묶인 사람들 위로 서서히 그리고 섬뜩할 만큼 조용히 눈사태가 쏟아지는 것과 같았다. 사람들은 도망가지 못하고 마비된 듯 위를 쳐다보고, 아직 살아 있고, 건강하고, 여전히 살아 있지만, 눈사태가 언젠가 덮치리라는 걸 알고 있었다. 눈더미가 소리 없이 더 가까이, 점점 더 가까이 내려왔다……

쿠퍼는 눈앞에 닥친 일을 두고 쓸데없는 말은 한마디도 하지 않았다. 그는 학년 초와 조금도 다르지 않게 침착하고 지루하게 수업을 풀어나갔다. 만약 8학년생이 긴장을 못 이겨 갑자기 '오, 주님! 몇 주 후에 우리는 졸업시험을 칩니다!' 하고 소리쳐 숨통을 트려고 하면, 평소 학생의 긴장을 냉정하게 모른 체했던 쿠퍼는 깜짝 놀라서 눈썹을 추켜올리고 이렇게 말했으리라. 그래, 그래서요? 여러분은 8년 전부터 언젠가 졸업시험을 칠 것을 알고 있었어요. 이제 그때가 되었습니다. 혹시 뭔가 달라질 거라고 생각했어요?

쿠퍼는 계속 수업하고, 계속 시험을 보고, 한 마디 논평도 하지 않고 이따금 미흡을 주었다. 고마워요, 착석, 다음 사람…… 한 사람이 자리에 앉고, 다음 사람이 앞으로 나왔다. 그들은 모든 걸 훤히 아는 꼭두각시 놀리는 사람의 손에 든 꼭두각시들이었다.

'그가' 이룰 일이 더 있었을까? 전혀 없었다. 쿠퍼는 자신의 길을 애초에 정해놓고 이제 미리 정해진 그 결말을 향해 걸어갈 뿐이었다. 그는 약간 의아해하며 버둥거리면서 애쓰는 '학급'이라는 개미떼를 내려다보았다. 저들은 대체 뭘 하려는 걸까? 혹시 저들 중 어느 학생이 쿠퍼가 그를 염두에 두고 미리 계획한 일을 위해서, 혹은 반대해서 뭔가 하려는 걸까? 감동적인 광경이다. 아니, 이 세상에는 얼마나 이상한 일이 일어나는지! 도대체 이 차셰는 왜 나를 찾아와 가정교사 이름을 가르쳐달라고 할까? 이 메르텐스의 어머니는 도대체 왜 끊임없이 울부짖어 나를 괴롭힐까? 이 두페크는 도대체 왜 내 주위에서 알짱거릴까? 이 렝스펠트는 도대체 왜 손을 뻗는 걸까? 그런 짓을 도대체 왜? 우습다…… 그리고 저기 저 학생, 이 게르버는? 도대체 왜 그는 손을 뻗지 않을까? 한동안 그러려고 노력해서 기분이 아주 좋았는데, 그런데 지금은? 평범한 관심을 가지고 저기 앉아 있고, 가끔 대답하고, 가끔 대답하지 않는다. 수백 명의 다른 학생과 똑같은 학생이다. 기분 전환할 거리가 없다. 그는 일이 더 흥미진진하리라고 생각했다. 더 많은 저항과 더 많은 발버둥을 기대했다. 하지만 게르버는 저항하지 않는다. 감히 저항하지 않는다. 풋내기가 한없이 건방지다. 파렴치하다. 아주 조용하다! 나를 방해하지 않는다!

"게르버! 나를 방해하지 말아요!"

쿠르트는 오해를 바로잡으려고 한다. "교수님, 저는……"

"당장 조용히 해요! 질문도 안 했는데 말하면 안 됩니다! 알겠어요?"

"하지만 교수님, 사실이 아닙니다. 제가……"

"무슨 말을 하는 거예요? 사실이 아니라고요? 뻔뻔하기 짝이 없군! 펜!"

쿠퍼는 학급일지에 적는다. "게르버는 떠들어 수업을 방해하고, 경고해도 뻔뻔하게 말대꾸를 한다." 그러고 말한다. "그래요. 이제 앉아도 좋아요, 게르버." 그리고 칠판으로 몸을 돌린다. "계속합시다."

그로테스크한 미국 희극영화에서는 종종 폭풍이 집을 통째로 들어 다른 곳에 내려놓는다. 그 집에 사는 사람들은 잠시 놀랐다가 달라진 상황에 적응해 마치 아무 일 없었던 듯 그 집을 드나든다. 여기서도 비슷했다. 반 아이들은 한순간 눈과 입으로 놀란 표정을 딱 한 번 지었을 뿐이다. 쿠퍼가 학급일지에 기재하자 몇 명은 당황해서 서로 얼굴을 쳐다보고, 그런 걸 두려워할 필요가 없는 아이들은 그냥 고개만 가로젓고, 많은 아이들이 그가 아직 살아 있는지 의심하듯 소심하게 쿠르트 게르버를 돌아보았다. 쿠퍼가 "계속합시다" 하자 그들은 다시 똑바로 앉아 속이 빈 각뿔의 내부에 드리운 그림자에 바짝 관심을 보였다. 그들은 수업을 계속했다.

쿠르트 자신은 어지럽고 혼란스러운 생각에 빠져 무엇이 그에게 밀고 들어와 다시 빠져나가는지 몰랐다. 무섭고 괴로운 공허가 머리를 오그라뜨렸다가 다시 늘리고, 오그라뜨렸다가 늘리고, 오그라뜨렸다가 늘렸다…… 갑자기 번쩍 어떤 신호가 확 타올랐다. 지금 쿠퍼가 나를 테스트할 거야, 지금 당장, 이런 상태인데! 잔뜩 위축된 쿠르트는 집중해서 생각하려고 하나 생각은 도무지 일하려 들지 않았다. 저기 바깥에서 말하는 문장을 끝까지 따라갈 수 없다는 사실을 깨닫자 공포가 엄습했다. 이 각기둥의 면은 각뿔의 측면을 가로지른다. 좋다, 그 말을 들었고, 무슨 의미인지 대충 알았다. 하지만 왜 각기둥의 면이 내부에 드리운 그림자의 경계선을 따라 각뿔의 측면을 가로지를까? 왜 가로지를까?—내부에—가로지를까?—가로지를까?—왜, 오, 제발, 왜? 쿠퍼가 물어보면 어떻게 하지? 쿠퍼가 물어볼 거야, 확실해, 쿠퍼가 벌써 힐긋 쳐다봤어, 벌써 마음먹었다니까. 왜? 그가 뭐라고 할까? 어째서? 도와줘, 도와줘!

"바인베르크, 왜 각기둥의 면이 가로지르는…… 거야?"

바인베르크는 무슨 말인지 몰라 흘긋 쳐다본다. 바깥 칠판에서 그들은 벌써 완전히 다른 데 가 있고 바인베르크는 자신도 수업에 집중해야 해 그를 도와줄 수 없어서 고개를 젓고 다시 몸을 돌린다…… 하지만 그건 안 된다……

"바인베르크, 바인베르크…… 왜…… 내부에……?"

"조용히 해요, 게르버! 불만이 있으면 수업이 끝나고 항의할 수 있어요!"

오, 이런, 오, 이런, 이제 쿠퍼가 제대로 물어볼 거야, 이제 제대로, 당장 물어볼 거야, 다음 순간, 지금, 지금……

하지만 쿠퍼는 질문하지 않는다, 그에게 질문하지 않는다, 아직 질문하지 않는다, 수업시간 내내 질문하지 않는다. 쿠르트는 위험이 사라지는 걸 서서히 알아차린다. 오, 쿠퍼는 그렇게 나쁘지 않아. 쿠퍼는 나한테 질문하지 않아. 나쁜 점수를 주지도 않을 거야. 기회를 남김없이 이용하지 않는다고. 점잖은 거야, 그는, 쿠퍼 신은 선하지, 쿠퍼 신, 그는 공정해…… 그가 뭐라고 했지? 내가 항의할 수 있다고? 그렇지. 당연히 할 수 있지. 하지만 나는 안 할 거야. 항의하는 사람은 없어. 아무도 그런 짓은 안 해. 안 한다고. 우리, 한번 생각해보자, 내가 항의하러 간다면 대체 누가 날 믿어줄까? 누구도 아닌 나를? 설사 믿어준다고 해도 무슨 소용이 있을까? 교장은 어깨를 으쓱하겠지. '이거 참, 어쩌면 학생이 전적으로 잘못한 건 아닐지 몰라요…… 하지만…… 분명 이해할 수 있을 텐데…… 나는 동료 쿠퍼 씨를 공개적으로 망신을 줄 수는 없어요…… 이유가 있었을 거예요. 이유도 없이 학급일지에 기재하는 사람은 없으니까…… 뭐라고요? 학급 전체가 증인이라고요? 정말 그러지 않았다고……? 말도 안 되는 소리, 벌써 무슨 일이 있었는지 알아요…… 그리고…… 우리는 학생을 알아요, 게르버, 그렇죠…… 잘 알지요, 잘 알고 있다고요, 아무튼 담임선생님과 얘기해볼게요, 어쩌면…… 자, 지켜보지요.' 교장은 그렇게 말할 것이다. 그러려고 교장을 찾아갈 수는 없다. 교장은 다른 말은 할 수 없다. 오, 쿠르트는 너무나 잘 알고 있다. 그는 교장실에 서 있고, 교장 차이지히는 팔걸이의자에 앉아 정중하게 그의 말에 귀를 기울이고, 고개를 가로젓고 말할 것이다. 그리고 쿠르트는 허리 숙여 인사하고 교장실을 나올 것이다…… 어쩌면 교장이 정말 쿠퍼와 이야기하고, 쿠퍼가 기재를 삭제할 수도 있고, 삭제하지 않을 수도 있다, 어차피 똑같다……

10. 양 전선에 불어닥친 폭풍

그리고 쿠퍼는 다시 온갖 고문 도구를 들고 달려들 것이다, 쿠퍼, 악당, 쿠퍼, 짐승, 쿠퍼, 개자식…… 어떻게 해야 할까, 어떻게, 어떻게, 어떻게…… 쿠퍼를 찾아가 부탁해볼까? 하지만 벌써 한 번 했으나 소용이 없었다, 게다가…… 아니다, 주제도 모르고 빈자의 오기를 부릴 때가 아니다. 아니다, 쿠퍼를 찾아가자. 그러자.

끝나는 종이 울린다. 8학년생들은 부동자세로 서 있다. 저기 쿠퍼가 온다, 똑바로 앞을 바라보면서.

쿠르트는 자리에서 일어나 손을 든다. 이제 쿠퍼는 그의 바로 앞에 있다. "교수님!"

"나는 할 말이 없습니다!" 쿠퍼는 으르렁대고 그의 앞을 지나쳐 문고리를 잡더니 교실을 나간다.

쿠르트는 꼼짝 않고 서 있다. 현기증이 나서 책상에 기대야 한다…… 아니야, 고마워, 게랄트, 이제 괜찮아……

쿠르트는 물리 실험실 문을 두드린다.

"들어오세요!" 하는 후사크의 목소리가 언짢은 듯 들리지 않나? 이 희망도 물거품이 되는가?

후사크 교수는 4학년 학생 두 명과 실험 도구를 정리하는 중이다. 그는 쿠르트를 보더니 그들에게 그만 가라고 손짓한다. 그들은 공손하게 인사하고 간다.

"자, 무슨 일이에요, 게르버, 얼굴이 왜 그래요? 좀 앉아요."

쿠르트는 무슨 일이 있었는지 설명한다. 교수의 얼굴은 무표정하고 이마를 몇 번 찡그릴 뿐이다.

"이제 어떻게 해야 할까요, 교수님?"

후사크는 말없이 이를 꽉 문다. 그의 맑고 푸른 눈에서 불꽃이 튄다.

"학생은 아무것도 할 수 없어요. 차라리 아버님을 불러요. 아버님이 어쩌면 뭔가 하실 수 있을 거예요. 가장 좋은 건 아버님이 교장을 찾아가는 거예요."

"아버지는…… 아버지가 이 일을 아시는 건 원하지 않아요. 아버지가 편찮으세요."

후사크는 성큼성큼 실험실을 가로질러 걷는다.

"교수님, 혹시 쿠퍼와 이야기하실 수 있으세요?"

후사크는 몸을 홱 돌리고 뒷걸음을 치더니 손사래를 치면서 고개를 세차게 젓는다.

"쿠퍼와 이야기한다…… 나는…… 아니, 아니요, 삐약이. 나는 그 사람과 얽히고 싶지 않아요!" 그가 어찌나 질색하는지 쿠르트는 포기할 수밖에 없다.

"그럼 저는 끝났어요, 교수님." 쿠르트는 공허한 목소리로 말한다.

"끝나지 않았어요!" 후사크는 발을 구른다. "지금은 아니에요! 졸업시험까지 기다려요, 게르버. 지금은…… 날 믿어요, 쿠퍼 씨가 결정권을 쥐고 있어요. 기다려요, 게르버, 그리고……" 후사크는 다음 말을 찾지 못하고 그걸 숨기려고 쿠르트를 문으로 밀어냈다.

아무 성과도 없었다. "졸업시험까지 기다려요!" 졸업시
험…… 쿠르트는 그렇게 멀리까지 생각할 수 없었다. 당장 눈앞
에 닥친 일이 너무 버거웠다. 앞으로 무슨 일이 일어날까?

쿠르트는 수업을 빼먹었는데 우연히 역시 바깥에 나온 지
티히로부터 프로햐스카가 "친구 게르버"를 찾는다는 말을 들었
다. 프로햐스카가 그를 '테스트'하려고 한다고, 주의하라고……
그 말도 그냥 흘려들었다…… 다음 쉬는 시간에 쿠퍼가 왔다. 등
뒤에서 어찌나 문을 꽝 닫는지 8학년생들은 튕기듯 벌떡 일어
났다.

"게르버!"

"예!"

"방금 열린 교수회의에서 규율이 없는 학생에게 당장 두 시
간의 구류 처분을 내리자고 결정했어요. 처벌은 오늘 오후 4시
에 시작될 겁니다. 그다음 일은 나중에 알려줄 거예요."

문 앞에서 쿠퍼가 몸을 돌렸다.

"아버지가 서명한 확인서를 당장 오후에 가져와야 해요."

쿠르트는 비틀거렸다.

오후까지 남은 시간은 어떤 계획을 세우기에 너무 빠듯했
다. 쿠퍼가 확인서를 요구하자 그는 아버지가 여행을 갔다고 궁
색한 변명으로 빠져나가려고 했다.

놀랍게도 쿠퍼는 말없이 그를 두 시간을 보내야 할 교실로

데리고 갔다. 쿠르트는 두려워했던 것과 달리 수학 과제를 풀라는 명을 받지 않았으며, 하고 싶은 일을 해도 괜찮았다. 두 시간 후 쿠퍼는 그를 풀어주며 "나는 내일 확인서를 받아야겠어요." 하고는 힘주어 덧붙였다, "…… 아버지의 서명이 들어간 거요!"

백 가지 이유로 서명 위조는 생각할 수 없었으나 아버지가 실제로 서명하는 건 더더욱 생각할 수 없었다. 그래서 쿠르트는 어머니에게 사실을 털어놓는 수밖에 없었다. 어머니는 바들바들 떨면서 조용히 그의 말을 들었는데 아무 소용 없는 그녀의 걱정은 오직 아픈 아버지에게 쏠렸다.

"다른 해결책을 못 찾으면 난 틀림없이 폭망이에요."

쿠르트의 말에 어머니는 아무 말도 하지 않았다.

그때 흔들리는 마음에 작은 틈이 벌어지며 순간 결말이 보였다. 쿠르트는 생각에 잠겨 고개를 끄덕이며 중얼거렸다.

"그래요, 그런 거예요. 그것도 이유가 되겠지요. 이번이 두 번째 구류예요. 그건 내가 자퇴 권고를 받을 거라는 의미지요. 그들이 나를 내쫓기 전에요. 그런 학생을 폭망하게 하는 건 어렵지 않아요. 아무도 그런 학생을 걱정하지 않으니까."

그는 그런 생각은 서명과 아무 상관이 없으며, 모든 일은 어차피 이미 정해졌다는 걸 문득 깨달았다. 그리고 소스라치게 놀랐다. 그러니까 정말 끝이란 말인가?

"엄마가 쿠퍼를 찾아가야 해요!" 그는 짧게 말하고 어머니가 그럴 능력이 있는지 가늠하려는 듯 빤히 쳐다보았다.

어머니는 여전히 아무 말이 없었다. 천천히 두 손을 포개어 잡고 앞을 응시하며 꼼짝도 하지 않는데 처음으로 눈물이 주르륵 무릎에 떨어졌다. 마치 고문대 위에서 숨을 거두는 사람처럼 어머니는 한숨을 쉬고 딴 데를 쳐다보며 나직이 말했다.

"쿠르트…… 나의 쿠르틀…… 불쌍한 내 아들…… 너는 합격해야 해…… 알겠니…… 해야 해…… 안 그럼…… 말하고 싶지 않구나…… 생각도 하고 싶지 않아…… 오, 하느님, 선하신 하느님……" 그만 흐느낌이 터져 나와 어머니는 일어나 아들의 목을 와락 껴안았다. 뺨과 목이 따뜻하게 적셔지는 느낌에 쿠르트는 들썩거리는 어머니의 등을 아무 생각 없이 토닥거렸다. "울지 마세요, 엄마. 이러실 거 없어요, 그렇게 나쁘진 않아요." 그는 딱딱하고 메마르게 그렇게 말했다. 하지만 어머니의 눈물에 가슴이 에이지 않았다. 아니다, 똑똑히 느꼈는데 단지 신경이 곤두섰을 뿐이다. 그래도 안타까웠다, 어머니가, 그의 어머니가, 그에게 매달려 뺨을 쓰다듬는 어머니가 안타까웠다. "합격할 거지…… 그렇지…… 엄마한테 말해주렴, 쿠르틀…… 졸업시험에 합격할 거지……" 그녀의 말은 다시 눈물에 잠겨버렸다.

쿠르트는 거기 서 있었다. 생각이 갈피를 못 잡고 방황했다. 갑자기 부끄러워 얼굴이 흙빛이 되었다. 인정하고 싶지 않았지만 사실이었다. 어머니의 몸이 가까이 있자 리자 생각이 난 것이다.

그는 어머니를 애써 부드럽게 떼어내 소파로 데려갔다. 죄의식을 느끼며 다정하게 말했다.

"저기, 조금 누우세요. 이 바보 멍청이가 얼마나 엄마 속을 썩이는지 끔찍하네요. 그런데 상황이 정말 그렇게 비극적이에요?"

"비극적이라!" 어머니의 목소리는 지치고 힘이 없었다. "내일 네게 아빠가 없다면……"

어머니의 목에서는 메마른 그르렁대는 소리만 났다. 쿠르트는 방을 나왔다.

아니다, 운명을 그 기원까지 거꾸로 추적해 왜 이렇게 흘러왔는지 원망하는 건 의미가 없다. 혹시 흐름을 바꿀 수 있었을까? 만약 이렇게 했다면 어떻게 되었을까? 이제 운명이 굴러 엄청난 일로 번지는데 그것에 대처해야 했다. 하지만 노도처럼 밀려오는 그 불행 앞에서 도망치는 것 외에 다른 살길이 있었을까?

그 후 일은 소용돌이치듯 휘몰아쳤다. 방향이 분명해진 파도가 사납게 부딪치고 간계와 악의와 증오가 부글부글 끓어올랐다. 휘몰아치는 사건 속에서 누가 무엇을 하려고 했는지 알 수 없고 끝나고 나서야 비로소 사건의 윤곽을 알 때가 종종 있다. 그럼 무거운 헐떡임에서 어렴풋이 태어난 평온이 앞으로 다가올 일에 베일을 덮는 안개처럼 살포시 내린다.

만약 뒤엉킨 실타래를 푸는 게 가능하다면, 일은 어머니가 9시 쿠퍼의 수업 직전 쉬는 시간에 회의실 문을 두드리고, 근처에 있던 동료가 용건을 묻자 쿠퍼 교수님과의 면담을 요구하는 것에서 시작되었다. 몇 걸음 떨어진 곳에 앉아 있던 쿠퍼는 무슨 일로 왔는지 물어달라고 했다.

10. 양 전선에 불어닥친 폭풍

"제 아들의 일입니다."

아들이 누군지?

쿠르트 게르버 학생, 8학년. 그러자 쿠퍼가 들리게 말했다.

"부인에게 지금 상담할 수 없다고 전해주세요. 면담시간은 내일모레 11시에서 12시까지라고요."

그 대답이 전해지기 전에 어머니는 떨리는 가슴을 애써 누르며 쿠퍼에게 다가왔다.

"부탁인데 예외를 허용해주세요, 교수님. 아주 절박한 사정이 있습니다."

쿠퍼의 목소리에서 매몰찬 거만함이 묻어났다. "정말 이상하게 행동하시는군요…… 흠…… 게르버 부인. 하지만 너그럽게 봐드리죠, 무엇을 원하시죠?"

쿠퍼는 그렇게 말하며 조용히 앉아 의자를 권하는 시늉도 하지 않았다. 어머니는 피가 나도록 입술을 깨물며 '경솔한 행동으로 아들에게 해를 끼치지 않아야 한다. 자신이 절대 그 계기가 되면 안 된다' 하는 생각에 필사적으로 매달리며 그 치욕을 견뎠다. 만약 다른 두 교수가 동시에 의자를 가져오지 않았더라면 아마 계속 서 있었을 것이다.

어머니는 신중하게 살피면서 말하기 시작했다. 잘 알고 있고, 또 인정한다, 유감스럽게도 아들이……

쿠퍼는 무뚝뚝하게 그녀의 말을 끊었다. 제발 부탁인데 간단히 얘기해달라고, 쉬는 시간을 허비하고 싶지 않다고.

어머니가 여전히 자제한 건 가히 영웅적이라 할 만했다. 지루한 듯 뻐끔뻐끔 담배 연기를 뿜어대는 쿠퍼에게 그녀는 고개를 젖히고 사정을 설명했다.

"남편이 아파요, 교수님. 심장병이 심각해져서 의사가 흥분하면 아주 위험하다고 했습니다. 제 아들은 벌을 받을 거예요, 저를 믿으셔도 됩니다. 하지만 남편의 서명은 예외적으로 면제해주시길 부탁드립니다."

쿠퍼는 어깨를 으쓱했다.

"유감이네요. 이런 종류의 확인서는 아버지가 서명하는 게 규정입니다. 만약 아버지가 있다면 말이죠." (어머니는 움찔했다.) "그러니까 하고 싶어도 저는 서명을 면제해드릴 수 없습니다."

쿠퍼는 일어나며 대화를 끝내려는 기색을 보였다.

어머니도 일어났다. 똑바로 서 있기가 힘들었다.

"불행한 일이 일어날 수 있습니다, 교수님."

"유감이군요. 하지만 저는 규정을 지켜야 합니다."

"교수님의 규정이 한 사람의 건강과 어쩌면 생명을 위험에 빠뜨려도 좋은지 의심스럽네요. 교수님은 책임질 수 없으실 거예요."

"제가 무엇을 책임질 수 있는지 아닌지는 제게 맡겨주세요. 부인 말씀대로 사정이 정말 그렇다면…… 왜 아드님을 이 측면에서 못 잡으셨어요?"

"교수님!"

"이제 됐습니다. 적어도 아드님에게 유익한 교훈이 될 겁니다. 저는 내일 아버님이 서명한 확인서를 받겠습니다."

쿠퍼는 휙 몸을 돌려 회의실을 떠났다.

어머니가 쓰러지려고 했다. 주위에 둘러선 교수 중 하나가 (대화가 끝날 때쯤 아주 큰 소리가 오갔다) 그녀를 부축했다.

"부인, 그렇게 흥분하실 이유가 없습니다!" "쿠퍼 교수는 벌써 부인의 입장을 이해할 거예요. 그렇게 심각하게 생각하지 마세요."

다른 교수들도 거들며 달랬으나 어머니의 귀에는 하나도 들리지 않는다. 수많은 무서운 광경 가운데 숨을 그르렁거리며 베개 위에서 몸을 뒤트는 남편의 모습이 계속 눈앞에 떠오를 뿐이다.

택시 안에서 애끓는 울음이 터져 소리 죽여 눈물 흘리며 그녀는 바르르 몸을 떤다. 집에 도착해 의자에 쓰러져 채 울음을 다스리기도 전에 아버지가 들어온다. 숨기려고 빈약한 시도를 하나 소용이 없고 아버지는 그녀를 다그쳐 모든 사정을 알게 된다. 방을 나서는 그는 소름 끼치도록 침착하다. 다만 숨소리가 크다.

아버지가 회의실에 들어섰을 때는 이미 한참 전에 수업이 시작되었다. 할 일이 없는 몇몇 교수들이 거기 있었는데 그중에 젤리히가 있다.

"지금 아드님 이야기를 하고 있습니다, 게르버 씨. 방금 부인이 여기 오셨어요. 도대체 무슨 일이에요?"

아버지는 목소리를 가다듬고 간단하게 설명하기 시작한다. 이마에 송골송골 솟은 압정만큼 큰 땀을 가끔 닦아야 한다. 원래 이 일의 사단인 구류에 이르자 젤리히가 그의 말을 끊고 놀라서 묻는다.

"구류요? 대체 무슨 구류요?"

음, 쿠르트가 교수회의 결정에 따라 두 시간의 구류 처분을 받았고, 어제 벌을 받았는데 교수님이 그 사실을 모르셨느냐고 묻는다.

젤리히는 고개를 가로젓고 눈썹을 높이 추켜올리더니 몸을 돌려 세 사람이 서 있는 구석을 향해 소리친다.

"보르헤르트 교수님, 8학년생 게르버의 구류에 대해 뭐 아세요?"

아무것도 모르는 보르헤르트가 가까이 온다. 젤리히가 중얼거린다.

"흥미롭군요. 더 말씀해보세요, 게르버 씨!"

아버지가 이야기를 끝내자 두 교수는 놀라서 서로 얼굴을 쳐다본다. 보르헤르트가 강하게 말한다.

"구류 처분을 내리려면 반드시 교수회의를 열어야 합니다. 뭔가 좀 이상한데요. 쿠퍼 교수가 구류 처분을 위법적으로 내렸거나, 이쪽일 확률이 훨씬 더 높은데, 진짜 구류가 아니라, 그냥 방과 후에 학교에 남는 벌이었을 겁니다. 음, 곧 밝혀지겠지요.

여기서 기다리시겠어요, 게르버 씨? 혹은 차라리 옆방에 앉아 계시겠어요? 쿠퍼 교수에게 아버님이 여기 계신다고 전하겠습니다."

옆방에서 벌어진 일에 대해서는 아주 혼란스러운 소식이 전해질 뿐이었다. 몇몇 학생에 따르면, 쉬는 시간에 회의실이 거의 텅 비었는데 옆방에서 흥분해서 고성이 오가는 대화가 단편적으로 들렸다고 했다. 쿠퍼의 목소리가 특히 여러 번 들렸으나 엄밀히 무슨 일인지는 알 수 없었다. 회의실에 있던 교수들이 계속 당장 나가라고 했기 때문이다.

쿠르트는 그런 이야기에 거의 귀를 기울이지 않았다. 이제 그는 거의 아무하고도 말을 하지 않았고 그래서 그 일에 대해 아는 것이 없었다.

하지만 점심때 집에 오니 크론 박사가 또 와 있었다. 박사는 집에 가지 않았다. 다음 날, 아버지는 크론 박사와 어머니의 동행 아래 인근 휴양지의 요양원에 들어갔다.

쿠르트가 아버지를 만나는 것은 허용되지 않았다. 명확하지 않은 어머니의 몇 마디로는 무슨 일인지 도무지 알 수가 없었다. 나중에 어머니와 편지를 주고받으며 쿠르트는 비로소 무슨 일이 있었는지 알았다. 아버지는 집으로 돌아와 의사를 불러달라고 했고, 크론 박사는 아슬아슬하게 새로운 발작을 막을 수 있었다. 아버지는 쿠퍼와의 싸움, 강한 가루약과 주사, 최근의 충격으로 건강이 많이 상해서 크론 박사가 그를 요양원에서 좀 더 오래 묵게 해 해로운 영향을 아예 차단하려고 한 것이었다.

쿠퍼는 임시로 소집된 교수회의에서 마투슈와 필립의 반대에도 리들과 니세트, 바링거의 찬성을 얻어 '구류' 처분을 관철했다. 따라서 먼저 벌을 주고 나중에 교수회의 승인을 받은 그 구류 처분 결정은 유효하지 않았으며 쿠퍼는 이후 그 일을 절대 입에 올리지 않았다. 쿠르트 게르버 학생에게는 자퇴 권고가 내려지지 않았다.

쿠르트가 아직 다 끝난 것이 아니며, 쿠퍼의 권력도 어디선가 끝났다는 기쁜 신호로 이 일을 받아들였으면 좋았을 것이다. 실제로 이 구류 사건은 쿠퍼의 패배를 의미했다. 하지만 게르버 학생은 생각의 흐름을 그런 결론으로 끝낼 수 없었다. 그는 계속 더 생각하고, 계속 더 비틀고, 계속 더 억지 해석을 해 결국 다시 그가 패배자가 되고, 쿠퍼가 승리자가 되었다.

중병으로 오래 누워 있던 사람이 어느 날 뜻밖에 자리를 털고 일어나 당연한 듯 일상생활을 하기 시작하면 사람들은 불안해져서 갑작스러운 그 회복을 잠시 타오르는 짚불로, 마지막 불꽃으로 생각해 병자가 원하든 원하지 않든 그를 다시 침대로 보내고 연고와 약을 다시 잔뜩 준다. 그 후 병자가 정말 죽는 일이 일어날 수 있다. 그러나 그렇게 되면 안 될 것이다.

지금 리자가 쿠르트 게르버를 몹시 부담스러워하는 시기를 지나고 있다는 생각을 해야 한다고 하더라도 리자와의 일도 그렇게 되면 안 될 것이다. 어쨌든 쿠르트는 편지를 보냈는데 벌써 다음 날 답장을 받았다. 리자는 기송관(氣送管)* 우편엽서를 통해 일방적으로 바로 그날 저녁 약속을 잡았다. 쿠르트는 기뻐하려고 했지만 음울한 걱정이 그 싹을 잘라버렸다. 리자가 바로 답장을 하다니, 이게 무슨 의미지? 더욱이 호의적인 답장을? 지금까지와 너무 달라서 의심스럽다(리자가 선의에서, 자발적으로, 통찰력과 이해심에서, 그의 고통을 갑자기 이해하고 도와주고 싶은 마음에서, 간단히 말해 리자가 사랑하는 마음에서 그랬을 수 있어, 그렇게 믿을 용기는 없었다). 그녀가 마침 그날 저녁 우연히 시간이 있었고 그래서…… 하지만 그런 이유로 만족할 수는 없었다. 그건 너무 편한 설명이다. 아니다, 뭔가 이상하다, 뭔가 준비되는 중이다, 그리고…… 젠장! 쿠르트는 욕설을 내뱉고 엽서를 구겨버렸다. 몇 시간 후면 밝혀지겠지. 도대체 내가 항상 준비해야 해?

이미 말했듯이 일이 다르게 진행되었을 수도 있었다. 리자도 마찬가지일 텐데 어쩌면 쿠르트가 너무 불안해서 일시적인 합선이 계획된 곳에서 마지막 불꽃을 보고, 일시적인 '아니요'가 말해진 곳에서 최종적인 '아니요'를 보았을 수 있었다. 어쩌면 전부 다 중요하지 않았을 수 있다. 만약 완전히 무의미한 비 때문에 푸른 빛이 아스팔트에 비치지 않았더라면…… 하지만 가정으

---

* '공기 수송관'의 줄임말. 압축공기를 이용하여 우편물을 신속하게 주고받는 시스템.

로 운명을 바꿀 수는 없는 법이다.

그래서 쿠르트와 리자는 약속한 정확한 시간에 서로를 향해 마주 걸어갔다. 그들의 매끈한 이마 뒤에서는 상대방이 눈치채지 못하길 바라며 은밀하게 기만과 교활함으로 전략과 계산이 끊임없이 꾸며진다……

쿠르트가 리자를 기다릴 때 세차게 쏟아졌던 비는 그녀가 올 때쯤 보슬비로 변했다. 리자는 트렌치코트의 깃을 젖히고 쿠르트의 팔을 잡았다. "가자."

같이 걷는 그녀의 발걸음은 얼마나 멋진가, 쿠르트는 생각했다. 얼마 전 내 곁에서 종종걸음을 친 여자와 얼마나 다른가. 어떻게 내가 비슷하다고 생각할 수 있었는지. 당시 내가 제정신이 아니었을 거야. 그 여자와 리자!

"너, 정말 예쁘다."

마치 그 말을 하기로 미리 계획했고, 무슨 일이 있어도, 설사 리자가 거기 없어도 했을 것처럼 쿠르트는 천천히 분명하게 말한다. 그는 리자가 잠시 아무 말도 하지 않기를 바라지만 벌써 그녀의 젖은 장갑이 그의 입을 틀어막는다.

쿠르트는 미소를 호흡하며 도발하듯 이를 드러내고 힘주어 다시 말한다. "넌 예뻐, 예뻐, 예뻐!" 그러면서 그녀의 손을 얼마나 세게 잡았던지 리자가 나직이 비명을 지르며 걸음을 멈춘다. 정말 아프게 한 줄 알고 쿠르트가 깜짝 놀란 얼굴을 하자 리자는 환하게 반짝이며 웃기 시작한다. 이제 다시 전부 다 좋다……

그들은 영화관 현관에서 걸음을 멈추었다. 비가 들이치지 않는 거기서 광고 전광판의 불빛에 가늘게 흩뿌리는 비를 바라본다.

"우리, 어디 가는 거야?" 리자가 묻는다.

철사 솔이 이마를 누르듯 쿠르트는 뜨끔 한다. 아무 계획도 없었다! 아무 생각도 하지 않았다! 일이 흘러가는 대로 두려고 했다. 이제 일이 흘러가고 그것에 관심이 없는데 바로 지금 그는 아주 강하고 자신만만해야 하고, 상황을 장악하는 주인이어야 한다, 지금, 지금…… 하지만 리자에게 그건 다 아무 문제가 아니고 순간의 일에 불과한데 그녀는 그 순간을 항상 지배한다. 리자가 말한다.

"우리는 당장 영화관에 들어갈 수 있어."

쿠르트는 얼굴이 뻘게진다. 그녀는 제안하지 말았어야 한다. 이제 그녀는 다시 그보다 앞에 있고, 그는 그녀를 따라가야 한다. 지금, 지금, 그의 생각이 이리저리 미친 듯 날뛴다. 공포가 터져 나오며 갑자기 자신의 목소리가 들린다.

"리자, 우리 집이 비어 있어. 우리 집에 갈래?"

그 말에 경악해 그는 감전된 듯 바르르 떤다. 지금 리자가 몸을 돌려 가버리지 않을까, 바닥 모를 두려움에 빠진다. 하지만 그녀는 남아 있다. "어머, 무슨 영화를 하는 거야! 도덕의 비극에 관한 영화라니! 분명 웃길 것 같아!"

이게 대답일까? 혹시 못 들은 척하는 걸까? 정말 못 들었을까? 그는 회피한다는 쪽에 기대기로 한다.

"리자…… 리자, 두려워할 필요 없어, 내가……" 그만 말이 막힌다.

"알아." 그녀의 목소리에서 강한 확신과 어렴풋한 경멸이 묻어난다. '그렇게 확실히 알지는 못할걸', 그는 그렇게 말하고 싶다. 억눌러온 모든 욕구가 들고 일어선다. 그는 딱딱하게 더듬더듬 말하며 자신의 말이 거짓 울림으로 건조해지는 걸 느낀다.

"한 번…… 리자…… 딱 한 번…… 처음으로…… 내 부탁을 들어줄 수 있잖아. 슬슬 내가 그럴 자격이 있다고 생각하지 않니?"

"나는 정말 영화관에 가고 싶어, 알겠니. 나 요새 진짜 시간이 없거든!"

엉성하게 이어 맞춘 그의 의도의 통나무를 그녀의 목소리가 수천 개의 은 사슬로 세게 잡아당긴다. 그는 흔들리기 시작한다. '하녀와 같이 있는 병사처럼', 그는 자신 없이 말한다.

"너, 또 무슨 생각 하니?" 리자가 익살스럽게 엄격한 어조로 말한다.

"리자," 마치 자신의 입에 마법의 힘이 있는 듯 그는 이름을 계속 부른다. "리자, 어린애처럼 굴지 마. 나하고 있을 때 말고 넌 얼마든지 영화관에 갈 수 있잖아. 드디어 네가 내 곁에 있는데, 드디어 우리 둘만 있는데 다시 사람들 속에 앉아 있을 순 없어!"

"영화관에서도 이야기할 수 있어."

"지금 넌 헛소리를 하고 있어, 리자! 이야기는 우리 집에서 더 잘할 수 있어."

"말해봐, 대체 사람들이 왜 그렇게 거슬리는데? 우린 사람들을 전혀 신경 쓸 필요 없어."

"내가 영화관에 가고 싶은지 넌 관심 없잖아, 그렇지?"

"오, 관심 있어. 그런데 왜 그렇게 짜증을 내?" 리자는 잠시 휴전하고 그에게 살짝 몸을 기댔다. "쿠르트! 내가 부탁하면……?"

"네가 부탁하면, 리자…… 네가 부탁하면…… 그럼 나는 끝이야. 내가 부탁할게, 제발 부탁하지 마."

"끔찍해", 리자가 고개를 저으며 말한다. "우리는 지금 벌써 15분째 여기 서 있는데 나는 9시 반이면 집에 들어가야 해. 여기보다 저 아래 로비에 앉아 우리는 더 분별 있는 이야기를 할 수 있었다고."

환자의 수술을 결심한 외과 의사처럼 쿠르트는 심호흡한다. 쿠르트는 환자인 동시에 외과 의사다. 매표창구로 가는 한 걸음 한 걸음이 날카로운 수술 도구로 살을 베는 느낌이다. 지갑을 꺼내는데 무슨 일인지 알 수 없다. 리자를 우연히 만나 얼른 영화관에 온 것 같다.

로비는 다음 영화 입장을 기다리는 사람들로 북적거린다.

"빨리, 쿠르트, 저기 빈 자리 두 개 있어!"

그는 말없이 그녀 옆 깊숙한 안락의자에 앉아 안에서 어렴풋이 흘러나오는 음악에 귀를 기울인다. 갑자기 음악이 그치고 닫힌 문에서 와하하 영문을 알 수 없는 폭소가 장황하게 흘러나온다. 나직이 신음하며 쿠르트는 흠칫 놀란다.

"몸이 안 좋아?" 주변의 사진들을 주의 깊게 살펴보던 리자가 묻는다.

"아, 아무것도 아니야."

"혹시 화났니, 이 바보야?"

그녀가 그의 머리카락을 쓰다듬으며 얼굴을 그의 얼굴에 바짝 들이민다. 바로 눈앞에 그녀의 도톰하고 붉은 입술이 있다. 붉은색밖에 보이지 않는다. 엄청나게 동물적인 뭔가가 속에서 치밀어 올라오는 걸 느끼고, 피를 생각하고, 깜짝 놀라서 눈길을 아래로 미끄러뜨리고, 블라우스의 파진 목 부분 크림색 피부와 피부를 감추는 새하얀 아마포 옷의 줄무늬를 보고, 봉긋 솟은 가슴의 첫 굴곡을 보고, 계속 더 짐작하고, 바들바들 떨기 시작하며 이루 말할 수 없는 고통에 몸을 비튼다. 바들바들 떨면서 그녀의 손을 잡으려고 하지만 그녀가 장난스럽게 후회하며 몸을 돌린다.

"안 돼, 알겠니. 지금 차라리 여기 들어오지 말걸, 하는 마음이야."

그러고 깔깔 웃는다.

바쁜데 마지막 기차를 눈앞에서 놓친 사람처럼 당장이라도 폭발할 것 같은 광포하고 불합리한 분노가 치밀어 오른다. 쿠르트는 벌떡 일어나 눈을 감고 울부짖으며 주먹을 휘두르고 싶다.

그런 생각이 왜 하필 지금 드는지 알지 못한다. 다만 그 생각이 옳다, 진작 생각해야 했다, 컹컹 짖으며 줄에서 풀려난 갈망하는 사냥개 무리처럼 그 생각이 지금 필연적으로 여기 있다는 것만 안다. 더러운 거짓말에 그녀가 아직 썩지 않았나 확인하듯 그는 곁눈질로 힐긋 리자를 쳐다본다. 그녀의 모든 것, 모든 것이 거 짓말이며 비열한 기만이다. 그는 등 뒤에서 그를 비웃는 여자에게 우롱당한 것이다. 그건 천사 같은 맑은 웃음이 아니다. 오, 아니다, 창녀의 새된 웃음이다. 저기, 저기, 이제 안다, 이제 찾았다, 그를 구원하고 자유롭게 해주는 대담한 것을. 그는 주먹을 불끈 쥐고 이를 악물고 그걸 내뱉는다. 마치 횃불인 듯 그녀가 그것에 불타버렸으면 좋겠다.

"창녀!"

리자 베어발트는 그 말을 못 들었다. 놀라고 어쩌면 어렴풋이 불안해하며 그녀는 자리에서 일어났고, 마침 상영관 문이 열려서 앞장서 걸었다.

쿠르트는 이마의 땀을 닦고 그녀를 따라갔다. 내면에 무한한 가벼움이 있어서 이제 분노는 유쾌한 동행이 생겼다. 사람들의 노골적인 시선이 좌석까지 따라오자 그는 자신에게 거의 악의적인 기쁨을 느꼈다. 리자는 정말 대단한 미인이지, 그는 객관적으로 그렇게 생각한다. 사람들이 그를 부러워하는 것이 놀랍지 않다. 그래, 봐라. 너희 모두 그러고 싶겠지. 지금 그녀가 외투 벗는 걸 도와주고, 그녀 옆에 앉고 싶겠지, 그렇지? 이해할 수 있어, 이해할 수 있다고. 자, 이제 너희는 천천히 뒤를 돌아볼 수 있을 거야. 그런데 옆자리에도 미인이 앉아 있다. 여자의 드러난 하얀 팔이 나지막한 칸막이 위에 편안히 놓여 있고, 팔꿈치가 살짝 넘어와 있다…… 불이 꺼지면 가까이 가볼까? 리자가 뭐라고 할까? 아마 아무 말도 안 할 거야, 어쩌면 눈치도 못 챌지 모르지…… 모르는 여자 때 그랬듯이…… 혹은 리자 자신이 그런 걸 기다릴 수도 있지…… 그래서 영화관에 들어오려고 했을 수 있어…… 이제야 그런 생각이 나다니, 너무 바보 같다…… 바깥에서 그녀가 얼마나 바싹 내게 몸을 붙였던가…… 내가 부탁하면…… 아니, 넌 오래 기다려야 할 거야, 리자. 나는 그런 짓은 안 해, 안 한다고…… 나는 환한 불빛 속에서 얻으려는 걸 어둠 속에서 몰래 훔치지 않아…… 나는 널 만지지 않을 거야…… 아니, 아니, 아니야……

그의 시선은 따뜻하게 리자를 바라보고 보호하는 베일처럼 그녀의 얼굴에 머물렀다. 리자는 뒤로 기대고 앉아 있는데 풍성한 머리카락이 뺨과 뒤통수 주위에서 물결치고, 입술은 살짝 벌어져 있고, 눈은 반쯤 감은 눈꺼풀 아래서 허공을 바라보았다. 그 순간 그녀는 한없이 자유롭고 아무 생각도 하지 않는 아름다움이었다. 쿠르트는 부끄러워하며 눈을 돌려야 했다.

음악이 나직이 시작되면서 상영관이 어두워졌다. 뒤쪽에만 불그스름한 전등 몇 개가 켜져 있었다. 흐릿한 불빛 속에서 리자의 아름다움은 더욱 신비롭게 보였다.

여기 이것, 이 꿈, 이 숨결, 이 신성한 기적, 그걸 그는 욕정을 품고 거친 손으로 움켜쥐려고 한 것이다……

쿠르트 게르버는 자신이 부끄러웠다. 그것은 한없는 부끄러움, 크나큰 은혜 앞에서 한없이 작은 존재임을 통감하는 성스러운 감정, 끓어오르는 이해하기 힘든 감사의 마음이었다. 마지막 순간, 최후의 마지막 순간에 그걸 느꼈다. 정말 아슬아슬하게 하마터면 비참해질 뻔했다, 비열하고 비참해질 뻔했다. 그런 깨달음이 내면에서 서서히 올라와 목을 조이고 아무리 삼키려고 애쓰고 고개를 깊이 숙여도 물러나지 않았다.

쿠르트는 조심스레 일어났다. 하지만 의자가 조금 삐걱거려 리자가 돌아보았다.

"무슨 일이야? 어디 가?"

"머리가 조금 아파, 리자. 아무것도 아니야. 카페테리아에 가서 두통약을 먹어야겠어."

그는 소곤소곤 대답하고 그녀가 눈치채지 못할 만큼 살짝 그녀의 어깨를 만지고 나간다. 바깥 영화관 앞 거리에 나오자 멈추지 않고 끝없이 계속 가고 싶다. 비가 상쾌하다. 그는 얼굴을 내밀고 입을 크게 벌리고 심호흡을 한다.

지금 영화관 안에서 스크린을 쳐다보는 리자는 아무것도, 아무것도 모른다. 그런 그녀가 얼마나 부러운지. 동시에 깊은, 깊은 동정심이 물밀듯 밀려오지만 그 감정이 어디에서 와서 어디로 가는지는 모른다. 신의 이 광대한 세상에서 그가 그녀에게 그런 동정심을 느끼는 유일한 사람이라는 것, 그것을 알 뿐이다. 그래서 그는 위대하고 관대해진다. 불쌍하고 아름다운 리자.

그녀에게 무슨 일이든 허락하고, 이제 그녀가 무슨 일을 하든 다 받아주는 걸 그만둬야 할까? 음침하고 괴로운 의도와 사소함과 욕망으로 그 행동의 빛나는 무계획성에 개입해도 될까? 어쩌면 그가 이성을 잃고 덮칠 수 있는 집으로 가자고 한 게 벌써 모욕이 아닐까? 그녀가 그의 뜻을 들어줄 수 있다는 생각이 다른 어떤 것보다 더 끔찍하고 파괴적이지 않을까?

그렇다. 그런데 그는 대체 왜 그녀를 사랑하는 걸까? 그의 사랑으로 그녀에게 무슨 좋은 일을 할까?

파울 바이스만 생각이 난다. 어차피 돌아갈 수 없겠네, 파울은 당시 정확히 그런 말도 했다.

그래, 나는 돌아갈 수 없어. 그럴 생각도 없고. 하지만 그래도 당신이 틀렸어요, 파울. 왜 그런지 이유를 말해줄게요(쿠르트는 열을 내며 생각한다. 파울과 같은 방에 누워 있는 듯한 느낌이 들어 그의 생각은 그들이 통상적으로 쓰던 표현방식을 사용한다). 친애하는 파울, 내 생각은 이래요. 예전에 이국적인 식물이었지만 오늘날 여러 연구자의 노력 덕분에 길가에 울창하게 자라는 식물, 이 'coitus vulgaris', 즉 '정상 성교'라고 불리는 건 정말이지 중요하지 않아요. '중요하지 않다'라는 건 정확한 표현이 아니고, '본질적이지 않다'라고 하는 게 더 낫겠네요. 이제 그건 더는 이 문제의 본질이 아니에요. 당연히 그게 문제의 본질이 아니라는 것에 더 반대할 순 없지요. 오히려 우리는 이제 거기서 본질이 생성되지 않는 걸 열렬하게 환영하지요. 만약 예전에 그랬다면 기만적이고 비겁한 거겠지요. 나는 이른바 성적인 결합은 결정적으로 중요한 게 아니라고 생각해요. 사랑은 그것 없이도 자랄 수 있으나 오히려 그래서 육체적인 걸 포기해서는 안 돼요. 수요와 공급의 토대 아래 재평가가 논리정연하게 살짝 이루어진 거지요. 지저귀는 새소리를 같이 듣는 건 같이 자는 것보다 더 드물고 그래서 더 소중해요. 재잘대는 새소리가 부도덕하다고 선포되지 않는 한, 또 키스하고 손을 잡는 것이 (혹은 시선과 미소가) 다른 데서도 이루어질 수 있는 신진대사 과정보다 더 근본적인 의미가 있는 한, 나는 사랑을 신진대사 과정의 허락 여부와 연관시킬 필연성을 인정할 수 없어요. 사랑에서 중요한 건 주는 게 아니라 포기하는 거예요. 격언 409번. 이것으로 오늘의 상세한 설명을 끝낼게요. 무슨 말인지 이해했어요?

아니, 당신은 이해하지 못했어요. 하지만 꼭 이해할 필요도 없어요. 나는 당신이 아니라 리자를 사랑하니까. 날 이해해야 하는 사람은 리자예요. 그녀는 날 이해할 거예요……

오랜만에 밝은 승리감을 느끼며 쿠르트는 다시 영화관으로 돌아간다. 무슨 일을 해야 할지 안다. 그는 결정을 내렸다. 하지만 리자도 결정을 내리고 무슨 일이 있어도 관철하겠다고 생각할 수 있었다. 다만 그녀는 그 준비를 상대방에게 맡겼을 뿐이다. 마치 체스에서 상대방이 다음 말을 두며 스스로 선언할 때까지

판을 끝내는 외통수를 기다리는 것과 같다. 리자 베어발트(하얀 말)는 한없이 체스를 두며 무승부를 절대 반대하듯 행동했다. 쿠르트 게르버(검은 말)는 장대한 최종 공격에서 가망 없는 위치가 되어 그만 항복해야 했다.

마지막으로 고민하는 시간은 잔인할 만큼 길었다. 쿠르트는 그 시간을 철저하게 분석하려고 했지만 그럴 수 없었다. 그래서 잊어버린 것은 없나, 생각해보았다.

아니다, 없었다. 전부 다 말했다. 1년 전부터 마음속에 품고 다녔던 모든 이야기, 오늘 다투고 위기와 혼란을 겪은 후 최종 형태와 타당성을 얻은 모든 이야기, 모든 이야기를 다 했다.

리자는 그의 말에 귀를 기울이고 아무 대꾸도 하지 않고 말없이 옆에서 걸었다. 그사이 다시 굵어진 빗줄기를 피하려고 버스 정류장 차양 밑에 들어갔을 때도 그녀는 여전히 침묵하며 쿠르트의 불안한 눈길을 피했다.

갑자기 그녀가 나직이 웃으며 잠시 얼굴을 완전히 그에게 돌렸다가 바로 딴 데를 쳐다보며 끊어졌던 대화를 다시 하려는 듯 가까운 광고 전광판을 가리켰다.

"저기 봐, 아스팔트에 비친 푸른 빛이 정말 예뻐."

쿠르트는 처음에 무슨 말인지 몰랐다. 그다음에는 속았다는 생각이 들었고, 그다음에는 그녀가 당황해서 말을 돌린다고 생각했다. 그다음에는 모든 게 풍자신문의 그로테스크한 만화 같다는 생각이 드는 한편, 리자가 정말 그걸 대답이라고 생각했다면 우습다는 생각이 들어 피식 웃음이 나왔다. 그다음에는 사실 하나도 우습지 않다는 생각이 들었다. 화난 척 "하지만 아니!" 라고 했던 수위가 생각났다. 그 외에도 많은 일, 다른 많은 일이 생각났다.

그다음에는 아무 생각도 나지 않았다. 그는 아무것도 믿지 않았고, 아무것도 생각하지 않았다. 연주를 끝낸 모든 곡을 한꺼 번에 쏟아내는 손풍금처럼 머리가 쿡쿡 쑤시고 미칠 듯 화끈거 려서 두 손으로 머리를 움켜잡았다. 오, 그가 정신 못 차릴 정도 로 아파서, 혹은 갑자기 진실을 깨달아서, 혹은 다른 격한 감정 때문에 그랬다고 생각하면 오산이다. 아니다, 그의 내면에서는 아무 움직임이 없었다. 그는 꼼짝도 하지 않고 헐벗은 나무처럼 한참 거기 서 있었다, 그러고 바람에 흔들리는 삶에 지친 메마른 나뭇가지처럼 두 팔을 움직이기 시작했다. 그는 약간 비틀거리 면서 뒤를 돌아보았다. 뒤에서 놀라서 외치는 목소리가 들렸지 만 이미 한참 멀리 걸어갔다. 그는 아스팔트에 비친 푸른 빛에 다 가가 허리를 굽혀 자세히 들여다보았다. 그 푸른 빛에서 서서히, 서서히 모든 것이 명확해졌다. "뭐 잊어버리셨어요?" 누가 어깨 를 툭 치면서 물었다. 쿠르트 게르버는 "아니요" 하고 그 자리를 떠났다.

11
작은 말은 쓰러진다

그사이 학년말이 점점 다가왔다. 필기 졸업시험까지 채 2주가 안 남았다. 대부분 학생이 부전공 과목 공부를 이미 마쳤다. 앞으로 남은 공부 시간을 계산하는 '시간 먹보'가 처음으로 등장해 이 손에서 저 손으로 넘겨지면서 아이들은 날마다 하루를 마치며 섬뜩한 저주를 퍼붓고 그날 흘려보낸 한 시간 한 시간을 제했다. 이재에 특히 밝은 몇몇 아이는 교과서 구매자를 7학년에서 확보했으며, 졸업 파티 위원회가 구성되었다. 그건 '새 출발을 앞두고' 옛날부터 항상 벌어지는 소동이었다. 만약 한 사건을 그냥 넘길 수 있었다면 모든 일이 전적으로 전통에 걸맞게 진행되었으리라. 그만큼 믿을 수 없는 사건이라서 8학년생들은 사물의 자연 질서를 의심하기 시작했다. 그러니까 조금 모자란 팔푼이 차셰가 활기를 찾은 것이다.

첫 징조는 아무도 정확히 알지 못했지만 모두 못 본 척 피하다가 한 아이가 처음 입에 올리면서 다 눈치챘다고 인정했다. 차셰가 수업에 참여하기 시작했다. 처음에는 제자리 테스트를 받는 주변 아이들에게 답을 소곤소곤 가르쳐주는 데 그쳤다. 처음에는 아무도 귀를 기울이지 않았지만 가르쳐준 답이 점점 정답으로 밝혀지는 일이 잦아지자 아이들은 주저하면서도 그 답을 이용했다. 차셰는 곧 스스로 대답하겠다고 손을 들었다. 처음에는 소심하고 거의 눈에 띄지 않았지만 갈수록 더 눈에 띄게 그러다가 이윽고 얼마나 저돌적인지 조용한 바보가 공공의 안녕을 해치는 위험인물이 된 것 같았다. 공중에 쭉 뻗고 뻣뻣하게 흔드는 그의 긴 팔은 꼭 시계추처럼 보였다. 바로 지명을 못 받으면 차셰는 가냘프고 가련한 목소리로 "제발, 제발, 저요! 제가 알고 있어요, 제발요!" 하고 낑낑거렸다. 그럴 때면 눈썹이 거의 없는 커다란 눈이 묘하게 번쩍거리고, 삐쩍 마른 몸이 최대한 쭉 펴졌다. 가망 없다고 생각한 사람의 그런 필사적인 노력은 유령 같은 데가 있어서 학생과 교사들은 가슴이 섬뜩해졌다. 차셰는 '유령'이라는 별명을 얻었다. 그를 본 사람은 학교 자체가 싫어져서 차셰 때문에라도 얼른 학교를 벗어나고 싶을 지경이었다.

쿠퍼는 차셰를 주목하기 시작하고 조금 믿지 못하는 목소리로 몇 번 질문하고는 맞는 대답에 놀라움을 감추지 못했다. 한 번은 자신도 모르게 그만 인정하는 말이 입에서 튀어나왔다. "우수, 차셰, 매우 우수!" 그러자 유령은 행복해서 딸꾹질하면서 만면에 미소를 지었다. 그가 첫 시험에 놀라운 성적으로 합격하자

8학년생들은 이구동성으로 차셰는 훌륭한 학생이라고 말했다. 한번은 교수가 몹시 어려운 숙제를 냈는데 문제를 푼 몇 안 되는 아이들 가운데 하나가 반은 장난으로 차셰에게 푸는 방법을 물었다. 그런데 그의 해답이 가장 훌륭하다는 것이 드러났다. 8학년생들은 그 기적을 설명하는 그럴듯한 이유를 찾았지만 실패하고 결국 다 그의 가정교사의 환상적인 능력 덕분이라고 생각했다. 다른 교수들도 고개를 내저으며 양심의 가책을 느끼지 않고 학급의 문제아를 합격시킬 수 있게 된 것을 기뻐했다.

그즈음 쿠퍼는 갑자기 졸업시험이 임박했다는 생각이 난 듯 학기말 시험을 보기 시작했다. 어느 날 수업이 끝날 무렵 차셰가 칠판 앞에 불려 나왔다.

반 전체가 수수께끼 같은 그의 능력에 익숙해져서 일이 잘된다고 놀랄 사람은 아무도 없었다. 저마다 자신의 테스트를 준비하느라 바빠서 주의를 기울이는 사람도 없었다.

하지만 쿠퍼는 차셰의 테스트를 끝낼 생각이 없는 듯하다. 여전히 계속 문제를 내고, 차셰는 계속 대답한다. 차셰는 어색하고 서투르지만 정확하고 자신 있게 컴퍼스와 삼각자를 다룬다.

"저 사람이 오늘 차셰를 피 말려 죽이려나봐", 카울리히가 뒤를 돌아보며 소곤소곤 말한다. "자, 어서, 유령!" 다른 아이들도 자신을 위해서, 또 재미로 격려의 말을 속삭인다. "서둘러, 유령!" "그를 떨쳐버려!"

"조요오옹!" 쿠퍼가 의외로 격렬하게 고함을 지른다. 그러고 무심하게 쳐다보는 차셰에게 다시 몸을 돌려 다른 문제를 내고 즉각 대답을 듣는다.

불현듯 반 전체가 바깥에서 무슨 일이 벌어지고 있는지 눈치챈다. 차셰는 미흡을 받을 때까지 테스트받고 있는 것이다.

쿠퍼의 의도는 오해의 여지가 없다. 차셰는 시험에 합격해서는 안 된다, 차셰는 결정적인 미흡을 받고 떨어져야 한다. 모두 그걸 눈치챈다. 오직 차셰만 못 채고 있다. 그는 바깥에 서서 대답한다. 모든 질문에 대답하고 나서 히죽 웃는다.

쿠퍼는 이리저리 걷기 시작하고, 도형 작도를 하나 더 시키고, 계산 하나를 더 시키고, 그 문제로 새 문제 다섯 개를 낼 수 있을 만큼 어려운 문제를 하나 더 낸다. 마치 흥미로운 화학 실험을 하면서 초조하게 물질의 전개를 기다리듯 쿠퍼는 바르르 떨리는 흥분에 사로잡혀 있다.

아이들에게도 흥분이 전염된 듯하다. 여기저기에서 몇몇 아이가 공부에서 손을 떼고 귀를 쫑긋 세우고 듣는다. 그 일에 마음이 쏠려 그러는 아이도 있지만, 그냥 쿠퍼가 낸 문제를 더 따라갈 수 없어서 그러는 아이도 있다.

차셰는 막 도형 작도를 마치며 마지막 선을 그리고 칠판에서 물러난다. 관례대로 흐뭇하고 기분 좋은 표정으로 자신의 작품을 바라보는 것이 아니라, 강아지의 갈색 눈으로 쿠퍼를 쳐다본다.

쿠퍼는 그를 거들떠보지도 않고 고개를 숙이고 왔다 갔다

한다. 그러다 갑자기 우뚝 멈춰 서더니 말한다.

"그래요. 이제 우리는 한 번 더…… 우리는 한 번 더…… 그
래요. 각의 이등분선 LQ를 직사각형의 대각선으로 삼고 그것을
포물선 위에 그려 넣어요. 자, 해봐요."

어딘가에서 불만의 목소리가 일어나 교실을 휘젓고 다니
고, 여기저기서 작은 불꽃이 일었다가 다시 스러진다.

쿠퍼는 못 듣고 계속한다.

"직사각형을 NLQR로 부르고 접선 T와 평행하게 이동한다."

"됐어! 끝났어. 나는 더 못하겠어." 폴라크가 대부분이 들을
수 있을 만큼 크게 말하고 당혹스러운 표정으로 노트를 밀치고
의자에 기대앉는다.

작은 불꽃이 다시 솟아오른다. "파렴치해!" 누군가 중얼거
린다. 다른 아이들이 뒤따른다. "저자가 대체 뭘 더 하려는 거
야?" "불쌍한 유령!" "함정이야!" "야비한 짓이야!"

하지만 쿠퍼는 전혀 눈치채지 못한다. 그에게는 오직 차셰
만이 존재한다. 이제 차셰는 학생이 아니다. 차셰는 도대체 인간
이 아니다. 차셰는 위신의 문제다.

드디어 차셰도 이해한 것 같다. 그 자체로 사람을 말려 죽일
수 있을 만큼 느리게 서서히.

이를테면 달리기 시합처럼 시시각각 달라지는 과정을 바라
보듯 차셰의 표정이 달라진다.

그는 선을 그리고 점을 찍고 세미콜론을 찍은 세 가지 색깔

의 진하고 흐릿하고 겹쳐진 선들과 부호와 기호, 원과 반원과 무수히 많은, 많은 이상한 도형으로 뒤덮인 칠판을 멍청하게 바라본다. 예전에 어떤 의미가 있었던 모든 것이 이제 완전히 무의미하다. 차셰 눈에도 그렇게 보이는 듯하다. 쿠퍼가 말한다.

"각의 이등분선 LQ…… 지수 K를 가진 T에 평행하게…… 좋아요. 자, 해봐요."

차셰는 다시 한번 칠판을 쳐다보고 얼른 앞으로 나가 삼각자를 대고 쿠퍼를 돌아보고는 삼각자를 다시 내려놓는다. 정말 어떻게 해야 할지 모르는 딱한 모습이다.

더욱이 그 순간 끝나는 종이 울린다.

아이들이 아니라 쿠퍼가 안도의 한숨을 내쉰다. 쿠퍼는 테스트를 끝까지 하려고 한다. 테스트가 어떻게 끝날지는 이미 분명하다. 차셰에게 신적인 깨달음이 부디 내려오기를.

하지만 깨달음은 내려오지 않는다. 차셰는 어렴풋이 신음하고 삼각자를 다시 대고 선을 하나 긋고 다음 순간 다시 지우며 말한다. "각의 이등분선 LQ……" 그러고 그만둔다.

바깥 복도가 소란스러워지며 활기를 띤다.

아이들도 동요한다. 8학년생들은 의자에 앉아 몸을 들썩이고, 발로 바닥을 긁고, 책상을 두드리고, 귓속말을 한다.

"직사각형 NLQR을 그려요!" 쿠퍼가 아주 천천히 말한다.

다른 학생이라면 이를테면 종소리를 언급하거나, "교수님!" 하면서 부탁하며 행운을 시험하는 부적절한 행동을 했을 것이다. 하지만 차셰는 그러지 않는다. 차셰는 그런 생각은 꿈에도 하지 않는다. 아마 차셰도 쿠퍼를 교수로, 그렇다, 평범한 생명체로, 도대체 수학 공식 외에 다른 걸 말할 수 있는 존재로 보지 않는 것 같다…… 그는 컴퍼스를 어딘가에 꽂으려는 가련한 시도를 하다가 다시 내리고 칠판을 멀뚱멀뚱 쳐다본다.

"자? 왜 새 헛간 창고 앞에 선 황소처럼 서 있어요?"

쿠퍼는 자신이 얼마나 핵심을 짚는 정확한 비유를 했는지 짐작도 못 한다. 놀라고 당황한 차셰의 얼굴은 진짜 황소 같은, 짐승 같은 데가 있다. 칠판은 진짜 문이다. 자물쇠가 채워진 문이다. 그 문 뒤에 인생이, 어쩌면 행복한 어머니나 사랑하는 여인, 국가 공무원 자리나 다른 어떤 것이 있을 수 있다. 하지만 차셰는 들어갈 수 없다. 절대로. 반의 동요가 점점 심해진다. 쿠퍼는 눈치채지만 무슨 조치를 하지는 않는다.

"그러니까? 할 수 있어요, 없어요?"

차셰는 말이 없다.

"고마워요. 미흡, 착석." 쿠퍼가 말한다. 평소의 어조였는데도 마치 지옥의 환호성 소리처럼 들려 혈관의 피가 얼어붙는 느낌이다.

차셰는 삼각자를 든 왼팔을 뻣뻣하게 들고, 다음에 컴퍼스를 든 오른팔을 마저 들더니 다시 두 팔을 내리고 멀거니 서서 쿠퍼를 쳐다본다.

반 아이들은 쿠퍼 시간에 많은 일을 참고 견뎠다. 하지만 이제 분노한다. 둔탁한 외침이 부풀어 오른다. 쿠퍼는 아무 소리도 못 들은 듯 서류 가방을 챙겨 황급히 교실을 나간다.

잠시 외침이 뚝 그친다.

누군가 토하고 싶은데 토할 수 없는 듯 귀를 찢는 긴 절규가 갑자기 찾아온 정적을 깨뜨린다. "아아아아—!"

차셰가 아니었다. 그는 여전히 칠판 앞에 서서 꼼짝도 하지 않는다.

다른 아이들은 무슨 일이 일어났는지 몰라 놀라서 뒤를 돌아본다. 그들은 본다. 맨 뒷자리에서 쿠르트 게르버가 천천히 일어난다. 손가락을 쫙 펼친 손을 반쯤 올리고 있다. 눈이 튀어나오고, 입이 부들부들 경련한다.

"개자식! 개자식!!"

8학년생들은 의아하고 걱정스러운 눈길로 그를 쳐다본다. 어쩌면 당황해서, 혹은 정말 우스워서 몇 명이 웃기 시작한다.

"하하—뭐야?—미친 거야?"

하지만 웃음이 신속히 잦아들면서 다시 교실이 조용하다. 무섭도록 조용하다.

쿠르트는 책상 위에 올라선다, 일그러진 입 가장자리에서 침이 뚝뚝 떨어진다.

"붙잡아야 할 거 같아!" 앞쪽에서 한 여학생의 목소리가 소곤거린다.

카울리히가 일어나 쿠르트에게 다가간다.

그때 쿠르트가 펄쩍 뛰어내려 어리둥절한 카울리히 곁을 지나 교단으로 미친 듯 달려가 칠판에 몸을 부딪치며 두 주먹으로 칠판을 치기 시작한다.

"개자식! 개자식!!"

차셰는 그를 옆에서 바라보고 불명확한 소리를 몇 마디 내뱉고 자기 자리로 뛰어 들어간다.

다시 쥐 죽은 듯 조용하다.

누군가 바깥에서 교실 문을 열고 머리를 들이밀더니 다시 문을 쾅 닫는다.

몇 초 동안 거침없이 교실에 밀고 들어온 복도의 소음이 마치 차가운 물을 끼얹은 것 같다. 가슴 조이는 압박감이 썰물처럼 빠져나간다. 그때 쇤탈이 일어나 말한다. "수업 시간에 그랬어야지, 게르버!"

쿠르트는 움찔 놀라 눈을 감고 더듬더듬 문으로 간다. 거기서 망설이며 서 있다. 그리고 교실을 나가 바깥 화장실에 들어가 문을 걸어 잠근다.

누가 세 번 문을 두드린다.

쿠르트는 문을 연다. 카울리히가 고약한 냄새가 나는 컴컴한 공간으로 들어온다.

카울리히는 무슨 말을 해야 할지 몰라 한참 부스럭대며 담배에 불을 붙인다.

"심각하게 받아들이면 안 돼", 그가 말문을 연다.

쿠르트는 아무 생각 없이 고개를 끄덕인다.

"쇤탈은 얼간이야. 그 녀석에게도 그렇게 말했어."

"그래."

"응."

"왜?"

"왜라니?"

카울리히는 잠시 아무 말도 하지 않는다. 담배를 바닥에 던지고 다시 잠자코 있다.

갑자기 쿠르트가 말하기 시작한다, 성급하게, 어수선하게, 뒤죽박죽 두서없이. 그는 말해야 한다, 해야 한다. 아마 옆에 아무도 없어도 말했을 것이다. 이제 한 사람이 옆에 있고 그래서 더 좋아하며 시험에 대해, 차셰에 대해, 쿠퍼에 대해, 자기 자신에 대해, 불쌍한 바보가 칠판 앞에서 죽을 지경으로 혹사당하는 동안 자신이 견뎌야 했던 무시무시한 시간에 대해, 마치 물고기 부레 속 공기처럼 그의 안에서 채워지는 고통에 대해 말한다. 이제 그 고통이 가득 차 드디어 펑 터지고 이렇게 어리석게 폭발했다고, 지금 얼마나 부끄러운지 교실에 돌아갈 수 없다고 한다.

카울리히는 잠자코 이야기를 듣는다. 쿠르트의 말을 이해했는지는 알 수 없다. 이윽고 이야기가 끝나자 그가 말한다.

"그래도 넌 교실에 들어가야 해. 지금 다시 쿠퍼 신이 와."

카울리히는 문을 연다.

"바로 뒤따라갈게", 쿠르트가 말한다.

카울리히가 가고 쿠르트는 창밖을 내다본다. 주택가 마당이 보인다. 공사 중인 집이 있다. 쿠르트는 바라본다.

마침 마차에 붉은 벽돌을 가득 싣고 말을 매고 있다.

말들—작은 말—통속소설—나의 통속소설—대체 누가 연출하는 걸까?—다 끝났어, 끝났어, 끝났다고.

말 한 마리가, 튼튼한 갈색 말 한 마리가 수레 체와 거의 직각으로 옆쪽에 서 있다.

직각—.

이제 말을 줄에 묶어야 한다. 마부가 뒤쪽에서 다가가 말 옆구리에 버티고 선다. 그러면서 뭐라고 소리치는데 정확히 들리지 않는다.

말은 느릿느릿 마부의 압력에 따른다. 마부는 조급증이 나서 주먹으로 말을 때린다. 여전히 말이 더 서두르지 않자 마부는 멍에에서 채찍을 꺼내 돌리더니 손잡이로 말의 옆구리를 때린다.

이제 말은 재빨리 원하는 위치에 서고, 마부가 줄을 걸고 마부석에 훌쩍 올라앉으면서 마차가 출발한다.

흔히 보는 광경이 아닌 것처럼 쿠르트는 그 과정을 홀린 듯 바라보았다. 그는 생각한다. 왜 말은 저항하지 않을까? 강한 발굽으로 뺑 차면 마부를 바닥에 때려눕혔을 텐데. 하지만 말은 뒤로 물러나 순순히 마차에 매인다. 그리고 벽돌과 마부 때문에 무거워진 마차를 끌고 간다.

왜 말은 저항하지 않을까? 왜?

쿠르트는 교실에 들어간다.

렝스펠트가 교단에 서서 둘러선 아이들에게 말하고 있다. 단결해서 집단행동을 해야 한다고, 뭔가 해야 하고, 저항해야 하고, 그런 일을 앉아서 당해서는 안 된다고, 그런 일이 일어나다니 수치스럽다고 한다.

절반도 안 되는 아이들이 그의 말에 귀를 기울인다. 어떤 행동을 해야 하는지 명확하지 않기 때문에, 어차피 실행에 옮겨지지도 않으리라는 걸 알기 때문에, 아이들이 곧 뿔뿔이 흩어지고 렝스펠트는 겨우 두세 명의 청중에게 말하고 있다.

종이 울린다.

쿠퍼가 들어온다. 그는 기분이 매우 좋은 듯 빈약한 농담을 몇 마디 던지고 테스트하기 시작한다. 더 잘하는 학생들 위주로 평소와 달리 호의를 갖고 테스트하는데 게르버 학생에게도 예외를 두지 않는다. 게르버 학생은 약간 기계적으로 대답하나 어제 우연히 루프레히트 교수와 집중적으로 공부한 부분에서 나온 문제라서 정답을 말한다. 그는 모처럼 수학과 화법기하학에서 긍정적인 점수를 받는다…… 그래서 기뻐한다.

그는 기뻐한다!

그는 안다, 오, 얼마나 정확하게 아는지. 그는 차셰의 시체를 넘어 그 성공을 거머쥔 것이다. 방금 그는 격분하고 분개하며 여기 이자를 반대해 큰소리를 쳤는데 이제 주저 없이 그자의 제의를 덥석 수용한다. 그는 투항한다. 차셰의 시체를 기어 넘어간다. 하이에나처럼. "그래요, 게르버, 우수, 착석, 다음 사람!" 하이에나는 개자식에게 꾸벅 인사하고…… 기뻐한다.

차셰가 마지막 줄 자기 자리에 앉아 조용히 혼자 울고 있다.

쿠르트는 루프레히트 수업을 빼먹는다, 좋다. 하지만 여기저기 배회하고 담배를 피우고 노래하면서 계속 시간을 보낼 수는 없는 노릇이다. 벌써 다섯 시간째 그러고 있다.

쿠르트는 밤이 되면 바로 잠을 자기로 한다. 열린 창가에 앉아 구름을 바라보며 밤이 오기를 기다리려고 하지만 작은 정원에서 들리는 새소리를 견딜 수 없다. 그는 블라인드를 내리고 침대에 눕는다.

방이 어둑어둑하다.

평소와 다른 시간에 잠이 올 리 없다고 두려워하다가 쿠르트는 설핏 잠이 든다. 마지막으로 한 또렷한 생각은 이대로 잠들어 졸업시험이 끝난 후 깨어나고 싶다는 것이다

무시간(無時間) 상태에서 느닷없이 끌어내진 쿠르트는 침대에 똑바로 앉아 있다. 깨어 있는데 자신이 낯설게 느껴진다. 불이 꺼진 두뇌는 어둠 속에서 뭘 해야 좋을지 모른다. 그는 손을 얼굴 앞에 들어 눈앞에서 휘저어본다. 아무것도 보이지 않는다. 눈이 멀었구나. 나는 눈이 먼 거야. 설명할 수 없는 망상에 사로잡혀 언뜻 그런 생각이 머리를 스친다. 하늘에 계신 주님, 제발

그건 안 됩니다. 빛. 뭔가 봐야 해. 희미한 빛이 들어오는 틈. 마치 그렇게 하면 찾을 수 있는 것처럼 쿠르트는 격하게 고개를 획획 돌린다. 없다. 세상의 시커먼 밤이 머리 위에 있다, 거대하고 후덥지근하고 너무 치밀해서 헤치고 들어갈 수 없는 밤이다. 그는 침대가 어떻게 어디 있는지 모른다. 문이 어디 있고, 창문이 어디 있는지 모른다. 광기가 덮쳐온다. 그는 움켜쥔 주먹을 마구 휘두르고, 두 번째 휘두르는데 잠시 딱딱한 물체에 부딪힌다. 얼마나 기쁜지 아픈 건 신경도 쓰이지 않는다. 그러니까 저기 벽이 있는 것이다. 좋은, 좋은 벽이다. 최소한 촉감은 아직 살아 있다. 그는 손끝으로 벽지를 쓸어본다, 고맙게도 살짝 도드라진 무늬가 느껴진다. 그는 정신을 차린다. 여기 벽이 있고, 여기 침대가 있다. 그는 오른쪽에 누워 있다. 좋다. 창문은 그의 뒤에 있다. 눈을 감은 채 천천히 고개를 돌리고 눈을 뜬다, 저기! 다행히 저 위 오른쪽 틈에서 아주 소심한 빛 한 자락이 희미하게 비친다. 쿠르트는 안도의 한숨을 내쉬며 다시 베개에 눕는다. 이제 어둠은 그렇게 딱딱하고 무섭지 않다. 저기 뒤쪽 어둠 속에 뭔가가 살아 있고, 여기—시계가 똑딱거린다. 그렇다, 그의 회중시계다—대체 몇 시지?—쿠르트는 오른손으로 허공을 더듬는다—당연히 스탠드를 찾는다. 스탠드는 침대 옆 탁자에 있다. 거기가 아니라면 대체 어디란 말인가. 스탠드를 잊었다니! 그것이, 스탠드가 아직 거기 있을까? 바로 환해지고 다 좋아질 것이다.

하지만 손이 너무 서두르는 데다가 아직도 떨고 있다. 조롱하듯 쨍그랑 스탠드가 바닥에 떨어진다.

눈이 먼 게 아니니까 그건 아무것도 아니다. 생각들, 바싹 야윈 생각들이 슬금슬금 다가오기 전에 지금 당장 얼른 다시 잠들어야지.

하지만 생각들이 벌써 와 있다. 계속 못 오게 막을 수는 없다. 쿠르트는 머릿속에서 애써 생각들을 쫓아냈다. 차르륵 차르륵 영혼 앞에 셔터를 내렸다. 집에 아무도 없다고 했다. 어제 그렇게 해서 아스팔트에 비친 푸른 빛을 넘어갈 수 있었다. 간단히 푸른 빛이 꺼졌고, 그래서 기꺼이 고통을 견딜 마음으로 티 없이 밝게 오늘 오전을 맞이해 지금까지 그 모든 일을 생각하지 않을 수 있었다. 그의 머리는 두 부분으로 나뉘어 있다. 앞쪽에서 그는 깨어서 활동한다. 모든 일은 앞쪽에서 처리된다. 두 번째 공간에는 아무도, 아무것도 들어올 수 없다. 마치 일이 끝난 것처럼 그 공간은 잠겨 있다. 죽은 듯 조용한 이 공간에 마음과 영혼이 살고 있다, 쿠르트 게르버가 살고 있다. 그는 이제 더는 이렇게 할 수 없다고 느끼면서도 밀려오는 생각들을 막으려고 필사적으로 저항하고 있다. 생각들은 귀찮은 청원인처럼 거절할 수 없게 계속 부탁하고 요구하면서 삐쩍 마른 손을 그에게 뻗는다. 앞뜰은 생각들로 가득 차 있다. 생각들이 점점 더 집요해지면서 쿠르트는 멀리 떠나고 싶다. 이를테면 자기 자신에게서 도망쳐 파멸에 몸을 던지고 싶은 심정이다. 하지만 그럴 수 없다. 생각들이 그를 보내주지 않을 것이고, 그는 그들에게 마음을 열어야 한다.

생각들은 이제 그만 탄원해야 한다는 걸 믿지 못하는 것 같다. 처음에는 머뭇거리고 살짝 당황하면서 그들은 그를 손아귀에 넣는다.

쿠르트는 침대에서 뒤척이면서 아직 저항한다, 깊이 생각하지 않으려고 한다, 않으려고 한다. 아니, 아예 생각하지 않으려고 한다. 생각해야 소용도 없고, 또 머리를 쉬고 아낄 필요가 있다, 더 중요한 일을 위해서…… 그런데 대체 뭐가 더 중요하지? 뭐가? 쿠퍼가? 리자가?

모든 것이 이미 있었다. 뭘 봐, 벙어리야. 모든 것이 통속소설의 초안에 이미 그려져 있었다.

하지만 왜 통속소설이 계속 이어지지 않을까?

(그러므로 나는 아직 생각한다. 그것도 좋다.)

모든 것이 왜 그렇게 서로 연관이 없을까? 그렇다. 리자와 쿠퍼 사이에 어떤 연관이 생긴다면, 그녀가 영웅적인 희생을 통해 나를…… 하지만 그녀는 그런 생각을 하지 않는다. 아니다. 틀렸다. 다르다. 쿠퍼가 리자를 유혹했고, 나는 그를 죽인다. 역시 아니다. 쿠퍼가 리자를……

전혀 아니다. 아니다, 쿠퍼와 리자는 서로 아무 연관이 없다. 저기 쿠퍼가 있고, 저기 리자가 있다.

리자는 전혀 별개의 실패다.

내일 내가 테스트를 받는다면, 그건 다시 전혀 다른 실패다. 각각 다른 실패다. 끝이다.

쿠르트는 침대에 벌떡 일어나 앉는다. 터무니없는 생각이 찾아왔다. 내일 그냥 학교에 가지 말자, 어차피 집에는 막을 사람도 없다, 내일도 가지 말고, 모레도 가지 말자, 쿠퍼가 수위를 보내면…… 수위에게 말해야지, 당신의 대위님은, 그는 나를 잘 압니다. 그러고 창문을 탕 닫는다. 그건 심지어 상황에 어울린다. 멋지다. 그는 그렇게 할 것이다.

쿠르트는 침대에 털썩 도로 누우며 자신이 내일 절대 그러지 않으리라는 걸 안다. 그는 내일 학교에 갈 것이다, 내일도, 모레도. 왜 그런지도 안다. 어머니의 편지에는 늘 이런 말이 가득하다. "우리 아들, 정말 열심히 공부하고 있지? 아버지는 여전히 상태가 좋지 않구나. 지금 무엇이 문제인지 네게 말해야 할까?"

아니다, 나한테 그런 말을 하면 안 된다. 그런데도 왜 말하는 걸까? 왜 나를 괴롭힐까? 왜? 나는 정말 내가 할 수 있는 걸 하고 있다. 오늘 나는 비로소 두 과목 시험에서 빛나는 성적을 받았다. 그렇다, 그런 성적을 받았다. 소름 끼치는 결혼식이었다. 개자식과 하이에나가 교미했다. 그들의 아이 이름은 졸업시험 합격에 필요한 과반수 득표일 것이다.

쿠르트는 생각이 갑자기 형태를 얻은 것을 알아차리고 소스라치게 놀란다. 생생하게 보인다, 개자식과 하이에나가. 서로 껴안고 있는 그들의 역겨운 모습에서 눈을 뗄 수 없다. 하지만 꿈을 꾸는 건 아니다. 그는 정신이 말짱하다. 유령이 나오지도 않고, 쿠퍼가 나타나 위협하듯 거대한 적분기호를 그의 머리

위에서 흔들지도 않는다. 그런 건 없다. 모든 게 전혀 비밀스럽지 않고, 평범하고, 무섭도록 투명하고, 논리정연하다, 마지막까지…… 쿠르트는 알고 있다. 쿠르트는 완전히 깨어 있고, 모든 게 그렇지 않음을 똑똑히 안다…… 하지만 그럴 수 있다, 지금 꿈꾸는 걸 수 있다. 꿈에서 그는 사형을 선고받는다, 대역죄로, 만장일치로 사형선고를 받는다. 저기 벌써 교수대가 서 있다. 직각으로, Γ. 이제 수행 행렬이 움직이기 시작한다. 모두 검은 가운을 입고 머리를 흔든다, 이리저리, 이리저리, 그들의 몸이 같이 흔들거린다. 쿠르트도 흔들거린다. 이제 그들이 그를 에워싼다. 쿠퍼가 그들에게 마지막으로 원하는 것이 더 있느냐고 묻자 그들이 쿠르트가 매달려 있는 교수대 주위에 반원 모양으로 둘러서더니 그에게 팔을 뻗고 침을 뱉고 뻣뻣하게 뒤로 쓰러진다 ―대체 무슨 일이지? 지금 정말 꿈을 꾼 걸까? 마치 거기서 남은 조각, 손에 잡히는 뭔가를 찾을 수 있을 것처럼 쿠르트는 집중해서 어둠 속을 응시한다.

아무것도 없다. 새까만 어둠뿐.

아니다. 뭔가 있다. 하이에나가 개자식과 같이 있다. 꺼져, 꺼지라고. 전등. 하지만 스탠드는 박살이 나서 바닥에 있다.

소름 끼치는 교미가 계속된다, 올라갔다―내려갔다―올라갔다―내려갔다. 사람과 똑같이.

그동안 만난 모든 주변 여자들이 갑자기 그를 둘러싸고 있다. 그들은 그의 침대에 누워 있는데 벌거벗은 여자가 많고, 그

11. 작은 말은 쓰러진다

들 가운데 어딘가 리자가 있다. 그녀는 파울의 아틀리에 파티에서 만난 모르는 여자와 창녀, 그리고 다른 모든 여자처럼 그냥 벌거벗은 여자일 뿐이다…… 그는 반은 떠밀리듯 마지못해 터무니없는 일을 눈앞에 불러낸다. 이제 적어도 혼란이, 미친 정신 상태가 있다. 계속 낯선 것이, 찢어진 수학 공식 조각들이 피를 뒤집어쓴 모습으로 비틀비틀 끼어든다. 오, 이제 그는 더 견디지 못한다. 이 어려운 상황을 견디기에 그는 너무 약하다. 그는 뒤척인다, 먹먹한 고통에 숨을 헐떡이면서, 부드러운, 부드러운 베개에 파고들면서 땀에 젖은 섬유에 이를 박고 자신의 몸이 낯선 욕정에 사로잡힌 걸 느낀다. 이 모든 일이 왜 일어나는지 안다. 그것에 저항해 싸우지만 리자를 원한다, 숨을 그르렁거리면서, 리자…… 그녀가 계속 그를 피해 달아나고 그는 그런 그녀를 뒤쫓는다, 짐승이 되어, 잔뜩 부풀어…… 다른 여자다, 어떤 여자다…… 그러고 그는 다시 냉정하게 정신을 차리고 누워 있다, 축 늘어지고 타락해서. 타는 듯한 수치심이 여진처럼 밀려오면서 슬픔 어린 잔잔한 기쁨을 느낀다. 그 여자가 리자가 아니었기 때문이다. 그 사실이 그를, 모든 것을 속속들이 뒤흔들어 마침내, 마침내 그는 흐느낀다, 뜨겁게, 탈진해서……

마음이 어수선해서 그가 일어나 옷을 입고 집에서 나온 게 아니다.

몸부림치느라 흐트러진 침대에서 그냥 할 일이 더 없었다. 그건 다 끝나고 지나간 일이었다.

바깥에 나와 초여름 밤의 상쾌한 공기를 마시자 쿠르트는 비로소 자신의 방의 들척지근한 냄새와 부드러운 베개, 무엇보다 거기서 있었던 모든 일에 구역질이 난다. 그는 심호흡을 한다.

11시 30분이다. 자고 싶은 생각은 없다. 거리를 천천히 어슬렁어슬렁 걷는데 오랫동안 생각하지 않았던 수천 가지 일이 생각나며 이상하게 자유롭고 건강한 느낌이 든다.

얼마나 오랫동안 사람들과 만나지 않았던가!

조금 엉뚱하지만 학교에 대한 생각보다는 실행 가능한 생각이 반짝 떠오른다.

사람들과 마지막으로 만난 것은 새벽 4시 일행과 함께 파울 바이스만의 아틀리에에서 나왔을 때다. 그러니까 아직 네 시간이 남았다. 한번 시도해볼 만하다. 최악의 경우 아틀리에에 아무도 없는 것이다. 그건 재난도 아니다.

건물 관리인 여자가 의심하면서도 들여보내자 마음이 놓이고, 문 앞에서 기다릴 때 숨이 가빠지고, 문이 열리자 뛸 듯이 기뻐하면서 쿠르트는 만약 아틀리에에 아무도 없었다면 재난일 수 있었음을 깨닫는다.

현관에는 모자와 외투 몇 벌까지 걸려 있다. 운이 좋은 것이다. 한창 좋은 시간이기도 하다.

이제 생각을 가다듬고 어리둥절 서 있는 파울 바이스만에게 늦은 시간에 찾아온 그럴싸한 이유를 설명할 필요가 있다.

하지만 파울 바이스만은 놀라움을 재빨리 이겨냈다. 그런 일에 익숙한 것일 수도 있고, 사물을 감싸는 의상에 신경 쓰지 않는 보기 드문 훌륭한 사람이어서 그럴 수도 있다. 아무튼 그는 놀라지 않고 손을 내밀면서 바로 음식을 다 먹어치워서 먹을 것이라고는 술이나 블랙커피밖에 없다고 한다.

쿠르트는 그런 상황이면 여기서 볼일이 없으니 그만 가야겠다고 대꾸한다. 그러면서 모자를 못에 건다. 하지만 진지하게 혹시 방해가 되지 않느냐고 묻는다.

방해는 기껏해야 그런 멍청한 질문을 하면 생긴다고 파울이 나무란다.

그들은 안으로 들어간다. 방은 어슴푸레한데 구석의 전축에 아는 예의 남자 가수의 음반이 걸려 있다. 정말 후렴의 첫 소절이 울리고 있다. "I can't give you anything but love — baby —"

"하지만 그녀가 그걸 원하지 않으면?" 그렇게 말하는데 쿠르트는 갑자기 다시 울음이 터질 것 같다.

"That's the only thing I've plenty of — baby — (그것만이 내가 유일하게 넘치도록 가진 것이에요, 베이비)." 쿠르트의 지적에 몇 사람이 웃음을 터뜨리고 그들이 시끄럽게 인사를 나누는데도 가수는 흔들리지 않고 계속 노래한다.

쿠르트는 안락의자에 털썩 편하게 앉는다. 모르는 여자가 와 있다. 리자는 없다.

리자는 없다. 그녀 때문에 올라왔는데. 오직 그녀 때문에……

잠시 후 모르는 여자가 와서 옆에 앉는다. "우리를 다시 찾아주다니 고마워요. 어떻게 지내요?"

쿠르트는 대강 그런 말을 기대했다. 그의 목소리는 의도했던 것보다 훨씬 더 불친절하다. "왜 그런 걸 물으세요?" 그는 온 힘을 다해 이제 그녀가 일어나 기분이 상해 가버리길 바란다. 하지만 그녀는 그대로 남아 있다. 쿠르트는 이제 일이 결정되었음을 안다.

모르는 여자는 놀라지도 않는다.

"관심이 있어서요, 친애하는 쿠르트 게르버!" 그녀는 나직이 말하고 그의 손을 꼭 누른다.

그는 자신의 손이 여전히 그녀의 손안에 있음을 알고 얼른 손을 뺀다. 그가 사랑하지 않는데도 그에게 몸을 주려는 모르는 여자, 사랑하지 않으면서도 그녀를 가지려는 그의 가련한 자기기만을 똑똑히 보여주는 그 여자가 갑자기 와락 두려워진다.

"왜 관심이 있는데요?"

방은 거의 깜깜한데 가수는 노래하고, 안락의자에는 둘만 누워 있다.

"당신이 그렇게 젊고 멍청하기 때문이죠", 모르는 여자가 부드럽게 말하며 그의 팔을 쭉 따라 쓰다듬는다. 그가 잠자코 있자 그녀는 그의 머리에 머리를 바짝 들이댄다. "꼬맹이!"

"나는 꼬맹이가 아니에요."

"바보 같은 꼬맹이!" 모르는 여자의 목소리가 그의 귓가에서 바르르 떨린다, 조롱하듯, 애타게 기다리듯.

쿠르트는 이를 그녀의 입에 박고, 그녀가 뒤로 쓰러진다, 그리고……

"아니요—제발—대체 무슨 생각을 하는 거예요?" 그녀가 날카롭게 속삭이고 몸을 뺀다.

쿠르트는 팔을 내린다. 이 일도. 여기서도 실패다, 여기서도! 그는 절망해서 부드득 이를 갈면서 꼼짝 않고 누워 있다, 몇 분 동안.

갑자기 머리카락을 쓰다듬는 손길이 느껴진다, 처음엔 아주 부드럽게, 점점 더 힘을 주어 쓰다듬다가 결국 어찌나 세게 잡아당기는지 그는 일어날 수밖에 없다……

쿠르트는 후들거리는 다리로 모르는 여자를 따라 조심스레 벽지 문을 지나고, 후들거리는 다리로 다시 그 문을 나왔다.

하지만 그를 떨게 만든 건 더는 부추겨 불타오른 관능이 아니라, 다시 축 늘어지고 타락한 수치심, 속속들이, 한없이, 위로할 길 없이 울고 싶은 허약함이었다.

다만 지금은 흐느낄 수 없다. 지금 그의 생각은 거꾸로 거슬러 올라가 모든 일이 위로도 끝도 없는 그곳으로 간다. 갑자기 앞에 커다란 구멍이 아가리를 딱 벌린다.

지금 자신을 쳐다보는 듯한 군중의 멀뚱한 시선을 이미 알고 있는 느낌이다.

당연히 안다. 어디서 아는지도 정확히 안다.

그들은 거기 앉아 그를 응시한다. 그는 칠판 앞에 서 있는데 그만 중간에 막혀 더 나가지 못한다?!

쿠르트는 정신을 차리고 다시 여기 있으려고 한다. 소용이 없다. 모든 사람과 모든 것에 대한 혐오와 메스꺼움이 그의 목을 조른다.

그는 벌써 문가에 와 있다.

"미안합니다. 몸이 좋지 않아요. 가야겠어요." 그가 몸을 홱 돌려 방을 나오는데 어리둥절한 침묵이 등 뒤에 따라온다.

파울 바이스만이 현관으로 달려온다.

"무슨 일이야? 리치와 무슨 일 있었어? 미쳤어? 들어와!"

"머리가 아파요. 안녕히 계세요." 쿠르트는 피곤해서 그렇게 말한다.

안에 있는 사람들은 마음대로 생각하라지. 그렇다, 리치와 무슨 일이 있었다. 그때 리자와 무슨 일이 있었던 것처럼. 그러니까 그녀는, 모르는 여자는 이름이 리치로구나. x는 리치와 같다. 나는 그녀를 떨쳐버린다.

쿠르트는 거리로 나온다.

하늘에 달은 없고 별들만 깜빡인다, 흔들리지 않고 의연하게, 제자리를 지키면서.

게르버, 앞으로 나와요. 여기 다섯 개의 추적점과 좌표 x_1, y_1, x_2, y_2, z를 가진 오리온이 있어요.

여기 오리온이 있다. 오리온은 항상 그 자리에 있겠지. 모든 것이 영원히 존재할 거야. 나는, 쿠르트 게르버는 한없이 중요하지 않다.

하지만 문제는 내가 아니다.

우연히, 지금, 이 순간 나는 일정(日程)에 올라 있다. 아주 짧은 시간 동안. 그러고 끝이다. 그리고 다시 오리온이 있다. 계속 또다시.

여기 다섯 개의 추적점과 좌표가 있어요. 그려봐요.

지금 저 위에서 멀뚱히 쳐다보았듯이 모두 멀뚱히 쳐다본다.

오만한 사람들. 정신적으로 유연성이 조금 부족하다. 리치와 무슨 일이 있었냐고? 리치와 헛간 창고. 그들의 관심사는 온통 그것에 쏠려 있다.

그들 가운데 문득 나한테 물어볼 생각이 든 사람이 있을까? 단 한 명이라도 있을까? 사실 내가 뭘 하는지? 내가 어떤 짐을 짊어지고 있는지? 내가 뭘 끌고 다니는지? 물어볼 생각이 든 사람이 있을까?

만약 내가 말을 했다면? 부끄러워하지 않고 사정을 다 말했다면? 오늘 내가 그 문제를 들고 그들을 찾아간다면?

그들은 놀라서 고개를 저으며 말하리라. 왜 그렇게 흥분해? 우리는 진짜 네가 그런 어린애 같은 짓을 할 단계는 이미 벗어났다고 생각했어. 누가 그런 일에 관심을 가지겠어? 우리는 다 그 단계를 견뎌냈어. 견뎌냈고, 잊어버렸다고. 우리는 살아 있고, 건강해. 그렇게 소리 지르지 마.

왜 그렇게 흥분하느냐고? 왜? 나는 흥분해야 해, 너희가 흥분하지 않으니까. 너희 눈에 그건 어린애 같은 짓이니까. 다 그걸 견뎌냈다고, 그래. 너희는 그들이 너희를 어떻게 죽이는지 지켜보았지. 그리고 이제 그걸 잊어버렸지. 너희를 잊어버렸고, 너희 시체를 잊어버렸고, 히죽 웃지. 그 미소가 이 세상 그 어떤 미소보다 비열하고, 야비하고, 천박하다는 거 알아? 그건 시체 능욕이야, 너희 자신의 시체를 능욕하는 거라고. 뭐라고? 그래도 너희는 살아 있고, 건강하다고? 살아 있다고? 너희가? 오, 아니야, 너희는 이미 오래전부터 살아 있지 않아! 그들이 너희에게서 남겨놓은 것, 그들의 오만이 요구하지 않은 것, 그것이 살아 있는 거야. 살아 있다고? 끔찍한 삶이지. 생체 해부당한 실험실 토끼의 마지막 순간 같은 거라고. 잘 봐, 실험은 계속해서 성공한다고! 그들은 너희 영혼을 짓밟고, 너희 등을 굽히고, 너희 의지에 재갈을 물리고, 너희를 속이고, 너희가 아무것도 알아차리지 못하게 너희 몸에서 심장을 꺼낸다고—그리고 너희가 살아 있지. 살아 있고 히죽 웃지. 누가 소리를 지르면 놀라고.

하느님, 소리 지르는 건 제가 아닙니다! 고문받아 죽은 수천 명이 제 안에서 소리 지르는 거예요. 제발, 교수님, 제가 소리 질러도 될까요? 아니요, 그러면 안 됩니다. 그래서 그들은 그들의 울부짖음을 제게 보냈어요, 모두가요. 거대한 갈고리발톱이 달린 새까만 박쥐들이 제 안에 푸드덕 날아 들어왔어요. 박쥐들이 내 안에서 쪼고 헤집어 뒤집어요. 그래서 저는 소리 지르고, 소

리 지르고, 소리 지를 수밖에 없어요……

쿠르트는 입을 크게 벌린다, 하지만 목에서 아무것도 나오지 않고, 아무것도 들어가지 않는다. 공기가 없다. 얼굴이 부풀어 오르며 그는 포석 위에 쓰러진다. 이마에서 가늘게 흐르는 따뜻한 액체가 느껴진다, 입술에서도. 아프지는 않았다. 그는 일어날 수 있었지만 한참 그대로 있었다. 인적 없는 컴컴한 골목길에 그렇게 누워 있었다, 더러운 포석 위에, 부드러운 오물 속에, 작은 말은……

12
졸업시험

곧 오후 1시다. 4층 복도에는 숨죽인 움직임이 분주하다. 졸업반 학생들은 너무 오래 걸린다고 생각하면서 차례로 시험장을 나왔다. 이제 시험장 안에는 그 그룹의 마지막 수험생인 디타 라인하르트만 남아 있다.

국립 실과고등학교 16의 구두 졸업시험이 시작되었다.

며칠 전부터 검은 게시판 아래쪽에 졸업반 담임과 교장, 시험심사위원회 위원장을 맡은 국립학교 장학관 마리온이 서명한 도장 찍힌 종이 한 장이 걸려 있었다. 스물여덟 명의 졸업반 학생들에게 고등학교 졸업시험 수험생 자격이 있음을 공지하는 종이였다. 그러니까 학년 초 교실에 앉아 있던 서른두 명 가운데 네 명이 빠져 있다. 벤다 외에 레비, 메르텐스, 차셰가 그들이다. 그들은 쿠퍼 수업에서 낙제해 졸업시험을 칠 자격을 얻지 못했다. 반면 아주 위태로워 보였던 제베린은 자격을 얻었다. 아마 쿠퍼가 비슷한 경우의 다른 반 학생을 대신 떨어뜨린 것 같았다. 하지만 자격을 얻었다고 합격한 건 아니다. 이제 쿠퍼의 힘이 예전만큼 절대적이지 않다고 해도 그렇다.

종이는 시험 순서도 공지했다. 여학생들은 알파벳 순서와 상관없이 앞 시간에 배정받았다. 이유는 명확하지 않았으나 여학생은 항상 어디서나 우대를 받았기 때문에 가타부타하는 사람은 없었다.

오늘은 첫 번째 그룹이 시험을 보았다. 할페른, 헤르게트, 콜, 에디트 라인하르트가 그들이다.

학생들은 시험 참관을 할 수 있었는데 그 기회를 이용하지 않는 사람은 아무도 없었다. 레비도 시험 시작 직전 이미 장내가 조용해졌을 때 나타났다. 그는 누구나 들을 수 있게 큰 소리로 "나는 내가 허락받지 못한 게 뭔지 알고 싶어!" 하면서 뒤쪽 안락의자에 거들먹거리며 앉았다. 몇몇 교수가 그를 쫓아내려고 했으나 위원장이 손짓해 막았다. 이제 수학, 라틴어 혹은 프랑스어, 독일어, 지리와 역사 순서로 시험이 진행되었다. 독일어 시험을 보기 전 좀 긴 쉬는 시간이 있었다. 그때 많은 학생이 집으로 돌아가 다시 책과 노트에 달라붙어 공부하고, 공부하고, 또 공부했다. 마지막으로 남은 시간이었다.

디타 라인하르트가 복도로 나오며 조심스레 문을 닫더니 문을 향해 "체!" 하며 혀를 쏙 내밀었다. 디타는 벌써 아이들에게 둘러싸여 넘치도록 축하를 받았다. 합격이 확실했기 때문이다. 그녀는 행복한 미소를 지으며 고맙다고 하고 숨을 몰아쉬면서 말했다. "다행히 우리는 다 끝났어!" 아직 시험을 앞두고 있거나 위원회가 내일이나 모레, 혹은 더 나중에 운명을 논의할 아이들, 또 지금 긴장하지 않고 판정을 기다려도 되는 할페른, 헤르게트, 콜, 에디트 라인하르트 같은 여학생들이 모두 부러워하는 말이었다. 아니 콜은 울어서 눈이 새빨갰다. 그녀는 독일어에서 아주 평범한 점수를 받아 '우등'을 놓칠까 걱정했다. 부정적으로 생각하면 안 된다, 그들이 '우등'을 주지 않으면 더 좋은 거다, 늦어도 15분 후면 직접 알게 될 거다, 하면서 다른 아이들이 위로했지만 아니 콜은 진정하지 않고 마투슈를 비열한 개자식이라고 부르며 그가 항상 자기를 노렸으며, 만약 우등을 못 받고 집에 가면 부모님이 용서하지 않을 거라고 징징거렸다. 대화의 폭이 넓어지며 우등의 가치를 두고 갑론을박이 벌어졌는데 갑자기 모두 우등을 중요시하지 않는다는 사실이 밝혀졌다. 모두 그냥 시험이 어서 지나가기만 바랐다.

쿠르트는 그들과 떨어져 난간에 기대서 있었다. 그들의 포기하는 몸짓을 어떻게 생각해야 하는지 알고 있었다. 부산한 그모든 짓이 역겨웠다. '시험'이라는 오래전부터 친숙한 사건에 마지막으로 입혀지는 이 음울하면서 호화로운 치장이라니! 희극의 등장인물들이 연기하는 이 잘난 체하는 뻣뻣한 태도라니! 구역질이 났다. 쿠르트는 역겨워서 치를 떨었다.

시험장 문이 열리더니 쿠퍼가 고개를 내밀고 네 명의 졸업시험 수험생을 불러들었다.

잠시 후 보르헤르트가 첫 번째로 복도로 나왔다. "할페른, 헤르게트, 에디트 라인하르트 우등. 콜은 만장일치 합격. 자, 첫 네 사람은 끝났습니다."

열린 문으로 마침 수험생 넷이 위원장과 교수들과 악수하는 모습이 보였다. 그들은 감사 인사를 했다. 그것이 관례였다. 그들이 나왔다. 우등을 받은 세 사람은 행복해서 환하게 빛났으며, 아니 콜은 감정이 북받쳐 흐느꼈다.

첫 네 사람이 끝났다.

쿠르트 게르버는 집으로 간다. 공기는 따뜻하고, 여러 집 지붕 위에서 비둘기들이 울고 있다.

여기까지 왔다. 이제 드디어 끝이다. 모든 것이 그것을 위해 존재했다.

8년. 이런 내 인생이 꿈일까 현실일까? 발터 폰 데어 포겔바이데*는 1160년에서 1170년 사이에 태어났다. 출생지가 티롤의 보첸인지 뵈멘의 브릭스인지 의견이 엇갈리는 그는 독일의 훈육과 관습, 독일 여자를 세계 최고라고 찬양했으며, 1228년 죽었다.

발터 폰 데어 포겔바이데도 죽었다.

우리는 모두 죽어야 한다. 유감이다.

아버지는 죽으면 안 된다, 아직은 아니다. 어머니는 쿠르트의 마지막 편지가 좋은 영향을 미쳤다고 기뻐하며 보고했다. 사실 중요한 건 그 편지의 끝부분뿐이다. "아, 깜빡 잊을 뻔했네요. 저는 필기 졸업시험에 합격해 구두시험을 볼 자격을 얻었어요. 그들이 시험 칠 자격을 주었으니까 아마 통과도 시켜줄 거 같아요."

당연하다. 의심의 여지가 없다. 물론 이렇게 확신하기까지 많은 땀을 흘려야 했다, 불필요한 땀과 불필요한 노력과 쓸데없는 고통이 필요했다. 그 모든 걱정이 얼마나 웃기는지 깨닫기까지. 쿠퍼 신, 그렇게까진 안 될 거야. 당신도 제때 사실을 깨달은 거야. 쿠르트 게르버는 졸업시험을 볼 자격을 얻지 못했다, 그러면 나쁘지 않았겠지. 웃기지 마. 나는 심지어 만장일치로 수험생 자격을 얻었다고.

연이은 두 면 사이에 각각 접선이 하나 있는 다면체의 외접원을 그리면 새로운 원이 생긴다.

적어도 나는 할 수 있다, 누구처럼, 누구처럼…… 그래, 블랑크라고 하자. 너무 건방지게 굴진 말자. 블랑크만큼은 할 수 있다. 좋다.

블랑크가 낙제할까? 블랑크는 낙제하지 않을 거야. 왜 블랑크가 낙제하겠어? 도대체 왜 누가 낙제해야 할까?

하지만 시험 볼 자격을 얻지 못한 레비, 메르텐스, 차셰가 있다.

＊ 괴테 이전의 최대 시인으로 꼽히는 독일의 서정 음유 시인.

박쥐가 콕콕 쫀다, 콕콕, 콕콕.

하이에나가 개자식 앞에서 절을 한다.

작은 말이 오물 속에 누워 있다.

쿠퍼는 황소다.

파리에도 동물원이 있을까? 하지만 나는 절대 동물원에는 안 갈 거야. 아니, 리자, 나는 안 갈 거야. 대신 버라이어티 쇼를 보고 그다음 멋진 저녁을 먹으러 갈 거야. 혼자 가진 않아, 그다음엔…… 그래, 리자. 나는 널 도울 수 없어. 우리는 항상 바로 키스할 필요는 없지. 우리는 바로 할 수도 있지…… 그래, 리자. 우리는 그럴 수 있어.

우리는 그렇게 많은 것을 할 수 있다. 우리는 평면 도형의 투영도가 원근 변환 – 아핀 변환과 비슷하다는 걸 증명할 수 있다. 세로 좌표는 아핀 변환 반직선이고, 상 평면을 가진 다면체 평면의 교선은 아핀 변환 축이다. 착석.

메르텐스의 어머니는 15분간 쿠퍼와 이야기하고 울었다. 교실 문까지 그를 따라가며 울었다. 그러고 아들의 손을 잡고 함께 떠났다. 그녀의 아들도 울었다.

차셰네는 가난하고, 가정교사 비용은 비쌌다. 차셰는 국가공무원 자리를 얻으려고 했지만 이제 그런 자리를 얻을 수 없다. 이제 차셰네는 돈이 없다, 같은 건물에 사는 클렘이 말해주었다. 차셰는 폐결핵을 앓고 있어서 고산 공기를 마셔야 하지만 그것 역시 불가능하다.

박쥐들이 파헤쳐 뒤집는다, 파헤쳐 뒤집는다, 파헤쳐 뒤집는다.

차셰, 우리 아버지도 너처럼 아파. 차셰, 너처럼 우리 아버지도 살 권리가 있단다. 하지만 내가 떨어지면…… 그래, 헛소리야! 나는 그런 생각은 안 해. 아버지는 살아야 한다. 나는 꼭 합격해야 해. 다른 건 관심도 없어. 나는 꼭 합격해야 해. 나는.

아, 이럴 수가, 아, 이럴 수가, 박쥐들이다.

카르파티아산맥 지대의 지질학적 구조는 가장자리가 주로 불순한 사암이나 플리슈로 이루어졌다고 말할 수 있다. 선량하고 늙은 프로햐스카. 당신은 우리가 믿을 수 있는 유일한 선생님이다!

중용. 그렇다. 그건 내가 종종 생각하듯 그렇게 어렵지도 쉽지도 않고, 그렇게 중요하지도 중요하지 않은 것도 아니다. 그건 8년간의 고등학교 공부를 마치고 치는 졸업시험일 뿐이다. 그렇다. 이상한 건 하나도 없다. 침착하자, 침착하자, 침착하자.

브로데츠키, 두페크, 게랄트, 게르버 그룹이 시험을 보는 수요일이 되었다.

쿠르트는 화요일에 시험 참관을 하지 않고 루프레히트 교수가 그러지 말라고 했는데도 온종일 공부하고 밤늦게 잠자리에 들었다. 지금 그는 잠이 깨 몽롱한 상태로 어슴푸레한 방을 둘러보았다. 시계는 6시가 조금 넘은 시각을 가리키고 있었다. 그러니까 아직 30분은 더 잘 수 있었다…… 그때 전날 저녁에 준비한 검은 양복이 눈에 들어왔다. 졸업시험! 그는 튕기듯 침대에서 일어나 마치 유령을 보듯 양복을 바라보았다. 심장이 순간 딱 멈추고 끈으로 목이 졸리는 느낌이었다. 여기까지 왔다니, 8년간 비밀의 베일에 싸여 거의 전설이 된 '졸업시험'이라는 개념이 이제 진짜 형태를 얻어 일정에 따른 한 과정으로 곧 들이닥친다니, 믿고 싶지 않았다.

마음을 가라앉혔다. 가까이서 보니 그렇게 나쁘지 않았다. 그건 일정에 따른 일로, 그런 일은 그동안 수천 번 있었다.

그는 느긋하게 옷을 입고 마지막으로 루프레히트 교수와 공부하며 빼곡히 적은 노트를 들여다보았다. 많은 곳에 빨간색 밑줄이 쳐져 있었는데 그 부분을 특히 주의 깊게 훑어보았다. 루프레히트 교수가 눈을 깜빡이며 "아마 여기서 문제가 나올 거예요. 더 꼼꼼하게 보도록 해요" 하면서 가리킨 부분이었다. 최근 루프레히트 교수는 개인 교습을 시작할 때 바랐던 것보다 결과를 훨씬 더 낙관적으로 전망했다. 마지막 수업을 마치고 쿠르트가 전망이 어떠냐고 대놓고 묻자 그는 중요한 걸 감추는 듯한 목소리로 대답했다. "흠, 정확히 알 순 없지요. 하지만 과반이 살짝 넘는 찬성표는 충분할 거예요. 자, 그러니까 행운을 빌어요."

쿠르트는 두서없이 공식을 점검하며 거의 모든 공식을 외우고 있음을 확인하고 기뻐했다. 라틴어는 걱정하지 않았고, 프로햐스카의 두 문제("카르파티아산맥 지대의 지질학적 구조"와

"계몽 절대주의 시대")는 달달 외우고 있었다. 그래서 문학 개론을 얼른 대강 훑어보고 안심하면서 일어났다. 잘될 거야, 그는 생각했다. 잘될 거야. 흥분하지만 말자.

$$R = \frac{a}{2}\sqrt{2} = \rho\sqrt{2} \cdots$$

그때 날카로운 초인종 소리가 울렸다. 그는 소스라치게 놀라 벌떡 일어났다. 뭐지? 지금, 이 시간에? 터무니없는 생각이 머리를 스쳤다. 쿠퍼가 문제를 미리 보낸 거야—예전에도 그런 일이 있었다고—가사 도우미 소녀가 더 빨리 문을 열어야 해—더 빨리—더 빨리—소녀가 들어왔다, 손에 접힌 종이 하나를 들고 있었다, 쿠르트는 부들부들 떨면서 보았다.

"도련님께 온 전보예요!" 소녀가 말하고 책상 위에 종이를 놓고 나갔다.

터무니없는 망상에 실망과 분노를 느끼며 쿠르트는 안락의자에 도로 털썩 주저앉았다. 마지못해 전보를 개봉했다.

"쿠르틀 우리 아들 아버지와 나는 늘 네 생각을 하고 다 잘되길 빈다 바로 소식 주렴 엄마가." 전보 위쪽에 "7시 30분 이전 배달"이라는 메모가 적혀 있었다.

쿠르트는 기뻐하려고, 적어도 감동하려고 했으나 짜증이 날 뿐임을 알고 몹시 부끄러웠다. 요양소에서 그들은 나와 바보 같은 졸업시험을 생각하는구나. 전보를 치며 나를 위해 그러는 거라고 믿겠지. 오늘 구두시험을 본다는 이야기를 편지에 쓰지 말걸. 이제 아버지는 종일 흥분하시겠지. 왜? 내가 멍청이니까. 하지만 그들이 원하는 그런 거야.

그는 전보를 와락 구겨버렸다. 그러다 갑자기 멈추고 종이를 다시 펴서 호주머니에 집어넣었다. 몇 마디 말에 담긴 큰 사랑이 느껴졌다. "엄마가……" 그는 어떤 사정이었을지 생각해보았다. 어쩌면 아버지는 아무것도 모르실지도 몰라. 아버지가 흥분하시지 않게 엄마가 그 일을 숨기고 몰래 우체국에 가서 전보를 치신 거야. 엄마는 숨을 쉬고 싶으셨던 거야. 곧 끝나는, 가슴을 짓누르는 이 속박에서 벗어나 숨을 쉬고 싶으셨다고. 그래서 소심하게 "바로 소식 주렴……" 하시지.

예, 바로 소식 드릴게요. 제가 직접 갈게요. 기뻐하시는 두 분을 보면 저도 기쁠 거예요.

쿠르트가 들어가자 시험장 중앙에 놓인 초록색 기다란 탁자에 벌써 교수 몇 명이 앉아 있었다. 그는 곧장 수험생이 앉아야 하는 교탁 귀퉁이 자리로 갔다. 브로데츠키가 차갑게 인사하고, 두페크는 공식을 외우고 있었다. 밤을 꼬박 새운 듯 얼굴이 창백한 게랄트만 싱긋 웃으며 말했다. "셰리, 8학년 경주마 팀, 드디어 출발이야."

"배당금은 어떻게 되지?" 쿠르트가 물었다.

"나쁘지 않아. 꽤 탄탄한 팀이야. 브로데츠키는 당연히 우등이고, 두페크는 만장일치, 우리 둘은 확실한 다수가 예상되거든." (게랄트는 살짝 거짓말을 했다. 모두 그 역시 만장일치 합격이라고 전망했기 때문이다.)

추측해볼 수 있지, 쿠르트가 제안했다. 프로햐스카, 후사크, 젤리히, 필립은 확실한 찬성, 쿠퍼, 니세트, 리들, 바링거는 확실한 반대일 거야. 그럼 보르헤르트, 마투슈, 마리온이 남았지. 마리온은 두 표를 가지고 있지, 그렇지?

그래. 다행히 그는 문헌학자라서 쿠퍼 신의 일에 간섭하지 않을 거야. 대신 라틴어는! 아주 위험하지! 중간에 질문을 던지면! 만약 어제처럼 그가 저기압이라면……

그제야 쿠르트는 어제 시험 참관을 하지 않았다는 생각이 났다. 그는 무슨 일이 있었는지 물었다.

게랄트는 눈이 휘둥그레졌다. 아무것도 몰라? 첫 시체가 나왔는데!

쿠르트는 무릎에 힘이 쭉 빠졌다. 누구, 누군데? 어제는 확실한 아이들뿐이었는데?!

게랄트 역시 우울하게 바닥을 내려다보며 중얼거렸다. "불쌍한 블랑크! 나중에 그애는 기운이 빠져서 한마디도 안 했어."

그러니까 블랑크, 얼마 전 쿠르트가 생각한 블랑크였다. 폭넓은 지식이 중요해 보여서 안전했던 남학생 블랑크가 떨어진 것이다.

"다른 세 사람은 우등을 받았어", 게랄트가 말했다.

쿠르트는 침을 뱉었다. 블랑크에게 어떻게 그런 일이 생겼을까? "대체 누가 그를 도살했어?" 그가 물었다.

"뻔하지 뭐."

"다른 교수들은? 대체 아무도 — 하지만 블랑크는 항상 — 쿠퍼 신 혼자는 안 되는데 — 쿠퍼 혼자는 누굴 떨어뜨릴 수 없어 — 여러 명이 있어야 해 — 다른 교수들이 —"

게랄트는 피곤한 듯 손사래를 쳤다. "다른 교수들! 그들은 어제 저마다 보호하는 아이가 있었고 그들을 위해 무슨 수를 써서라도 우등을 얻어내야 했어. 그들에게 블랑크 같은 아이는 별 의미가 없었지, 나는 그렇게 생각해. 게다가 이 야생 나귀 같은 녀석이 진짜 멍청한 짓을 했거든. 프로햐스카의 문제를 미친 듯 줄줄 암송한 거야. 눈에 띌 수밖에 없지. 다른 과목은 다 나른했던 그가 지리와 역사에서 갑자기 기름칠한 듯 술술 대답하니까. 프로햐스카는 비밀이 들통날까 두려워하지. 화도 나고. 그래서 쿠퍼가 요구하는 건 무조건 동의하지. 반대표가 넷이면 그럼 벌써 더 어렵지 않지."

그래, 그럼 벌써 더 어렵지 않지. 그럼 벌써 되는 거야. 그래. 블랑크는 떨어졌어, 쿠르트는 생각했다,

블랑크는 왜 떨어졌을까? 모두의 예상을 벗어난 일이었다.

그래, 바로 그것 때문이야. 바로 그게 짜릿한 즐거움이요, 신의 센세이션이지. 신이 원하면 블랑크는 떨어지는 거야.

만약 신이 원하면 블랑크와 달리 게르버는 합격할 수 있다. 왜 안 되겠어?

쿠르트의 생각을 짐작한 듯 게랄트가 말했다. "그런데 우리에게 나쁜 일은 아니야. 어쩌면 쿠퍼 신은 지금 조금 만족했을 거야. 내 생각엔, 이틀 연이어 그러진 않을 거 같아. 뭐, 곧 알게 되겠지. 저기 그가 온다."

쿠퍼가 들어와 사방 친밀하게 인사하고 열심히 서류를 들여다보았다.

쿠르트는 자신의 시선이 증오와 혐오를 표현하기보다 좋은 징조를 찾고 있음을 가슴 아프게 느끼면서 그를 빤히 쳐다보았다. 하지만 쿠퍼의 얼굴은 여전히 굳어 있었다.

그때까지 복도에서 어슬렁거리던 8학년생들이 시험장에 들어와 손짓하고 고개를 끄덕여 네 명의 수험생에게 인사하고 자리에 앉았다가 바로 다시 일어났다. 깡마르고 무미건조하고 뻣뻣한 마리온이 유행이 지난 구식 프록코트를 입고 구두를 삐걱거리면서 시험장에 들어왔다. 교수들도 자리에서 일어났다.

마리온이 고개를 까딱하자 모두 다시 앉았다. 수험생 네 명만 계속 서 있었다. 시험장은 쥐 죽은 듯 조용했다. 사흘째인데도 시험 절차는 여전히 긴장된 엄숙함을 거의 고스란히 간직하고 있었다.

쿠르트는 얼굴은 창백하고 가슴은 쿵쿵 방망이질치는 상태로 서 있었다. 졸업시험! 졸업시험! 수많은 생각이 머리를 스쳤다. 수학 공식들, 부모님, 이제 어떻게 될까, 루프레히트, 블랑크, 파리, 다시 수학 공식들, 지금 내 모습이 어떻게 보일까, 아버지…… 침착하자, 침착하자…… 하지만 앞으로의 일에 대한 두려움이 몰아대 도무지 떨쳐버릴 수 없었다. 도망치고 싶었다, 아주 멀리. 모든 일을 알고 싶지 않았다. 아무래도 상관없고 그냥 얼른 도망치고 싶을 뿐이었다. 그때 쿠퍼의 목소리가 그를 붙잡았다.

"위원장님, 오늘 시험 볼 수험생을 소개해드리겠습니다."

쿠퍼가 일어나 네 명의 수험생을 가리켰다. 그의 손짓에 따라 그들이 일렬종대로 앞에 서자 위원장은 브로데츠키, 두페크, 게랄트, 게르버 수험생의 이름이 호명될 때마다 가볍게 고개를 끄덕이고 악수를 청했다. 그러고 수험생들은 다시 자기 자리로 돌아갔다.

"브로데츠키!" 쿠퍼가 호명하고 황급히 나오는 브로데츠키에게 종이쪽지 하나를 건넸다. 수학 문제가 적힌 쪽지였다. 수험생은 이 쪽지를 들고 '전기의자'로 불리는 뚝 떨어진 자리에 가서 앉아야 하고 고민할 시간을 몇 분 받았다.

브로데츠키는 손으로 머리를 받치고 조용히 입술을 움직였다. 그가 준비하는 걸 알 수 있었다. 시험장은 여전히 쥐 죽은 듯 조용했다. 몇몇 교수가 나직이 의견을 주고받았다.

공식적으로 허용된 고민 시간이 채 끝나기도 전에 브로데츠키가 일어나 쿠퍼에게 준비되었다고 표시를 했다. 다음은 두페크 차례였다.

시험이 시작되었다.

쿠퍼는 쏠 준비를 하고 벌써 칠판 앞에 서 있는 브로데츠키의 손에서 쪽지를 받아 마치 처음 보는 문제인 것처럼 첫 번째 문제의 지문을 큰 소리로 읽었다.

"정십이면체를 둘러싼 원의 반지름은 57cm다." (RKD = 57cm, 브로데츠키가 썼다.) "정십이면체의 모서리 a의 크기는 얼마인가?"

쿠퍼는 쪽지를 교탁 위에 놓고 뒷짐을 지고 왔다 갔다 하기 시작했다.

브로데츠키는 헛기침을 하더니 삼각자를 집어 말없이 걸맞은 도형을 그렸다. 그는 다 그리고 나서야 자신 있는 어조로 말하기 시작했다. 쿠르트는 자신 있게 발표하는 그의 설명을 거의 이해할 수 없어서 곧 따라가는 걸 포기했다.

다행히 집중해서 따라가야 하는 시험이 아니었다.

하지만 어떤 문제인지 전혀 모른다는 사실이 당황스러웠다. 어떻게 될까, 만약…… 아니야, 브로데츠키는 우수한 학생이니까 특별히 어려운 문제를 푸는 거야. 당연히 그래야지.

쿠르트는 게랄트를 툭 쳤다. "저게 뭐야?"

"구(球) 삼각법이야. 엄청 어려워. 하나도 모르겠어. 아마 다 맞을 거야." 게랄트가 소곤소곤 대답했다.

쿠르트는 더 물어보려고 하다가 자신을 쳐다보는 따가운 시선이 느껴져 돌아보았다. 젤리히 교수가 입술에 손가락을 대고 조용히 하라고 신호했다.

쿠르트는 얼른 고개를 끄덕이고 브로데츠키가 방금 깨끗하게 밑줄을 그은 첫 번째 문제의 답이 적혀 있는 칠판을 관심을 가지고 쳐다보았다. a = 40.675㎝, 쿠르트는 무슨 뜻인지 모르면서 읽었다. 당연히 조용히 해야지, 쿠르트는 생각했다. 얼마나 부주의하게 행동했는지. 마리온이나 쿠퍼가 보았다면…… 당장 미움을 사지 않았겠는가. 아주 얌전하고 눈에 띄지 말자, 그게 최선이다.

자신의 운명을 적극적으로 걱정하는 교수를 알고 있다는 사실에 조금 안심이 되었다. 잠시 힘과 희망이 샘솟았다.

하지만 두페크가 호명되어 칠판에 수열 계산 문제를 쓰자 힘과 희망은 순식간에 사라져버렸다. 루프레히트 교수는 특히 그 부분을 강조했다! 오늘 이 문제는 끝이다. 이제 어떻게 될까?

주위를 둘러보니 자기 혼자 남아 있었다. 저쪽 전기의자에 게랄트가 앉아 종이쪽지 위에 고개를 숙이고 부지런히 메모하고 있었다.

그다음 바로 쿠르트 차례다.

이마에 땀이 솟고 손이 얼마나 떨리는지 쿠퍼가 쪽지를 내밀었을 때 두 번이나 헛잡았다.

이제 그는 외로운 자리에 앉았는데 앞에는 쪽지가 받은 그대로 접힌 채 놓여 있었다. 그것을 펼칠 용기가 없었다.

그래도 결국 펼쳐야 했다. 게랄트는 첫 번째 문제를 벌써 절반쯤 풀고 있었다.

쿠르트는 문제를 훑어보았다. 문제를 이해하지 못하는데도 얼마나 무심한지 거의 섬뜩할 정도였다. 그는 혼잣말로 중얼거렸다.

"전혀 모르겠어. 전혀, 전혀 모르겠어."

그는 쪽지를 다시 들여다보았다. 당연하다, 이렇게 될 수밖에 없었다. 수열 문제는 흔적도 없고, 이차 곡면 문제도 없고, 나오길 바랐던 다른 문제도 없었다. 복리계산 문제와 대수로 풀어야 하는 듯한 작도 문제였다. 도대체 깊이 생각해봐야 소용이 없었다. 끝났다.

쿠르트는 칠판을 쳐다보았다. 마침 게랄트가 살짝 자신이 없어져서 쿠퍼가 도와줘야 했다. 게랄트가 더듬거리자 시험심사위원회가 바짝 주목했다. 그사이 마리온이 한마디 하자 쿠퍼가 듣고 "예, 맞습니다, 수험생이라면 저런 간단한 문제는 당연히 척척 풀어야지요, 흠, 흠" 했다. 상황이 위험해지기 시작하고 게랄트는 벌써 흔들리는데…… 갑자기(그를 구원해줄 생각이 반짝 떠오른 게 거의 눈에 보였다) 그가 이를 앙다물고 손으로 눈을 가리고 공식 하나를 말했다. 그러자 쿠퍼가 비웃듯 "드디어!" 하면서 받아들였다. 적어도 잠시 게랄트는 구원을 받았다. 그가 두 번째 문제를 칠판에 썼다.

위원회는 다시 관심을 잃었다. 몇몇 교수가 귓속말하기 시작하고, 마투슈는 느닷없이 천식 환자처럼 짧게 웃기까지 했다. 쿠르트는 활활 타는 분노의 눈길로 그를 노려보았다. 이 배부른 비열한 인간. 그는 웃고 있다! 지금 웃고 있다! 저 앞에서 한 사람이 진땀을 흘리며 애쓰고 있는데…… 저기 저 사람은 웃고 있다. 뭐, 새로운 일도 아니겠지. 시체를 씻기는 사람이 죽은 사람을 보면서 아무 느낌이 없는 거나 마찬가지겠지. 일이고 익숙해진 거야. 우리는 찬성표와 반대표로 무뎌진 저 짐승들 손에 넘겨진 거라고.

오, 하느님, 이러는 건 의미가 없다. 준비해야 한다. 게랄트가 곧 끝나고 나는 저기 앉아서…… 나는 나 자신을 도울 수 없다. 그리고 너희…… (쿠르트는 참관하는 8학년생들 하나하나를 쳐다본다)…… 너희, 같은 반 아이들 역시 저기 앉아 있는데…… 역시 나를 도와줄 수 없다. 이렇게 가까이, 가까이, 손에 닿을 만큼 가까이 있는데…… 너희는 나를 위해 아무것도 할 수 없다, 아무것도. 내가 도살당하는 걸 그냥 손 놓고 지켜봐야 한다. 정말 끔찍한 일 아닌가. 울지 마라, 친구들이여, 동료들이여, 동지들이여, 여기 나는 앉아 있다, 여기. 나를 좀 쳐다봐. 왜 이쪽을 안 봐? 너희 착한 이들이여, 내가 너희를 얼마나 사랑하는지…… 그들은 나를 보려고 하지 않는다. 아마 가슴이 찢어질 거야, 나를 도와줄 수 없으니까…… 카울리히, 왜 눈물을 글썽이니? 카울리히, 김이 서려 안경이 뿌옇구나. 카울리히, 이쪽을 봐, 카울리히…… 카울리히!

쿠르트는 있는 힘을 다해 카울리히의 시선을 붙잡으려고 한다. 그는 눈을 문지른다―살짝 정신착란 발작이 온 것 같다

—카울리히는 울지 않았다—당연히 아니다—그는 나를 도울 수 있다, 그렇다—

쿠르트는 경련하며 소리 없이 입술을 움직인다. "쌍곡선의 접선 방정식이 어떻게 되지?" 그런 의미여야 한다. 세 번 되풀이한다, "쌍-곡-선-접-선-방-정-식!"

카울리히는 무슨 말인지 모르겠다고 신호하고 긴장해서 눈을 깜빡이고 찡그리며 쿠르트를 보며 손을 귀에 대지만 소용이 없다. 게다가 니세트가 갑자기 몸을 돌려 무슨 일인지 눈치채고 표독스러운 눈으로 먼저 쿠르트를 노려보고 이어서 카울리히를 노려본다. 쿠르트는 얼른 쪽지 위로 고개를 숙인다. "이제 마지막으로⋯⋯" 쿠퍼의 목소리가 들린다, 마지막으로, 마지막으로, 게랄트가 곧 끝나는데 나는 전혀 모른다, 전혀⋯⋯

갑자기 기억 속에서 공식 하나가 푸드덕 날아와 웅웅대며 남아 있다.

$$S_n = a_1 \cdot \frac{q^n - 1}{q - 1}$$

등비급수의 합 공식이다. 머릿속에 달랑 그 공식 하나와 그게 쓸모없다는 생각뿐인 상태로 쿠르트는 교단으로 나간다.

쿠퍼는 아랫입술을 살짝 비죽일 뿐, 평소의 무표정한 얼굴로 마주 쳐다본다. 쿠르트는—그에게 무슨 일이 있나?—쿠르트는 눈을 내리깔지 않는다. 쿠퍼가 아랫입술을 살짝 비죽이며 그를 쳐다보는 것처럼 기대하며 서 있는 쿠퍼를 쳐다본다. 갑자기 마음이 차분해진다. 그렇게 가볍고, 자유롭고, 거의 유쾌하다. 장난을 치고 싶다. 다만 무슨 장난을 칠까? — 아, 찾았다. 마음대로 문제의 순서를 바꿔 계산하는 게 수험생의 권리 아닌가? 당연히 권리다, 그렇다. 그 권리를 사용하는 사람은 아무도 없다, 분명하다. 운명이 시험관의 자비에 달려 있는데 대체 어느 누가 그 권리를 사용하겠는가. 하지만 졸업시험 규정에 적혀 있다. 그래, 거기, "공공연한 혹은 은밀한 부정행위를 하다 적발된 사람은……" 이라는 괴상한 구절이 있는 대목이다. 하하, 부정행위, 헤헤, 공공연한 혹은 은밀한, 호호, 부정행위는 언제나 은밀한 거야. 안 그럼 그건 청정행위지. 이 얼간이들아, 독일어도 모르면서 졸업시험 심사를 한다고? — 그래, 두 번째 문제를 먼저 풀자!

쿠퍼가 조용히 손을 내미는데 쿠르트는 쪽지를 들고 칠판으로 가서 지문의 첫 부분을 느긋하게 읽는다.

"쌍곡선 $4x^2 - 9y^2 = 36$의 점근선 방정식을 세우고 가로축과 점근선이 이루는 각을 계산하라."

쿠르트는 $4x^2 - 9y^2 = 36$ 을 커다랗고 분명하게 그렸다. $4x^2 - 9y^2 = 36$이 칠판에 적혀 있다. 커다랗고 분명하게.

$4x^2 - 9y^2 = 36$.

이게 무슨 뜻이지? 누가 이걸 썼지?

쿠르트 게르버, 네가 거기 쓴 그게 무슨 뜻이지? x 는 뭐고, y 는 뭐지, 뭘 물어보는 문제야, 쿠르트 게르버? 네가, 너 자신이 그린 기호를 왜 놀라서 멍하니 쳐다보는 거야, 쿠르트 게르버?

가슴속 자유로운 감정이 사라지고, 장난기가 사라지고, $4x^2 - 9y^2 = 36$ 을 쓰게 한 모든 것이 사라졌다. 사라졌다, 모든 것이 사라졌다.

넌 끝났어, 쿠르트 게르버. 두 번째 문제를 먼저 풀려고 했는데 풀지 못하고, 첫 번째 문제도 못 풀지. 쿠르트 게르버, 너는 거기 서 있지, 어쩔 줄 모르고, 좌절하고, 자신이 벌인 미친 짓에 철저히 무너져서.

네 옆에 한 교수가 서 있다. 쿠퍼다, 아주 놀란 얼굴로 거기 서 있다. 이제 그가 조용히 말한다.

"내 기억이 맞는다면, 첫 번째 문제는 다른 거예요. 쪽지를 이리 줘봐요."

쿠르트 게르버, 넌 그에게 쪽지를 줄 거야. 그래, 그럴 거야. 여기요.

쿠퍼는 시험심사위원회와 마리온 쪽으로 몸을 돌린다. 그의 눈에 분노와 위태로운 학생이 벌이는 발칙한 짓을 재미있어하는 기색이 어려 있다. 마리온이 쿠르트가 이해할 수 없는 몸짓을 한다. 아까 의논한 사항을 서로 확인하는 것 같다. 그들은 내가 미쳤다고 생각할지 몰라, 그런 걸 기대했고 그래서 내 행동을 나쁘게 보지 않을지도 몰라, 쿠르트는 생각한다. 혹은 어쩌면…… 제발 뭐라고 한마디 하라고!

"첫 번째 문제는 어떻게 되지요?" 쿠퍼가 쪽지를 돌려주며 말한다.

이제 쿠르트의 마음과 주변의 모든 것이 흔들린다. 눈앞에서 사람과 사물들이 희미해졌다가 서서히 다시 또렷해진다. 쿠퍼는 무심하게 허공을 응시하고, 교수들이 고개를 숙이고 저기 앉아 있고, 여기저기 비웃는 미소가 스멀스멀 피어나고, 반 아이들이 뻣뻣하게 얼어붙는다.

쿠르트의 얼굴이 쿠퍼 쪽을 향한다. 말을 하는 건 그의 입이 아니다. 그가 우연히 마음대로 부리는 한 쌍의 입술이 열리면서 단어들이 흘러나온다.

"교수님, 저는 문제를 원하는 순서로 풀 권리가 있습니다. 시험규정에 적혀 있습니다."

쿠르트는 나직이 말하기 시작하다가 점점 서두르고 소리가 커져서 이윽고 떨리는 그의 목소리에서 난폭함과 체념이 묘하게 뒤섞인 노골적인 반항심이 묻어난다.

쿠르트는 다시 시험장을 둘러본다. 지지를 찾는다, 한 학생이, 그것도 열등생이 이런 상황에서 한 번은 권리를 주장하는 걸 인정하는 징표를 찾는다—하지만 동의하는 징표는 보이지 않는다. 젤리히, 후사크, 필립은 비난하듯 고개를 젓고, 리들은 분노의 폭소를 터뜨리고, 뒤쪽의 반 아이들 몇 명은 살짝 돈 거 아니냐는 듯 검지로 이마를 톡톡 친다.

예기치 못한 문제와 마주친 장학관 마리온은 쿠퍼를 쳐다본다. 그리고 그가 아무 말도 하지 않자 묻는다.

12. 졸업시험

"학생은 대체 왜 첫 번째 문제를 풀려고 하지 않지요?"

설사 대답을 알아도 대답할 수 없는 질문이었다. 하지만 쿠르트는 대답할 말을 몰라 신발만 내려다본다. 마리온이 화가 나서 말한다.

"그럼 우리를 그만 좀 방해하고 첫 번째 문제를 풀어요! 안 그래도 앞의 학생이 시간을 많이 빼앗았어요."

쿠르트는 부호를 지운다. 지우개가 벌써 바짝 말라 있고 먼지투성이라 조금 축축한 줄을 칠판에 남길 뿐이다. 칠판이 지저분하다―이것도 나한테 해가 되겠지, 쿠르트는 생각하고 감정 없는 목소리로 읽는다. "어떤 사람이 20년째 되는 해부터 10년 동안 매년 말 연금을 받기 위해 12년 동안 매년 초에 2,000달러를 입금한다. 이 연금이 4%의 복리로 얼마나 될지 먼저 계산해야 한다."

쿠르트는 왼손에 쪽지를 들고 오른손으로 분필을 칠판에 대고 서 있다. 그는 오만가지 생각을 하지만 계산 생각은 안 한다.

"자?" 하는 쿠퍼의 목소리에 그는 화들짝 놀란다.

"복리계산입니다", 쿠르트가 말한다.

"그래요."

"복리계산……"

침묵. 얼음처럼 차가운 침묵. 침묵이 쿠르트의 마음속으로 잠식해 들어와 내면의 공허함을 채우고 이마에 차가운 땀방울을 송골송골 솟게 한다. 그는 땀방울이 연이어 뺨을 따라 떨어지는 걸 똑똑히 느끼면서도 닦지 않는다. 내가 두려워 땀을 흘리는 모습을 보고 그들이 나를 불쌍히 여길지도 몰라.

"그래서요? 계산해요!"

누군가 헛기침을 하고, 누군가 책을 탁 덮는다. 시간이 내 뒤를 바짝 쫓는다, 빠르게.

쿠르트는 칠판에 쓰기 시작한다, 천천히, 꼼꼼하게, 시간을 벌기 위해. 시간을 되돌렸으면 좋겠다, 시간은 나를 밀어붙이면 안 된다. 8년—그건 불과 몇 분에 좌우되는 세월이 아니다, 그렇게 생각해야 한다.

위원회의 생각은 다르다.

"가능하면 조금 빨리 해요!" 마리온이 날카롭게 말한다.

예. 다 했습니다. 여기요.

$$S_n = a_1 \cdot \frac{q^n - 1}{q - 1}$$

쿠퍼가 놀라서 쳐다본다. "이게 뭐예요?"

오, 쿠르트는 그게 뭔지 정확히 알고 있다. 그가 유일하게 아는 것이다. 그는 자신의 지식을 간단히 내동댕이치지 않을 것이다. 그들은 그가 문제를 이해하고 있음을 알아야 한다. 그는 힘찬 목소리로 시작한다. "등비급수 총합계 S_n 은 급수의 첫 n 항의 총합계—" 여기서 그는 갑자기 멈춘다.

내가 이걸 왜 설명하지? 합계공식으로 대체 뭘 하려고? 나는 연금을 계산해야 하는데……

"듣고 싶지 않아요. 그건 이 문제와 상관이 없어요. 우리는 관심 없습니다." 쿠퍼가 말한다.

왜 관심이 없으세요? 어떻게 그런 말을 하실 수 있어요, 교수님? 우리는 심지어 관심이 아주 많다고요. 보세요, S_n, 그건 급수의 각 항을 더하는 방식으로 생겨요, 얼마나 재미있는데요, $a_1 + a_1q + a_1q^2$ 플러스 등등, 점 몇 개, 이렇게요……

"좋아요, 학생 말이 맞아요." 쿠퍼가 불쑥 말하고 칠판에 다가선다. "그건 등비급수의 합계공식이죠, 맞아요. 정신 바짝 차려요, 게르버. 어떤 연관에서 복리계산에 이 공식을 도입하는 거지요?"

쿠르트는 꿈을 꾸는 기분이다. 이게 가능해? 이게 사실이냐고? 쿠퍼는 증오심을 보이지 않고 호의적으로, 거의 친절하게 말했다. 그는 나를 도우려는 거야, 그런데 바보 같은 나는 그를 힘들게 했지…… 잘못했습니다, 교수님, 용서해주세요, 머리 숙여 용서를 빕니다……!

"잘 생각해봐요, 어떤 연관에서죠?" 쿠퍼가 같은 어조로 묻는다.

하느님 맙소사, 어떤 연관이냐고요? 연관…… 여기서 일어나는 일은 모두 다 서로 아무 연관이 없다…… 리자…… 쿠퍼…… 당신은 리자 베어발트와 어떤 연관이 있나요?…… 아니, 아니, 침착하자. 잘 생각해보자.

쿠르트는 눈을 가늘게 뜨고 칠판을 쳐다보는데 손가락을 얼마나 세게 움켜쥐었는지 분필이 부러진다. 아무 생각도 나지 않는다. 쿠퍼가 칠판에 더 가까이 다가서면서 말한다.

"게르버! 잘 생각해요. 최종 자산 E는 매번 입금한 금액의 최종값으로 산출되지요. 그럼 이 액수는 이게 아니면 뭐겠어요, 이게 아니면?"

쿠퍼는 답을 짜내려는 듯 머리를 홱 뒤로 젖힌다. 쿠르트는 입을 벌리고 서 있다, 쿠퍼의 입술에서 뭔가 작은 암시를 읽을 수 있다면 바로 다 생각이 날 것 같다…… 그게 아니면…… 그게 아니면…… 드디어 찾았다.

"등비수열의 항들이 아니면 뭐겠어요", 쿠퍼가 말한다, 쿠르트가 답을 발견한 바로 그 순간 말한다. 쿠르트는 거의 동시에 같이 말하며 화가 나서 웃으며 이마를 친다. 그렇게 간단한 것을 어떻게 발견하지 못했지, 당연하다, 등비수열의 항들이다, 그럼……

"좋아요, 자, 그럼 이제 어렵지 않지요." 쿠퍼가 말한다.

쿠르트는 보호받는 느낌이 들고 부끄러워하며 고개를 끄덕인다. 그렇죠, 이제 어렵지 않지요, 이제……

"이제 최종 자산 E는 이 항들의 합계예요", 쿠퍼가 다시 말하며 격려하듯 고개를 끄덕인다. 쿠르트는 그 말을 되풀이한다. 그 말을 하려고 했었다, 정확히 그 말을. 먼저 말씀하시면 안 되지요, 교수님. 스스로 그 생각을 했어요, 저를 도와주시려는 것은 감사하지만……

하지만 쿠퍼는 계속 도와주면서 친절한 미소를 띠고 쿠르트 옆에 서서 쿠르트가 막 분필을 댄 곳에 다음과 같이 썼다.

$$E = r \cdot \frac{q^n - 1}{q - 1}$$

그리고 계속 쿠르트를 위로하며 말한다. 침착하게 생각하라고, 그렇게 어렵지 않다고, 벌써 답을 찾을 거라고…… 쿠르트는 계속 답을 찾고, 그가 말하려고 하면 계속 쿠퍼가 간발의 차이로 말하고 칠판에 쓰고 다시 쿠르트에게 몸을 돌린다, 도와줄 태세로, 얼굴에 친절한 미소를 띠고. 자, 이제 어떻게 될까요? 그래요…… 하지만 제가 말하려고 했어요, 교수님. 왜 제가 말하지 못하게 하세요? 교수님, 저는 다 알고 있습니다. 예, 그건 이렇지요.

$$x = \frac{2000\,(1.04^{12} - 1) \cdot 1.04^{18}}{1.04^{10} - 1}$$

대체 왜 당신이 그걸 쓰세요? 저도 할 수 있습니다. 왜 항상 저한테 침착하라고, 아주 침착하라고 하세요? 저는 계산 과정을 따라가는데…… 오, 이런, 잠깐 산만했어, 십자가 모양을 그리는 이 로그 함수, 누메루스 로가리트무스는 어디서 나왔지? 그걸로 뭘 해야 하지, 뭘 해야 하지? 쿠퍼가 분필을 손에서 놓고 물러나며 말한다.

"자. 뭘 해야 할까요? 이제 학생도 조금 풀 수 있겠지요, 게르버 수험생. 지금까지 내가 다 했으니까. 자, 해봐요!"

이제 쿠르트는 무슨 일이 벌어졌는지 알아차린다. 얼굴이 창백해진다.

"로그 계산해봐요", 쿠퍼가 말한다.

쿠르트는 몽롱한 상태로 서 있다. 마리온 장학관이 악의 없는 질문으로 자신의 무지를 드러낸다.

"학생은 로그 계산을 몰라요?"

쿠르트는 이제 하나도 모른다. 무엇을―무엇을―무엇을 로그 계산해야 할까? 거대한 굴착기 회전 버킷이 드르륵 머릿속에서 굴러간다. 그는 낯선 기호가 가득 적힌 칠판을 무력하게 바라본다. 두려움에 내몰려 무슨 말을 하려다가 그만두고 다시 시작한다……

"됐습니다. 학생은 이제 아무것도 더 요구할 수 없습니다! 고마워요, 게르버 수험생!" 마리온 장학관이 쉰 목소리로 말하고 앞에 놓인 종이에 짤막한 소견을 적고 쿠퍼에게 몸을 돌린다. 쿠퍼가 묻고 싶은 듯 그를 쳐다보며 묻는다.

"두 번째 문제를 해야 하지 않을까요?"

마리온은 잠시 망설이다가 말한다.

"아, 첫 번째로 풀려고 했던 두 번째 문제요." 마리온이 꼭두각시처럼 상체를 뻣뻣하게 흔들며 큭큭 잔기침하면서 웃는다. 몇몇 교수가 동조하듯 킥킥 웃는다.

잠시 뜸을 두었다가 마리온이 엄한 표정으로 말한다 "학생은 도대체 더 상대할 가치가 없어요."

다시 잠시 시간이 흐르고 그가 경멸하듯 손을 저으며 말한다. "자, 해봐요!"

쿠르트는 기계적으로 쓴다. $4x^2 - 9y^2 = 36$.

"점근선 방정식을 세워야 합니다."

쿠르트의 말에 쿠퍼는 아무 말도 하지 않는다.

마리온이 이번에는 더 대담하게 묻는다. "학생은 점근선 방정식을 몰라요?"

쿠르트는 그 말을 귓등으로 듣고 그를 보지 않고 반 아이들을 쳐다본다. 카울리히, 바인베르크, 호벨만, 그리고 다른 아이들이 긴장해서 입술을 오물거린다. 모두 그에게 속삭여 가르쳐주고 싶어 한다. 쿠르트는 필사적으로 해석하려 애쓰며 앞으로 몸을 숙인다. 카울리히가 두 손가락을 교차시키고, 바인베르크가 허공에 뭔가 그린다, 모두 움직이며 놀라서 머리를 움켜잡는다. 아주 기본적이고 단순한 문제가 분명한데 쿠르트는 풀 수 없다, 풀 수 없다, 없다. 뒤쪽의 아이들이 점점 흥분해서 손짓하고 몸짓한다…… 그때 쿠퍼가 마리온과 눈짓으로 의견을 교환하는 걸 본 쿠르트의 손에서 분필이 툭 떨어진다. 이제 필연적으로 무엇이 올지 안다—벌써 왔다.

"끝났습니다, 게르버 수험생!" 쿠퍼가 말한다.

무감각한 상태로 쿠르트가 비틀거리며 교단에서 내려오는

데 마리온이 넌지시 비꼰다. "학생은 이 문제를 먼저 풀려고 했었지요? 대단해요!"

벌써 브로데츠키가 라틴어 시험을 보려고 자리에서 일어났다. 그는 먼저 얼른 교단으로 가 허리를 굽혀 쿠르트가 떨어뜨린 분필 조각을 줍고 니세트 옆 초록색 탁자의 머리 쪽에 앉는다.

쿠르트는 게랄트와 두페크 사이에 앉는다. 아무도 그를 쳐다보지 않는다.

그러니까 떨어지는 게 이런 거구나. 쿠르트는 다를 거라고, 더 대단하고 특별하리라고 생각했다. 이건 너무 빈약하다. 문제는 어렵지 않았다. 자신도 확인했다. 첫 번째 문제를 죽 읽어본다. 맞다, 분자의 인수를 로그 계산해야 한다—진짜 간단한 문제다—비록 대학 공부에 필요하지 않더라도 풀 수 있어야 한다—(쿠르트는 불쑥 분노가 치밀어 주먹을 움켜쥔다)—루프레히트 교수와 공부할 때는 항상 풀 수 있었는데…… 복리계산 문제를 못 풀었다고, 우연히 못 풀었다고 법학이나 철학 공부를 할 자격을 박탈하는 것이 불합리하다고 하더라도 그 문제를 풀 수 있어야 한다. 하지만 간단한 두 문제가 그를 떨어뜨리는 데 충분한 것은 여전히 부인할 수 없는 사실이었다. 쿠퍼의 태도도 분명 한몫했다. 쿠퍼는 도와주지 말았어야 했다. 쿠퍼가 도와준 것, 나중에 속절없이 망하게 하려고 처음에 그를 띄워주었던 건 작은 막간극이었다. 그것이 서로 대차의 균형을 이루었다. 이 두 요소가 서로 상쇄되었다. 쿠르트는 의심의 여지 없이 실패했으며, 의심의 여지 없이 떨어졌다.

떨어졌다고? 대체 왜? 아직 세 과목이 남았잖아! 아니, 그렇게 쉽게 될 순 없어. 나는 수학에서 아무것도 못했지, 좋아. 하지만 아직 라틴어와 독일어, 프로햐스카의 두 과목이 남았어. 빌어먹을! 좀 더 쉽게 할 수 있었을 텐데! 그렇게 애쓰지 말고 차라리 힘을 아껴 다른 과목에 집중해야 했어. 그래, 잘될 거야.

마음이 차분해졌다. 수학에서 실패하리라는 것은 결국 예상했던 일이다. 도대체 희망을 품은 것 자체가 어리석었다. 네 과목 다 성적이 좋을 필요는 없다. 그럼 만장일치 합격이다. 대체 누가 만장일치 합격을 원하겠는가.

쿠르트는 얼굴의 땀을 닦았다. 입고 있는 짙은 색 양복이 몹시 더웠다, 땀에 젖은 셔츠가 몸에 달라붙었다. 예복을 차려입는 것도 멍청한 짓이야, 그는 생각했다. 다른 시험과 똑같은 시험인데.

게랄트가 호명되었다. 니세트가 다가와 말없이 쿠르트에게 번역해야 할 부분을 가리켰다. 붉게 표시된 부분을 대충 훑어보았다. 베르길리우스의 《부콜리카*Bucolica*》* 중 30줄 정도였는데 어렵지 않아 보였다.

하지만 결과는 생각한 것과 달랐다. 스스로 평가할 수 있는

---

* 기원전 42-39년에 쓰인 고대 로마 시인 베르길리우스의 전원시.

한, 순수하게 번역만 보면 두페크와 게랄트보다 나았지만 몇몇 문법적인 반문(反問)이 어려웠다. 마지막에 가서는 마리온과 니세트의 집중 공격에 아주 쉬운 동사 형태를 바로 대답하지 못하고 당황해서 있을 수 없는 미래형을 연이어 만들었다. 마투슈(그렇다, 마투슈였다, 쿠르트는 몹시 부끄러웠다)가 세 번이나 답을 몰래 가르쳐주었지만 알아듣지 못했고, 결국 마투슈는 화가 나서 포기했다. 벌써 긴 쉬는 시간 종이 울렸는데도 쿠르트는 여전히 aberem, abirem, abiturus sum 사이에서 결정을 내리지 못했다. 그러자 마리온이 미심쩍은 듯 고개를 저으며 단어를 길게 늘이며 말했다. "졸업시험 수험생이 이러어얼 수는—", 여기서 재미없는 농담의 효과를 높이기 위해 잠시 쉬었다가 힘주어 같은 말을 되풀이했다. "—졸업시험 수험생이 이럴 수는 없습니다!" 그렇게 라틴어 시험이 끝나고, 졸업시험 1부가 끝났다.

쿠르트는 복도로 나왔다. 흥분해서 중구난방 나무라는 무리가 그를 둘러쌌다.

"멍청이—저 위에서 무슨 난리를 친 거야?—바보—가장 쉬운 문제도 못 풀면서 문제 순서를 가지고 똥고집을 부려—1학년도 그런 짓은 안 해—졸업시험에서—너, 미쳤어?—자만심에서 나온 행동이야—잘난 척 대장님—목이 걸린 일인데 전체 위원회 앞에서 바로 말도 안 되는 짓을 하다니—내가 몰래 가르쳐주는 걸 못 봤니?—" (림멜이 그를 옆으로 끌고 간다) "—쌍곡선 방정식을 표준형으로 고치고 해를 구하기만 하면 됐는데, 누워서 떡 먹기처럼 쉬운 문제인데 그것도 못해?"

쿠르트는 어떻게 계산해야 했는지 열을 내며 설명하려는 림멜을 놀라서 쳐다보았다. 수학은 이미 끝났다, 영원히. 수학 시험 전체, 특히 서막은 이미 먼 과거 일이 되었는데 어떻게 그들이 모든 일을 아직도 그렇게 정확히 아는지 놀라웠다. 그게 정말 그렇게 중요했나? 그동안 그는 라틴어 시험을 잘 치렀고, 그래서 다 만회했다―왜 그들은 그 일에 대해서는 한마디도 안 할까?

쿠르트는 기다리다가 결국 직접 물었다. "라틴어는 어땠어?"

목소리들이 잦아들고 주저하는 논평들이 머뭇머뭇 커지면서 몇 명이 어깨를 으쓱하고 다른 데로 가버렸다.

쿠르트는 깜짝 놀랐다. 이게 무슨 의미지? 클렘이 말했다.

"마지막에 너는 제대로 헤맸어. 하지만 번역은 꽤 잘했어."

꽤 잘했다고, 단지 꽤 잘했다고? 매우 잘한 게 아니고? 마지막 사소한 동사 형태 실수가 잊히지 않고 영향을 미쳤다고? 저들은 어떻게 그렇게 확신하며 주장할 수 있을까?

"내 일에 상관 마. 상대하고 싶지 않아, 너희 모두 다!" 쿠르트가 말하고 몸을 돌리는데 쉰탈이 밉살스럽게 툭 내뱉었다.

"혹시 라틴어에서 네가 진짜 잘했다고 생각하니? 쿠퍼 신이 너한테 시험 볼 자격을 준 건 순전히 네가 졸업시험에서 제대로 망하라고 그런 거야, 확실해!"

쿠르트가 홱 돌아서자 쉰탈이 놀라서 뒷걸음을 쳤다. 카울리히가 중재했다.

"자, 자, 자! 상당히 좋은 평균 성적이었어. 합격에 필요한 과 반수를 얻으려는 거면 그거로 충분해. 셰리, 쿠퍼 신이 아무리 기를 쓰고 덤벼도 넌 과반수는 분명히 얻을 거야! 아까 대화를 우연히 들었는데 삐약이가 그러더라고. '게르버가 졸업시험에 낙제하는 건 절대 그냥 두고 보지 않겠어.' 렝스펠트도 그 자리에 있었어."

렝스펠트가 그렇다고 하고 이어서 몇몇 아이가 낙관적인 전망을 했다. 어쨌든 더 어려운 시험 과목은 끝났다……

종이 다시 울렸다. 이게 나의 마지막 종소리다, 불쑥 그런 생각이 들었다. 환호성을 지르고 싶었다. 이제 곧 학교와 연을 끊을 거라는 행복감이 밀려왔다. 쿠르트는 자리에 앉아 나직이 흥얼거렸다.

독일어 시험은 두 부분으로 구성되었는데 먼저 시 한 편을 해석하고 이어서 이와 연관해 문학사의 질문을 논해야 했다.

시가 수록된 책을 쿠르트 앞에 놓으며 마투슈가 살짝 몸을 숙여 재빨리 속삭였다. "그니까, 정신 바짝 차리고 적어도 독일어에서는 뭔가 할 수 있다는 걸 보여줘요, 그치요. 아직 잘될 수 있어요!" 그러고 가버렸다. 쿠르트는 다시 혼란스러워졌다. 마투슈의 선의는 느낄 수 있었지만 뭔가 헛된 희망처럼 들렸다. '적어도'라니 무슨 의미지? 지금까지 성적이 그렇게 나빴나? 이미 진 싸움을 싸웠던 것은 아닐까? 모든 것이 이미 결정되었을까? 절대 그냥 두고 보지 않겠어, 게르버가…… 그건 이미 낙제 이야기가 나왔다는 말이잖아?

"게르버!" 마투슈가 독일어 테스트를 하려고 그의 이름을 불렀다. 쿠르트는 아직 시를 들여다보지도 않았다.

"그니까, 여기 이게 뭐죠? 레나우*의 시예요, 그치요? 가을. 그니까."

쿠르트는 레나우의 시를 논할 수 있어서 기뻤다. 그는 레나우를 좋아했고, 여기 이 시도 아는 시였다. 신경 써서 어울리는 신중한 태도로 낭송할 생각이었다. 따뜻하고 너무 감상적인 목소리는 어울리지 않는다—하지만 마지막 구절을 읽는데

내 청춘은 슬프게 지나갔네
봄의 환희를 느끼지도 못했는데
가을은 다가올 이별의 전율을 불어넣고
내 마음은 죽음을 꿈꾼다네—

불현듯 자신의 목소리가 살짝 떨리는 것을 느끼고 화들짝 놀랐다. 뭔가 숭고한 것, 지금까지 느껴보지 못한 것이 밀물처럼 밀려왔다. 사실 나쁘진 않았다. 아니다, 다만 마음이 조금 불편했다. 가까이 다가갈 수 없는 것, 강력한 것, 그것이 그의 마음에 어

---

* 니콜라우스 레나우(1802~1850). 헝가리 출생의 오스트리아 후기 낭만주의 시인.

떤 감정을 불러일으키는지 말할 수 없었다. 그래서 혼란스러웠다. 쿠르트는 자신의 감정을 바로 파악하고, 가능하면 가볍게 비웃는 데 익숙했다. 지금도 그러려고 하면서 하필 지금 슬픈 청춘을 노래한 시를 논하다니, 정말 기막힌 일치라고 생각했다. 어쩌면 마투슈의 깊은 배려일지도 몰라. 아니, 우연이라고 보는 게 맞다. 제기랄, 수요일 10시 이후 계속 이런 식이다. 거리의 소녀와 리자, 사랑 노래를 부르는 남자가수, abeo abire를 거쳐 여기까지, 다시 수요일까지, 다시 10시까지—너무 바보 같다, 통속소설은 나를 노렸던 거야…… 하지만 쿠르트는 거기서 더 나가지 못했다. 그것 앞에서 모든 비웃음이 스러지는 미지의 것까지 나가지 못했다…… 그건 무엇이었을까?……

"자?" 마투슈가 말했다.

쿠르트는 마음을 추슬렀다. 이제 통속소설은 끝이다.

그러나 판에 박힌 학교 독일어를 늘어놓거나 위원회가 이해할 수 없는 해석을 하는 두 가지 가능성 사이의 좁은 길 위에서 균형을 잡으면서 더듬더듬 소심하게 시를 논하다가 마지막 연에 이르렀는데 예의 미지의 것이 다시 찾아왔다. 그것은 마음속에 밀려와 그를 놓아주지 않았다. 쿠르트는 그것을 이해하고 규명하려고 했다. 하지만 그것은 너무 다면적이었다. 그것은 빛바랜 나뭇잎, 지친 태양 너머로 이끄는 서서히 사라지는 것, 불안과 평안, 드넓은 성장과 죽음 같은 것을 지니고 있었다. 마치 그렇게 하면 무섭고 두려운 미지의 것에서 벗어날 수 있는 것처럼 쿠르트는 레나우와 그의 생애, 그의 정신이상과 죽음에 대해 힘주어 이야기하며 열정이 타올라 점점 더 범위를 넓히며 흥분하다가 결국 문제에 집중하라는 마투슈의 지적을 받았다. 쿠르트는 말을 멈추었다. 지금 어디 있지? 아, 그래, 졸업시험을 보는 중이지. 저기—체!—교수들이 그의 주위에 앉아 있었다. 그들의 얼굴을 죽 살펴보았다. 젤리히와 필립은 머리를 받치고 주의 깊게 그의 말을 듣고 있었다. 하지만 그러는 사람은 그들뿐이었다. 다른 교수들은—마리온이 가장 집중해서—다른 일을 하느라 바빠서 뭔가 읽거나 쓰거나 혹은 허공을 바라보았다. 방금 리들이 하품을 했다…… 쿠르트는 참담한 기분으로 주저앉았다. 눈앞에 어떤 이미지가 떠올랐다. 그는 관공서 건물인 듯한 천장이 높은 커다란 홀에 서 있었다. 전부 거의 똑같은 옷을 입은 사람들의 긴 대열 사이에 옴짝달싹 못하고 끼여 있었다. 사람들은 한 창구로 밀려가고 있었다. 사실 그는 자신이 무엇을 원하는지 몰랐다. 한 걸음 한 걸음 창구에 가까이 다가갔다. 벌써 앞에 선 남자들이 찾아온 용건을 말하는 소리가 들렸다. 그들이 무슨 말을 하는지는 이해하지 못했으나 늘 같은 말이라는 건 알았다. 이윽고 그는 공무원 앞에 섰다. 하지만 그가 말을 하기 시작하자마자 뿌연 유리창이 내려왔다. 뒷사람들이 밀어서 쿠르트는 앞으로 떠밀렸고, 쪽창이 다음 사람에게 열렸다. 몇 번이나 그랬다. 이상한 것은 자신이 말을 하는 건 알겠는데 무슨 말을 하는지 모른다는 것이었다.

갑자기 이미지가 사라졌다. 쿠르트는 다시 정신을 차렸는데 그사이 자신이 정말로 '청년 독일파 시대의 오스트리아 서정시'에 대해 잘 알려진 사실을 기계적으로 말했음을 알고 흠칫 놀랐다. 그는 의심하고 믿지 못하면서 이마를 손으로 문질렀다. 그게 현실이었을까? 그렇다! 그들은, 교수들은 여전히 앉아 있었다.

그는 잠시 말을 멈추었다. "좋아요." 마투슈의 목소리가 들렸으나 그는 무슨 뜻인지 바로 이해하지 못하고 흠칫 놀랐다.

다른 질문을 기다렸지만 마투슈가 책을 탁 덮었다. 독일어 시험이 끝났다.

"끝났어요? 고마워요." 마리온이 묻고 넘기고 있던 출석부를 들여다보았다.

쿠르트는 일어나 자기 자리로 갔다.

그때부터 생각을 제대로 가다듬을 수 없었다. 생각들은 거의 실체를 얻었고, 그보다 더 강력했는데 안개같이 아스라이 사라졌다가 이따금 아득히 먼 데서 다시 떠오르고, 유령처럼 휙 지나가고, 언제나 짝을 지어 느닷없이 주위를 둥둥 떠다녔다. 그는 생각들을 따라가려고 했지만 길을 몰라 자신 없이 걷다가 길을 잃고 헤맸다. 그러다 방금 했던 어떤 생각이 갑자기 다시 엄습하는 것이었다. 많은 생각이 함께 형태를 만들었으나 명확하지 않고 붙잡을 수도 없었다. 그래도 늘 그게 이상하거나 놀랍다는 생각이 들지 않았고, 모든 걸 언젠가부터 이미 다 알고 있다는 느낌이었다. 지금 느끼는 두려움은 이것과 저것이 혹시 저 수수께끼 같은 지난번과 다를까 걱정하는 감정인 것 같았다. 그는 이 일이 기이하다는 걸 알면서도 예상하지 않은 일, 사건의 외적인 진행에 어긋나는 일은 하나도 일어나지 않으리라는 것을 알았다.

그래서 갑자기 누가 어깨를 건드리고 이어서 바로 하얀 쪽지가 그의 앞 책상 위에 놓여 있어도 쿠르트는 놀라지 않았다. 쪽지는 지리와 역사 테스트를 하려는 프로햐스카가 준 것이었다. 앞으로 올 모든 일과 마찬가지로 프로햐스카와 지리와 역사 시험은 깔끔하게 일의 진행에 들어와 당연히 제 갈 길을 가고 곧 사라졌다가 프로햐스카가 "게르버" 하고 부르자 다시 나타났다. 벌써 몇 번 호명된 듯한 느낌이 들었다. 쿠르트는 재빨리 일어나 접힌 쪽지를 들고 벽에 걸린 지도에 다가갔다. 그제야 시험 문제를 생각했다. 그렇다, 알고 있었다. 그는 시작했다.

"카르파티아산맥 지대의 지질학적 구조는……"

"미안해요, 젊은 신사 양반—흠—수험생—흠—게르버 수험생—흠, 흠……"

뭐가 문제지? 프로햐스카가 왜 말을 끊지? 왜 발을 구르고 괴로운 듯 고개를 흔들지. 화가 나네. 프로햐스카의 잘못을 나무라며 쿠르트는 힘주어 다시 시작했다. "카르파티아산맥 지대의 지질학적 구조는……"

"문제가 달라요. 부탁인데 쪽지를 좀 들여다봐요!" 프로햐스카는 마치 도움닫기를 하듯 빠르고 날카롭게 말하고 갑자기 다른 쪽을 쳐다보았다.

멀리서 들리는 폭포 소리처럼 시험장에 움직임이 일어나 부풀었다가 암시하는 분명한 헛기침 소리에 뚝 그쳤다. 쿠르트는 프로햐스카를 쳐다보았다. '카르파티아산맥 지대의 지질학적 구조'가 그의 시험 문제였다!

터질 듯이 조용했다.

프로햐스카가 말했다.

"자, 쪽지를 좀 볼래요? 사실 진작에 봐야 했어요."

쿠르트는 쪽지를 펼치고 읽었다. 1. 지리: 계승국*의 광업과 제련사업, 2. 역사: 30년 전쟁*의 원인과 배경.

설마 착오겠지. 그는 쪽지를 뒤집어 보았다. 아니다. 거기 '쿠르트 게르버'라고 적혀 있었다.

갑자기 그는 더는 놀라지 않았다. 전부 다 아무 문제가 없었다. 모든 것이 제 갈 길을 가고 있었다. 블랑크가 손풍금을 돌리는 모습이 보였다─프로햐스카의 첫 수업 시간이 생각났다─나를 너무 힘들게 하지 말아요, 젊은 신사분들. 나는 늙은 사람이고 올해 은퇴해요─게랄트가 한 말(그게 언제였더라? 분명 아주 오래전이겠지)이 귓전을 쏴쏴 스쳐 지나갔다─지리와 역사에서 갑자기 기름을 친 듯 일이 진행된다─연관 관계가 어렴풋이 밝혀지면서 순간 명확해졌다. 분노와 증오와 분개, 동정과 이해와 용서가 부글부글 끓어올라 피리 소리 같은 짧은 숨으로 터져 나왔다…… 그러고 다시 모든 것이 조용해졌다, 안도 바깥도 전부 다.

"그럼 혹시 역사 문제를 먼저 할까요. 자, 해봐요. 30년 전쟁의 원인과 배경입니다."

쿠르트는 노인의 말을 들었으나 그 말이 제대로 의식에 들어오기까지 잠시 시간이 걸렸다. 새로운 상황에 적응하고 다시 단어들이 입술에 올라왔다. 그는 어렴풋이 기억하는 내용을 말하기 시작했다. 하지만 내용의 짜임새가 얼마나 엉성한지 프로햐스카가 계속 그걸 갈가리 찢어놓았다. 쿠르트는 고개를 끄덕이고, 말하고, 다시 고개를 끄덕였다. 마침내 몇 가지를 만들어냈는데 프로햐스카의 손짓을 보고 시험이 끝났음을 알았다.

그는 자리로 돌아왔다. 아직 거기 앉아 있는 게랄트가 일어났지만 왜 그러는지 처음에는 몰랐다. 그제야 아직도 귀를 기울이던 마지막 아이들마저 시험장을 떠난 걸 알고 그들을 따라 나왔다. 시험결과 논의를 위해 그의 등 뒤에서 문이 닫혔다.

아무도 그에게 오지 않았다.

왜 안 오지? 너희는 날 두려워할 필요가 없어.

저기 누가 온다. 누구지? 바인베르크다.

"이 늙은 중풍 환자가 대체 무슨 비열한 짓을 한 거야! 그런

- 제1차 세계대전 후 옛 오스트리아-헝가리 제국에서 독립한 나라.
- 1618-1648년 독일을 무대로 프로테스탄트와 가톨릭 진영 간에 벌어진 종교전쟁.

비열한 짓을!" 바인베르크의 턱뼈가 부드득 이를 간다.

"그는 교묘하게 자기 자신을 속였어. 이제 속임수가 다 드러날 거야. 우리는 전부 다 낙제야." 림멜이 끼어들었다.

누가 말한다. "티푸스 전염병이야. 집단 낙제." 몇몇 아이가 차갑게 웃었다.

그 말이 무거운 커튼 뒤에서 들리는 것 같다. 쿠르트는 그 웃음이 좀 거슬린다. 하지만 그것 역시 일에 들어 있을 수 있다.

'낙제'라는 말이 그의 뇌 어딘가에 단단히 박혀 소동을 부리기 시작한다.

우리는 전부 다 낙제야.

박쥐들—아니다.

외침들? 역시 아니다.

오직 한숨이 있을 뿐이다.

쿠르트는 한숨을 쉬었다. 커다랗고 묵직한 손이 그의 목을 감싸 안고, 깊은 저음의 목소리가 귓가에서 말한다. "이리 와, 셰리!" 카울리히다. 눈물을 흘렸던 카울리히. 언제였지? 그래. 왜 모두 조용하지? 블랑크는 어디 있을까? 우리는 함께 시골을 돌아다니며 손풍금을 연주할 거야. 프로햐스카는 모자에 동전을 받아 넣고. 늙고 눈먼 불쌍한 프로햐스카.

카울리히가 말한다.

"그 일로 괜히 마음 쓰지 마."

무슨 일?

"아직 확실하지 않아."

뭐가?

모든 것이 제 갈 길을 간다. 그냥 말해, 카울리히, 말해. 그것
역시 일에 들어 있을 거야. 넌 착한 아이야, 카울리히.

쿠르트는 카울리히의 어깨에 머리를 기댄다. 모두 아무 말
도 하지 않는다.

쿠르트는 카울리히의 안경테를 쭉 따라서 바라본다. 타원
형의 접선이다. 접선은 더 간다, 계속 더. 벌써 로그의 십자가에
이른다. 아니다, 다 사실이 아니다. 접선은 접선이 아니다. 오직
내가 로그 십자가에 못 박힌 것뿐이다. 하지만 침을 뱉는 사람은
없다.* 나는 이 모든 것을 예전에 본 적이 있다. 우리는 곧 그걸 지
나갈 것이다. 다만 아직 편마암, 화강암, 운모편암이 있다.

"독일어는 아주 잘했어."

공무원님, 저는 말하려고 했을 뿐이에요, 제가…… 기다려
요, 왜 닫으세요? 뿌연 유리가 쪽창 위에 끼워졌어요. 유리가 자
꾸 더 내려와요. 이제 아무것도 보이지 않아요.

"라틴어도 나쁘지 않았어."

---

* 여기서 쿠르트는 로그 계산에서 좌절한 자신
을 십자가에 못 박힌 예수에 비유하고 있다.
마태복음 27장 27-31절 참조. 로마 병사들은
예수에게 주홍색 옷을 입힌 후 가시 왕관을
씌우고 "유다인의 왕 만세!"라고 조롱하고 침
을 뱉으며 때렸다.

"그래도 과반수 찬성은 나올 거야."

"나도 그렇게 생각해."

"당연하지, 왜 아니겠어. 그렇게 놀라고 실망하지 마, 셰리! 넌 분명 통과될 거야."

어쩌면, 어쩌면. 하지만 지금 검은 옷을 입은 몇 사람이 앞에 서서 내가 통과하지 못하게 막고 있다. 제발 그들이 내 목에서 손을 치웠으면.

"자, 그렇게 멍청하게 둘러 서 있지 마! 쿠르트가 몸이 안 좋아 보이잖아!"

누가 말하는데 쿠르트는 자신의 머리가 높이, 한없이 높이 올려지는 느낌이 든다.

현기증이 난다. 그는 다시 카울리히에게 몸을 기댄다.

"가자, 셰리, 곧 결과가 나올 거야. 가자."

쿠르트의 다리가 움직인다. 그는 어두운 베일 안으로 들어간다, 베일이 눈앞에서 점점 더 촘촘해진다. 갑자기 베일이 쫙 찢어진다. 무언가 아주 차가운 것이 이마에 닿는 느낌이다. 물이다. 카울리히가 물에 적신 수건을 그의 머리에 묶어주었다. 몸이 나아진다. 쿠르트는 말한다.

"고마워."

카울리히는 그의 팔을 끼고 사람이 없는 복도로 데리고 간다. 거기서 열려 있는 창문 옆 벽에 그를 기대게 한다.

쿠르트는 카울리히의 따뜻한 눈과 마주치자 여러 번 고개를 끄덕인다. 자신이 왜 그러는지 이유는 모른다. 카울리히가 말한다.

"날 믿어, 셰리, 진짜 근거 없는 희망을 주려는 게 아니야. 하지만 삐약이한테 들은 말―알지, 넌 분명 통과될 거야, 난 믿어."

쿠르트는 카울리히를 한참 바라본다. 머릿속에서 뭔가가 혼란스럽다. 이미지와 생각들이 뒤죽박죽 쏴쏴 덜커덕덜커덕 비틀거린다―갑자기 그것이 거기 있다, 묵직하게, 모든 것 위에.

"진짜 믿어? 진짜?"

마치 카울리히가 결정권을 쥐고 있는 것처럼 쿠르트는 겁에 질려 그의 팔에 매달린다. 갑자기 모든 게 다시 무섭도록 똑똑히 보인다. 마치 아직 저 안에 서 있고 벌써 결말을 아는 듯한 느낌이다. 그동안 내내 생각하지 않았던 어떤 것이 슬금슬금 기어나왔다. 어떻게 이럴 수 있지? 맙소사, 아니, 아니다―벌써 저기 숨을 그르렁거리며 침대에 누워 있는 아버지가 보인다.

"카울리히! 카울리히! 내가 통과됐어?"

쿠르트는 바닥 모를 공포로 얼어붙어 카울리히의 팔에 뻣뻣하게 매달린다, 공포가 의식의 댐을 넘어 밀려온다. 카울리히가 그의 어깨를 두드리며 말한다.

"그렇고말고, 셰리!"

카울리히가 쉬지 않고 서두르며 말을 잇는다. "자, 거지 같은 시험이 끝난 걸 기뻐해. 나도 곧 끝나니까 좋아. 있잖아, 그럼 우리 거기에 똥이나 싸지르자. 진짜야. 우리는 벌써 그러기로 했어." 마치 그렇게 하면 합격했다고 설득할 수 있을 것처럼 그는 쿠르트를 잡아끌면서 열을 내며 위로한다. "정신 차려, 셰리. 우리는 밤에 올 거야. 모두 미리 설사약을 먹어야 해. 그리고 교문 앞에 크게 한 무더기 싸놓는 거야. 그들이 보겠지! 우리는 어쩌면 카드도 꽂을지 몰라. '당신들의 사랑하는 학교에게—감사하는 졸업시험 수험생들 올림', 이렇게 써서. 호호호. 그게 우리 생각이야, 곧 그들에게 우리 생각을 말할 거야. 그럼 우린 해방이야, 셰리, 그리고…… 다시는 거기에 대해 생각하지 않는 거야! 우리는 똥을 싸지를 거야. 호호호—호—호—너, 왜 그래, 무슨 일이야?"

카울리히의 웃음이 잦아든다. 그는 쿠르트의 얼굴을 응시한다. 무섭게 일그러지고 잿빛으로 변한 얼굴이 옷깃에서 솟아나와 있다. 눈에는 불꽃이 일렁이고 입을 크게 벌리고 있다.

"무슨 일이야?" 카울리히가 다시 묻고 뒤로 물러선다.

무슨 일이냐고? 아직도 그런 걸 물어, 너—아니다. 너도 어쩔 수 없지. 넌 아무것도 몰라. 가.

"가!"

카울리히는 고개를 젓고 뭔가 더 말하려다가 휙 돌아서 모퉁이를 돌아 사라진다.

쿠르트는 그의 뒷모습을 바라본다. 그에게 "내가 통과됐어?" 하고 물었던 기억이 난다. 카울리히는 말했다. "그렇고말고."

그렇고말고. 그으으으렇고말고! 그렇게 무심하게, 그렇게
속박을 풀어주듯이, 그렇게 구원하며 속박을 풀어주듯이!

서서히 긴장이 풀리고 온몸에 힘이 빠지면서 한없이, 한도
끝도 없이 피곤해진다. 규정할 수 없는 것이 다시 가까이 다가온
다, 위대하게, 용서하면서. 쿠르트는 움찔하고 손을 들고 고개를
끄덕인다.

'그리고…… 다시는 거기에 대해 생각하지 않는 거야!'

그의 고개가 툭 떨어진다. 아직 여기 있고 이 일에 그 어느
때보다 관심이 많은 한 사람이 그렇게 말했다. 일이 아직 끝나지
않았는데 그들은 벌써 다시는 그 일을 생각하지 않기로 한다.

박쥐들이 벌써 다시 와 있다.

규정할 수 없는 것도.

내 마음은 죽음을 꿈꾼다네

아니! 아니! 죽는 건 안 돼! 더 살자! 그리고 더 증오하자! 항
상 그 생각을 하자, 늘 항상. 오, 환성을 지르는, 오, 흐느끼는, 오,
아름다운, 아름다운 증오여! 나는 널 사랑한다, 너, 증오를……

쿠르트는 두 팔을 활짝 벌리고 벽에 기댄다. 뭔가 목에 치밀
어 올라온다. 목을 조르고 잡아당기는 느낌은 아니다. 울먹일 것
같은 느낌도 아니다……

그건 아주 부드럽다—얼마나 그를 부드럽게 만드는지—
그건 규정할 수 없는 것이다……

전에는 그렇지 않았다. 그의 머릿속에 들어온 지금 처음으

로 그렇다. 그것이 벌써 다시 길을 간다, 숭고하게, 장엄하게.

제게서 아버지를 빼앗아 가지 마세요, 잠시만요! 모든 것이 그렇게 무의미하다. 대체 무엇을 위한 것일까?

'네가 인생이 학교와 아무 관계가 없다고 믿는다면 그건 잘못이다.'

아버지가 그렇게 말씀하셨던가? 그렇다.

그게 그것일까? 규정할 수 없는 것─그것일까? 처음부터 그것이었을까?

당신을 따라가겠습니다, 숭고한 존재여. 당신 길을 가세요.

규정할 수 없는 것이 걸음을 옮긴다. 그것은 키가 아주 크고 하얗다. 여자다. 그것은 가지고 있다─가지고 있다─리자의 모습을. 아니다. 그녀의 모습이 아니다. 리자에 대한 그의 사랑의 모습이다. 모든 사랑의 모습이다.

네가 그거니─포기여?

여자가 하얗고, 베개가 하얗고, 아버지가 거기 하얗게 누워 있다.

네가 믿는다면, 인생이……

이제 쿠르트는 발밑에 바닥을 느낄 수 없다. 그는 비틀거리고 떨어진다─손이 창틀을 잡고 그는 펄쩍 뛰어올라 고개를 내밀고 마침 부는 바람의 서늘한 숨결을 마신다.

멀리서 뇌우가 일어난다. 날이 너무 덥다.

쿠르트는 주택가 마당을 내려다본다. 예전에 거기 말 한 마리가 있었다. 말은 지금 어디 있을까?

규정할 수 없는 것이 미소를 짓고 고개를 끄덕이고 사라진다. 그리고 저기 벌써 말이 온다. 그때 그 말은 아니다. 말이 끌던 마차도 다르다. x가 몰고 오는 사륜마차가 그런 모양일 것 같다. 마부석에서 내리는 사람도 그 마부가 아니다.

누구세요? 여보세요!

존재가 가까이 다가온다. 존재가 어떻게 생겼는지 정확히 알 수 없다. 모습이 계속 바뀐다.

누구세요? 제가 묻잖아요.

존재가 절을 하고 미소 짓는다.

규정할 수 없는 것도 있다. 그것은 하얀 손으로 넓고 멋진 곡선을 그리며 존재를 가리키면서 말한다. 의장님, 오늘 시험 볼 수험생을 소개해드리겠습니다.

음, 그의 이름이 어떻게 되지요?

규정할 수 없는 것이 말한다. 인생입니다.

뭐라고요?

그렇습니다. 프란츠 인생, 8학년 학생입니다.

좋아요, 인생. 이리 올라와요.

뭐라고요? 내가 내려오라고? 그럴 생각은 없습니다. 대단해요. 나한테 내려오라니. 학생은 바로 전체 위원회의 미움을 살 짓을 하는군요.

자, 인생. 쓰세요. 첫 번째 문제.

거기 뭐 하는 거예요? 누가 열두 달 동안 자신의 모든 사랑을 입금했다, 열두 달이 지난 후…… 뭐라고요? 학생은 미친 것 같군요. 그건 이 문제와 상관이 없어요. 우리는 관심 없습니다. 첫 번째 문제는 다른 거예요.

자, 받았지요? 그러니까 한 교수와 한 학생이 주어졌어요, 그렇지요. 교수가 학생을 망가뜨렸습니다. 이제 뭐가 올까요? 아니요, 틀렸습니다. 아버지입니다—그런 표현은 사용하지 마세요. 우리는 '아버지가 죽는다'라고 하지 않아요, '아버지는 0으로 수렴된다'고 하지요. 그렇게요. 어떻게 그렇게 되었는지도 아나요? 인생 수험생, 분모와 분자를 가르는 선을 잘 봐요. 그건 등비수열의 합계니까 n 항으로 이루어지지요. 같은 계수를 가진 항들이 끄집어내집니다. 차례로. 우리에게 맞지 않는 것은 삭제되고 다른 것으로 대체됩니다. 자, 해봐요. 지수 학을 가진 계수를 모두 지우고 지수 교를 가진 계수로 대체해요. 왜냐고요? 교수가 학생보다 크기 때문이지요. 교>학. 이제 학생이 계산해야 할 기본 인수를 제시할게요. 정의.

그러니까?

더는 몰라요, 인생 수험생? 됐습니다. 학생은 이제 아무것도 더 요구할 수 없습니다. 앉아도 좋아요.

뭐라고요? 자, 아무래도 상관없어요. 이 문제를 해보지요. 첫 번째로 풀려고 했던 두 번째 문제요. 좋아요. 그게 대체 무슨 의미죠? 좋아요, 학생 말이 맞아요. 다른 방식으로 푸는 게 더 좋겠지만…… 원하는 대로 해요. 그 누구한테도 사랑을 강요할 수는 없지요. 반면 진리는 기본 인수로 반드시 있어야 해요. 그래요. 이제 학생도 조금 풀 수 있겠지요. 지금까지 내가 다 했으니까.

자?

무슨 일이에요? 그것도 할 수 없어요, 인생 수험생?

학생은 진리를 몰라요?

학생은 정의를 몰라요?

학생은 사랑을 몰라요?

그걸 몰라요?! 고마워요, 이제 됐어요. 끝났습니다, 인생 수험생……

"게르버! 논의가 끝났어!"

아니요, 그만하세요, 인생. 부탁해도 소용없습니다. 학생은 도대체 더 상대할 가치가 없어요……

"무슨 일이야, 셰리? 이리 와! 그들이 안에서 기다리고 있어!"

저기 대체 누가 나를 방해하지? 비열하네. 규정할 수 없는 것이여, 당신은 그것에 대해 뭐라고 말씀하시겠어요?

규정할 수 없는 것은 크고, 따라오라는 듯 위엄 있는 걸음걸이로 천천히 걷는다.

"게르버!"

그래, 그래, 곧 갈게. 나 여기 있어. 모두 왜 거기 서 있지? 아, 마리온 장학관이다. 존경하는 교수님! 방금 나는 한 학생을 낙제시켰습니다. 뭐라고요? 인생이요. 프란츠 인생. 전혀 자격이 없습니다, 그래요.

뭘 더 바라지요, 인생? 아니요. 그래도 아무 소용 없을 거예요.

왜 모두 조용하고 놀라서 나를 쳐다보지?

그래, 나는 어차피 알고 있다. Abeo abire, 그래. 그래서 Abiturient. Abiturus sum.* 그러니까 나는 떠날 거야.

한가운데 중심을 지나서 곧장. 세 사람이 서 있는 저기, 그 뒤에 책상이 있고, 책상 위에 창문이 하나 있다. 정확히 한가운데 중앙에.

한가운데 중심을 지나 곧장 떠난다.

쉿! 쉬이잇! 규정할 수 없는 것이 앞장서 걷는다.

내가 스스로 갈 거예요, 당신들이 기뻐할 걸 생각하니 나도 기뻐요.

신부가 두 팔을 벌린다. 세 번 저주한다……

"게르버!! 세상에!! 무슨 짓을 하는 거예요?!"

태양은 그토록 붉다. 태양이 내 위에 떨어진다, 완전히……

신문 기사

또다시 벌어진 학생의 자살. 어제 국립고등학교 16에서 치러진 졸업시험에서 한 수험생, 열아홉 살의 8학년생 쿠르트 게르버가 시험결과 발표 직전 4층 교실에서 도로로 몸을 던져 자살했다. 그는 온몸이 부서져 즉사했다. 특히 비극적인 사실은 분명 '낙제'에 대한 두려움 때문에 목숨을 끊었을 게르버가 시험심사위원회의 합격 판정을 받았다는 것이다.

🖎 라틴어 'abeo'는 '가다', '떠나가다', '사라지다' 등의 뜻으로, '졸업시험(Abitur)', '졸업시험 수험생(Abiturient)'은 'abeo'에서 파생된 단어다.

옮긴이의 말

《게르버》는 프라하 출신 유대인 가정에서 태어난 오스트리아 작가 프리드리히 토어베르크가 1930년 22세 때 발표한 소설이다. 고등학생 쿠르트 게르버가 겪는 학업의 어려움, 교수와의 갈등, 우정과 사랑의 문제를 다룬 이 소설은 작가 자신이 프라하의 권위주의적인 학교에서 겪었던 부정적인 경험을 그리고 있다.

1921년 아버지가 프라하로 전근하면서 토어베르크가 다녔던 프라하의 학교는 개혁이 단행된 빈의 학교와 달리 옛 군주제 시기의 낡은 교육 시스템을 그대로 유지하고 있었다. 그 교육의 핵심은 규율과 규범을 내세우며 학생의 자유 의지를 꺾고 순종을 강요하는 것이었다. 졸업 후 좋은 직장과 대학 입학을 위해 졸업시험 합격증이 필요한 학생들은 학업 스트레스에 시달리며 성적 평가에서 막강한 권한을 가진 교수에게 순종할 수밖에 없었다. 작가가 소설의 서두에서 전하는 일주일에 열 명의 학생이 자살하는 현실은 그런 학교의 문제점을 단적으로 증명한다.

　권위주의적인 학교를 고발하는 토어베르크의 소설에는 고등학교 시절 시를 쓰는 등 다양한 활동을 하다가 1927년 졸업 시험에 한 번 낙방한 적이 있는 작가의 경험이 생생하게 담겨 있다. 소설은 카프카의 유고를 정리 발표한 막스 브로트의 도움으로 출간되었는데 첫 출간 당시 5,000부가 인쇄되고 1년도 안 되어 7개국 언어로 번역되었다. 소설의 성공으로 토어베르크는 물질적인 안정과 함께 작가로서 탄탄한 입지를 다질 수 있었다. 하지만 《게르버》는 출간 3년째 되는 1933년 나치 정부가 "사제의 문제를 증오심에 가득 찬 왜곡된 형태로 그린" 소설로 판정해 금서가 되었다. 이어 1936년 토어베르크의 모든 글에 금서 판정이 내려졌고, 작가는 1938년 스위스를 거쳐 프랑스로 도피했다가 1940년 미국으로 망명했다. 그는 1951년에야 오스트리아로 돌아올 수 있었다. 이런 우여곡절을 겪은 토어베르크의 소설이 지금까지 많은 사랑을 받는 이유는 정도는 다르나 오늘날에도 여전히 이 세상 모든 학생이 겪는 문제를 다루기 때문일 것이다. 소설은 1981년 볼프강 글뤼크 감독에 의해 영화로 만들어졌다.

　우리는 세상에 발을 딛기 전에 오랜 세월을 학교에서 보내야 한다. 학교는 우리가 살고 활동하는 이 세상을 위해 어떤 역할을 해야 할까? 토어베르크의 소설은 똑똑하고 성숙하나 반항적인 학생 게르버의 학교생활 마지막 해를 그리며 이 문제를 다루고 있다. "세상은 세 가지 것에 근거한다. 바로 진리와 정의, 사랑이 그것이다." 소설의 서두에 인용된 고대 이스라엘 랍비 시몬 벤 감리엘의 이 격언은 소설의 화두이다. 주인공 게르버는 학교와 실제 인생은 아무 관계가 없다고 주장하는데 그의 아버지는 아들의 주장이 틀렸다고 한다. 만약 아버지의 말이 옳다면 학교는 세상의 토대인 진리와 정의, 사랑이 있는 곳, 혹은 그것을 배우는 곳이어야 한다. 과연 학교는 그런 곳일까?

소설의 주인공 쿠르트 게르버는 똑똑하지만 성실하지는 않은 학생이다. 그는 가져오라는 말도 없는데 수업 준비물을 챙기는 사람을 아첨꾼이라고 생각하고, 성적을 중시하는 노력파를 경멸하고, 종종 수업을 빼먹고 놀러 다닌다. 또 학교 규율의 불합리한 점을 날카롭게 지적하고 반항해 교수들과 끊임없이 사소한 갈등을 빚는다. 교수들은 힘들어하면서도 그의 행동을 젊은이의 반항적인 기질과 학교 수준을 넘어선 그의 성숙함 탓이라고 생각하고 이해한다.

하지만 쿠르트의 담임이자 수학과 화법기하학 교수 쿠퍼는 그렇지 않다. 쿠퍼의 별명은 쿠퍼 신이다. 그에게 학교는 무소불위의 권력을 휘두르는 그의 제국이며, 학생은 그 권력을 확인시켜주는 도구이다. 그는 자신의 권위에 도전하는 행동은 반드시 응징하고, 엄격한 규율을 내세워 그런 행동을 미리 막는다. 마음에 드는 사람은 오직 굽실대고 복종하는 사람뿐이다. 하지만 그의 막강한 권력은 학교를 벗어나면 끝난다. 일반 사람들은 수학과 화법기하학의 권위자라는 그의 명성을 대단하게 생각하지 않는다. 학생들도 학교를 졸업하면 그를 신으로 여기지 않는다. 그래서 그는 학생들이 학교에 다니는 동안 학교에서 학생들에게 신으로 군림하는 만족감을 "피가 날 때까지" 쥐어 짜낸다. 그런 그에게 게르버는 감히 교수의 권위에 도전하는 "버릇없는 녀석"으로, 반드시 기를 꺾어놓아야 할 대상이다. 그가 졸업반 담임을 맡으려고 애쓴 가장 큰 목적은 바로 게르버를 망가뜨리는 것이다.

쿠퍼는 게르버의 사소한 잘못을 꼬투리 잡아 벌을 주고, 그가 잘못을 저지르도록 유도하고, 달라지려는 그의 노력을 인정하지 않고, 관계를 개선하려고 찾아온 그를 냉정하게 물리친다. 심지어 더 심하게 저항해 짜릿한 즐거움을 주리라고 기대했던 게르버가 너무 쉽게 무너지는 데 실망해서 하지도 않은 잘못을 학급일지에 기재하고, 열리지도 않은 교수회의에서 구류 처분을 내렸다고 협박해 도발하기까지 한다. 이런 쿠퍼의 편집증적인 권력욕은 졸업 후 공무원이 되기 위해 어려운 형편에 가정교사를 구해 성적이 좋아진 차셰를 그가 정답을 말하지 못할 때까지 테스트하는 장면에서 적나라하게 드러난다. 쿠퍼는 그동안 약간 모자라는 아이로 취급되었던 차셰가 갑자기 수학을 잘하자 이를 그 분야의 권위자인 자신의 위신에 대한 도전으로 이해한 것이었다. 여기서 작가는 교수의 견해에 좌우되는 학교의 성적 평가 방식을 통렬하게 비판한다. 비판은 그런 주관적 판단으로 한 사람의 미래 인생을 판단하는 문제점에 대한 고발로 이어진다.

누가 '교수진'과 그의 '동료들'에게 수십 년 동안 한 사람의 존재를 규정할 권리를 보장했는가? 이 사람은 강한 앞발로 미래를 장악하고 아무 일 없을 거라고 하고, 반면 저 사람은 무너져 웅크리고 앉아 배가 난파되어 황량한 섬에 표류한 사람처럼 사방 삭막한 바다에 둘러싸여 냉혹하게 완결된 지평선을 필사적으로 바라보며 혹시 자비나 우연, 환영으로 불리는 하얀 점이 나타나지 않을까 기다리라고 하는 불가침의 일회적 판결을 내릴 권리를 대체 누가 그들에게 보장했는가?!

게르버는 장래 법학이나 철학 박사가 되고 싶다. 그런데 대학에서 공부하려면 먼저 고등학교 졸업시험에 합격해야 하고, 졸업시험에 합격하려면 우선 졸업시험을 볼 자격을 얻어야 한다. 그래서 그는 다분히 자의적인 교수의 전횡을 참고 견뎌야 한다. 힘든 이유는 또 있다. 바로 첫사랑과 심장병이 있는 아버지다. 아버지는 일찍이 쿠퍼의 악의를 눈치채고 전학을 하든가, 개인 교습으로 경영학을 공부하고 아버지 사무실에서 일하라고 아들에게 권한다. 그는 아들을 사랑하고, 학교에 남겠다는 아들의 뜻을 받아주고, 격려하고, 가정교사를 구해주고, 쿠퍼와 담판

하는 등 아들을 적극적으로 지원한다. 하지만 아들의 고민과 어려움을 진심으로 이해하지는 못한다. 그에게 아들이 졸업시험에서 떨어지는 건 치욕이다. 흥분하면 목숨이 위태로울 수 있는 아버지로 인해 게르버의 졸업시험에 대한 부담감은 더욱 가중된다. 아버지가 흥분하는 일을 피하려고 게르버는 거짓말로 그때그때 상황을 넘긴다. 한 가지 거짓말을 덮기 위해 일곱 가지 거짓말을 또 해야 한다. 하지만 한 가지 거짓말의 짐도 덜어줄 사람이 없다. 친구들도 도움이 되지 못한다. 그들 모두 자기 일로 바쁘기 때문이다.

동급생이었던 리자에 대한 사랑 역시 가망이 없다. 리자는 어떻게 살겠다는 인생의 목적이나 목표가 없다. 그저 순간을 즐겁게 살고 만끽할 뿐이다. 성적인 면에서도 이 남자 저 남자를 만나는 분방한 성격이다. 게르버는 자신과 전혀 다른 그녀를 사랑하지만 다른 남자들과는 다른 방식으로 사랑하려고 한다. 그에게 육체적인 결합은 사랑에서 본질적인 것이 아니다. 지저귀는 새소리를 같이 듣는 일이 같이 자는 일보다 드문 현실이기 때문에 오히려 새소리를 같이 듣는 일이 더 값지고 소중하다고 생각한다. 하지만 리자는 애초에 그런 그를 이해할 수 있는 사람이 아니다.

게르버의 아버지는 학교와 실제 인생이 아무 관계가 없다는 아들의 주장을 반박한다. 만약 그가 옳다면 학교는 세상의 토대인 진리와 정의, 사랑이 있는 곳, 혹은 그것을 배우는 곳이어야

옮긴이의 말

한다. 하지만 졸업시험을 인생 최고의 목표로 간주하고, 교수가 절대 권력을 휘둘러 학생을 파멸시키고, 같은 어려움을 겪는 학생들이 서로 돕기보다 경쟁하며 강자인 교수의 부당한 행동을 당연하게 받아들이는 학교는 진리, 정의, 사랑과 아무 상관이 없다. 소설 마지막에 실린 신문기사는 게르버가 졸업시험에 대한 부담감으로 인해 자살했다고 전한다. 하지만 진짜 이유는 학교에서 진리와 정의, 사랑을 배울 수 없었기 때문이다. 게르버는 그런 학교와 같은 세상에서 살 용기를 잃은 것이다.

반짝이는 한 젊은이가 열심히 공부하겠다고 결심하고 노력하고 좌절하는 모습을 그린 소설을 번역하며 내내 마음이 편하지 않았다. 그동안 거의 잊고 있었던 좋지 않은 기억이 생생하게 떠올랐기 때문이다. 학교가 성적 향상을 목표로 아이들의 마음은 생각하지 않고 대놓고 우열반을 만드는 일도 있었고, 공연히 화풀이한다는 느낌이 들 정도로 별것 아닌 일로 함부로 때리고 물건을 내던지는 선생님도 많았다. 그때 속으로 부당한 권력에 분개하며 최소한 알량한 권력을 휘두르는 그런 사람은 되지 않겠다고 결심했었다. 어려움이 없지 않았지만 결국 사회에 무사히 통합된 사람으로서 그 결심을 제대로 실천하지는 못한 듯하다. 직장에서 아랫사람과 동료를 대하며, 또 자녀를 대하며 그들을 동등한 한 사람으로서 존중하고 믿고 사랑으로 대했다고 감히 말할 자신이 없다. 소설에서 주인공 게르버는 자신의 어려

움을 솔직하게 털어놓으면 사람들이 어떻게 반응할지 자문하고
이렇게 말한다.

그들은 놀라서 고개를 저으며 말하리라. 왜 그렇게 흥분해?
우리는 진짜 네가 그런 어린애 같은 짓을 할 단계는 이미 벗어
났다고 생각했어. 누가 그런 일에 관심을 가지겠어? 우리는 다
그 단계를 견뎌냈어. 견뎌냈고, 잊어버렸다고. 우리는 살아 있
고, 건강해. 그렇게 소리 지르지 마.

앞으로 '나는 다 견뎌냈다'거나 '그런 어린애 같은 짓을 할
단계는 지났다'거나 하면서 사람들에게 엄격한 잣대를 들이대
지 않기로 다짐해본다.

한미희

옮긴이의 말

옮긴이 한미희

이화여자대학교 독문학과를 졸업했다. 연세대학교에서 석사와 박사학위를 받았고, 홍익대학교에서 박사 후 과정을 마쳤다. 현재 전문 번역가로 활동하고 있다. 옮긴 책으로 《모모》 《그림형제 동화집》 《수레바퀴 아래서》 《에피브리스트》 《카산드라》 등이 있다.

게르버

1판 1쇄 발행   2022년 10월 30일

지은이   프리드리히 토어베르크
옮긴이   한미희
펴낸곳   (주)문예출판사
펴낸이   전준배

편집   이효미 백수미 박해민
디자인   김하얀
영업·마케팅   하지승
경영관리   강단아 김영순

출판등록   2004.02.12. 제 2013-000360호 (1966.12.2. 제 1-134호)
주소   04001 서울시 마포구 월드컵북로 21
전화   393-5681
팩스   393-5685
홈페이지   www.moonye.com
블로그   blog.naver.com/imoonye
페이스북   www.facebook.com/moonyepublishing
이메일   info@moonye.com
ISBN   978-89-310-2286-5 03850

잘못 만든 책은 구입하신 서점에서 바꿔드립니다.